HEYNE <

Die Chroniken des Raben

Erstes Buch:	Zauberbann
Zweites Buch:	Drachenschwur
Drittes Buch:	Schattenpfad
Viertes Buch:	Himmelsriss
Fünftes Buch:	Nachtkind
Sechstes Buch:	Elfenmagier

Die Legenden des Raben

Erstes Buch:	Schicksalswege
Zweites Buch:	Elfenjagd
Drittes Buch:	Schattenherz
Viertes Buch:	Zauberkrieg
Fünftes Buch:	Drachenlord
Sechstes Buch:	Heldensturz

JAMES BARCLAY

Elfenjagd

Die Legenden des Raben

Zweites Buch

Deutsche Erstausgabe

WILHELM HEYNE VERLAG
MÜNCHEN

Titel der englischen Originalausgabe
ELFSORROW (Part 2)
Deutsche Übersetzung von Jürgen Langowski

FSC
Mix
Produktgruppe aus vorbildlich bewirtschafteten Wäldern und anderen kontrollierten Herkünften
Zert.-Nr. SGS-COC-1940
www.fsc.org
© 1996 Forest Stewardship Council

Verlagsgruppe Random House FSC-DEU-0100
Das für dieses Buch verwendete FSC-zertifizierte Papier *München Super* liefert Mochenwangen.

Deutsche Erstausgabe 9/2006
Redaktion: Rainer Michael Rahn

Printed in Germany 2006
Titelillustration: Jakob Werth
Umschlaggestaltung: Nele Schütz Design, München
Karte: Franz Vohwinkel
Satz: Christine Roithner Verlagsservice, Breitenaich
Druck und Bindung: GGP Media GmbH, Pößneck

ISBN 10: 3-453-53246-5
ISBN 13: 978-3-453-53246-5

www.heyne.de

Für Michael, Nancy und Virginia.
Bessere Geschwister kann sich ein Bruder
gar nicht wünschen.

BALAIA
Nord-
bucht
Terenets
Sethe-Fluss
Torn-Wüste
Parve
Baravale-
Tal
Kernland der
Wesmen
(unerforscht)
Zentral-
tempel der
Wrethsires
Augsee
N
W
E
S
Garan-
Berge
Südstrom
Garan-
Berge
Südmeer

NORDKONTINENT
Bucht von Triverne
Jaden
Rache
Blutsee
Triverne-Fluss
Julatsa
Dordover
Havern
Corin
Triverne-See
Burg der Schwarzen Schwingen
Lystern
Xetesk
Understone-Pass
Understone
Ebene von Pontois
Pontois
Denebre
Septerns Haus
Erskan
Hyld
Korina
Gretchern-Wald
Burg Taranspike
Yarnauk-Kuppen
Dornenwald
Gresse
Burrs
Blackthorne Berge
Greythorne
Arlen
Balan Berge
Orytte
Blackthorne
Gyernath
Bucht von Arlen
Bucht von Gyernath

Es gibt Menschen, ohne die das Schreiben eines Romans nicht die Freude wäre, die es (meistens) ist. Zu ihnen zählen Simon Spanton, der ein großartiger Freund und Redakteur ist; Nicola Sinclair, die hervorragend zu argumentieren versteht und einen guten Blick für Publicity hat; Sherif Mehmet, ein Produktionsgenie, das zwischen den Zeilen immer eine Drohung zur Hand hat, und Robert Kirby, ein ausgezeichneter Agent, der ein Footballteam unterstützt und trotzdem noch lächeln kann …

Mein Dank gilt auch Peter Robinson, John Cross und Dave Mutton, weil ihr in eurer Kritik nicht nachlasst; meinem Neffen David Harrison, der in diesem Jahr mein größter Fan ist; Ariel für die magische Website; Caffe Nero in der Edgeware Road für den besten Kaffee und die bequemsten Lederstühle in ganz London; und allen anderen, die sich die Zeit genommen haben, mir in Zusammenhang mit dem Raben eine E-Mail zu schreiben.

Personenverzeichnis

DER RABE	Hirad Coldheart, Barbarenkrieger Der Unbekannte Krieger Thraun, Gestaltwandler Ry Darrick, Kavallerieoffizier und Schwertkämpfer Denser, Magier aus Xetesk Erienne, Magierin aus Dordover Ilkar, Magier aus Julatsa
DIE KOLLEGIEN	Dystran, Herr vom Berge, Xetesk Ranyl, Meistermagier im Kreis der Sieben, Xetesk Aeb, ein Protektor Vuldaroq, Erzmagier, Dordover Heryst, Lordältester Magier, Lystern Kayvel, Meistermagier, Lystern Rusau, Unterhändler, Lystern Izack, General der Kavallerie, Lystern

DIE ELFEN *Anmerkung:* Der Apostroph in weiblichen Elfennamen ist eine Abkürzung. Traditionell nehmen Elfenfrauen die Namen ihrer Familien oder Dörfer als Namensteil an. Daher steht Ren'erei für Ren-al-erei, wobei »al« so viel wie »von« bedeutet.	Myriell, Al-Drechar Cleress, Al-Drechar Ren'erei, Gilde der Drech Rebraal, Anführer der Al-Arynaar Mercuun, Al-Arynaar Auum, Anführer der TaiGethen Die Krallenjäger Jevin, Kapitän der *Calaianische Sonne* Kayloor, ein Führer Kild'aar, Dorfälteste
BARONE, SOLDATEN UND BALAIANER	Blackthorne, ein Baron Gresse, ein Baron Erskan, ein Lord Selik, Hauptmann der Schwarzen Schwingen Devun, Seliks Stellvertreter Yron, ein Hauptmann Ben-Foran, ein Leutnant Erys, ein Magier Stenys, ein Magier Avesh, ein Flüchtling Ellin, ein Flüchtling Diera, Frau des Unbekannten Kriegers
DIE KAAN	Sha-Kaan, der Große Kaan Nos-Kaan

Erstes Kapitel

Unter einem freundlichen, leicht bewölkten Morgenhimmel öffnete sich das Osttor von Xetesk. Dreihundert Kavalleristen und Magier trabten hindurch, gefolgt von fünfzehnhundert Fußsoldaten und Dutzenden Wagen.

An der Spitze des Zuges, neben dem xeteskianischen Kommandanten Chandyr, ritt Rusau, Seniormagier und Angehöriger der lysternischen Delegation. Entsetzt betrachtete er das Durcheinander von Leichen und Kleiderfetzen, die das Gelände des ehemaligen, brutal geräumten Flüchtlingslagers bedeckten. Als die Pferde vorbeikamen, flogen die Aasvögel auf, und Fliegenschwärme summten zornig über dem verwesenden Fleisch. Es herrschte ein unbeschreiblicher Gestank.

»Seht nur, welches Zerstörungswerk Ihr angerichtet habt, Kommandant Chandyr«, sagte er. »Ihr habt Menschen vertrieben wie Tiere und dabei viele getötet.«

Keine Spur von Reue war Chandyr anzusehen, als er Rusaus Blick erwiderte. Er war Berufssoldat, hatte die Vierzig überschritten und war im letzten Jahrzehnt Zeuge vieler Kämpfe geworden. Pockennarben verunstalteten sein Gesicht, und auf Kinn und Stirn prangten bleiche Schmisse. In seiner Rüstung aus verstärktem Leder bot er einen blutrünstigen Anblick, und sein Weltbild war schlicht.

»Zuerst waren sie Opfer, jetzt sind sie Parasiten. Wir müssen uns um unsere eigenen Probleme kümmern und können uns nicht noch die Sorgen anderer Leute aufhalsen. Dordover ist ein mächtiger Gegner.«

»Allerdings hättet Ihr auch beschließen können, diesen Leuten zu helfen, Holz für neue Häuser zu schlagen und Felder für neue Saaten zu pflügen. Die Feldschmiede hätten dazu beitragen können, dass diese Flüchtlinge neue Hoffnung schöpfen.«

»Häuser zu bauen, ist dem Tod im Kampf durchaus vorzuziehen«, räumte Chandyr ein, »aber wir müssen uns zunächst verteidigen, ehe wir uns in ganz Balaia verstreuen, um den Menschen zu helfen. Seid Ihr in der letzten Jahreszeit einmal durch das Land gereist?«

»Nein«, gestand Rusau. »Meine Pflichten hielten mich in Lystern fest.«

»Ihr solltet mit den Magiern reden, die hier eintreffen. Zwar trifft es zu, dass die Schwarzen Schwingen überall den Hass gegen uns schüren, doch das Land ist nicht ganz so stark zerstört, wie sie uns glauben machen wollen. Es gibt da draußen durchaus noch Schmiede und Holzfäller, ebenso Baumeister und Bauern. Das Land muss sich aus eigener Kraft erholen. Wir als Soldaten des Kollegs haben vor allem die Pflicht, unsere Grenzen zu schützen.«

»Dies ist jedoch ein Konflikt, der am Verhandlungstisch mithilfe von Vernunft und Beratungen beigelegt werden kann. Der Krieg gibt dem Hass nur immer wieder neue Nahrung. Und schließlich geht es auch um ganz einfache Dinge, oder?«

»Die Dinge, um die es geht, interessieren mich nicht. Ich bin für den Schutz von Xetesk zuständig.«

Rusau atmete tief durch. Vor ihnen erstreckte sich das schöne Reich der xeteskianischen Magier nach Nordosten in Richtung Lystern und nach Norden in Richtung Dordover. Kein Zweifel, es war eine liebliche Landschaft. Sie präsentierte sich in vielen Grünschattierungen – Bäume, Büsche, Farn und Gräser. Überall sprossen die ersten Frühlingsblumen und brachten die unerschöpfliche Kraft der Natur mit frischen Farben zum Ausdruck.

»Ich kann dem Einhalt gebieten«, sagte Rusau, und er glaubte tatsächlich fest daran.

»Wirklich?«, entgegnete Chandyr. »Genau wie die dordovanische Delegation? Was haben sie denn bisher zustande gebracht, einmal abgesehen von ihren unverschämten Forderungen, die in der Offiziersmesse für Heiterkeit sorgen?«

»Es liegt in der Natur aller Verhandlungen, mit dem Unerreichbaren zu beginnen und einen Kompromiss anzustreben.«

»Kompromisse!« Chandyr spie das Wort förmlich aus. »Wir verteidigen uns gegen einen Angriff, den wir nicht provoziert haben.«

»Demnach ist Xetesk Eurer Ansicht nach kein Vorwurf zu machen?«

Chandyr lief rot an. »Ihr reitet an meiner Seite, weil ich Euch schätze, Rusau. Und weil Dystran, der Herr vom Berge, einen unvoreingenommenen Bericht über das hören will, was wir vorfinden. Wir sind nicht die Aggressoren. Wir haben diesen Konflikt nicht vom Zaun gebrochen, er wurde uns vielmehr aufgedrängt. Es sind nicht unsere Streitkräfte, die Flüchtlinge in Nachbarländer treiben. Nicht wir sind es, die Unschuldige als Unterpfand einsetzen. Allerdings werden wir nicht untätig zusehen, wie so etwas geschieht. Wir werden nicht zulassen, dass Dordover unser Land besetzt. Wir werden kämpfen, um zu beschützen, was uns gehört.«

»Ich will Euch nicht zu nahe treten, Kommandant«, sagte Rusau, »aber wenn wir die Dordovaner treffen, dann solltet Ihr Euch besser zurückhalten und mich sprechen lassen, ob sie sich nun auf dem Land von Xetesk befinden oder nicht. Worte sind eine Sache, der Verlust vieler Menschenleben ist eine ganz andere. Wenn sie Euch sehen und mich anhören, werden sie es sich vielleicht überlegen.«

»Ihr seid naiv, so etwas zu glauben«, sagte Chandyr. »Dennoch bete ich darum, dass Ihr Recht behaltet. Vergesst aber nicht, dass Soldaten Befehle ausführen und kämpfen, wie es ihren Anweisungen entspricht. Ihnen ist bekannt, dass nicht jeder, der das Schlachtfeld betritt, es lebendig wieder verlässt. In den dordovanischen Streitkräften werdet Ihr meiner Ansicht nach niemanden finden, der berechtigt ist, die Entscheidung zum Rückzug zu treffen.«

»Das mag sein, aber wärt Ihr denn bereit, auf den Kampf zu verzichten, wenn es mir gelingt, einen Waffenstillstand auszuhandeln, damit die Herrscher miteinander sprechen können?«

»Ich werde die Lage einschätzen, wenn wir den Dordovanern begegnen«, sagte Chandyr. »Doch wir befinden uns im Krieg, Rusau, und ich werde keine Entscheidung treffen, die unser Land in Gefahr bringt.«

»Mir muss allerdings erlaubt werden, die Linien zu überschreiten«, sagte Rusau.

»Genug«, fauchte Chandyr. »Ich muss mein Land verteidigen, und ich werde in Abstimmung mit dem Seniormagier meine Entscheidungen treffen, wie ich es für richtig halte. Wenn Ihr mir dabei ins Gehege kommt, riskiert Ihr Kopf und Kragen. Ich hoffe, Ihr versteht das. Jetzt lasst mich nachdenken. Bitte zieht Euch ins Zentrum der Marschkolonne zurück.«

Er sah Rusau scharf an, und dem lysternischen Magier war die Verunsicherung deutlich anzumerken.

»Sofort, Rusau. Ich möchte Euch nicht mit Gewalt entfernen lassen.«

Rusau gehorchte und hielt sich bis auf weiteres vom xeteskianischen Kommandanten fern. Am Spätnachmittag des zweiten Tages, als eine leichte Bewölkung den bislang schönen Frühlingstag trübte, wurde er jedoch wieder nach vorn gerufen.

Chandyr war in eine Unterhaltung mit dem Seniormagier Synour vertieft, der im Zentrum der xeteskianischen Macht rasch aufgestiegen war. Sie näherten sich der Kuppe eines niedrigen Hügels, hinter dem ein flaches Tal lag. Dort floss der Dord, der in seinem weiteren Verlauf das Land von Dordover berührte, bis er nördlich des Triverne-Sees in den Triverne mündete. Der Dord bildete zugleich die Nordgrenze der Gebiete von Xetesk und Lystern.

»Kommandant«, meldete er sich, als er zu Chandyr aufgeschlossen hatte.

Chandyr nahm seine Ankunft mit einem Nicken zur Kenntnis, beendete aber zunächst seine Unterhaltung, bevor er sich wieder Rusau zuwandte.

»Meine Späher berichten, dass eine Streitmacht von etwa achtzehnhundert Dordovanern gleich nördlich des Flusses ein Lager aufschlägt«, erklärte er. »Dort haben sich schätzungsweise fünfhundert Flüchtlinge gesammelt. Sie sind von den Dordovanern eingekesselt, befinden sich aber derzeit südlich des Flusses, also auf dem Land von Xetesk. Ihr werdet bald bemerken, dass Dordover darauf achtet, niemanden auf das Land von Lystern zu lassen. Ich denke, die Botschaft ist klar.«

»Was habt Ihr nun vor?«

»Die Flüchtlinge müssen sofort freigelassen werden, damit sie ihre Häuser wieder aufbauen können. Die Dordovaner dürfen sie nicht daran hindern. Ich schicke dem dordovanischen Kommandanten, wer es auch sei, eine entsprechende Nachricht. Ihr könnt gern unter der Parlamentärsflagge hinüberreiten, dürft Euch aber nicht in die Übermittlung der Botschaft einschalten. Dieser Punkt ist nicht verhandlungsfähig. Die Flüchtlinge dürfen nicht als Geiseln gegen uns eingesetzt werden.«

»Ich will sehen, was ich tun kann«, sagte Rusau.

»Bringt nicht Euer Leben in Gefahr«, warnte Chandyr ihn. »Ich bin so wenig für Euch verantwortlich, wie es die Dordovaner sind. Mein Bote wird umgehend mit der Antwort zurückkehren. Falls die Antwort negativ ausfällt, werden wir sofort vorstoßen, solange wir noch Tageslicht haben.«

»Kommandant, Ihr müsst mir eine Chance geben«, flehte Rusau.

»Nein, Rusau, das muss ich nicht«, erwiderte der Befehlshaber. »Bei allem Verständnis für Euch, meine Befehle sind eindeutig. Dordover hat eine Invasion gegen uns begonnen. Diese Invasion werde ich abwehren. Reden können wir, sobald sie sich nördlich des Dord befinden. Ich schlage vor, dass Ihr Euch möglichst rasch in Deckung begebt.«

Rusau nickte. »Ich hatte auf etwas mehr Verständnis von Eurer Seite gehofft. Wo ist Euer Bote?«

»Er wird bereits vom Sergeant eingewiesen. Ihr findet beide zu Eurer Rechten.« Chandyr deutete auf zwei Reiter, die sich ein wenig abseits des Zuges unterhielten. »Noch etwas, Rusau: Ich weiß eines ganz genau. Wir haben diesen Krieg nicht gewollt, aber wir werden ihn führen.

Vielleicht gelingt es Euch, die Dordovaner zur Vernunft zu bringen, aber wenn ihr mich fragt, ist die Zeit der Verhandlungen vorbei.«

Als der Bote den Abhang hinauf und über die Hügelkuppe ins Tal sprengte, folgte Rusau ihm. Eine weite, mit Gras bewachsene Ebene erstreckte sich leicht abschüssig bis zum anderthalb Meilen entfernten Dord. Am Südufer wartete eine dichte Traube von Menschen. Der Begriff ›eingekesselt‹ beschrieb ihre Lage recht gut. Sie standen eng beisammen und wurden von Reitern und Fußsoldaten der Dordovaner bewacht. Nördlich des Flusses hatten die Feinde Zelte aufgeschlagen, Lagerfeuer angezündet und Banner aufgezogen. Hammerschläge und das Wiehern von Pferden wehten herüber.

Als sie an den Flüchtlingen vorbeikamen, löste sich ein dordovanischer Reiter aus der Wachabteilung und setzte sich neben sie.

»Du verschwendest deine Zeit, Xeteskianer«, sagte er zum Boten. »Schone die Beine deines Pferdes und spare dir selbst den Atem, solange du überhaupt noch atmen kannst.«

»Wie heißt dein vorgesetzter Offizier? Ich habe eine Botschaft für ihn.«

Der Kavallerist lachte. »Wie diszipliniert du bist. Kehre um und merk dir meine Worte, Junge.«

»Sein Name«, verlangte der Bote.

»Meistermagier Tendjorn«, erwiderte der Kavallerist. »Er wird dich zum Frühstück verspeisen.«

Damit entfernte er sich und ritt zu seinen Gefährten zurück, die in ein demonstratives lautes Lachen ausbrachen.

»Wie freundlich«, bemerkte Rusau.

Der Bote antwortete nicht, sondern ritt unbeirrt weiter zum höchstens dreißig Schritt breiten Dord, dessen flaches

Wasser nicht einmal seine Stiefel benetzte. Ohne aufgehalten zu werden, gelangten sie bis ins Zentrum des Lagers und stiegen ab. Das Kommandantenzelt mit den hochgeklappten Seitenwänden war nicht zu übersehen. Drinnen stand ein Tisch, der bis auf verschiedene Becher und einige Flaschen leer war. Fünf Männer warteten dort bereits auf die Boten.

»Ihr habt Euch Zeit gelassen«, sagte einer, den Rusau für Tendjorn hielt. Ein hässlicher Mann mit Knollennase, winzigen Ohren und schütterem, ungepflegtem Haar. »Und wer seid Ihr? Haben sie einen lysternischen Lakaien geschickt, der für sie betteln soll? Wir haben schon genug Ärger mit Euresgleichen.«

»Ich bin Rusau aus Lystern«, bestätigte er. »Ich will Frieden, wie wir es letzten Endes wohl alle wollen.«

»Nun, das wäre bereits Euer erster Irrtum«, sagte Tendjorn. »Die erste Kampfhandlung des Krieges bestand darin, dass Xetesk das Nachtkind geschützt hat, und jetzt setzen wir ihnen die Konsequenzen ihrer Invasion vor die Tür, damit sie sich damit beschäftigen können.«

»Das Schicksal dieser Leute ist nicht die Folge des Streits«, erwiderte Rusau. »Ihr könnt sie nicht als Geiseln einsetzen.«

»Wirklich nicht? Xetesk hat uns daran gehindert, uns bei der ersten sich bietenden Gelegenheit mit dem Nachtkind zu befassen. Xetesk hat dazu beigetragen, dass das Kind viel länger überleben konnte, als es uns lieb war, und dadurch wurde Balaia länger als nötig von den Elementargewalten heimgesucht. Deshalb sind die Flüchtlinge auch deren Problem.«

»Euer Erinnerungsvermögen ist getrübt«, widersprach Rusau, doch Tendjorn brachte ihn mit einem Fingerschnippen zum Schweigen.

»Eure Botschaft, Xeteskianer«, sagte er.

Der Bote zog einen ledernen Umschlag unter dem Wams hervor und überreichte ihn.

»Mein Auftrag lautet, Eure Antwort so bald zu übermitteln, wie es Euch nur möglich ist.«

Tendjorn öffnete den Umschlag und zog das einzelne Blatt Papier heraus. Es war eine kurze Botschaft, die der Magier lächelnd und kopfschüttelnd las.

»Du meine Güte, wie berechenbar«, murmelte er und reichte das Dokument den vier Soldaten und Magiern, die sich hinter ihm versammelt hatten. Dem Boten klatschte er den leeren Umschlag vor die Brust. »Bestellt Eurem Kommandanten, dass wir uns nicht zurückziehen, solange er nicht zusagt, sich um die Leute zu kümmern, die sein Kolleg obdachlos gemacht hat. Jeder Versuch, sie zurück über den Fluss zu treiben, wird eine angemessene Antwort nach sich ziehen.«

»Ja, Mylord.« Der Bote verneigte sich mit ausdruckslosem Gesicht.

Rusau fasste ihn an der Schulter. »Wartet. Ihr könnt doch nicht diese Botschaft überbringen. Das ist verrückt. Tendjorn, ich beschwöre Euch, überlegt es Euch noch einmal.«

»Ihr müsst die Hand wegnehmen, Sir«, sagte der Bote. »Ihr dürft einen Boten unter der Parlamentärsflagge nicht behindern.«

»Ich weiß, aber …« Er zog die Hand zurück, worauf der Bote sich abrupt umdrehte und das Zelt verließ. »Überlegt Euch doch, was Eure Botschaft bedeutet. Noch mehr Männer werden sterben.«

»Hört auf zu blöken, Rusau, und seht der Realität ins Gesicht«, erwiderte Tendjorn. »Dieser Streit dreht sich um erheblich mehr als nur um Herendeneth. Es geht um das Gleichgewicht, das Xetesk zerstören will.«

»Ihr müsst nur eure Streitkräfte zurückziehen und den Leuten erlauben, in ihre Heimat zurückzukehren, damit sie alles wieder aufbauen können. So hätten wir auch eine Verhandlungsgrundlage. Bitte, Tendjorn, irgendjemand muss doch einen Anfang machen, damit der Frieden eine Chance hat.«

Doch Tendjorn trat zu Rusau und sah ihm in die Augen.

»Es gibt nur eine Möglichkeit, diesen Krieg zu beenden. Lystern muss sich auf unsere Seite stellen. Seht Ihr es denn nicht? Xetesk wollte von Anfang an den Krieg, wir haben nur die Planungen gestört. Versagt Ihr uns Eure Unterstützung, könnten sie uns schlagen, anderenfalls sicherlich nicht. Heryst ist vorsichtig. Doch was nützt ihm das noch, wenn Xetesk bis vor seine Tore marschiert? Ihr Lysternier, Ihr und Eure Unterhändler, habt Euer Bestes gegeben. Hat Xetesk Euch zugehört? Schlagt Euch jetzt auf unsere Seite. Wir wollen Xetesk nicht zerstören, wir wollen das Gleichgewicht wiederherstellen. Sie wollen dominieren, begreift Ihr das nicht?«

»Ich weiß nur, dass der Krieg die ganze Magie erheblich schwächt und auch das Volk treffen wird, das wahrlich schon genug gelitten hat. Noch mehr Unschuldige werden in diesem Krieg sterben, und der Hass wird zunehmen. Glaubt nicht, die Nichtmagier seien zu schwach zum Kämpfen. Seht Euch nur an, was die Wesmen Julatsa angetan haben.«

»Ja, Rusau«, grollte Tendjorn. »Und seht Euch an, was mit dem Gleichgewicht der Magie geschehen ist. In diesem Augenblick beschützen wir Julatsa vor der unausweichlichen Invasion von Xetesk. Wo sind die Lysternier, die angeblich mit Julatsa befreundet sind? Xetesk darf diesen Krieg nicht gewinnen.«

»Heryst ist bereits unterwegs, um genau diese Frage mit

Vuldaroq zu besprechen. Hat man Euch darüber nicht informiert? Wartet ab, bis sie eine Übereinkunft erzielt haben.« Angesichts dieser engstirnigen Entschlossenheit, Blut zu vergießen, konnte Rusau nur verzweifeln.

»Bei den Göttern, Mann, seid Ihr blind?«, rief Tendjorn. Er entfernte sich einen Schritt und hob beide Arme. »Ihr wart in Xetesk, habt Ihr es nicht gesehen?«

»Was soll ich gesehen haben?«

»Ich kann's nicht glauben«, sagte Tendjorn. »Ist Euch nicht aufgefallen, dass sie jeden kampffähigen Mann in der Stadt bewaffnen und ausrüsten? Buchstäblich jeden. Sie unterweisen Frauen und Kinder, damit sie die kämpfenden Truppen versorgen. Die Schmieden sind Tag und Nacht in Betrieb. Sie wollen diesen Krieg gewinnen, und sie wollen nichts von Frieden wissen. Ob Ihr es glaubt oder nicht, die Funde auf Herendeneth werden sie nur noch weiter stärken. Und jetzt geht mir aus dem Weg, ich muss mich auf die Schlacht vorbereiten.«

Im Laufschritt verließ Rusau das Zelt und sprang auf sein Pferd. Er bahnte sich einen Weg durch das Heer, das gerade Aufstellung nahm. Rufe ertönten im Lager, die Männer sattelten ihre Pferde und stiegen auf, einige gaben ihren Waffen mit dem Wetzstein den letzten Schliff. Magier planten Manöver zur Verteidigung und zum Angriff. Niemand achtete auf ihn, als er durch den Fluss stürmte. Zu seiner Rechten wurden die Flüchtlinge aus der Kampfzone getrieben. Jetzt hörte er sie rufen und sah, wie groß ihre Angst war. Vor ihm galoppierte der Bote den Hang hinauf, schwenkte seine Parlamentärsflagge und nahm sie dann schräg herunter.

»Verdammt auch«, fluchte Rusau.

Die erste Reihe der Xeteskianer erschien auf dem Hügel und zeichnete sich vor dem Horizont ab.

Avesh stand da und hielt die weinende Ellin in den Armen. Seit sie sich am Dord getroffen und ihren Sohn begraben hatten, weinte sie. Essen wollte sie nicht, nur ein wenig Wasser aus dem Fluss hatte sie getrunken. Er konnte sie verstehen. Ihr Sohn war tot, und sie konnte nicht einmal fliehen und trauern, weil die Dordovaner sie gefangen hielten. Der Weg über den Fluss war versperrt, sie konnten nirgendwohin. Die Dordovaner hatten ihnen zu essen gegeben und freundlich mit ihnen gesprochen, doch es bestand kein Zweifel, dass die Flüchtlinge jetzt Geiseln waren, die gegen Xetesk eingesetzt werden sollten. Wie, das wagte er sich nicht auszumalen.

Am liebsten hätte er sie fortgeschafft, fort an irgendeinen sicheren Ort, damit er tun konnte, was er tun musste. Zurückschlagen. In diesem Augenblick war er hilflos gefangen zwischen zwei Kollegien, und beiden war es egal, ob er lebte oder starb.

Er hatte die beiden Reiter den Hang heruntergaloppieren und den Fluss überqueren sehen, um das dordovanische Lager aufzusuchen. Dann waren sie getrennt voneinander zurückgekehrt, der mit der Flagge als Erster. Anschließend war die Schlachtreihe von Soldaten und Reitern auf dem Hügel erschienen, bereit zum Angriff. Er schauderte und fluchte halblaut. Ihm fehlte sogar die Kraft, sich zu ängstigen wie all die anderen ringsum. Er hatte nicht mehr viel zu verlieren.

Fest drückte er Ellin an sich und küsste sie aufs Haar.

»Sei stark, meine Liebe«, sagte er. »Und höre mir zu. Wir müssen noch einmal fliehen.«

Zweites Kapitel

Sobald Rusau und der Bote hinter dem Hügel verschwunden waren, hatte Chandyr begonnen, seine Männer einzuteilen. Die Kavallerie bildete zwei Flügel, dazwischen waren seine Fußsoldaten postiert. Magier hatten entlang der Linien Aufstellung genommen und lieferten Deckung für Offensive und Defensive.

Chandyrs Ziel war klar. Seine Männer würden keinen Fuß ins Wasser des Dord setzen, denn dies war nicht ihr Auftrag. Allerdings würden sie jeden Feind ans andere Ufer zurücktreiben.

Er rief seine Kräfte zur Ordnung. Geschwenkte Fahnen meldeten ihm, dass die linke Flanke bereit war. Die rechte würde er selbst anführen.

»Bogenschützen bereit?«, rief er.

»Aye!«, kam die Antwort.

»Fußsoldaten bereit?«

»Aye!«

»Greift nur Bewaffnete an, schießt nur auf Bewaffnete. Ich will so wenig Blutvergießen wie möglich unter den Flüchtlingen. Niemand darf dordovanisches Land betreten. Wir wollen keine Invasion durchführen. Noch nicht. Leutnant, blast zum Angriff.«

Befehle liefen die Linie hinunter, die sich über eine drittel Meile erstreckte. Chandyr ritt im Trab hinter seine Kavallerie. Wenn es gut lief, sollte es ein klassischer Zangenangriff werden. Allerdings musste er damit rechnen, dass die Dordovaner die Taktik durchschauten. Für den Fall, dass es nicht gelang, hatte er seinen Offizieren bereits Befehle erteilt, die im Handumdrehen an alle Einheiten weitergegeben werden konnten. Chandyr hatte Ry Darricks Manöver gründlich studiert und eine Menge über Kampfstrategien gelernt. Er fragte sich, ob er irgendetwas davon praktisch anwenden konnte.

Das Heer rückte langsam bis auf den Hügel vor, die Kavallerie bewegte sich im gleichen Tempo. Es war ein gleichmäßiger, geordneter Vorstoß wie aus dem Lehrbuch. Nur der Späher, der zu Fuß über den Hügel zurückgerannt kam, störte das Bild. Der Mann hielt direkt auf Chandyr zu.

»Der Bote kehrt zurück, Sir«, sagte der Mann atemlos. »Die Flagge ist unten, Sir, sie ist unten.«

»Verschnaufe und reihe dich ein.«

»Ja, Sir.« Der Späher salutierte und rannte sofort weiter, um der Kavallerie auszuweichen.

Chandyr sah nach links zum Melder. »Gib das Zeichen zum Angriff.«

»Sir!«

Der Mann hob eine schmale rote Flagge und schwenkte sie zweimal in einem weiten Kreis. Der Befehl wurde aufgenommen und durch die Linie weitergegeben.

»Im Trab!«, befahl Chandyr.

Die Kämpfer beschleunigten ihre Schritte, liefen den Hang hinauf, überwanden die Hügelkuppe und stürmten mit unvermindertem Tempo auf der anderen Seite hinunter. Chandyr konnte beobachten, dass die Flüchtlinge nach links gescheucht wurden, doch sie waren nicht schnell genug. Am Nordufer nahmen die Dordovaner Aufstellung, locker aufgereihte Kavallerie hinter Fußsoldaten, dazwischen einzelne Reiter, bei denen es sich um Magier handeln musste. Mitten auf der leeren Ebene ein einsamer Reiter. Rusau.

»Bei den Göttern, du Narr«, murmelte Chandyr. »Du verdammter Narr.«

Jetzt konnte er nichts mehr für den Beobachter tun. Er hatte den Mann deutlich genug gewarnt, und doch empfand er eine Spur Bedauern.

Links hatten die Flüchtlinge jetzt das anrückende Heer bemerkt. Sie hatten Angst, und die Dordovaner hatten Mühe, die aufkeimende Unruhe zu unterdrücken. Die Ersten waren den Wächtern bereits entkommen. Einige rannten weiter nach links, andere eilten den Abhang herauf und den Xeteskianern entgegen. Die meisten flohen jedoch zum Fluss.

»Eng zusammenbleiben«, rief Chandyr. »Formation halten!«

Als sie den Abhang herunterkamen, durchquerten die Dordovaner gerade den Fluss und nahmen auf dem diesseitigen Ufer erneut Aufstellung. Sie bewegten sich nur langsam und blieben auf ebenem Grund, um den Xeteskianern nicht den Vorteil zu geben, bergab angreifen zu können. Die Streitkräfte näherten sich einander, Rusau befand sich immer noch zwischen den Fronten.

»Weg da«, flüsterte Chandyr. Dann rief er laut: »Verschwindet von dort, Rusau!«

Seine Stimme trug weit. Rusau nahm sein Pferd herum und hielt direkt auf Chandyr zu. Er rief etwas, doch der

Xeteskianer konnte ihn erst verstehen, als Rusau dicht vor ihm sein Pferd zügelte.

»Hört doch auf mit diesem Wahnsinn!«, rief er.

»Letzte Warnung, Rusau. Zieht Euch zurück.« Er drehte sich zu seinen Leutnants um und gab mit geballter Faust ein Zeichen. Sie waren noch hundert Schritt von den Dordovanern entfernt, die Magier bereiteten schon die Sprüche vor. »Melder! Bereithalten!«

»Sir!«

»Chandyr.«

»Geht jetzt.«

Rusau zog abermals sein Pferd herum und galoppierte zu den Dordovanern zurück.

»Bogenschützen!«, rief Chandyr. Die Bogenschützen blieben hinter den Fußsoldaten stehen und knieten nieder, die Dordovaner auf der anderen Seite folgten ihrem Beispiel. »Schilde hoch.« Die Befehle wurden sofort über die Befehlskette weitergegeben. Harte Schilde und magische Schilde wurden errichtet, und die Magier meldeten den Vollzug. »Feuer frei!«

Pfeile flogen; eine Salve nach der anderen sauste durch die Luft und prallte gegen die Schilde der Dordovaner, die auf die gleiche Weise dagegenhielten. Rusau, der inzwischen wieder unten angekommen war, wurde von den dordovanischen Soldaten unsanft beiseite geschoben. Chandyr hatte keine Zeit mehr, ihn zu beobachten. Die dordovanische Kavallerie war links und rechts ausgebrochen und galoppierte hinter den Linien entlang, wo die Pikeniere schon bereitstanden.

»Warten«, rief Chandyr. »Warten.«

Er beobachtete die Kavallerie genau. Sie war nicht zahlreich, die xeteskianischen Reiter waren deutlich in der Überzahl; allerdings war noch nicht zu erkennen, welche

Taktik die Dordovaner verfolgten. Dreißig Schritt, das war nahe genug.

»Angriff!«, rief er.

Der Melder stieß die Flagge nach vorn, die Fußsoldaten brüllten und griffen an, seine Kavallerie galoppierte los. Bogenschützen ließen die Bogen fallen und stürzten sich in den Nahkampf, Sprüche knallten. Inmitten des Tumults trieb Rusau, der seinen Fehler erkannte, sein Pferd verzweifelt an, um nach rechts zu entkommen. Er würde es nicht schaffen.

Einige xeteskianische Feuerkugeln sausten durch den Spätnachmittagshimmel, schlugen zwischen Magiern und Bogenschützen ein, zischten und knallten auf Schilde oder explodierten auf dem Boden. Ein kurzer Wolkenbruch von Heißem Regen ging auf die dordovanischen Fußsoldaten nieder. Die feindlichen Magier waren bereit, und ihre Schilde hielten ebenso wie die der Xeteskianer, als die nahe liegende Reaktion erfolgte.

Allerdings hatte Chandyr noch etwas in Reserve. Wie sie es geübt hatten, machten die xeteskianischen Fußtruppen, die immer noch der Kavallerie voraus waren, plötzlich vier erheblich langsamere Schritte. Unerwartet wurde so die dordovanische Linie für xeteskianische magische Angriffe zugänglich. Weitere Feuerkugeln schlugen in einem konzentrierten Angriff auf der linken Seite ein. Mindestens ein magischer Schild brach unter dem plötzlichen, konzentrierten Feuer zusammen. Magische Flammen fraßen sich in Rüstungen und Kleidung, Gesichter verkochten, Pelze und Haut verbrannten. Rasch starben die hilflosen Opfer in den nicht löschbaren Flammen.

»Nach rechts vorstoßen, achtet auf die Kavallerie an der Flanke!«

Chandyr ritt mitten in die dordovanische Kavallerie

hinein, die Reiter zu seiner Linken griffen die desorientierten und geschwächten Gegner an, zu seiner Rechten schwärmten seine Soldaten aus, um die anderen Kämpfer vor Flankenangriffen zu schützen.

Rusau geriet mitten ins Getümmel, er lenkte sein Pferd nach links und rechts, während rings um ihn die Schwerter gehoben wurden und sich senkten. Chandyr beugte sich nach links und führte über den Kopf seines Pferds hinweg einen Streich gegen die Waffe eines Feindes. Er ließ den Zügel los und zog mit der linken Hand die Schulter des Mannes nach vorne, während er die Waffe zurücknahm. Aus dem Gleichgewicht gebracht, sah der Dordovaner nicht, dass Chandyrs Klinge sich in die Gegenrichtung bewegte, um seinen behelmten Kopf zu treffen. Betäubt fiel der Mann vom Pferd und wurde von den Hufen zertrampelt.

Der xeteskianische Kommandant sah sich nach seinen Soldaten um. Sie hatten die Dordovaner auf der rechten Flanke zurückgedrängt, bald würden die feindlichen Linien vollends zusammenbrechen. Wieder zuckten Sprüche über seinen Kopf hinweg, und die feindlichen Magier waren vollauf damit beschäftigt, ihre Schilde zu halten. Mindestens einer brach mit einem Knall zusammen.

»Rusau!«, brüllte er, doch seine Stimme ging unter im Schlachtlärm, im Klirren der Schwerter, in den Schreien der sterbenden Männer, den Rufen von fünfzig Leutnants und dem Stampfen unzähliger Hufe.

Ein Schwert fuhr auf ihn herunter. Instinktiv blockte er den Schlag ab. Sein gut platzierter Hieb warf den Dordovaner in den Sattel zurück, und im Nachsetzen konnte er dem Gegner mit einem zweiten Stoß die Schwertspitze durch den Hals treiben.

»Weiter, weiter!«, drängte er, als er sah, wie die Dordovaner zurückwichen.

Chandyr zog sein Pferd nach links, schlug nach unten und traf die Schulter eines Pikeniers, dessen Waffe sich am Boden verfangen hatte. Im Schlachtgetümmel war jede Ordnung dahin, und die Männer kämpften nur noch um ihr nacktes Überleben. Chandyr entschloss sich jedoch, um das Leben eines anderen Menschen zu kämpfen – das von Rusau. Kaum zu glauben, aber der Lysternier saß immer noch aufrecht im Sattel, auch wenn sein Mantel und die Kleider voller Blut waren.

»Zieht Euch zurück, verdammt!« Dabei wusste Chandyr genau, dass der Magier ihn nicht hören konnte, da er mitten im dichtesten Kampfgetümmel steckte. Sein Pferd war verletzt und verängstigt, es stieg hoch und bockte, und Rusau legte eine bemerkenswerte Geschicklichkeit an den Tag, als es ihm gelang, dennoch im Sattel zu bleiben.

Chandyr hackte sich den Weg zum hilflosen Magier frei. Sein Pferd, das für den Kampf ausgebildet war, trat dabei nach allen Seiten aus und stieß mit dem Kopf, um die Feinde zu vertreiben und seinem Reiter ein gutes Gesichtsfeld und Bewegungsfreiheit mit dem Schwert zu geben. Der Xeteskianer hielt die Beine hinten und das Schwert vorn, um den Gegnern ein möglichst kleines Ziel zu bieten.

»Rusau! Zu mir!«

Sein Schwert traf das Gesicht eines Fußsoldaten, und er sah erleichtert, dass der Magier ihn gehört hatte.

Doch Rusaus Pferd gehorchte nicht. Der Magier zerrte an den Zügeln und wollte sich etwas Platz verschaffen, was ihm jedoch nicht gelang.

»Helft ihm!« Chandyr beugte sich im Sattel weit nach vorn und ließ das Schwert herabfahren. Wieder ein Schritt gewonnen. Ringsum stießen seine Männer vor. »Los doch, los!«

Jetzt war es sinnlos geworden, Befehle an Männer zu geben, die weiter als fünf Schritte entfernt waren. Es kam nun vor allem darauf an, dass die Truppführer den Schlachtverlauf richtig deuteten. Erfahrene Männer, die inmitten von Metall und Blut, Panik und Tod nicht die Übersicht verloren. Darrick hatte es ihn gelehrt, und er hatte seine Männer entsprechend unterwiesen. In dieser Schlacht war die Übersicht der entscheidende Faktor. Auf der ganzen Linie hielt Xetesk die Formation, und Dordover musste zurückweichen.

Noch einmal spornte er sein Pferd an, beförderte einen Mann mit einem Tritt zur Seite und drängte sich durchs Kampfgetümmel.

»Rusau!« Er konnte den Mann jetzt fast berühren. »Springt hinter mir auf.«

Auf einmal, als ein wenig Raum entstand, stießen von beiden Seiten Piken zu. Chandyrs gut ausgebildetes Pferd wich sofort einen Schritt zurück und stieg hoch, um die Vorderhufe zur Verteidigung einzusetzen. Auch Rusaus Reittier stieg voller Panik hoch, warf dabei aber den Reiter ab. Mit einem Schrei stürzte der Magier, verzweifelt mit den Armen rudernd, aus dem Sattel und fiel geradewegs in eine erhobene xeteskianische Pike hinein.

»Nein!«, schrie Chandyr, doch es war zu spät.

Die Klinge durchbohrte den Rumpf des Lysterniers und trat, nachdem sie alle Rippen gebrochen hatte, an der Brust wieder aus. Ein Blutschwall schoss aus dem Mund des sterbenden Magiers, und der Pikenier ließ den Stab fallen und zog sein Kurzschwert. Er fürchtete viel zu sehr um sein Leben, als dass er sich hätte Gedanken machen können, was er gerade getan hatte.

Chandyr nahm das Pferd herum und galoppierte aus dem Getümmel heraus, um sich einen Überblick über den

Verlauf der Schlacht zu verschaffen. Der Sieg war ihnen sicher, die Dordovaner wurden über den Fluss zurückgetrieben. Das war für Chandyr in diesem Augenblick jedoch zweitrangig. Viele Dordovaner hatten Rusau sterben sehen – einen neutralen Beobachter durch die Pike eines Xeteskianers. Er wagte sich nicht auszumalen, welche Konsequenzen dies haben würde.

Es war Nacht, und die Schlacht war gewonnen. Die Dordovaner waren vernichtet oder über den Fluss zurückgetrieben, hatten allerdings vorher viele Flüchtlinge zu Tode gehetzt, die hilflos zwischen den Fronten eingekeilt gewesen waren.

Drei Meilen weiter im Westen hatten sich die überlebenden Flüchtlinge gesammelt und drängten sich Schutz suchend um ihre Lagerfeuer. Ihre Zuversicht hatte abermals einen starken Dämpfer bekommen, und nun waren sie ohne Essen, Obdach und Hoffnung gestrandet.

Die Flucht vom Schlachtfeld war schrecklich gewesen. Sobald die dordovanischen Wächter sie verlassen hatten, um die brüchige Front zu verstärken, hatte Avesh Ellin aus der verängstigten Menschenmenge fortgezogen, die zum Dord rannte oder sich der Gnade der Xeteskianer ausliefern wollte. Viele waren ihm gefolgt, und im Laufe des Tages gesellten sich noch weitere dazu.

In fast völligem Schweigen saßen sie im Nieselregen, der aus dem bewölkten Himmel fiel. Ellin lag reglos in Aveshs Armen. Er wiegte sie leicht und verfluchte diejenigen, die sie vom hellen Sonnenlicht in diesen inneren Abgrund gestoßen hatten. Er wollte zurückschlagen, wusste aber nicht, wie er mit denen Verbindung aufnehmen konnte, an die er dachte. Dann aber, als er schon mit dem Schlaf kämpfte, ritten drei von ihnen ins Lager.

Die erschöpften Flüchtlinge schreckten hoch, doch die Reiter versuchten, die Unruhe rasch zu besänftigen, und versicherten ihnen, sie kämen aus keinem Kolleg. Avesh richtete sich auf, die Müdigkeit wich langsam von ihm, und als die Leute verstummten, ergriff einer der Reiter das Wort.

»Ich und meine Männer haben die heutigen Ereignisse beobachtet, und ich will Euch mein Mitgefühl für Euer schweres Los aussprechen. Für diejenigen, die Euch kaum besser als Tiere behandelt haben, empfinde ich Zorn. Allerdings bin ich zu Euch gekommen, weil ich Euch eine Hoffnung bieten und einen Weg aufzeigen kann, wie Ihr etwas ändern und der Verfolgung ein Ende setzen könnt. Mein Name ist Edman, und ich bin ein Abgesandter der Schwarzen Schwingen.«

Er wartete, bis sich die Nervosität der frierenden, durchnässten und hungrigen Flüchtlinge wieder gelegt hatte.

»Bitte«, fuhr er mit erhobenen Händen fort, »ich weiß, dass wir keinen guten Ruf genießen, doch ich will Euch versichern, dass wir nichts Böses im Schilde führen. Wir wollen wiederherstellen, was untergegangen ist, doch wir brauchen Helfer, damit das Wirklichkeit wird. Ich kann Euch Essen und einen Unterschlupf bieten. Es ist von hier aus ein weiter Fußmarsch, doch wir werden Euch bei jedem Schritt des Weges beschützen. Wir werden Euch vor dem gemeinsamen Feind abschirmen und den Kranken und Verwundeten helfen. Wer zurückkehren möchte, um das Leben wiederaufzubauen, dass die Kollegien Euch genommen haben, soll mit unserem Segen gehen. Wer aber mit uns kommen will, wird das Seine dazu beitragen, dass alle in den kommenden Jahren sicher und in Frieden leben können. Wer will uns begleiten?«

Es gab keine Fragen, die Leute waren misstrauisch und ängstlich, doch Avesh war nicht der Einzige, der ein neues Ziel vor sich sah. Ellin streichelte sein Gesicht.

»Du musst gehen«, sagte sie. »Räche unseren Sohn für mich. Und wenn du es getan hast, findest du mich in den Trümmern unseres Hofs, wo wir noch einmal von vorne anfangen.«

Avesh blickte auf sie hinab, die Tränen schossen ihm in die Augen; er hatte sie noch nie so sehr geliebt wie in diesem Augenblick.

»Ich werde dich nicht enttäuschen.«

»Komm nur zu mir zurück.«

»Das werde ich ganz gewiss tun«, sagte er und gab ihr einen sanften Kuss auf die Lippen. Dann stand er auf, um zu hören, was Edman von ihm wollte.

Mitten in der kalten, dunklen Nacht traf Heryst in Dordover ein. Nach dem langen Ritt waren er und seine Begleiter müde, doch Vuldaroq war nicht in der Stimmung, ihnen viel Zeit zum Essen und Ruhen zu lassen. Den Straßenstaub noch auf der Kleidung, traf Heryst den rotgesichtigen, fetten Erzmagier der Dordovaner in einem kleinen, mit langweiligen Portraits geschmückten Empfangszimmer. Im Kamin prasselte ein mächtiges Feuer.

So oberflächlich das Händeschütteln ausfiel, der Wein, den Vuldaroq anbot, war mehr als willkommen. Die beiden Männer ließen sich zu beiden Seiten des Kamins in großen Ledersesseln nieder.

»Dann kommt Ihr endlich zu Sinnen, mein guter Lord Heryst?«

»Ich war die ganze Zeit ganz und gar bei Sinnen, Vuldaroq. Allerdings hatte ich gehofft, Xetesk und Ihr könntet allmählich zur Vernunft kommen.«

»Worauf genau habt Ihr denn gehofft?«

»Auf eine Möglichkeit, durch Diplomatie Frieden zu schließen, was sonst?«

Vuldaroq lächelte nachsichtig. »Wie Ihr wisst, achte ich Eure Fähigkeiten als Politiker und Magier, aber in diesem Fall seid Ihr so naiv wie ein Kind. Ihr könnt doch kaum Eure Augen vor dem verschließen, was gerade geschieht. Frieden ist nur möglich, wenn beide Seiten ihn wollen.«

»Naiv war ich nie, Vuldaroq«, entgegnete Heryst. »Ich war einfach entschlossen, einen weniger blutigen Weg zu gehen.«

»Glaubt Ihr denn, wir wollten gegen sie Krieg führen?«

»Ich glaube, Dordover war nach der Niederlage auf Herendeneth erbost genug, um einen bewaffneten Konflikt dem Verhandlungstisch vorzuziehen. Ihr habt ebenso wie sie dazu beigetragen, dass wir heute an diesem Punkt stehen.«

Dies nahm Vuldaroq ungnädig auf. »Das ist absurd, Heryst. Wir suchten Gerechtigkeit für Balaia und wollten die Schätze teilen, die auf der Insel entdeckt wurden.«

Heryst blinzelte und hatte alle Mühe, nicht mit einem bösen Lächeln zu reagieren.

»Was glaubt Ihr eigentlich, mit wem Ihr hier sprecht? Ihr werdet Euch hoffentlich erinnern, dass wir eigens ein Bündnis geschlossen haben, weil wir das Nachtkind davon abhalten wollten, Fähigkeiten zu entwickeln, die es nicht mehr kontrollieren konnte. Der Tod des Mädchens war eine Möglichkeit, mit der wir durchaus gerechnet haben. Allerdings hattet Ihr verborgene Motive. Nichts und niemand hätte auf der Insel überlebt, hätte nicht der Rabe eingegriffen – habe ich nicht Recht? Habt Ihr Euch nicht deshalb mit den Hexenjägern eingelassen?«

»Sie waren als Einzige fähig, die zu finden, die wir suchten.«

»Verdammt, das waren sie nicht!« Heryst machte vor Erregung eine ungeschickte Bewegung, ein wenig Wein schwappte auf seine Hand. »Ihr habt ihnen Erienne ausgeliefert. Eine Eurer eigenen Magierinnen.«

»Eine Verräterin«, erwiderte Vuldaroq aalglatt. »Eurem General Darrick nicht ganz unähnlich, würde ich sagen.«

»Darricks Verhalten war bedauerlich, wie ich zugeben muss, doch er war nicht bereit, Seite an Seite mit denen zu kämpfen, die uns alle töten wollen, wie Ihr es getan habt. Keine Sorge, er wird für sein Verhalten zur Rechenschaft gezogen. Er ist wenigstens ein Ehrenmann.«

Vuldaroq trank einen Schluck Wein. »Während ich keiner bin? Jetzt stehe nur noch ich mit meinem Kolleg zwischen Xetesk und der Herrschaft über ganz Balaia. Vergesst nicht, warum wir uns verbündet haben. Wir dürfen nicht zulassen, dass ein Kolleg allein die ganze Macht in Händen hält, denn dann würden wir in die Barbarei zurückfallen.«

»Ich bin ganz Eurer Meinung. Allerdings sind wir unterschiedlicher Ansicht, was die anzuwendenden Methoden angeht«, sagte Heryst, obwohl ihm klar war, dass dieses Hin und Her sie nicht weiterbringen würde.

»Stimmt Ihr denn zu, dass dieser Krieg inzwischen Euch ebenso bedroht wie uns?«

»Und Julatsa auch, das ist wahr«, räumte Heryst ein. »Deshalb bin ich hier. Ich bin entsetzt über das, was Xetesk in Arlen und vor den eigenen Toren angerichtet hat. Ihr habt wenigstens die Regeln des Kriegshandwerks beachtet und die Flüchtlinge verschont.«

Vuldaroq neigte den Kopf. »Dies aus Eurem Munde ist in der Tat ein Kompliment.«

»Ich will jedoch mit großem Nachdruck klarstellen, dass ich nicht auf ein formales Bündnis aus bin«, sagte Heryst. »Wir sind allerdings verpflichtet, die Verteidigung von Julatsa zu verstärken. Auch glaube ich, dass wir eine Blockade um das Land von Xetesk einrichten müssen, um die Verlegung von Truppen und Vorräten zu verhindern.«

»Auch in diesem Punkt sind wir einer Meinung«, erklärte Vuldaroq. »Aber inwiefern soll dies keine Allianz sein?«

»Lystern befindet sich nicht mit Xetesk im Krieg, und das soll auch so bleiben. Meine Soldaten werden nicht Eurem Kommando unterstellt. Ich schlage eine Aufgabenteilung vor, um Xetesk wieder an den Verhandlungstisch zu bringen. Genau dies werde ich auch Dystran sagen.«

»Selbstverständlich respektiere ich Eure Wünsche«, sagte Vuldaroq, und Heryst bemerkte durchaus das zufriedene Funkeln seiner Augen.

»Hintergeht uns nicht – ich bitte Euch um die Zusicherung, dass Ihr unseren guten Willen nicht missbrauchen werdet, um Eure Position in diesem Konflikt zu stärken.«

Vuldaroq hob beide Hände. »Aber, aber, Heryst.«

»Gut. Ich schlage vor, wir beenden unser Gespräch, damit unsere Mitarbeiter meine Vorschläge erörtern können. Wir können später noch einmal zusammenkommen, um etwaige Differenzen beizulegen.«

Ein dringliches Klopfen unterbrach sie, dann stürmten zwei von Herysts Magiern herein.

»Entschuldigt die Störung, Mylords«, sagte einer, ein junger Magier namens Darrow. »Ich habe schlimme Neuigkeiten.«

Fragend blickte er zu Vuldaroq, doch Heryst bedeutete ihm weiterzusprechen.

»Er wird es sowieso erfahren, also kann er es auch gleich von Euch hören.«

»Kayvel hat mit uns Kontakt aufgenommen«, sagte Darrow. »Wie Ihr wisst, ist Rusau mit den xeteskianischen Streitkräften geritten, die an der Furt des Dord die Dordovaner angreifen wollten. Es scheint, als sei er mitten in den Konflikt geraten. Es tut mir Leid, Mylord, aber er wurde getötet.«

Heryst schloss die Augen. Das hatte er befürchtet. Er holte tief Luft, ehe er wieder das Wort ergriff.

»Wie ist es geschehen?«

»Von den Dordovanern, die dabei waren, haben wir erfahren, dass er von einem xeteskianischen Pikenier getötet wurde.«

Heryst warf sein Glas in den Kamin, der Wein zischte. Eine Weile rang er um Fassung, während seine Gedanken rasten und sein Puls heftig pochte.

»Er war ein Diplomat, er war neutral«, sagte er schließlich mit erstickter Stimme.

»Ja, Mylord.«

»Und er war mein Freund.« Heryst schlug einen Moment die Hände vors Gesicht. »Seid Ihr sicher, dass die Berichte der Wahrheit entsprechen?«

»Dass er tot ist?«, fragte Darrow.

»Nein«, fauchte Heryst. »Dass er starb, wie Ihr es gehört habt.«

»Wir sind recht sicher. Er geriet im Kampfgeschehen zwischen die Schlachtreihen. Er war im Weg und wurde von Xetesk beseitigt.« Darrow zuckte mit den Achseln.

»Kann es nicht ein Unfall gewesen sein? In der Schlacht herrscht manchmal Verwirrung«, sagte Heryst. »Ihr müsst verstehen, dass ich sichergehen will. Könnte es auch eine dordovanische Pike gewesen sein?«

Darrow schüttelte den Kopf. »Nein, Mylord. Das Bild ist recht klar. Eine xeteskianische Pike durchbohrte seinen

Körper von hinten. Die Schlacht ging weiter. Xetesk warf Dordover über den Fluss zurück, und jetzt bewacht Xetesk den ganzen Abschnitt und sendet Patrouillen aus, um die Grenze nach Dordover zu sichern.«

Heryst blickte zu Vuldaroq, der aufrichtig bekümmert schien. Hinter dieser Maske, das wusste der Lysternier genau, frohlockte er innerlich über diese Neuigkeiten.

»Was haben wir aus Xetesk gehört?«, fragte er.

»Wie zu erwarten, streiten sie es ab«, sagte Darrow. »Kayvel hat sich mit den anderen Delegierten beraten. Sie sind keinerlei Druck ausgesetzt und wurden nicht verhaftet, aber die Geschichte, die sie erzählen, klingt nicht glaubwürdig.«

»Wie lautet sie denn?« Heryst richtete sich auf.

»Der xeteskianische Kommandant habe versucht, Rusau aus der Kampfzone zu holen, habe es aber nicht rechtzeitig geschafft, weil Rusau von seinem Pferd abgeworfen wurde. Dabei sei Rusau in eine Pike gestürzt.«

»Ein Märchen«, murmelte Vuldaroq. »Es tut mir Leid, dass Ihr Euren Freund verloren habt, Heryst, aber dies wirft ein neues Licht auf das, was wir gerade besprochen haben, meint Ihr nicht auch?«

Heryst hob eine Hand, um den dordovanischen Erzmagier zum Schweigen zu bringen. »Wagt es ja nicht, mich unter Druck zu setzen, Vuldaroq. Im Augenblick bin ich nicht an Euren Gedanken interessiert. Vielleicht könntet Ihr so freundlich sein und mich einen Augenblick allein lassen.«

Vuldaroq nickte und erhob sich, Heryst sah ihm nach.

»Was Dordover angeht, so ändert dies nichts«, sagte er zu Darrow. »Ihr werdet die Verhandlungen fortsetzen, als hätte es dieses schreckliche Ereignis nie gegeben. Habt Ihr verstanden?«

»Ja, Mylord, aber …«

»Kein Aber, Darrow«, sagte Heryst leise. »Ich traue Dordover nicht mehr als Xetesk, und ich möchte Euch raten, meinem Beispiel zu folgen. Morgen werde ich aufbrechen und nach Lystern zurückkehren, dann wird die Verantwortung auf Euren Schultern ruhen. Wir werden die Wahrheit herausfinden, aber im Augenblick will ich nur sagen, dass wir den Einsatz unserer Truppen beschleunigen müssen. Verdammt, Darrick, wo seid Ihr, wenn ich Euch am dringendsten brauche?«

Drittes Kapitel

»Au, verdammt!«, rief Darrick und riss sein Bein zurück. »Das hat wehgetan.«

»Tut mir Leid, Darrick, aber mit freundlichen Worten lassen sie sich nicht entfernen«, sagte Ilkar. »Halte jetzt ruhig, du hast meine Konzentration gestört.«

»Es hat sich angefühlt, als hättest du mir das Bein gebrochen.«

»Tja, ich kann sie ja drin lassen, wenn dir das lieber ist«, sagte Ilkar und sah den Lysternier im Feuerschein fragend an.

Darrick schüttelte den Kopf. »Was, um alles in der Welt, ist nur über mich gekommen, als ich mich eurem Haufen angeschlossen habe?«

»Die Aussicht auf Ruhm und Abwechslung«, meinte der Unbekannte.

»Das muss es gewesen sein.«

Die Rabenkrieger hatten über Nacht eine Rast eingelegt, bevor sie am nächsten Morgen zum Tempel gingen. Zwei Tage hatte der dichte Regenwald ihre Nerven und ihre Geduld auf eine harte Probe gestellt. Die drückende

Hitze wechselte mit sintflutartigen Regengüssen, und anscheinend hatte es jedes Insekt, das hüpfen, kriechen, fliegen oder sich eingraben konnte, auf ihre Haut abgesehen. Eine Meute wilder Hunde hatte sie verfolgt, sie hatten ihr Lager verlegen müssen, als es einer Armee von Ameisen im Weg war, und sie hatten eine riesige Würgeschlange gestört, die einen jungen, ausgewachsenen Affen verschlingen wollte.

Es war schwer zu entscheiden, welches Ereignis das beunruhigendste gewesen war, und Darrick schenkte sich den Versuch, darüber nachzudenken. Er beobachtete lieber Ilkar, der ihn versorgte. Auch wenn er nichts sehen konnte, wusste er, was der Magier tat – er stach ihm Nadeln aus Mana-Energie in die Beine, um die Insekten, die sich in die Haut eingegraben hatten, und deren Eier abzutöten. Jede kleine Wunde wurde sofort kauterisiert, und nachdem er vom Fußgelenk bis zu den Schenkeln Dutzende solcher Stiche ertragen hatte, fühlte Darrick sich, als hätte er mit glühenden Kohlen geduscht.

Außerdem war er ein wenig verstimmt. Bei den abendlichen Überprüfungen durch die Magier, auf denen Ilkar bestand, stellte sich heraus, dass die anderen kaum unter den sich eingrabenden Insekten litten und meist nur die üblichen Stiche und Blasen davongetragen hatten. Es hatte hauptsächlich Darrick getroffen, und Hirad empfand, was wenig überraschend war, dessen Schmerzen als Quelle der Belustigung.

Rebraal hatte mit einem wissenden, irgendwie zufriedenen Ausdruck zugeschaut. Er hatte einen Trank gebraut, der die Insekten abwehren sollte, der aber anscheinend nur bei den Elfen und aus irgendeinem unerfindlichen Grund wohl auch bei Thraun wirkte. Die anderen Menschen waren auf magische Hilfe angewiesen, und inzwischen wurden alle drei Magier müde, weil sie ihre Mana-Reserven stark beansprucht hatten.

»Ist das denn wirklich nötig?«, fragte Darrick.

»Darrick, du hast keine Ahnung, was dieses Land dir antun kann und wie krank du wirst, wenn die Insekten aus diesen Eiern schlüpfen. Sie werden sich von dir ernähren, bis sie groß genug sind, um sich nach draußen zu graben. Rebraal ist immun. Fragst du dich, warum sie dich auffressen? Ganz einfach – weil du es nicht bist.«

»Was ist mit den anderen, sind die auch immun?«

»Nein, aber du bist ein leichteres Ziel. Wenigstens hast du keine Furunkel in den Kniekehlen wie Hirad. Nimm die Kräuter, die wir dir geben, und vergiss nicht, dass wir nicht mehr lange hier ausharren müssen.«

Natürlich wusste Darrick, dass Ilkar Recht hatte. Er hatte Denser und Erienne beobachtet, die unter Ilkars Aufsicht Schnittwunden, Blasen und Stiche versorgten, und er hatte seinen Anteil der Kräuter, die Rebraal ihnen gab, auf die Haut gerieben und den Sud getrunken. Rebraal ließ sich von Erienne die Schulter behandeln, aber weitere Heilsitzungen nahm er nicht in Anspruch. Er war hier zu Hause, ganz im Gegensatz zum Raben.

Nicht zum ersten Mal vermisste Darrick schmerzlich die Kameradschaft seiner Offiziere, den Gehorsam und die Achtung seiner Männer und das geordnete Leben als lysternischer Soldat. Das Problem war nur, dass der Rabe ihn mit unwiderstehlicher Kraft angezogen hatte. Ihre Tatkraft, ihre Freude an den immer neuen Herausforderungen. Und ihr Glaube an das, was sie am Leben hielt. Das Wissen, dass sie überleben würden, ganz egal, was kommen mochte. Das konnte man nicht in den Sack stecken und mitnehmen, das musste man erleben. Und Darrick hatte eine Menge mit den Rabenkriegern erlebt.

»Wie du meinst, Ilkar.«

Der Magier nickte. »Im Augenblick meine ich vor allem, du solltest still sein und mich arbeiten lassen.«

In diesem Moment, genau wie im Kampf, verstand Darrick den Raben. Sie waren keine Horde Waffen schwingender Machos. Sie waren eine Gruppe von Menschen, die sich immer wieder für ihre Gefährten aufopferten, weil sie dadurch insgesamt stärker wurden. Eigentlich war es ganz einfach.

In der folgenden Nacht schlief Darrick etwas ruhiger.

Eriennes Kopf pochte, es war ein zunehmendes, unablässiges Dröhnen, das kein Spruch lindern konnte. Außerdem verwandte sie ihre ganze Energie darauf, den Raben gesund zu halten. Es war schwer. Sie war erschöpft und hatte immer größere Mühe, sich zu konzentrieren, war am Ende ihrer Kräfte.

Die Schmerzen fühlten sich nicht wie eine Krankheit an. Sie wusste, was sie zu bedeuten hatten, und schon bald würde sie es nicht mehr verleugnen können. Es arbeitete in ihr, und sie hasste es. Sie liebte es. Jeder Pulsschlag weckte frische Erinnerungen an Lyanna. In den Tagen, nachdem sie das Dorf verlassen hatten, waren die Erinnerungen sogar ungewöhnlich klar geworden. Schöne Erinnerungen waren es, weil ihr Bewusstsein zunehmend die dunklen Momente verdrängte. Erienne glaubte beinahe, die Al-Drechar seien sowohl für die Schmerzen als auch für die Erinnerungen verantwortlich, auch wenn sie die alten Elfenfrauen nicht in ihrem Bewusstsein gespürt hatte.

»Wie geht es dir?«

Es war der Unbekannte, mit dem sie sich die erste Wache teilte. Sie hatte bereits etwas geschlafen, doch die

Kopfschmerzen hatten sie aus der Hängematte getrieben. Sie fand das Feuer tröstlich, und der Unbekannte, der neben ihr saß, war ein Symbol der Sicherheit.

»Ich werd's überleben«, sagte sie.

»Ich habe gesehen, wie du zusammengezuckt bist«, wandte er ein. »Hast du Denser gesagt, wie groß deine Schmerzen sind?«

Erienne schüttelte den Kopf. »Ich habe ihm schon genug aufgehalst.«

Der Unbekannte kicherte. »Ich glaube, Denser könntest du nicht überlasten.«

»Du warst nicht dabei. Das Schlimmste hast du nicht gesehen.«

»Glaubst du denn, er würde es nicht verstehen, dir Vorwürfe machen oder so etwas?«

»Lyanna war auch seine Tochter«, flüsterte Erienne. Da war es wieder, das schreckliche Verlustgefühl, das ihre Seele in den Abgrund zog. Es würde niemals aufhören, aber wenigstens drohte es sie jetzt nicht mehr völlig zu übermannen.

»Erienne, du hast etwas Einzigartiges und sehr Tragisches erlebt. Füge nicht noch Schuldgefühle dem hinzu, was du sowieso schon ertragen musst.«

»Ich kann's nicht ändern.« Erienne zuckte mit den Achseln.

»Aber du weißt, dass er dir alles verziehen hat. Er hat dir niemals Vorwürfe gemacht, und das gilt für uns alle.«

»Ich weiß.« Erienne betrachtete den Unbekannten im Feuerschein und erinnerte sich, wie überrascht sie gewesen war, als sie das Einfühlungsvermögen hinter dieser harten Schale entdeckt hatte. Manchmal konnten die Augen, die sie jetzt so mitfühlend anschauten, sehr kalt sein.

Dieser Mann war der stärkste und beste Kämpfer, den

sie je gesehen hatte. Nein, er war es gewesen. Nachdem seine Hüfte zertrümmert worden war, hatte er auf das Zweihandschwert verzichten müssen, mit dem er so gern gekämpft hatte, und darunter hatte auch seine Kampfkraft gelitten. Wenn sie jedoch die Muskulatur seiner Arme und Schultern sah, dann musste sie annehmen, dass es ihm gelungen war, den Mangel wieder auszugleichen. Es war leicht zu erkennen, warum seine Feinde ihn fürchteten, und ebenso leicht zu verstehen, warum sie selbst und alle anderen, die ihm lieb und teuer waren, diesem Mann rückhaltlos vertrauten.

»Ich habe euch alle gehasst, weil ihr mich gezwungen habt, hierher zu gehen. Fort von Lyanna.«

Wieder ein Kichern. »Aber wir hatten doch Recht, oder?«

»Ich weiß nicht«, antwortete sie. »Die Sehnsucht nach ihr kann ich nicht abstreifen. Ich will es auch nicht.«

Sie hielt inne und sah sich im stillen Lager um – Denser, Hirad und Ilkar, die in Hängematten über den wimmelnden Bewohnern des Waldbodens schliefen –, und nicht zum ersten Mal wurde ihr klar, wie viel es ihr bedeutete, mit diesen Männern zusammen zu sein.

»Aber jetzt seid ihr alle bei mir, oder? Ihr alle.«

»Wir haben dich nie verlassen«, sagte der Unbekannte.

»Ich sehe es, wenn ich bei euch bin«, versuchte sie zu erklären.

»Deshalb musstest du die Insel verlassen. Wir waren auch dort bei dir, aber du hast uns nicht gesehen.«

»Sie war mein Leben.«

»Beinahe wäre sie dein Tod gewesen«, wandte er ein.

Die Worte taten weh, doch sie wusste, dass er Recht hatte. Von Denser hätte sie es sich allerdings nicht gefallen lassen.

»Ich werde sie nie vergessen.«

»Niemand erwartet das von dir, Erienne.« Er legte seine Hände um die ihren. »Niemand wird das jemals von dir verlangen. Du musstest aber Herendeneth verlassen, du musstest aufhören, deinem Kummer immer neue Nahrung zu geben.«

»Und deshalb bin ich jetzt hier?« Erienne erschrak, auch wenn sie nicht genau verstand, was er ihr sagen wollte.

»Nein«, erwiderte der Unbekannte. »Nicht deshalb. Du bist hier, weil du zum Raben gehörst, und weil Ilkar dich braucht. Der Rabe braucht dich. Aber niemand leugnet, dass es ein glückliches Zusammentreffen war.«

Erienne lachte. »So etwas nennst du glücklich? Ist das dein Ernst? Glaubst du, ich hätte mich darauf eingelassen, wenn ich gewusst hätte, dass es unter meiner Hängematte vor Schlangen nur so wimmelt?«

»Kannst du dir vorstellen, diese Bemerkung vor zehn Tagen gemacht zu haben?«

»Nein«, gab Erienne zu. »Bei den Göttern, was habt ihr nur an euch?«

Der Unbekannte drückte ihre Hände. »Das ist ganz einfach. Wir lieben dich und wollten nicht, dass dir etwas Schlimmes geschieht, wie es dir auf Herendeneth drohte. Wir verstehen deinen Kummer, und wir wissen auch, dass du stärker bist als er. Und wir wissen, was du in dir trägst.«

Unfähig zu sprechen, starrte Erienne ins Feuer.

»Auch auf die Gefahr hin, dass ich rede wie Hirad, aber genau darauf kommt es beim Raben an«, fuhr der Unbekannte fort. »Niemand sonst hat das, was wir haben. Erklären kann man es nicht, aber deshalb habe ich meine Frau und mein Kind verlassen, um mit dem Raben das zu tun, was ich tun muss; und deshalb kann Diera es auch verstehen. Ich bin nicht gern hochtrabend, aber wir sind einzigartig. Du hast im Augenblick Schmerzen, also solltest du Gebrauch von uns machen. Das erwarten wir, das wollen wir.«

Erienne warf dem Unbekannten die Arme um den Hals und schluchzte an seiner Brust. Seine Arme schienen sie beinahe zu erdrücken, doch innerlich fühlte sie sich befreit. Sie weinte eine Weile und wollte die Sicherheit seiner Umarmung nicht verlassen.

»Danke«, sagte sie schließlich.

»Es muss nicht ständig in dir brennen.« Der Unbekannte schob sie ein Stück von sich weg, damit er ihr in die Augen sehen konnte. »Lass uns dir einen Teil der Bürde abnehmen.«

Sie nickte, war sich aber trotz aller Dankbarkeit über ihre Einsamkeit im Klaren, da niemand ihr die Bürde des Einen abnehmen konnte.

»Ich glaube, du solltest jetzt schlafen, falls es deine Kopfschmerzen zulassen. Du hast kaum noch Mana-Reserven, nicht wahr?«

»Das wird bald ein Problem werden«, gab sie zu.

Sie küsste ihn auf die Wange, stand auf und klopfte sich ab. Es begann wieder zu regnen, doch sie achtete kaum darauf.

»Erienne?«

»Ja?«

»Du musst sie an dich heranlassen. Das Eine wird nicht ewig schlafen. Nur die Al-Drechar können dir dabei helfen. Sprich noch einmal mit Denser, ja?«

Es war, als hätte er ihre Gedanken gelesen und sofort den Punkt gefunden, der ihr die größten Sorgen bereitete. Sie lächelte müde. »Ich überleg's mir.«

»Um mehr bitte ich dich nicht.«

»Gute Nacht, Unbekannter.«

»Schlaf gut.«

Stundenlang fiel der Regen, bis kurz vor der Dämmerung, doch als die Rabenkrieger ein leichtes Mahl aus Pilzen und hartem Brot zu sich genommen hatten, war ihre Kleidung wieder so trocken, wie sie es in dieser Umgebung überhaupt werden konnte. An diesem dritten Morgen ging Hirad mit dem Unbekannten Krieger ganz vorn, direkt hinter Rebraal und Ilkar. Zwischen den beiden Brüdern hatte es eine Meinungsverschiedenheit gegeben, ihre angespannten Körper sprachen Bände. Mehrmals verzichtete Rebraal darauf, für Ilkar die Zweige zurückzuhalten, als sie durch ein Waldgebiet marschierten, in dem der Bewuchs dichter war als alles, was sie bisher gesehen hatten.

In den Bäumen über ihnen brüllten Affen und sangen Vögel. Unzählige Stimmen vermischten sich zu einem magischen Chor.

»Wenigstens hört uns niemand kommen«, sagte Hirad.

»Deshalb verlassen sich die Elfen hier auch nicht auf ihre Ohren«, sagte Ilkar, der dicht vor ihm ging. »Wenn Elfen in der Nähe sind, dann haben sie uns höchstwahrscheinlich längst bemerkt.«

»Was sagt Rebraal dazu?«, fragte der Unbekannte.

»Auf einmal glaubt er, wir hätten nicht herkommen dürfen, meint, er und die Al-Arynaar wären auch allein fähig, die Sache zu regeln.«

»Das meinte ich nicht.«

Ilkar zuckte mit den Achseln, drehte sich aber nicht um. Sie hatten alle gelernt, dass man sich schnell Schnittwunden zuzog oder über Wurzeln stolperte, wenn man seinen Gesprächspartner ansah.

»Nun?«, drängte Hirad.

»Er meint, der Wald schmeckt schlecht, die Harmonie sei gestört, und er könne nicht fühlen, was er fühlen müsste. Er ist nicht sicher, was wir am Tempel vorfinden werden, und weiß nicht, ob noch andere Al-Arynaar in der Nähe sind«, erklärte Ilkar.

»Glaubt er denn nicht, dass seine Leute den Tempel längst zurückerobert haben?«

»Anscheinend würde sich der Wald anders anfühlen, wenn es ihnen gelungen wäre«, sagte Ilkar.

»Heißt das, er hat Angst?«, fragte der Unbekannte.

Ilkar sagte nichts, doch Hirad sah ihn nicken.

»Dann lässt du ihn am besten in Ruhe«, entschied der große Krieger. »Es ist sein Land, viel mehr als deines. Wir brauchen ihn, er muss uns so gut wie möglich unterstützen.«

Ilkar zog die Schultern hoch. »Danke für den Hinweis, Unbekannter, aber ich glaube, ich verstehe meinen Bruder.«

»Du benimmst dich aber nicht so.«

Darauf antwortete der Julatsaner nicht, und der Rabe marschierte schweigend weiter. Die geschwollenen Insektenstiche in Hirads Kniekehlen juckten und brannten, und der Schweiß, der seine Arme hinunterlief, tat den Blasen nicht gut, die er sich beim Rudern an den Händen zugezogen hatte. Es war nicht so schlimm, dass er beim Kämpfen behindert gewesen wäre, aber doch recht ungemütlich.

Nachdem sie etwa zwei Stunden gelaufen waren, ließ Rebraal sie abrupt anhalten und winkte, bis sie rings um ihn versammelt waren.

»Nahe«, sagte er und deutete nach vorn. »Leise jetzt.«

»Ist er nicht ein gesprächiger Kerl?«, meinte Hirad.

»Nur etwas eingerostet«, erklärte Ilkar. »Er hat dreimal so lange, wie du lebst, die balaianische Sprache nicht mehr gesprochen.«

Rebraal sah sie finster an und legte einen Finger auf die Lippen. »Still«, zischte er. »Ihr müsst, äh … ich gehe voraus.« Er sah Ilkar an und fügte etwas in der Elfensprache hinzu.

»Wir sollen ihm folgen. Er sagt, er wird uns den Weg weisen.«

»Erkläre ihm, wenn es einen Kampf gibt, werden wir die Lage selbst einschätzen und uns verhalten, wie es unserer Meinung nach richtig ist«, erwiderte Hirad. »Du weißt ja, wie das ist.«

Ilkar lächelte. »Immer auf Widerspruch aus.«

Rebraal hatte es nicht verstanden und schüttelte den Kopf, nachdem Ilkar übersetzt hatte. Ein weiterer scharfer Wortwechsel folgte, der damit endete, dass Rebraal die Arme hochwarf, mit dem Finger auf Ilkar zielte und etwas hervorstieß, das nach einer Drohung klang. Dann kehrte er ihnen den Rücken.

»Also ist er einverstanden?«, sagte Hirad.

»Ich habe ihm zu erklären versucht, dass wir auf ihn hören, aber selbst entscheiden werden, mit welcher Taktik wir angreifen oder uns verteidigen, falls es zum Kampf kommt. Ich würde nur darum bitten, dass du nichts Voreiliges tust. Er kann jede Bedrohung viel eher als wir wahrnehmen, und einen Streit unter Freunden können wir wirklich nicht gebrauchen. In Ordnung?«

Hirad nickte und wandte sich an den Raben. »In Ordnung. Aber nehmen wir lieber gleich die Kampfformation ein, ehe wir weitergehen. Das bedeutet, dass die Magier hinten bleiben. Jeder kennt seinen Platz. Ren, halte den Bogen bereit und bleib hinter den Schwertkämpfern. Dort können wir dich decken.«

Mit gezogenen Schwertern folgte der Rabe dem mürrischen Rebraal, der sich jetzt erheblich zielstrebiger bewegte. Sie hatten schon zuvor das Gefühl gehabt, sehr schnell zu laufen. Jetzt aber huschte er vor ihnen mit sicheren Schritten blitzschnell durch den Wald und bewegte sich im allgegenwärtigen Lärm nahezu lautlos.

Hirad versuchte so gut wie möglich, seinem Beispiel zu folgen, lief gebückt und schaute ständig zwischen dem Boden und dem Gelände direkt vor seinen Füßen hin und her. Ein Schauer durchlief ihn, als sie weitergingen. Sie konnten nicht einmal zwanzig Schritte weit sehen, ganz zu schweigen davon, den Tempel auszumachen, doch seine Erregung und die Erwartung des Kampfes trieben ihn weiter. Die Welt ringsum wurde unwichtig, der Rabe rückte ins Zentrum seiner Wahrnehmung; seine Sinne wurden scharf, wie sie es bei einem Krieger sein mussten, der den Kampf überleben wollte.

Er nahm die kräftigen Gerüche der Pflanzen und der süßen Früchte wahr. Er hörte die Schritte und den Atem der Gefährten und entdeckte auf einmal einen Weg, wo vorher, für das untrainierte Auge, keiner gewesen war. Niemals aber wandte er länger als für ein paar Herzschläge den Blick von Rebraal. Der Al-Arynaar war ein Barometer für das, was unmittelbar vor ihnen lag. Er überquerte einen brutal freigehackten Pfad, drang wieder in den Wald ein, wandte sich nach rechts, betrat eine Lichtung und blieb abrupt stehen. Hirad hob hinter ihm eine Hand, und auch der Rabe hielt an.

Dann drehte Rebraal sich kurz um, betrachtete sie alle, und eine Augenbraue schien sich um eine Winzigkeit nach oben zu bewegen. Hirad blickte nach unten. Er stand auf einem Menschenknochen.

»Ich höre nichts«, flüsterte Rebraal. »Folgt mir. Langsam.«

Er setzte sich wieder in Bewegung, Hirad und der Unbekannte folgten ihm, dann Aeb, Darrick und Thraun, und dahinter Ren und die Magier. Ein leises Murmeln war zu hören, als Mana-Formen geschaffen wurden. Langsam, langsam wurde der Bewuchs spärlicher, und das atemberaubende Gebäude tauchte vor ihnen auf.

Es war eine mächtige grüne und goldene Kuppel, teilweise von Lianen, Flechten und Moos bedeckt. Ein riesiges Bauwerk, das nicht in diese Umgebung zu passen schien und sich dennoch nahtlos einfügte. Die Harmonie, dachte Hirad.

Allerdings zeigten Rebraals Reaktionen auf den Ort, den er so gut kannte, dass etwas nicht stimmte. Eilig winkte er ihnen, wieder anzuhalten, bückte sich und sah hierhin und dorthin, um irgendein Hindernis zu betrachten, dann richtete er sich wieder auf und entfernte sich rasch.

»Rebraal!«, rief Ilkar und brach aus der Formation aus.

»Zurück auf die Position, Ilkar«, befahl der Unbekannte.

Ilkar gehorchte sofort, doch Ren, die direkt hinter ihm stand, hörte nicht auf ihn.

»Ren!«, fauchte der Unbekannte, doch sie war Ilkars Bruder schon gefolgt.

»Der Rabe, formiert euch«, sagte Hirad. »Wir folgen dieser Idiotin.«

Inzwischen war keine Rede mehr davon, sich leise zu verhalten. Rebraal rief jemanden, drängend und in der Elfensprache. Die Rabenkrieger näherten sich ihm, hackten sich einen Weg frei und konnten den Tempel besser überblicken, je näher sie kamen. Ren war ihnen vorausgeeilt; sie rief Rebraal und hielt den Bogen, ohne ihn zu spannen.

»Harter Schild steht«, sagte Erienne.

»Magischer Schild steht«, meldete Ilkar.

Sobald sie gesichert waren, lief Hirad los, der Unbekannte links knapp vor ihm, Darrick auf seiner Rechten. Aeb und Thraun rannten auf der anderen Seite des großen

Kriegers. So stürmten sie auf die Steinfläche vor dem Tempel, wo Ren inzwischen wieder stehen geblieben war.

»Sofort hinter mich!«, brüllte Hirad.

Die Elfenfrau erschrak, sah sich nach links und rechts um und wich zurück. Rebraal war schon mitten auf dem Vorplatz und näherte sich der Tür des Tempels, die mit groben Brettern versperrt war. Auf beiden Seiten des Vorplatzes und hinter dem Tempel tauchten Elfen auf.

Hirad ließ den Raben halten.

»Links überprüfen«, sagte er.

»Zwanzig Ziele«, antwortete Aeb sofort. »Wahrscheinlich noch mehr im Schatten.«

»Rechts prüfen«, sagte der Barbar.

»Sieht ganz ähnlich aus«, meldete Darrick. »Bogen und Schwerter.«

»Ruhig«, warnte Ilkar. Seine Stimme klang gepresst, weil er sich gleichzeitig auf den Spruch konzentrierte. »Das sind Al-Arynaar.«

»Ich gehe kein Risiko ein«, antwortete Hirad. »Der Rabe, aufpassen. Langsam bewegen. Haltet sie wenn möglich vor uns.« Ren nahm unter Hirads zornigem Blick ihren Platz wieder ein. »Mach das nie wieder, sonst bist du draußen.«

»Aber …«

»Später.« Hirad erstickte ihren Protest im Keim und konzentrierte sich wieder auf das, was sich vor ihnen abspielte.

Die Al-Arynaar – inzwischen befanden sich mehr als dreißig auf dem Vorplatz – waren offensichtlich verwirrt über das, was sie sahen. Unverkennbar war der Zorn auf die Fremden, die hier aufgetaucht waren, auch wenn er durch den Anblick Rebraals gemildert wurde. Hirad schauderte bei dem Gedanken, was ohne ihn geschehen wäre.

Er hatte keine Spur von den Elfen bemerkt, bis sie aus den Schatten aufgetaucht waren. Jetzt sorgte er sich vor allem, ob sie Rebraal nicht etwa für einen entflohenen Gefangenen hielten. Schilde hin oder her – der Gedanke, gegen diese Gegner kämpfen zu müssen, behagte ihm nicht.

»Rebraal?«, rief er.

Der Elf hob eine Hand. »Still.« Als er sich umsah, spielte jedoch ein Lächeln um seine Lippen. Die nächsten Worte sprach er in der Elfensprache, dabei fiel auch Ilkars Name.

»Schild unten«, sagte Ilkar und verließ die Kampfformation. Vor Hirad blieb er stehen. »Passt gut auf, aber verhaltet euch nicht aggressiv. Hier gibt es keine Magie, ich würde aber an eurer Stelle den harten Schild aufrechterhalten. Einige wirken recht nervös.«

»Sei vorsichtig«, warnte Hirad ihn. »Du bist ungeschützt.«

»Ich werde neben meinem Bruder stehen«, gab Ilkar zurück, doch er schien selbst nicht überzeugt zu sein.

»Ja, und nicht bei uns.«

Ilkar nickte und überquerte unter den misstrauischen Blicken der Al-Arynaar den Vorplatz. Von jetzt an konnte Hirad nur noch zuschauen. Rebraal sprach rasch mit einem Al-Arynaar, der vorgetreten war, um ihn zu umarmen. Er deutete auf Ilkar und machte eine Geste zum Raben und zum Tempel. Hirad sah ihn nicken, dann zuckte er zusammen und rannte, von Ilkar gefolgt, zum Tempel.

Unwillkürlich rückte der Rabe einen Schritt vor. Die Elfen traten auf den Vorplatz und versperrten den Rabenkriegern den Weg zum Tempel. Mit erhobener Hand versuchte Hirad, sie zu beruhigen. Er sah hasserfüllte Gesichter, in jedem Blick lag der Wunsch, die Eindringlinge zu töten. Hände lagen auf den Griffen der Waffen, die

Körper lauerten angespannt. Etwa fünfzig standen jetzt vor ihnen. Zu viele.

Aus dem Tempel hörte Hirad einen gequälten Schrei. Rufe hallten durch den Wald, die groben Türen wurden aufgerissen, und Rebraal kam herausgerannt. Ilkar eilte neben ihm her und redete mit erhobener Stimme auf ihn ein. Doch Rebraal hörte nicht auf das, was Ilkar zu sagen hatte.

»Es gibt Ärger«, meinte Ren.

»Was sagt er?«, wollte Hirad wissen, ohne sich umzudrehen.

»Da drin ist irgendetwas beschädigt. Die Statue. Rebraal gibt allen Fremden die Schuld. Das schließt auch euch ein.«

Die Spannung baute sich weiter auf. Die Al-Arynaar sammelten sich und rückten vor, als Rebraal und Ilkar an ihnen vorbei waren. Pfeile wurden in die Bogen gelegt, Gürteltaschen geöffnet, Schwerter gehoben.

»Der Rabe, macht euch bereit«, sagte Hirad. »Nicht als Erste angreifen. Abwehren. Denser, hast du etwas, das nicht auf Feuer beruht?«

»Jede Menge«, sagte der Xeteskianer. »Ich bin bereit.«

Rebraals Gesicht verriet, dass er vor Wut völlig außer sich war. Er stieß Ilkar weg, doch der Julatsaner gab nicht auf und warf besorgte Blicke zum Raben. Ein paar Schritte vor den Rabenkriegern, nachdem die Al-Arynaar abermals ein Stück vorgerückt waren, konnte Ilkar sich zwischen den Raben und Rebraal drängen, seinen Bruder zurückstoßen und in der Elfensprache einen Wortschwall ausstoßen, der Rebraal wenigstens für einen Moment innehalten ließ.

Für Hirad bestand kein Zweifel daran, dass es eine Herausforderung war.

»Der Rabe«, sagte er noch einmal.

»Bleibt, wo ihr seid«, unterbrach Ilkar ihn. »Vertrau mir.«

»Unbekannter?«, fragte Hirad.

»Haltet euch bereit.«

Der Unbekannte tippte vor sich mit der Schwertspitze auf den Steinboden, und das kalte Klirren hallte weit über die freie Fläche, während er sich auf den Kampf einstimmte.

Ilkar packte die Schöße seines Lederwamses, riss es auf und forderte Rebraal auf, ihn zu töten. Hirad sah, wie Rebraal die Augen zusammenkniff und einige knirschende Worte sprach, damit Ilkar ihm Platz machte. Ilkar schüttelte den Kopf und wiederholte die Herausforderung. Ein einziges Wort verstand Hirad dieses Mal so deutlich, als hätte in der Morgendämmerung eine Glocke geläutet. Der Rabe.

Die Brüder starrten einander an. Rebraal blinzelte nicht und wandte nicht den Blick ab, und Hirad nahm den Wald ringsum kaum noch wahr. Er hörte das Schwert des Unbekannten auf den Stein tippen und hatte nur noch Augen für die beiden Elfen, zwischen denen gerade das Schicksal des Raben entschieden wurde. Der Schweiß lief ihm den Rücken hinab, und er packte das Schwert unwillkürlich fester. Auch seine Handfläche war nass vor Schweiß.

Ilkar stand völlig reglos da und gab nicht nach. Wieder sprach er, leiser jetzt in der relativen Stille, die eingekehrt war. Seine Worte klangen äußerst entschlossen. Rebraal antwortete nicht, doch in seinem Gesicht arbeitete es. Er warf einen kurzen Blick zum Raben, dann wieder zu Ilkar, nickte einmal knapp, drehte sich auf dem Absatz um und führte die Al-Arynaar in den Tempel.

Ilkar wandte sich mit bleichem Gesicht an den Raben,

doch allmählich breitete sich ein Lächeln auf seinem Gesicht aus.

»Danke«, sagte er. »Für den Augenblick sind wir sicher.«

»Schild unten«, meldete Erienne.

Der Rabe umringte Ilkar, der jetzt zitterte und sich die Hände vors Gesicht schlug.

»Bei den Göttern, es ist übel«, sagte er.

»Was ist denn los?«, fragte Hirad.

»Lasst mir einen Moment Zeit«, bat Ilkar.

»Was tun sie jetzt?« Hirad sah den Al-Arynaar nach, die sich entfernten.

»Sie beten«, erklärte Ilkar. »Und wenn du bei Sinnen bist, dann tust du das auch.«

Viertes Kapitel

Abermals kochten die Verbände in ihren Trinkgefäßen über einem kleinen Feuer, das fast nur noch aus Glut bestand. Rauch stieg kräuselnd in den hellen Morgenhimmel hinauf. Nach den letzten Regenfällen lösten sich die Wolken gerade wieder auf. Spät am vergangenen Abend hatte Yron in einer Mulde oberhalb der Uferböschung des Flusses Shorth für Ben-Foran einen halbwegs bequemen Lagerplatz gefunden. Irgendwie hatte Ben neue Kraft geschöpft. Er hatte nicht anhalten wollen, und so waren sie bis weit in den Abend hinein gewandert.

Yron hatte die blutgetränkten Verbände ausgekocht und ersetzt, und jetzt wiederholte er die Prozedur, die als sinnlos zu bewerten er sich strikt weigerte. Allerdings ging es mit Ben unverkennbar zu Ende, das wäre sogar einem Blinden aufgefallen. In der Nacht hatte er unter Fieberträumen gelitten und aufgeschrien. Yron hatte auf seinen Schlaf verzichtet und bei ihm gewacht, um seine Ängste zu lindern. Die Infektion breitete sich rasch aus, obwohl Yron sich nach Kräften bemüht und sein ganzes Wissen über die Kräuter des Regenwaldes eingesetzt hatte.

Proviant hatten sie auch nicht mehr. Sie hatten abgeschälte Rinde und Blätter der Guarana-Liane zu sich genommen und waren so einigermaßen bei Kräften geblieben. Das musste einfach reichen. Sie hatten weder Zeit noch Energie, um zu jagen oder irgendetwas anderes außer Heilpflanzen zu suchen.

Inzwischen war allerdings auch Yron geschwächt. Die Bisse der Piranhas heilten nicht ab, und auch die Insekten setzten ihm zu. Allein hätte er es vielleicht bis zum Schiff geschafft, aber nur, wenn er ungehindert hätte laufen können. Das Problem war, dass er Ben keinesfalls im Stich lassen wollte.

Während die Verbände auskochten, fütterte er Ben mit Guarana und ließ ihn Menispere gegen das Fieber trinken. Mit einem Sud aus Blättern derselben Pflanze behandelte er auch Bens furchtbare Beinverletzungen und entschuldigte sich zum tausendsten Mal bei seinem Leutnant, als den die Schmerzen schüttelten.

Ben schrie nicht und beklagte sich nicht, er schaffte es sogar zu lächeln.

Als sie am vergangenen Tag quälend langsam am Flussufer entlanggelaufen waren, hatte Yrons Bewunderung für den jungen Mann noch zugenommen. Er besaß einen erstaunlichen, unauslöschlichen Kampfgeist. Er blieb so wachsam, wie er konnte, und wollte immer noch lernen. Selbst für einen erfahrenen Soldaten wie Yron war es aufmunternd. Ben wäre ein großartiger Anführer geworden. Er hätte es werden können.

»Ihr achtet sie, nicht wahr?«, fragte Ben auf einmal. Zwischen kurzen Atemstößen quetschte er mühsam die Worte heraus.

»Die Elfen?«

»Diejenigen, die uns jagen.«

»Oh, ja«, bestätigte Yron. »Sie sind außerordentlich geschickt.«

»Sie werden uns erwischen, nicht wahr?«

»Ja«, bestätigte Yron. »Aber nur, wenn uns das Glück im Stich lässt. Es ist kaum zu glauben, welch großes Glück wir bisher hatten. Sie sind rücksichtslos, und wir haben ein Verbrechen begangen, das in ihren Augen nur mit dem Tod gesühnt werden kann. Wenn sie uns einholen, werden sie keine Gnade zeigen.«

»Was glaubt Ihr denn, warum sie uns noch nicht eingeholt haben?«, fragte Ben.

»Sie sind nicht völlig sicher, wohin wir uns wenden. Sobald sie es wissen, werden sie schneller vorstoßen.« Yron rührte in den Trinkschalen mit den Verbänden und fischte sie heraus. »Das ist die einzige Chance für uns und für alle anderen, die noch da draußen am Leben sind. Lasst die TaiGethen im Ungewissen und bleibt am Leben. Ganz einfach.«

Natürlich war es nicht ganz so einfach. Bald würden die TaiGethen ihr Ziel erraten, und die Krallenjäger würden es bestätigen.

»Seid Ihr marschbereit?«, fragte er.

Ben lachte und musste gleichzeitig husten. »Es ist mir noch nie besser gegangen, Sir. Legt mir die Verbände wieder an, und dann wollen wir uns beeilen.«

»Alles klar, Junge.«

Auum beendete die Gebete und stand mit seinen Tai wieder auf. Sie wandten sich dem kleinen Feuer zu und wickelten den Fisch aus, den sie in der Glut gebacken hatten. Während er das saftige Fleisch aß, verdüsterte sich Auums Stimmung. Da draußen bei den fliehenden Fremden waren Magier, und obwohl die Krallenjäger und eine komplette Einheit der Tai die vier Männer angegriffen hatten, war der Magier entkommen, der die Schriften bei sich trug. Eine gründliche Durchsuchung des Lagers hatte nichts weiter ergeben.

An einem anderen Ort schirmte ein Magier eine weitere Gruppe von Frevlern vor den Augen der Panter und der TaiGethen ab. Die beiden Gruppen ohne magische Unterstützung waren gefasst und getötet worden, ihre Beute war bereits auf dem Rückweg nach Aryndeneth. Doch die Magier bereiteten ihm Sorgen. Die Magier konnten schneller fliegen, als ein Panter laufen und eine TaiGethen-Zelle die Spuren lesen konnte. Allein und ohne Gefährten, die er beschützen musste, konnte sich ein Magier durchaus dazu entschließen, auf dem Luftweg zu fliehen. Es hing vor allem davon ab, wie viel Energie er nach der anstrengenden Wanderung durch den Regenwald überhaupt noch hatte.

»Sind Krallenjäger in der Nähe?«, fragte er.

»Ja«, sagte Duele.

»Rufe sie zu uns.«

Auum holte noch etwas gebackenen Fisch aus dem Feuer, während Duele unterwegs war, und nahm einen frisch gefangenen von dem Spieß, der hinter ihm am Baum lehnte. Den rohen Fisch legte er für den Panter auf den Boden. Die Katze sprang vor, schnappte sich den Fisch und zog sich zum Fressen in den Schatten zurück. Auum wandte sich um und gab dem Krallenjäger den gebackenen Fisch.

»Wir laufen Gefahr, unsere Schriften und das Beutestück zu verlieren«, sagte er. »Bist du dir hinsichtlich der Richtung, in welche die Fremden sich bewegen, völlig sicher?«

Der Krallenjäger nickte.

»Alle TaiGethen müssen so schnell wie möglich zur Flussmündung gehen. Die Al-Arynaar sollen uns begleiten. Dann werden uns die Frevler in die Hände laufen. Sage es deinen Leuten, gib die Botschaft weiter. Jetzt sofort.« Er hielt inne. »Dann der Mann, der am Ostufer des Shorth unterwegs ist. Er ist zu klug. Tötet ihn.«

Noch einmal nickte der Krallenjäger und warf einen Blick zu seinem Panter. Die große Katze riss einen Bissen aus dem Fisch, den sie mit den Tatzen festhielt, richtete sich auf und kam zu ihm. Geschmeidig spielten die Muskeln und Knochen unter dem glänzenden schwarzen Fell. Katze und Elf starrten einander schweigend an. Ihr Austausch ging in einer Sprache und in einer Form vor sich, die für alle außen Stehenden unverständlich war.

Als sie so weit waren, verschwanden sie einfach im Wald, und Auum wandte sich an die Tai.

»Yniss möge uns geschwind reisen lassen, damit wir vor den Feinden die Mündung des Shorth erreichen«, sagte er.

Draußen im Wald ertönte das tiefe Knurren eines Panters, das über Meilen hinweg auch für die anderen zu hören war, die sich im Norden des Landes verteilt hatten. Aus dem Knurren wurde ein Brüllen, dann ein hohes Heulen und dann wieder das gleiche tiefe Grollen wie am Anfang. So ging es in einem fort, bis mithilfe dieser Geräusche die Botschaft an alle anderen übermittelt war.

Unterdessen sammelte Auum noch einmal die Tai zum Gebet, bevor sie ihre eilige Wanderung zur Flussmündung begannen.

Erys flog hoch über dem Blätterdach und folgte dem Lauf des Shorth. Noch nie im Leben hatte er so große Angst gehabt wie in dem Moment, als die Elfen ihr Lager angegriffen hatten. Er staunte, dass er überhaupt einen Spruch hatte wirken können, doch später wurde ihm bewusst, dass die Angst ihn da noch nicht richtig gepackt, sondern erst einige Stunden später eingesetzt hatte. Schaudernd und bibbernd hatte er sich in den Zweigen eines Banyanbaums versteckt und gewartet, bis sein Herz wieder ruhiger schlug und kein unwillkürliches Stöhnen mehr über seine Lippen kam.

Ein Feigling war er sicher nicht, und es war ihm nicht vorzuwerfen, dass er sich vor einem Gegner fürchtete, dem er hoffnungslos unterlegen war. Die Schlangen und Eidechsen, die sich ihm näherten, als er dort saß, zeigten keine Furcht. Irgendwie hatte er sogar gehofft, eine Schlange würde ihn beißen, damit er auf relativ schmerzlose Art sterben konnte. Doch er stellte für die Tiere keine Bedrohung dar, und deshalb ließen sie ihn in Ruhe.

Nach einer Weile ließ die Angst etwas nach, und er verbrachte, an den Ast gebunden, auf dem er schon den ganzen Tag gesessen hatte, eine unruhige Nacht. Der Morgen hatte neue Regenfälle und Ängste gebracht, doch die Erinnerung an Hauptmann Yron, der ihn ermahnt hatte, ja nicht zu versagen, trieb ihn an. So war er in den oberen, frei liegenden Ästen des Banyanmbaums, wo die Adler lebten, so hoch gestiegen, wie er es nur wagte. Dort hatte er, müde, wie er war, seine ganze Konzentration zusammengenommen und Schattenschwingen gewirkt, die ihn durch den sicheren Himmel tragen sollten.

Da oben war er nicht in Gefahr, doch er konnte die nagende Angst vor dem, was unten lauerte, nicht ganz abschütteln. Das Schiff war auch auf dem Luftweg noch zwei Tagesreisen entfernt, oder eher sogar drei, wenn man berücksichtigte, wie erschöpft er schon war. Er musste langsam fliegen und sich ständig auf die Mana-Gestalt konzentrieren, damit die Schattenschwingen auf seinem Rücken stabil blieben. Eigentlich war es ein ganz einfacher Spruch, und selbst nach einer halb schlaflos verbrachten Nacht hätte er fähig sein sollen, vorausschauend zu planen. Wie es aussah, hatte er kaum genug Kraft, sich in der Luft zu halten.

Am Vormittag suchte er eine Stelle, an der er landen, eine Weile rasten und seine Gedanken ordnen konnte. Immer wieder verblüffte ihn die gewaltige Landschaft, die er unter sich sah. Die Sonne schien jetzt auf einen von Flüssen durchzogenen, grünen Teppich hinab. Das Blätterdach folgte den Konturen von Hügeln und nebligen Tälern, wo der Dunst das Licht in allen Regenbogenfarben reflektierte. Große Felsklippen erhoben sich hier und dort aus dem Grün. Auch hinter ihm überragten mächtige Berge den Regenwald. Stumme Wächter, die auf ihre Welt herabschauten.

Beeindruckt von der Weite flog er tiefer und hielt sich in siebzig Fuß Höhe direkt über dem Wasserlauf, gerade außerhalb der überhängenden Äste, in denen er sich verfangen und das Gleichgewicht verlieren konnte.

Ein Grollen ertönte im Wald, zuerst links und hinter ihm. Leise und von einem einzigen Tier, das weit entfernt war. Doch dann wurde es lauter, und die Tonhöhe wechselte. Fremd war es, und Erys' Herz begann zu rasen. Bald darauf stimmten weitere Kehlen ein, bis überall im Regenwald Rufe ertönten. Die Vögel stoben in heller Aufregung in den Himmel, und ihr ängstliches Krächzen übertönte vorübergehend sogar das Gebrüll.

Dann war es wieder da, dieses Mal viel näher. Erys stieg abrupt hoch, weil das Geräusch ungemütlich nahe schien. Als er das Flussufer überflog und nach unten schaute, konnte er auch die Quelle ausmachen und erinnerte sich voller Schrecken. Der Panter und der Elf standen dicht beisammen, das Tier hatte in den Chor eingestimmt, und der Elf lauschte aufmerksam. Fasziniert flog Erys einen Kreis und beobachtete, wie die beiden blitzschnell im Unterholz verschwanden. Rasch verlor er sie aus den Augen, folgte aber ungefähr der Richtung, in die sie sich bewegt hatten, und vergrößerte noch einmal seine Flughöhe.

Er hätte unbedingt ausruhen müssen, doch die Bewegungen der beiden ängstigten ihn. Es schien, als hätten sie auf einmal ein Ziel gefunden. Er flog weiter und suchte nach ihrer Beute, und als er sie entdeckte, hätte er vor Schreck beinahe die Flügel verloren. Auf einer winzigen Lichtung rappelten sich gerade Yron und Ben-Foran auf. Allerdings stimmte etwas nicht, denn Ben-Foran stützte sich schwer auf Yron, der versuchte, ihn in die Deckung zu schleppen.

Erys kreiste und ging hinunter. Yron hatte Ben jetzt beinahe von der Lichtung heruntergezogen. Er hielt die Axt in der Hand und spähte in den Wald, konnte aber offensichtlich nichts sehen. Der Panter würde sie in wenigen Augenblicken erreichen.

»Oh, verdammt.«

Erys faltete seine Schwingen ein und landete schwer auf der Lichtung. Die Glut des sterbenden Feuers spritzte in alle Richtungen.

»Ihr seht in die falsche Richtung«, sagte er und formte bereits eine Mana-Gestalt, die fast so einfach war wie die Schattenschwingen.

»Erys, ich …«, setzte Yron an.

»Haltet Euch zurück«, sagte Erys. Er nahm seinen ganzen Mut zusammen, konzentrierte sich und wartete.

Es dauerte nicht lange.

Achtzig Pfund geschmeidiger schwarzer Muskeln brachen aus dem Wald hervor. Ein Sprung, um dem Ziel nahe genug zu kommen, und ein zweiter, mit dem der Panter Erys an die Kehle gehen wollte. Beinahe hätte der Magier die Konzentration verloren. Beinahe. Lange und spitze Reißzähne in einem offenen Maul, Augen, die ihn anstarrten.

Erys sammelte sich und wirkte den Spruch im letzten Moment vor dem Zusammenprall, als das große Maul seine Hände fast schon erreicht hatte. Feuer schlug in den Schlund des Panters, verbrannte die Nase und die Augen. Der Panter heulte vor Schmerzen, überschlug sich, nachdem er mit Erys zusammengeprallt war, und raste, dem Tode nahe, blind zum Fluss. Seine Beine gaben nach, und alle Anmut war verschwunden, als er gegen die Bäume und Büsche prallte.

Ein unmenschlicher Schrei ertönte im Urwald, kündete von tiefen Qualen und weckte in Erys eine Angst, wie er sie noch nie empfunden hatte. Der Schrei hallte lange in seinen Ohren nach, unvergesslich.

Unten am Fluss wand sich der Panter brüllend und versuchte, die magischen Flammen zu ersticken, während sein Herr aus dem Wald taumelte. Der Elf hatte die Hände vors Gesicht geschlagen, er sah nichts und schrie vor Qual, die Beine konnten seinen Körper nicht mehr halten. Er stolperte, stürzte und ruderte mit den Armen, als wolle er das magische Feuer löschen.

»Bei den Göttern.«

Erys richtete sich mühsam auf. Er spürte einen erdrückenden Schmerz in der Brust, betrachtete den sich windenden, kreischenden Elf und überlegte, ob er helfen konnte, doch Yron war schneller und schlug dem Elf die Axt in die Brust. Das Kreischen hörte ebenso auf wie der Todeskampf am Wasser. Erys fuhr zurück, starrte erst Yron und dann den toten Elf an.

»Glaubt mir«, sagte Yron, »Ihr hättet ihm nicht begegnen wollen, wenn er wieder zu sich gekommen wäre. Jetzt sagt mir, ob Ihr noch genug Kraft habt, um Ben zu helfen. Er liegt im Sterben.«

»Ich will sehen, was ich tun kann.« Erys ging zur Uferböschung und betrachtete den toten Panter, der bereits den Piranhas als Nahrung diente. Er war erschüttert, betastete seine Brust und atmete unter Schmerzen ein. »Ich fürchte, die Katze hat mir die meisten Rippen gebrochen.«

Ilkar hatte mit Rebraal wieder den Tempel betreten. Der Wunsch zu töten war verschwunden, doch der Zorn war geblieben. Schulter an Schulter standen sie knapp hinter der Tür, die von den Al-Arynaar in aller Eile repariert und wieder eingehängt worden war. Sechs von ihnen lagen im Innern, der Elfenfluch brachte sie um. Rebraal konnte keinen Blick von der Statue wenden, und Ilkar ließ seinerseits Rebraal nicht aus den Augen.

»Ich verstehe deinen Zorn«, sagte er.

»Nein, du verstehst ihn nicht.« Rebraal schwieg einen Moment, doch Ilkar wusste, dass noch mehr kommen würde. »Ich hätte es mir niemals träumen lassen. Wir haben so hart gekämpft, Ilkar. Du hättest die Magie und die Pfeile fliegen sehen sollen. Doch sie waren so viele. Meru hat mich gerettet, obwohl er starb. Da dachte ich noch, wir hätten Zeit, uns neu zu formieren und die anderen zu töten. Warum mussten sie das tun? Warum ausgerechnet dies?« Er deutete zur verschandelten Statue. »Yniss möge mich retten, aber ich habe die Elfen im Stich gelassen.«

»Rebraal, du hast mit neun Gefährten hundertdreißig Gegner angegriffen. Hundert von ihnen sind gefallen«, wandte Ilkar ein.

»Also habe ich versagt, und das hier ist die Folge.«

Ilkar wollte widersprechen, sah aber ein, dass es sinnlos war, und hielt den Mund. Nicht Rebraal hatte versagt, sondern die Al-Arynaar als Organisation. Sie und sogar die Tai-Gethen waren nachlässig geworden. Es war eine Tragödie, dass so viele Elfen für den Fehler bezahlen mussten, ohne jemals den Grund zu erfahren.

»Dann lass es uns in Ordnung bringen«, sagte Ilkar. »Jetzt gleich.«

»Wer hat das getan?« Rebraal schüttelte den Kopf. »Wer war das?«

»Ich weiß es nicht«, erwiderte Ilkar.

Er wollte es herausfinden. Unbedingt. Denn wenn er es nicht herausfand, musste ganz Balaia dafür büßen.

»Deine Leute waren es«, fauchte Rebraal.

Ilkar sah ihn fassungslos an. »Nein, Rebraal, das stimmt nicht. Meine Leute, das ist der Rabe, und wir helfen euch, diejenigen zu fangen, die dies getan haben.«

»Ihr, der unbeholfene Rabe. Überlasst es den TaiGethen.«

»Was?«

»Sie werden den Wald säubern, und dann werden wir alle Rache üben.«

»Bei den Göttern, nein. Sie werden den Wald nicht säubern, Rebraal, denn das waren keine Schatzjäger. Ihr wurdet von einer sehr gut organisierten kleinen Armee angegriffen, die über große Reserven verfügen dürfte. Erkennst du das nicht? Die TaiGethen sind ausgezeichnete Jäger, aber sie haben es hier mit einem starken Gegner zu tun, den man anders angehen muss. Das gilt auch für dich.«

»Bei den Göttern, sagst du. Welcher ist es denn heute? Wieder einer der namenlosen Götter?«

»Das ist doch egal, Rebraal. Jedenfalls müssen wir die

Statue wieder in Ordnung bringen und die Schriften zurückholen. Damit haben die Götter nichts zu tun.«

»Das glaubst du.«

Ilkar packte Rebraal an den Schultern und drehte ihn zu sich herum. »Hör zu, mein großer Bruder, ich sage dir, wie es aussieht. Das ganze Elfenvolk wird von einer schrecklichen Krankheit heimgesucht. Irgendwann, vielleicht schon morgen, können du und ich sterben. Du kannst entweder den Raben ignorieren und so weitermachen wie bisher, oder du lebst in der Gegenwart und gehst davon aus, dass dir die beste Söldnertruppe Balaias tatsächlich helfen kann. Wir können etwas tun, und wir werden etwas tun.«

»Warum sollte ich dir das glauben?«

»Weil ich dein Bruder bin und dir helfen will. Komm mit und rede mit uns.«

Ilkar sah die Verzweiflung in Rebraals Augen, die mit seinem angeborenen Stolz und seinem Misstrauen um die Vorherrschaft rang.

»Jedenfalls kann es nicht schaden, wenn du zuhörst«, drängte Ilkar ihn.

»Dann aber schnell.«

Ilkar lächelte. »Komm mit.«

Draußen hatte sich der Rabe im Schatten des Tempels versammelt. Der Himmel war strahlend blau, eine Brise hielt ein paar wundervolle Augenblicke lang die Luftfeuchtigkeit auf einem erträglichen Niveau. Doch das Idyll wurde von erhobenen Stimmen gestört. Hirad und Ren.

»Ich dachte, er schwebt in Gefahr«, protestierte Ren.

»Und du dachtest, die beste Möglichkeit, ihm zu helfen, bestünde darin, dich selbst und damit auch uns ebenfalls in Gefahr zu bringen?«, gab Hirad zurück.

»Er brauchte Rückendeckung.«

»Die haben wir ihm gegeben«, knurrte Hirad. »Wir waren abgeschirmt, die Reihe der Schwertkämpfer stand, unsere Offensivmagie war einsatzbereit, und wir dachten, wir hätten auch einen Bogenschützen.«

»Ihr wart nicht schnell genug. Er musste schnell Hilfe bekommen.«

»Bei den brennenden Göttern, das muss ich mir nun wirklich nicht anhören.« Hirads Gesicht verdunkelte sich.

»Lass mich …«

»Es gibt nur eine Sache, die du verstehen musst, Ren. Wenn du mit dem Raben kämpfst, dann kämpfst du wie der Rabe. Wir sind damit erfolgreich. Du brichst nie wieder aus der Formation aus, weil dadurch Menschen sterben. Hast du das verstanden?«

Ilkar beobachtete Rens Reaktion, die störrisch vor der Brust verschränkten Arme und den trotzigen Gesichtsausdruck.

»Ich habe getan, was ich für richtig hielt«, sagte Ren.

»Und das hätte uns alle umbringen können«, erwiderte Hirad. »Was, wenn der Vorplatz vermint gewesen wäre? Oder wenn fünfzig Feinde in den Bäumen gelauert hätten? Was dann?«

»Ich wollte doch nur …«

»Ren.« Hirad senkte die Stimme ein wenig, doch der Nachdruck blieb. »Niemand stellt deine Fähigkeiten und deine Absichten infrage. Der Grund dafür, dass die Rabenkrieger noch leben und immer noch die Besten sind, ist einfach der, dass wir einander vertrauen und uns aufeinander verlassen können. Ganz und gar. Wenn ich dir nicht vertrauen kann und mich nicht darauf verlassen kann, dass du jederzeit dort bist, wo du sein solltest, dann heißt das, ich bin nicht bereit, für dich zu sterben. Und wenn ich dazu nicht bereit bin, kann ich nicht mit dir kämpfen. So ist das beim Raben.«

Ren schwieg. Darauf konnte man tatsächlich nicht mehr viel erwidern. Aller Augen ruhten auf ihr, und ihr Blick wanderte Hilfe suchend zu Ilkar.

»Es kommt auch nicht darauf an, mit wem du ins Bett gehst«, fuhr Hirad fort. »Ich kann dir versichern, dass er meiner Meinung ist. Auch Erienne und Denser verstehen das. Im Kampf gibt es keine Geliebten, sondern nur Leben oder Tod. Wir packen die Dinge auf unsere Weise an, weil es die richtige Art und Weise ist. Finde dich damit ab oder geh weg. Das ist die Entscheidung, vor der du stehst.«

»Willst du untätig zusehen, wie er so mit mir redet?«, wollte Ren von Ilkar wissen.

»Jemandem, der Recht hat, falle ich nicht ins Wort«, erwiderte Ilkar. Er zuckte mit den Achseln. »Es war nötig, dass du das mal hörst.«

Rens Gesichtsausdruck verriet, dass die Debatte damit keineswegs vorbei war, aber sie wich ein Stück vor Hirad zurück.

»Was war das?«, fragte Rebraal, der unbeteiligt zugeschaut hatte. »Ich habe nicht viel verstanden.«

Ilkar lächelte. »Nenne es ein klärendes Gespräch. Komm, wir müssen einiges besprechen.«

Der Rabe machte sich an die Arbeit, und Ilkar übersetzte, wo es nötig war.

»Wie sieht die Lage bis jetzt aus?«, erkundigte sich Hirad.

»Ich entschuldige mich, falls einige es jetzt zum zweiten Mal hören«, begann Ilkar. »Der Tempel wurde von ungefähr hundertdreißig Fremden angegriffen. Etwa hundert wurden getötet, doch es haben genug überlebt, um den Tempel zu erobern. Vor drei Tagen haben die TaiGethen den Tempel zurückerobert, fünf Gruppen der Gegner konnten jedoch entkommen. Sie haben Schriften gestohlen, und, noch wichtiger, den Daumen der Statue von Yniss. Die TaiGethen und die Krallenjäger verfolgen die Flüchtigen.«

»Das ist alles?«, fragte Hirad.

»Bis jetzt, ja.«

»Das reicht nicht«, sagte der Unbekannte sofort. »Wie viele Flüchtige sind in jeder Gruppe? Wie viele Magier sind dabei, und in welche Richtung bewegen sie sich?«

»Nur wenig ist wirklich gesichert, aber es sieht sehr danach aus, als wollten sie zur Mündung des Shorth, um ein Schiff zu erreichen.«

»Dann müssen auch wir dorthin, und zwar sehr schnell, wie es scheint«, erklärte der Unbekannte. »Wenn es so wichtig ist, diese Dinge zurückzuholen, dann dürfen wir nicht riskieren, dass auch nur einer dieser Bastarde entkommt. Kein Einziger darf uns entwischen. Wenn ihr sie durch den Wald hetzt, wird aber genau das geschehen.«

»Die TaiGethen besitzen die notwendigen Fähigkeiten. Sie werden die Fremden erwischen«, erwiderte Rebraal.

»Das Risiko könnt ihr nicht eingehen«, erwiderte der Unbekannte. »Glaube mir! Deine TaiGethen können die Fremden ja im Wald jagen, wenn sie das wollen. Aber wir müssen zur Flussmündung. Wenn hundertdreißig hergekommen sind und angegriffen haben, dann kannst du davon ausgehen, dass noch einmal die gleiche Zahl auf den Schiffen wartet. Wir müssen zwischen sie und die Flüchtigen gelangen und ihnen den Fluchtweg abschneiden. Auf diese Weise können wir sie erwischen. Alle. Denn dann haben sie keinen Fluchtweg mehr. Die TaiGethen treiben sie jedoch ihrer Verstärkung in die Arme, erkennst du das nicht?«

Man sah es Rebraal an, dass er es verstanden hatte, denn seine Miene entspannte sich. »Was sollen wir tun?«

»Wir müssen so schnell wie möglich dorthin«, sagte der Unbekannte. »Wir müssen aber auch daran denken, dass die Reserven des Gegners nicht unbedingt auf den Schiffen bleiben, sondern sich schon im Wald befinden könnten. Die TaiGethen und andere Kämpfer können im Wald dafür sorgen, dass die Flüchtigen aufgehalten werden. Sie können sie auch schnappen und töten, wenn das möglich ist, aber die Feinde sollen nicht zu einer panischen Flucht angetrieben werden, weil sie es dann vielleicht sogar schaffen könnten. Jetzt hoffe ich nur, dass ihr Boote in der Nähe habt, denn die müssen wir so bald wie möglich in Bewegung setzen; und so viele deiner Leute, wie du entbehren kannst, müssen mitkommen.«

Rebraal nagte an der Unterlippe. Er sah ein, dass es richtig war, doch sein Misstrauen war tief verwurzelt.

»Du musst es deinem Volk erklären«, sagte Ilkar, wieder die Elfensprache benutzend. »Wir wollen helfen – nicht nur, um die Elfen zu retten, sondern auch, weil Balaia Magier braucht, damit wir Julatsa wieder aufbauen können. Du musst uns vertrauen.«

Im Wald begannen große Katzen zu knurren, hin und wieder war auch ein Heulen zu hören. Manchmal gaben die Tiere sogar Laute von sich, die fast wie Hundegebell klangen. Die Rabenkrieger sprangen auf und drehten sich, um die Quelle der Geräusche zu finden. Ganz in der Nähe stimmten zwei Kehlen in den Lärm ein. Auf dem Vorplatz und rings um den Tempel kamen alle Tätigkeiten zum Erliegen. Die Al-Arynaar standen nur ruhig da, lauschten und warteten, während die Geräusche rings um sie im Wald hallten. Thraun folgte ihrem Beispiel und lächelte, als verstünde er, was vor sich ging. Die Rufe setzten immer wieder neu an, bis sie nach einer Weile erstarben. Einige Momente herrschte tiefe Stille, ehe die Geschöpfe des Regenwaldes wieder ihr gewohntes Konzert anstimmten.

Gleich darauf tauchte auf der linken Seite ein Krallenjägerpaar aus dem Wald auf. Der Panter trottete direkt zum Tempel, während sein Elfenpartner genau betrachtete, wer vor ihm stand. Nur flüchtig traf sein Blick den Raben, dann nickte er Thraun zu und konzentrierte sich schließlich auf Rebraal. Die beiden Männer entfernten sich ein Stück und sprachen leise miteinander. Unterdessen tauchte der Panter mit tropfnasser Schnauze wieder aus dem Tempel auf und gesellte sich zum Raben – nicht drohend, sondern nur beobachtend und abwartend.

Hingerissen betrachtete Ilkar das schöne, starke Tier. Wie jeder Elf hatte man ihn gelehrt, den Krallenjägern und den TaiGethen mit allergrößter Achtung zu begegnen, und vor allem die Panter spielten in der Überlieferung der Elfen eine fast mythische Rolle. Dennoch wich er langsam in den schützenden Halbkreis zurück, den die Rabenkrieger unwillkürlich gebildet hatten.

»Sie wird nicht angreifen«, sagte er ebenso zu sich selbst wie zu allen anderen, die ihn hören konnten.

»Sie ist schön«, sagte Erienne.

Thraun kniete sich neben das Panterweibchen und rieb mit den Händen über deren Flanken. Sie schmiegte den Kopf an die Brust des Gestaltwandlers und warf ihn dabei fast um.

»Große Zähne«, bemerkte Hirad. »Thraun kommt gut mit ihnen zurecht, das muss ich ihm lassen. Trotzdem, ich frage mich, worüber sie da gerade reden.«

Ihre Aufmerksamkeit kehrte zu Rebraal und dem Krallenjäger zurück. Die beiden hatten ihre Unterhaltung inzwischen beendet, und Rebraal nickte. Er neigte vor dem Elf den Kopf und kam rasch zum Raben herüber, wobei er leicht über den Rücken des Panterweibchens strich. Sie schaute zu ihm auf und leckte seine Hand, bevor sie zu ihrem Partner zurückkehrte. Rebraal lächelte, Ilkar übersetzte.

»Es scheint, als seien die TaiGethen zur gleichen Schlussfolgerung gelangt wie wir, also müssen wir uns in Bewegung setzen. Aber vergesst nicht, wir werden hier nur geduldet. Wir sind nicht willkommen, und wir müssen uns behutsam und umsichtig bewegen. Falls sie uns als Bedrohung empfinden sollten, werden wir sofort zu Feinden – genau wie die Fremden, wer sie auch sein mögen.«

»Genau darüber zerbreche ich mir schon den Kopf«, sagte Denser. »Wer sind sie?«

»Das werden wir bald herausfinden«, erklärte Hirad.

Fünftes Kapitel

Auum führte Duele und Evunn an einem seichten Fluss entlang, der bei besonders starken Regengüssen von einigen kleinen Wasserfällen gespeist wurde. Die Felswände zu beiden Seiten des Flusses waren glitschig vor Algen und Moos, die Luft war mit Wasserdampf gesättigt und drückend, über ihnen kreisten unablässig Vögel und suchten nach Fischen in den Wasserlöchern, die rasch vom Hauptstrom abgeschnitten wurden, sobald der Regen nachließ.

Der Fluss, der schließlich in den Shorth mündete, erleichterte ihre Reise beträchtlich. Die Tai kamen rasch voran und bewegten sich manchmal stundenlang im Dauerlauf, die Bogen über den Rücken geschlungen, während ihre Stiefel über den nassen Stein tappten. Auum rannte fast wie berauscht. Sein Haar flatterte hinter ihm, sein Herz pochte kräftig und schnell, seine Beine trieben ihn weiter. Obwohl die Harmonie des Waldes verletzt und gestört war, spürte er noch dessen Kraft, und die Laute von Tuals Geschöpfen erfüllten ihn mit Hoffnung und Zuversicht.

Als er einer sanften Biegung nach links gefolgt und über ein tiefes Loch gesprungen war, landete Auum im knöcheltiefen Wasser auf weichem Schlick. Direkt vor sich entdeckte er eine weitere Zelle der Tai, die er sofort erkannte. Marack, die Anführerin, stand vor dem sitzenden Nokhe. Sie hatte ihm die Hände auf die Schultern gelegt und sprach mit ihm – oder betete sie?

Auum hob die Arme, und seine Tai wurden langsamer und blieben bei den Gefährten stehen. Marack schaute mit gequältem Gesicht auf. Auums Jagdrausch verflog schlagartig, als er Nokhe aus der Nähe betrachtete. Das Hemd des TaiGethen war von unzähligen kleinen Blutstropfen bedeckt.

»Yniss sei uns gnädig«, keuchte er und sank vor dem verletzten Elf auf die Knie. »Nokhe.«

»Es ist der Fluch«, sagte Marack leise und hoffnungslos.

»Wann hat es begonnen?«, wollte Auum wissen.

»Heute in der Morgendämmerung.« Nokhes Atem rasselte in den zerstörten Lungen. »Es ist ein Schmerz wie kein anderer, Auum. Ich sterbe, und niemand kann mir helfen, du nicht und nicht einmal Yniss.«

»Ich werde tun, was ich kann«, versprach Auum ihm. Beinahe hätte er vor Enttäuschung über Yniss und vor Hass auf die Fremden laut geschrien. »Ich will für dich und für alle beten, die betroffen sind. Es ist eine Prüfung unseres Glaubens, bei der ich nicht versagen will.«

Nokhes Lächeln war blutig. »Finde du die Verbrecher und ihre Herren. Bevor die TaiGethen dahin sind und unser Volk keinen Schutz mehr hat.«

»Komm mit in den Wald«, sagte Auum.

»Alles, was ich spüren muss, spüre ich auch hier«, erwiderte Nokhe. Auf einmal zischte es, wenn er atmete, sein Gesicht bekam tiefe Falten, er wurde blass und sah sehr krank aus. »Ich kann nicht mehr aufstehen. Mein Magen ist zerstört, und die Schmerzen sind zu groß. Ich bin froh, dass du derjenige bist, den ich in meinen letzten klaren Momenten sehe. Du und auch Marack.«

Auum drehte sich zu ihr um. »Wo ist Hohan? Sammelt er Kräuter gegen die Schmerzen?«

Marack schüttelte den Kopf und schaute, wenn überhaupt möglich, noch trauriger drein. »Er ist fort«, flüsterte sie. »Der Fluch hat ihn gestern getroffen. Er will sich selbst dem Wald geben, solange er noch die Kraft dazu hat.«

Auum wiegte sich wie vor den Kopf geschlagen auf den Hacken hin und her. Erst jetzt wurde ihm bewusst, dass auch die TaiGethen sterben mussten. Niemand war sicher, nicht einmal Yniss' treueste Diener.

»Und du, mein Bruder?«, fragte Auum.

»Ich wollte nicht allein sterben wie Hohan«, erklärte Nokhe. »Wenn die Schmerzen vorbei sind, werde ich ein letztes Mal mit Marack in den Wald gehen. Ich hoffe, es wird bald geschehen.« Er hatte sein Schicksal akzeptiert, konnte aber die Angst nicht völlig überwinden.

»Auch ich werde an deiner Seite sein.«

»Nein, Auum. Nur Marack darf mich sterben sehen. Du musst mich in Erinnerung behalten, wie ich im Leben war.«

Auum nickte und beugte sich vor. Er nahm Nokhes Kopf in beide Hände und küsste ihn auf die Stirn, auf die Wangen und schließlich behutsam auf die Lippen. »Möge Tual dich im Paradies zu ihrem Favoriten erwählen.«

Dann richtete er sich auf und wandte sich an Marack. »Kraft sollst du haben«, wünschte er ihr. »Wenn du allein gelaufen bist und die Kontemplation vorüber ist, komme zu uns. Ich fürchte, viele Tai werden Gefährten verlieren.«

Auum winkte seinen Tai. Duele und Evunn erwiesen Nokhe ihren Respekt und riefen Shorth an, er möge den Übergang ins Herz von Yniss beschleunigen. Bevor sie weiterliefen, versammelte Auum sie um sich.

»Falls der Fluch euch treffen sollte, werde ich nicht zögern, euch in die Umarmung des Waldes zu geleiten. Ihr müsst das Gleiche für mich tun. Und jetzt kommt, wir haben noch viel zu tun.«

Obwohl Yron und Erys Ben-Foran auf beiden Seiten stützten, kamen sie kaum schneller oder leichter voran. Sie hatten sich vorübergehend vom Ufer des Shorth entfernt, um nicht von der anderen Seite aus gesehen zu werden, stießen aber tiefer im Wald auf schwierigeres Gelände. Überall hingen Lianen und riesige Spinnennetze, und die Bäume standen so dicht, dass sie immer wieder umkehren und einen neuen Weg suchen mussten.

Bei jedem Schritt fürchtete Yron, einen Jaqrui zu hören, dieses tödliche Schwirren, das sich unaufhaltsam seinem Rücken und seinem Kopf näherte. Mit Erys' Ankunft war ihr Glück vermutlich erschöpft, denn es kam dem erhofften Wunder so nahe, wie man es sich nur wünschen konnte. Der Tod des Krallenjägerpaars würde, sobald er entdeckt wurde, ihre Verfolger nur noch mehr anspornen. Sie waren immer noch zwei Tagesmärsche von der Flussmündung entfernt, wo hoffentlich die Reserve und das Schiff auf sie warteten, mit dem sie nach Balaia zurückkehren konnten.

Er war immer noch nicht sicher, ob sie es schaffen konnten, er wollte sich nicht in trügerischer Sicherheit wiegen. Das konnte man sich nicht erlauben, wenn die TaiGethen hinter einem her waren. Zwischen ihm und Erys hing jedoch ein Mann, dessen Schreie die Jäger anlocken würden.

Ben-Forans Beine waren vereitert. Die Verbände waren größtenteils abgerissen, die schrecklichen Wunden lagen offen, und Scharen erbarmungsloser Insekten und Würmer gruben sich hinein.

Unglaublich, dass der Junge überhaupt noch lebte. Erys war der gleichen Ansicht gewesen und hatte seine letzten Mana-Reserven eingesetzt, um die Schmerzen zu betäuben und die Infektion zu bekämpfen. Die Verletzungen waren jedoch viel zu schwer, und der Magier war bereits erschöpft. Yron war schon dankbar, dass Erys überhaupt noch die Kraft hatte, Ben auf einer Seite zu stützen.

Bis in den Nachmittag liefen sie und hielten kaum einmal an, um Atem zu holen. Ben-Foran verlor mehrmals das Bewusstsein, doch sobald er wieder zu sich kam, stellte er Fragen und sprach mit ihnen. Inzwischen waren sie sehr durstig, und Yron hatte Wasser und Kräuter gekocht und Guarana in die Mixtur gegeben, um den unschönen Geschmack zu überdecken.

Nach dem unvermeidlichen Regenguss waren sie weitergegangen, und jetzt versteckte sich die Sonne abermals hinter dichten Wolken, die einen weiteren Schauer ankündigten. Wie alle anderen wusste auch Yron diese Güsse inzwischen zu schätzen.

»Tun die TaiGethen eigentlich sonst noch irgendetwas?«, fragte Ben unvermittelt.

Yron hatte nicht bemerkt, dass der Junge wieder zu sich gekommen war. Er lachte.

»Euer Verstand funktioniert immer noch, was?«

»Er ist so ziemlich das Einzige, was noch funktioniert, Sir.«

»Was tun sie denn überhaupt?«, schaltete Erys sich ein.

Sie hatten lange Zeit geschwiegen, und der Klang ihrer

Stimmen riss sie aus der Bedrückung, in die sie verfallen waren.

»Tja, das weiß ich eben nicht. Sie kümmern sich um den Tempel und den Wald«, sagte Ben.

»Nein, das ist nicht richtig. Eigentlich haben sie nicht viel mit dem Tempel zu tun. Das ist die Aufgabe der Elfen, gegen die wir gekämpft haben, der Al-Arynaar. Sie sind die Hüter des Tempels. Sie wechseln sich darin ab und leben die restliche Zeit in benachbarten Dörfern. Die TaiGethen verlassen den Wald niemals. Nie im Leben.«

»Was tun sie dann?«

»Abgesehen vom Offensichtlichen kann man es schwer erklären. Sie haben ein kompliziertes Glaubenssystem, das sich um die Harmonie des Waldes, der Erde, des Himmels und der Magie dreht. Die TaiGethen sind die eifrigsten Priester dieser Religion und widmen ihr Leben dem Erhalt dieser Harmonie, ganz egal, was dazu nötig ist. Glücksritter wie wir haben ihrer Ansicht nach einen Frevel begangen. Sie überwachen die Tierwelt, die Siedlungen, die Holzwirtschaft der Elfen und ähnliche Dinge.«

»Also sind sie so etwas wie eine Stadtwache«, meinte Erys. »Nur, dass sie im Wald leben.«

»Kaum«, widersprach Yron. »Das wäre, als ... als hielte man die Protektoren für eine Art städtischer Miliz, nur besser ausgebildet. Die TaiGethen besitzen als Fährtenleser und Jäger Fähigkeiten, die Ihr Euch im Traum nicht vorstellen könnt, solange Ihr es nicht gesehen habt, Erys. Sie bewegen sich lautlos, sie sind unglaublich schnell, und Ihr bemerkt sie erst, wenn sie drauf und dran sind, Euch zu töten. Sie kämpfen nicht für Lohn und Ruhm. Gemessen an ihnen sind Protektoren unbeholfen und langsam. So gut sind sie.«

Darauf folgte ein nachdenkliches Schweigen. Sie gingen

weiter, wichen einem besonders großen Netz aus, in das eine riesige Spinne ihren letzten Fang einwickelte, und duckten sich unter den federnden Zweigen eines Balsaholzbaums durch. Über ihnen hing eine junge Python, der sie jedoch als Beute zu groß waren. Die Luft wurde drückender, je länger der Regenguss auf sich warten ließ.

»Schaffen wir es denn zum Schiff?«, fragte Ben nicht zum ersten Mal.

»Wenn uns das Glück nicht im Stich lässt«, antwortete Yron wie schon so oft. »Ich weiß, was Ihr sagen wollt, aber sie sind wirklich sehr gut. Allerdings gibt es im Verhältnis zur Größe des Waldes nicht sehr viele.«

»Werden sie uns auch auf dem Meer verfolgen? Was meint Ihr?«, fragte Erys. »Bei den Göttern, hoffentlich sind wir bald an Bord und haben das hier hinter uns.«

Yron schüttelte den Kopf. »Das werden sie nicht tun. Wir haben nur einige Papiere mitgenommen. Das ist in ihren Augen zwar ein Verbrechen, doch sobald wir den Wald verlassen haben, kann die Harmonie wiederhergestellt werden. Nein, wir müssen dann Abordnungen von den Al-Arynaar und den Ältesten des Elfenvolks empfangen.« Yron kicherte. »Keine Sorge, Erys, Ihr werdet nicht bis ans Lebensende verfolgt.«

Wieder schwiegen sie, doch die Stimmung war eindeutig besser. Yron hatte sie mit seiner Beschreibung der Tai-Gethen geängstigt, doch der Gedanke an die sicheren Schiffe spornte Geist und Körper an, und ein paar hundert Schritte lang schien der Wald nicht mehr ganz so finster. Dann setzte der Regen ein, und die Welt verdüsterte sich wieder.

Da mehr als ein Dutzend Al-Arynaar in Aryndeneth blieben, war auf den Booten, die zwei Stunden östlich des

Tempels am Fluss Shorth festgemacht hatten, genug Platz. Es hieß, aus allen Richtungen kämen weitere Al-Arynaar, die man auf direktem Wege zur Flussmündung oder auf dem Ix in Richtung Ysundeneth schicken wollte, falls einige der Fremden sich in diese Richtung bewegten. Hirad hielt das für unwahrscheinlich, da die Eindringlinge außer ihrer ursprünglichen Route nicht viel kannten, doch es war besser, alle Fluchtmöglichkeiten zu blockieren.

Vier flache Elfenboote eilten der Mündung des Shorth entgegen, die etwa drei Tagesreisen östlich von Ysundeneth an der Nordküste des Kontinents lag. Der Shorth war einer der drei großen Flüsse, die das Wasser des Regenwaldes aufnahmen, doch im Gegensatz zum Ix und dem Orra standen seine Zuflüsse nicht mit den anderen Gewässern in Verbindung. Drei Boote beförderten jeweils ein Dutzend Elfen; auf dem letzten fuhren der Rabe und Rebraal, der trotz des widerwillig geschlossenen Waffenstillstands alles andere als erbaut darüber war, mit den Menschen reisen zu müssen.

Hirad fand das alles ein wenig komisch, aber auch nervtötend. Der Rabe wurde weitgehend gemieden und nur geduldet, weil Ilkar Rebraals Bruder war – und man hielt ihn obendrein für unnütz. Auch Ilkars und Rens Ansehen schien durch ihre Nähe zu den Menschen zu leiden. Offenbar dachten die Elfen nicht im Traum daran, dass der Rabe tatsächlich auf irgendeine Weise helfen konnte.

»Mach dir nichts draus«, sagte der Unbekannte, als er sah, wie Hirad zu einem Boot voller Al-Arynaar hinüberstarrte.

»Wir sind bereit, für sie zu kämpfen«, sagte Hirad. »Wir werden nicht bezahlt, wir könnten dabei verwundet werden, und sie behandeln uns wie den letzten Dreck. Tut mir Leid, aber das *macht* mir etwas aus.«

»Sie können jahrhundertealte Vorurteile nicht so einfach ablegen«, wandte Ilkar ein, der weiter vorne dicht am geblähten Segel stand. Noch mussten sie nicht rudern, denn der Wind, der schräg über den Fluss wehte, trieb sie mit gutem Tempo stromabwärts. »Und man darf auch nicht vergessen, was sie gerade erlebt haben.«

»Wir haben mit den Tempelräubern nichts zu tun«, wandte Hirad ein. »Glauben sie denn auch, alle Elfen seien einander gleich? Fällt es ihnen so schwer zu verstehen, dass es unterschiedliche Menschen gibt? Bei den Göttern, Ilkar, wenn du nicht zufällig ein Elf wärst, würde ich mir das nicht gefallen lassen.«

»Dann tu's doch für Ilkar«, sagte der Unbekannte.

»Für ihn«, stimmte Hirad zu, »und für Ren. Und für alle mir bekannten Elfen, die auf Balaia noch am Leben sind. Es wäre aber nett, wenn diese undankbaren Esel wenigstens anerkennen würden, dass wir auf ihrer Seite stehen und ihnen helfen wollen. Das ist doch nicht zu viel verlangt.«

»Sie sind nicht wie wir«, erklärte Denser. »Das musst du eben akzeptieren.«

»Dadurch wird es noch lange nicht richtig, Denser.« Hirad blickte zur Bank, wo der Xeteskianer mit Erienne in inniger Umarmung saß. »Natürlich gibt es Unterschiede, aber muss ich mich deshalb gleich benehmen wie ein Bauernlümmel?«

»Bis jetzt hast du es knapp vermieden«, sagte Ilkar.

Hirad zuckte mit den Achseln und rieb sich übers unrasierte Kinn, dann über die Beine. »Ein Glück, dass wir aus dem Wald heraus sind«, sagte er. »Was ist mit dir, Darrick?«

Der lysternische General sah sich mit geschürzten Lippen um. »Mir hat es gefallen«, sagte er. »Ich liebe nichts mehr, als von innen nach außen aufgefressen zu werden.«

Hirad lachte und wusste, dass die Al-Arynaar erschrocken herumfahren würden. »Das ist dieses verweichlichte Kavalleristenfleisch. Ich habe dir schon vor Jahren geraten, dich uns anzuschließen.«

»Dann hätte ich mich noch früher mit Furunkeln und Stichen herumschlagen müssen. Wie sehen deine eigentlich aus?«

»Ach, vielen Dank auch«, sagte Hirad.

»Es gibt eine ernste Sache, über die wir reden müssen«, unterbrach der Unbekannte die beiden in einem Tonfall, der alle aufmerken ließ. »Wir haben jetzt ein paar Tage relativer Ruhe vor uns, die wir gut nutzen sollten. Die Magier sollten so viel wie möglich schlafen, und wir anderen müssen uns, so gut es geht, um uns selbst kümmern. Bittet nur um einen Spruch, wenn ihr ernsthaft erkrankt. Einverstanden?«

Hirad drehte sich zu Aeb um, der bei ihnen hinten im Boot saß. Der Protektor hatte bei den Al-Arynaar kein besonderes Aufsehen erregt. Dies allein zeigte schon, wie engstirnig die Verteidiger des Tempels waren. Ein Mann von Aebs Größe und Erscheinung erregte sonst überall Aufsehen.

»Wie geht es deinem Gesicht, Aeb?«

Die Maske drehte sich zu ihm, die Augen sahen ihn an, ohne etwas zu verraten. »Ich bin nicht beeinträchtigt.«

»Gut. Heißt das, dass du keine wunden Stellen und Stiche hast, oder dass du sie unter Kontrolle hast?«

»Ich bin nicht beeinträchtigt.«

»Lass ihn in Ruhe, Hirad«, sagte der Unbekannte. »Das ist Aebs Sache, und er wird um Hilfe bitten, falls er sie braucht. Mehr musst du nicht wissen.«

»Wie du meinst.« Hirad langweilte sich bereits, obwohl sie noch nicht lange unterwegs waren. »He, Thraun, ist mit dir alles in Ordnung?«

Seit sie auf den Baum gestiegen waren, um den Ix zu überqueren, hatte der Gestaltwandler kein Wort mehr gesagt. Hirad hatte ihn von Zeit zu Zeit beobachtet und bezweifelte nicht, dass Thraun den Regenwald liebte. Er lauschte genau auf die Geräusche und freute sich über die Geschöpfe, denen sie begegneten. Er als Einziger war von der Kommunikation der Krallenjäger nicht überrascht gewesen, und Hirad vermutete sogar, dass er sie verstand.

Allerdings konnte niemand ergründen, was in seinem Kopf vor sich ging. Darrick, der ihn im Schwertkampf unterwies, hatte so gut wie nichts aus ihm herausbekommen, und auch der Unbekannte, dem Thraun oft enger folgte als ein Protektor, konnte ihn nicht zum Sprechen überreden. Trotz seines Schweigens waren seine Kampfinstinkte vorhanden, und Hirad hatte absolutes Vertrauen, dass er sich richtig verhielt. Ganz im Gegensatz zu Ren.

Thraun erwiderte seinen Blick und zuckte mit den Achseln. Sein Körper war fast völlig frei von Stichen. Entweder hatte der Trank, den Rebraal für sie gebraut hatte, bei ihm besonders gut gewirkt, oder seine Haut hatte sich einen Teil ihrer wölfischen Widerstandskraft bewahrt. Da Thraun offenbar nichts sagen wollte, wandte Hirad sich grinsend an Ilkar.

»He, Ilks, geht es deiner Freundin gut?«

Ren, die im Bug saß, zuckte zusammen und starrte angestrengt nach vorn. Ilkar ließ sich nicht auf das Geplänkel ein.

»Hör auf damit, Hirad«, warnte er ihn. Seine Ohren zuckten und liefen vor Zorn rot an.

»Ich wollte mich doch nur erkundigen, ob zwischen euch beiden alles in Ordnung ist. Ich mag es nicht, wenn es böses Blut gibt.«

»Alles ist in Ordnung, solange du deine Nase nicht hineinsteckst«, sagte Ilkar. »Lass es einfach auf sich beruhen.«

»Bist du sicher, dass ich nichts tun kann, um zu helfen?«

»Du meinst, abgesehen davon, über Bord zu springen?«

»Tut mir Leid, dass ich überhaupt was gesagt habe«, meinte Hirad.

»Das tut uns allen Leid«, warf Erienne ein. »Hirad, du bist manchmal der reinste Sargnagel. Ich bekomme Kopfschmerzen davon.«

»Was ist los, Erienne?«, fragte der Unbekannte.

»Ist schon gut, danke.«

Der Unbekannte packte Hirad am Wams und zog ihn zu sich heran, bis er dem Barbaren ins Ohr flüstern konnte.

»Wir mögen deine Sticheleien, Hirad«, sagte er. »Aber manchmal ist Schweigen besser als dein unablässiges Geplapper. Jetzt ist ein solcher Augenblick.«

Hirad befreite sich unwirsch, richtete sich auf und drehte sich zum Unbekannten um, der ihn ernst ansah. »Hoffentlich erreichen wir bald die Flussmündung«, murmelte er.

Es sollte noch zwei Tage dauern, bis Hirads Wunsch erfüllt wurde.

Sechstes Kapitel

Das Delta des Shorth war ein wirres Durcheinander von einem halben Dutzend Kanälen, die vom Hauptstrom abzweigten. Das flache Land bot Raum für ein weitläufiges Sumpfgebiet, an dessen Saum Brackwasser und Schlick vorherrschten. Begrenzt wurde es von Klippen mit atemberaubenden Wasserfällen. Weit vor der Mündung des Flusses, wo das Wasser tief genug war und ruhig und stetig strömte, ankerten die feindlichen Schiffe.

Der Rabe hatte die Boote ein Stück stromaufwärts in einem Versteck gelassen und war am westlichen Ufer des Shorth bis zum Rand des dichten Regenwaldes geführt worden, wo das offene, teils mit Mangroven bestandene Sumpfland begann. Dahinter war gerade noch die Flussmündung zu erkennen.

»Leicht wird das nicht«, meinte Hirad.

Darrick stimmte ihm zu. Er hatte sich eine weite Ebene voller Sand vorgestellt, die gelegentlich von der Flut überschwemmt wurde, in der man eine Schlacht organisieren und durch überlegene Taktik gewinnen konnte. Was er nun sah, war sein schlimmster Albtraum. Hier drohte ein Nahkampf in unsicherem und möglicherweise tödlichem Gelände. Ein Glück, dass sie keine Pferde dabeihatten, die in dieser Umgebung nur hinderlich gewesen wären.

»Was meinst du, Darrick?«, fragte der Unbekannte.

Wider Willen fühlte er sich durch diese Frage etwas geschmeichelt, doch er war keineswegs darauf erpicht, sie zu beantworten. Da die Al-Arynaar ausgeschwärmt waren, um die möglichen Fluchtrouten der überlebenden Feinde zu überwachen, während die sagenhaften TaiGethen noch nicht aufgetaucht waren, stand der Rabe allein auf weiter Flur und musste beweisen, dass seine Taktik die überlegene war.

»Die Frage ist, was die Feinde denken«, erwiderte Darrick.

»Wirklich?«, schaltete sich Denser ein. Doch der Unbekannte nickte bereits ermunternd und gab Darrick das Selbstvertrauen, seine Gedanken zu entwickeln.

»Wir stellen im Augenblick gefährliche Mutmaßungen an. Das ist in Ordnung, solange die Feinde nicht hier sind und nicht mit uns rechnen. Es ist jedoch überhaupt nicht hilfreich, wenn sie zahlreicher sind, als wir glauben, oder wenn sie schon im Bilde sind, sich verschanzt haben und uns erwarten. Jetzt können wir das Gelände sehen, mit dem wir es zu tun haben, und jetzt können wir die richtigen Fragen stellen. Wir wissen bereits, dass die Feinde Magier haben oder hatten. Sollen wir annehmen, dass sie Kontakt mit der Reserve aufgenommen haben, und wenn ja, an welchem Punkt? Welche Informationen wurden weitergegeben, und wie sieht die wahrscheinlichste Reaktion der Reserve aus?«

»Richtig, davon müssen wir ausgehen«, stimmte der Unbekannte zu. »Sie kennen die Zahl der Flüchtlinge, sie wissen, wie nahe sie sind und wie schnell sie sich bewegen. Sie wissen auch, dass die Jäger ihnen auf den Fersen sind und dass sie vor dem offenen Gelände der Flussmündung eine Abfanglinie einrichten müssen. Hat jemand Vorschläge?«

»Der schmalste, am einfachsten zu verteidigende Punkt«, sagte Hirad. »Wo das offene Gelände, das die Flüchtigen überqueren müssen, nicht zu weitläufig ist oder wenigstens von Bogenschützen und Magiern gesichert werden kann.«

»Genau«, sagte Darrick. »Seht ihr die Stelle, wo sich der Fluss zwischen den Felsen verengt?« Er deutete zu dem etwa dreihundert Schritt breiten Abschnitt. »Das ist die beste Position, auch wenn der Hauptarm und die größeren Kanäle stören. Man kann die Gegend nicht völlig abriegeln, und selbst wenn man dort Kräfte einsetzt, müssen sie sich aufteilen.«

»Warum sollten sie ihre Leute dann ausgerechnet dort aufstellen?«, fragte Erienne.

»Wenn sie weiter nach vorn gehen, wird der Wald zu dicht, und man kann sie von der Flanke her angreifen. Sie brauchen die Klippen, um ihre Flanken zu sichern. Außerdem sind sie wohl nicht zahlreich genug, um eine weit ausgefächerte Linie zu halten. Weiter zum Meer hin wäre eine Verteidigungsstellung sinnlos. Dort können die Verteidiger weder den Sumpf noch den Wald überblicken und haben auch die Flanken nicht unter Kontrolle. Die Flanken sind aber genau die Stellen, an denen die Flüchtigen mit großer Wahrscheinlichkeit auftauchen werden. Und da wäre noch etwas«, sagte Darrick lächelnd. »Sie wissen vielleicht, dass ein paar TaiGethen hinter ihnen her sind, aber sie rechnen keinesfalls damit, dass fünfzig Schwertkämpfer und ein paar Magier flussabwärts gekommen sind. Das können sie nicht wissen.«

»Und nun?« Denser betrachtete den Saum des Waldes, den auch zehnmal fünfzig Kämpfer nicht wirkungsvoll decken konnten.

»Ich habe eine Idee.«

Es dauerte nicht lange, bis die Al-Arynaar berichteten, dass die feindlichen Kräfte sich am Rand des Sumpfgebiets aufgestellt hatten. Damit war auch die Frage beantwortet, ob die Flüchtigen die Schiffe vielleicht doch schon erreicht hatten. Ohne Bestätigung von den TaiGethen oder den Krallenjägern hinsichtlich der Position der Flüchtigen musste der Rabe nun davon ausgehen, dass sie jederzeit auftauchen konnten.

Nach einigem Hin und Her wurde Darricks Plan umgesetzt, auch wenn der ehemalige General Rebraal den Rat gegeben hatte, den Elfen den Plan als seinen eigenen zu präsentieren. Die Späher der Al-Arynaar hatten sich bis auf dreißig Fuß an die vordersten feindlichen Positionen angeschlichen und gemeldet, dass am Hauptarm des Flusses siebzig Schwertkämpfer standen, die von fünfzehn Bogenschützen und schätzungsweise sechs Magiern unterstützt wurden. Außerdem waren die Elfen sicher, dass weitere Fremde in Deckung lagen. Weniger, als Darrick angenommen hatte, aber immer noch eine Bedrohung. Die Fremden verhielten sich, wie man es erwartet hatte – sie standen an einer Stelle, wo sie gutes Schussfeld und freien Raum hatten, der ihnen Platz für ihre Manöver ließ. Darrick hatte allerdings nicht die Absicht, den Feind zu dessen Bedingungen anzugreifen.

Da die Ankunft der TaiGethen unmittelbar bevorstand, hatte Darrick geraten, sich nicht zu weit zu verteilen, damit die Flüchtigen nicht etwa zwischen ihnen hindurchschlüpfen konnten. So hatten die Al-Arynaar und der Rabe vier Gruppen gebildet, die der Besatzung der Boote entsprachen, und in einem Halbkreis dicht vor dem offenen Sumpfgelände ihre Stellungen bezogen, wo sie in beide Richtungen Ausschau halten konnten.

Der Rabe und Rebraal befanden sich an der linken Flanke, dem Feind so nahe, wie sie es wagten, und an einer Stelle, wo niemand sie unbemerkt umgehen konnte. Die Al-Arynaar bezogen gegenüber am Ostufer eine ähnliche Position, die anderen beiden Gruppen standen, je eine auf jedem Ufer, näher am Shorth. Darricks Überlegung ging dahin, dass die beiden Gruppen an den Flanken Flüchtige aus allen Richtungen stellen konnten, während die Gruppen im Zentrum nur diejenigen erwischen würden, die ihnen sehr nahe kamen. Noch wichtiger aber war, dass diese Abteilungen die feindliche Reserve angreifen konnten, falls die sich aus der Deckung wagte.

Nachdem sie ihre Positionen eingenommen hatten, blieb nichts mehr zu tun außer zu warten. Hirad hockte ein Stückchen von den anderen entfernt am Ende der Linie, die der Rabe gebildet hatte, um den Saum der Klippen vor dem dunkelnden Himmel – zwischen ihrer eigenen Position und der feindlichen Linie – zu beobachten. Rechts konnte er gerade noch Darrick ausmachen, der unablässig die Umgebung überprüfte und sich vergewisserte, ob er alle Leute richtig eingeteilt und nichts übersehen hatte. Er verließ sich auf die Schnelligkeit und die Fähigkeiten der TaiGethen, doch da er sie nicht gut genug kannte, war er unsicher.

Hinter Hirad beobachtete Thraun den Wald. Seine Augen waren so scharf und wachsam wie die der Elfen, er lauschte auf alle Geräusche und passte auf, ob irgendjemand sich ihnen näherte. Der Barbar lächelte. Mit dem Schwert in der Hand und inmitten der Rabenkrieger fühlte Hirad sich wohl.

Seitlich am Hals spürte er einen Stich, schmerzhaft und ganz sicher nicht von einem Insekt. Er drehte den Kopf herum, bis eine Dolchklinge für ihn sichtbar wurde. Er hob eine Hand und drehte sich langsam weiter herum. Sein Blick erfasste den Griff eines Dolchs und einen mit dunklem Stoff bekleideten Arm, dann ein grün und braun bemaltes Gesicht. Der Elf starrte ihn mit unverhohlenem Hass an, und seine geflüsterten Worte klangen nach Mord und Totschlag, auch wenn Hirad die Sprache nicht verstand.

Eigentlich hätte er sich fürchten müssen, doch er war beeindruckt von der Geschicklichkeit des Elfenkriegers, der sich völlig unbemerkt angeschlichen hatte. Wenn er aufschrie, würde er vermutlich sofort sterben. Er und der halbe Rabe. Die TaiGethen, und dies hier war vermutlich einer, arbeiteten immer zu dritt, wie Rebraal ihnen erklärt hatte.

Doch unbesiegbar waren sie nicht. Hirad lächelte.

»Ich weiß nicht, was du sagst, mein Freund, aber du solltest eigentlich wissen, dass kein Rabenkrieger jemals allein ist.«

Jetzt lag Thrauns Schwert am Hals des Elfenkriegers. Er fuhr auf, zischte etwas und kniff die Augen zusammen, ließ Hirad aber nicht los. Dann gab es auf beiden Seiten Unruhe, und einige scharfe, geflüsterte Worte verhinderten, dass die Situation noch weiter eskalierte. Zwei weitere Elfen kamen von rechts herbei, Rebraal und der Unbekannte kamen von links. Hirad schob die Dolchklinge weg.

»Steck das ein, es sei denn, du willst es benutzen.«

Der Elf verstand ihn nicht, doch er tauschte sich eilig mit Rebraal aus, ohne Hirad aus den Augen zu lassen.

»Sind das die berühmten TaiGethen?«, fragte Hirad.

»Nicht jetzt«, warnte der Unbekannte ihn.

Ilkar hatte sich zu ihnen gesellt und veranlasste Thraun, seine Klinge wegzunehmen. Schließlich richtete der TaiGethen den Blick auf Rebraal. Er schnaubte verächtlich, beugte sich noch einmal zu Hirad und flüsterte etwas Drohendes, ehe er sich lautlos entfernte und seine beiden Gefährten mitnahm.

»Das wurde auch Zeit«, sagte Hirad.

»Du kannst froh sein, dass du nicht tot bist«, meinte Ilkar.

»Der auch«, erwiderte Hirad. »Wer war das?«

»Das war Auum, der Anführer der TaiGethen. Frag lieber nicht, was er zu dir gesagt hat.«

Hirad zuckte mit den Achseln. »Soll mir recht sein. Was ich aber wissen will, ist, wo die Flüchtigen sind.«

Ilkar gab die Frage an Rebraal weiter.

»Sie haben tiefer im Wald zwei weitere Gruppen von Kriegern erwischt und getötet. Damit haben sie bisher elf Männer erledigt. Anscheinend sind auf beiden Ufern noch weitere unterwegs, die sie aber noch nicht aufgespürt haben. Auf dieser Seite bewegen sich die Fremden unter irgendeiner Art von magischer Deckung, meint Auum. Auf der anderen Seite ist jemand unterwegs, dessen Fähigkeiten, sich im Wald zu bewegen, er anscheinend respektiert, dem er aber die Haut abziehen will, weil er ein Krallenjägerpaar getötet hat. Sie vermuten, dass beide Gruppen nahe sind. Weitere TaiGethen überqueren jetzt den Fluss. Wir müssen nicht mehr lange warten.«

Er sollte sich irren. Sie mussten den ganzen Tag bis tief in die Nacht warten, und es sollte eine höchst ungemütliche Wache werden. Es gab keine Ablösung, sie hatten keine Zeit, etwas anderes außer getrocknetem Fleisch zu essen, und sie mussten sich mit den unvermeidlichen Wolken von Insekten herumschlagen. Die Hitze, die hohe Luftfeuchtigkeit und der Regen stellten ihre Kraft auf eine harte Probe. Die TaiGethen und die Krallenjäger durchkämmten den Wald, hatten bisher aber nichts gefunden.

Thraun, Ren, Aeb und Rebraal sicherten die vier Hauptrichtungen, und als das Licht verblasste, hielt der Rabe Kriegsrat.

»Es wird im Schutze der Dunkelheit geschehen«, sagte Darrick.

»Dafür gibt es keinen Grund«, wandte Ilkar ein. »Sie wissen doch, dass die Elfen im Dunklen ebenso gut sehen können wie am Tag.«

Darrick tippte sich an den Kopf. »Die Gründe sind hier drin. Vergesst nicht, dass sie Angst haben und müde sind. Sie wollen jeden nur erdenklichen Vorteil auf ihrer Seite wissen, ob eingebildet oder echt.«

»Ob sie schon mit den Reservetruppen vor uns Verbindung aufgenommen haben?«, fragte Hirad.

»Das ist unmöglich zu sagen«, erklärte Darrick.

»Ich bezweifle es«, schaltete sich Denser ein. »Die Kommunion ist ein schwieriger Spruch, den ihre Magier wohl nicht mehr wirken können. Es ist bereits unter normalen Bedingungen sehr anstrengend. Wenn ich mir überlege, welche Mühe wir allein mit den Insekten hatten ...« Er zuckte mit den Achseln.

»Er hat Recht«, bestätigte Ilkar. »Vergesst auch nicht, dass eine Gruppe sich anscheinend unter einer Tarnung bewegt, die sogar Elfen und Panter verwirren kann. Das muss ein beeindruckender Spruch sein.«

»Warum kommen sie eigentlich nicht geradewegs hierher?«, fragte Erienne. »Ich meine, wenn der Spruch so gut ist, brauchen sie doch keine Angst zu haben. Sie müssten nur zur Kampflinie der Reserve marschieren und wären in Sicherheit.«

»Ein guter Einwand«, sagte Darrick. »Ich vermute, es

liegt am Gelände. Wenn sie durch den Sumpf planschen, machen sie einen Höllenlärm, ob sie nun unsichtbar sind oder nicht.«

»Richtig«, stimmte der Unbekannte zu. »Ich schlage jetzt Folgendes vor.«

Er kam nicht mehr dazu, ihnen seine Idee zu erläutern, denn hundert Schritt zu ihrer Rechten erwachte der Sumpf auf einmal zum Leben. Füße stolperten durchs Wasser, die Gischt spritzte in alle Richtungen. Dort bahnten sich offenbar mehrere Menschen einen Weg durchs Wasser, und vor ihnen ertönten aufmunternde Rufe.

»Der Rabe!«, brüllte Hirad. »Der Rabe zu mir!«

Hirad führte die Rabenkrieger aus der Deckung heraus zu ihrer Position an der linken Flanke.

»Harter Schild steht«, sagte Ilkar.

»Spruchschild steht«, meldete Erienne.

»Achtet auf die linke Flanke«, warnte der Unbekannte.

»Bin dabei«, sagte Darrick.

»Denser, wir müssen diese Illusion zerstören«, sagte Hirad.

»Wird gemacht«, bestätigte der Xeteskianer.

Der Rabe drang ins flache Wasser vor und hielt die Formation, so gut es im dichten Bewuchs am Ufer möglich war. Hinter den getarnten Flüchtigen kamen die Al-Arynaar und die TaiGethen. Die Wolken brachen auf und ließen das Mondlicht durch, das den Sumpf und den Wald in ein gespenstisches Licht tauchte. Vielfältiges Heulen ertönte, und Hirad sah Metall schimmern. Ein Panter brüllte, ein Dutzend weitere stimmten ein.

Denser blieb abrupt stehen, sprach einen Befehl und stieß rasch die Arme vor. Sein Kraftkegel fegte in die Nacht hinaus und deckte den Bereich des Sumpfes ab, in dem die Flüchtigen sich aufhalten mussten. Auf einmal wurden

Männer sichtbar, die kreuz und quer im Wasser gelandet waren und sich wieder aufrappelten. Es war keine Illusion, sondern eine Art vielfacher Tarnzauber gewesen. Jetzt war er zusammengebrochen, und das war alles, was die TaiGethen brauchten. Mit außerordentlicher Geschwindigkeit bewegten sich drei von ihnen durch den Sumpf. Es sah beinahe aus, als glitten sie über die Wasseroberfläche. Schwertklingen blinkten im Mondlicht.

Am Zugang des Deltas wurden die Rufe lauter und drängender, Bogensehnen surrten. Pfeile flogen im Bogen durch den Himmel und landeten hinter den Flüchtigen im Sumpf. Dann kamen vier Paare von Feuerkugeln, die wie sterbende Sonnen aufglühten und überall scharfe Schatten entstehen ließen. Die TaiGethen erkannten die Gefahr und verstreuten sich sofort.

»In Deckung!«, rief Denser.

Der Rabe blieb stehen. Feuerkugeln prasselten herab und zischten und knisterten auf Ilkars Schild. Er hielt. Er hielt immer.

Im Nachglühen konnten die Flüchtigen nur zu gut erkennen, dass es um sie geschehen war. Einer warf einem anderen, dem Magier, einen Beutel zu. Der stand stocksteif da und versuchte verzweifelt, einen Spruch zu wirken. Seine drei Gefährten bauten sich vor ihm auf, als die TaiGethen angriffen. Der erste Elf sprang hoch, stieß das linke Bein vor und traf seinen Gegner an der Brust. Der Mann taumelte zurück, und sein Schwert zuckte durch die leere Luft. Der TaiGethen nutzte die offene Deckung und durchbohrte seinen Hals. Der zweite und dritte Elfenkrieger warfen Jaqrui. Sie wurden abgewehrt, doch die Kämpfer waren abgelenkt. Mit unglaublicher Geschwindigkeit schlugen die Klingen der TaiGethen zu. Das Blut war schwarz im Mondlicht.

Schattenschwingen wuchsen auf dem Rücken des Magiers. Ein erleichtertes Lachen auf den Lippen, schoss er in den Himmel hinauf. Jaqrui pfiffen, doch keiner fand sein Ziel. Der Magier drehte sich in der Luft um sich selbst und flog in Richtung der feindlichen Linien davon.

»Verdammt!«, rief Hirad.

Hinter ihm surrte eine Bogensehne, der Pfeil traf den Magier genau zwischen den Schulterblättern. Der Mann schauderte, stieß einen Schrei aus und wollte instinktiv hinter sich greifen. Seine Flügel verschwanden, er stürzte ab und kam, von seinem Schwung getragen, direkt hinter dem Rand des Sumpfes auf. Im Niemandsland.

»Guter Schuss.« Hirad drehte sich um.

Ren nahm das Lob lächelnd an, doch zur Selbstbeweihräucherung blieb keine Zeit.

«Wir müssen den Beutel bergen«, sagte Rebraal in stockendem Balaianisch.

Er machte sich auf den Weg. Die anderen TaiGethen und Al-Arynaar waren noch zweihundert Schritte hinter ihm, holten aber im Sumpf rasch auf. »Nicht ins Wasser«, rief er über die Schulter zurück. »Piranhas.«

Doch der Rabe folgte ihm bereits. Hirad sah eine weitere Pfeilsalve, die auf sie und die Elfen zugeflogen kam, die das Delta verteidigten. Heißer Regen fiel vom Himmel. Hier würde es geschehen. Die Fronten näherten sich einander, und der Körper des Magiers markierte die Stelle, an der sie aufeinander treffen würden.

»Achtet auf die linke Flanke!«, rief er, als er mit hoch erhobenem Schwert losrannte, um sich dem Feind zu stellen.

Erys hatte nicht mehr genug Kraft, um noch einmal eine Kommunion zu versuchen, doch der Klarblick war viel einfacher. Er berichtete Yron alles, was er im Dunklen sehen konnte. TaiGethen und Al-Arynaar waren auf beiden Ufern des Shorth unterwegs, einige waren auch ihnen selbst auf den Fersen. Wie Yron gehofft hatte, war die Reserve am Zugang des Deltas ausgeschwärmt, leider aber durch den Shorth und seine Kanäle ebenso weit verteilt wie die Elfen.

Yron, Erys und der erstaunlicherweise immer noch lebende Ben-Foran waren nur noch dreihundert Schritte von den Vorposten der Reserve und der Sicherheit entfernt. Yron ahnte jedoch, dass er in eine Falle lief, und er war klug genug, seinem Instinkt zu vertrauen. Er legte Erys eine Hand auf die Schulter und hielt den Magier zurück, der schon losrennen wollte.

»Wartet«, sagte er.

»Aber …«

»Wartet«, sagte er noch einmal. »Auch wenn es so aussieht, es ist kein Spaziergang. Vertraut mir.«

Fast sofort zeigte sich, wie sehr er Recht hatte. Auf der anderen Seite des Shorth wurde der Frieden des Regenwaldes gestört. Sie hörten laut platschende Schritte im Wasser und die Rufe von Männern und Elfen. Pfeile und Sprüche flogen, die TaiGethen sprangen los, und aus allen Richtungen ertönte Pantergebrüll. Die Krallenjäger waren nahe.

Erys packte Yrons Schulter und deutete zum Himmel.

»Stenys«, keuchte er.

Yron folgte seinem Blick und sah den Magier aufsteigen.

»Weiter.« Yron ballte die Hände zu Fäusten. »Weiter.«

Stenys drehte sich in der Luft und flog in Richtung Delta, während er höherstieg. Jaqrui pfiffen, verfehlten ihn aber. Yrons Herzschlag beschleunigte sich.

»Er hat es fast geschafft«, flüsterte er. »Verdammt!«

Er sah den Pfeil in Stenys' Rücken eindringen, er sah den

Magier abstürzen und die Elfen, die sich seinem Leichnam näherten. Erys ließ Yrons Schulter los.

»Es tut mir Leid, Erys.«

Erys schüttelte den Kopf. »Um Haaresbreite.«

»Wir müssen noch näher heran. Unsere Gelegenheit wird bald kommen.«

Yron beobachtete die beginnende Schlacht. Er wusste, dass die Al-Arynaar ganz in der Nähe waren, doch in der allgemeinen Verwirrung konnten er und seine Gefährten vielleicht entkommen, falls ihr Glück sie nicht im Stich ließ. Er lächelte humorlos. Dies wäre wahrlich kein guter Augenblick dafür.

Vor den Blicken der Gegner verborgen, wartete die Reserve zunächst ab, wie es vorgesehen war. Pfeile und Sprüche flogen durch die mondhelle Nacht. Er sah Schilde aufflackern, die magische Angriffe abfingen, und die Explosionen am Boden, wo Feuerkugeln auf die Erde fielen. Er glaubte etwas hinter sich zu spüren, konnte aber keine Bewegung erkennen. Vielleicht waren die Elfen auf dieser Seite des Shorth abgelenkt. Er musste es hoffen.

Mit klirrendem Stahl trafen die feindlichen Truppen aufeinander. Jetzt oder nie.

»Seid Ihr bereit, Ben?« Ben-Foran saß an einen Baum gelehnt. Er war hundemüde, doch er nickte.

»Erys, Ihr fliegt.«

»Nein, Sir. Ich helfe beim Tragen. Ich habe sowieso nicht mehr die Kraft und die Konzentration für Schattenschwingen.«

Yron nickte. »Wenn wir straucheln, rennt Ihr weiter. Zögert nicht. Die Schriften müssen in Sicherheit gebracht werden.«

Die Männer zogen Ben zwischen sich hoch, hielten ihn, bis er schwer atmend stand, mit rasendem Puls und hellwach. Vor ihnen lagen dreihundert Schritte durch Wald und Sumpf und Wasser, dann waren sie in Sicherheit. Ein schrecklich weiter Weg.

»Schaut nicht zurück und schreit nicht, blinzelt nicht einmal«, sagte Yron. »Sobald wir die Deckung verlassen, rennt Ihr, wie Ihr noch nie gerannt seid.«

Sie bugsierten Ben bis zum Waldrand. Direkt vor ihnen schimmerte dunkel das Wasser im Sumpf. Yron betete, dass die Piranhas und Krokodile damit beschäftigt waren, die Toten auf der anderen Seite zu fressen. Er schauderte.

»Also los, ihr beiden Bastarde«, flüsterte er. Dann hätte er beinahe gelacht, als er sich etwas sagen hörte, von dem er nie vermutet hätte, dass er es jemals sagen würde: »Rennt um euer Leben.«

Siebtes Kapitel

Denser blieb hinter Hirad und dem Unbekannten Krieger und befand sich damit vermutlich an der sichersten Stelle auf dem ganzen Schlachtfeld. Ilkar und Erienne waren bereits völlig auf eine Aufgabe konzentriert, die nur von Meistern wirklich beherrscht wurde.

Der Rabe hielt sich weit auf der linken Flanke und überließ den Kampf um den Leichnam des Magiers und den Beutel, den er bei sich trug, den Elfen links vom Zentrum. Der Magier war dicht am Ufer heruntergekommen. Während der Rabe die Flanke absicherte und das Zentrum unter Druck setzte, mussten die Elfen gegen die Feinde direkt vor ihnen kämpfen und möglicherweise mit Feuer vom gegenüberliegenden Flussufer rechnen. Bisher hatten die Elfen auf dem rechten Ufer noch nicht angegriffen, sondern rückten langsam näher und versuchten, alle aufzuscheuchen, die sich dort versteckt hatten.

Während er rannte, bereitete Denser schon den nächsten Spruch vor, dieses Mal genau denjenigen, den auch Erienne wirken würde, wenn der Rabe in einen Nahkampf verwickelt war und sie gefahrlos den harten Schild fallen lassen konnte. Sie würden den Spruch zusammen wirken, deshalb beschränkte er sich vorerst darauf, die Mana-Form auszugestalten und die gerade noch zwanzig Schritt entfernten Feinde zu beobachten, während sie durch den Sumpf platschten. Wieder kamen Pfeile geflogen und prallten wirkungslos vom harten Schild ab, gleichzeitig fiel Heißer Regen auf Ilkars unerschütterlichen magischen Schild.

Die ganze Szenerie hatte etwas Unwirkliches. Das Nachglühen der Sprüche lag als rosiger Schimmer in der Luft, der Mond verschwand und tauchte wieder auf, wenn Wolken vorbeizogen, und die Tiere waren verstummt, nachdem in ihrer Mitte solche Gewalten entfesselt worden waren.

Im fahlen Zwielicht sah Denser die Gesichter der Männer, gegen die sie kämpfen wollten. Sie hatten sich eine Sekunde zu lange verborgen gehalten, weil sie glaubten, das Überraschungsmoment sei auf ihrer Seite. Jetzt mussten sie sich unversehens dem Angriff stellen, und sie erkannten rasch, gegen wen sie kämpfen sollten. Immer wieder hörte man den einen Namen: »Der Rabe!« Und mehr als einer verzagte mitten im Schritt. Unsicher nach Waffen tastende Hände und hektisch umherirrende Blicke verrieten die Angst der Soldaten.

Offiziere riefen Befehle und Ermutigungen, als der Rabe angriff – Hirad Coldheart und der Unbekannte Krieger, seit fünfzehn Jahren das Herz des Raben. Ry Darrick, Balaias berühmtester Soldat, jetzt ein Deserteur. Thraun, der Gestaltwandler. Ein Protektor mit leerem Gesicht. Kämpfer, die das Gleichgewicht zu ihren Gunsten veränderten, schon bevor sie den ersten Hieb geführt hatten.

Hirad brüllte, um seinen Kopf zu klären, den Raben anzuspornen und den Gegnern Furcht einzuflößen. Sein

Schwert fuhr vor ihm von links nach rechts; er bewegte die Beine, um für die Verteidigung und seinen nächsten Hieb einen guten Stand zu haben. Die Klinge des Feindes brach, der Mann taumelte zurück, und Hirad stieß ihm die Schwertspitze durch den ungeschützten Hals. Der Tote prallte gegen seine zaudernden Kameraden.

»Harter Schild ist unten«, sagte Erienne. »Wir bereiten die Offensive vor.«

Neben Hirad fing der Unbekannte mit dem Handschutz seines Dolchs einen Hieb ab, lenkte die feindliche Waffe zur Seite und trieb dem Gegner sein Schwert in die Rippen. Er wartete nicht einmal, bis der Mann stürzte, sondern stürmte vor, versetzte ihm einen Kopfstoß und jagte ihm den Dolch in die Schläfe.

Neben ihm hackte Aeb sich einen Weg frei. Die Axt mit der breiten Klinge schnitt glatt durch Helm und Knochen, sein Schwert stieß vor wie ein Florett. Er gab keinen Laut von sich, war ganz kontrollierte Zerstörung. An seiner Seite sprang und tanzte Darrick, die Klinge einmal mit einer und dann mit beiden Händen haltend, und nie kam die scharfe Schneide eines Gegners ihm auch nur nahe, während er mit jedem Schlag Tod und Vernichtung über die Feinde brachte. Am anderen Ende der Reihe, wo Ren Pfeil auf Pfeil auf die verteidigenden Magier abschoss, wühlte Thraun sich in die Gegner hinein und heulte wie die Wölfe, die er verlassen hatte. Das Tier in ihm hatte freie Bahn.

»Bereit, Denser?«, fragte Erienne.

»Bereit«, antwortete er. »Auf deinen Befehl.«

»Hirad, Unbekannter, Aeb«, rief sie. »Auf meinen Befehl.«

Denser sah sie der Reihe nach nicken, ohne den Rhythmus ihrer Schläge zu unterbrechen.

»Runter!«

Die drei ließen sich fallen, Denser und Erienne traten einen halben Schritt vor und wirkten den Spruch. Der Eiswind fegte über die Köpfe der abgetauchten Rabenkrieger hinweg und traf die Schlachtreihe der Gegner. Kreischend prallte die Kälte auf die magischen Schilde der Feinde. Wer geschützt stand, wich unwillkürlich zurück, Dunst und eiskalter Wind erfüllten den Raum vor den Schilden. Im Hintergrund schrie ein Magier gequält auf. Jemand schrie, er solle durchhalten, doch der magische Wind tobte weiter, griff um sich und ließ alles zu Eis erstarren, was er berührte.

Rens Bogen sang, der kreischende Magier sackte zu Boden, dann brach auch sein Schild zusammen, und der schreckliche Spruch traf die hilflosen Feinde, ließ Fleisch und Knochen gefrieren, blendete sie und ließ die erstarrten Körper zersplittern.

Schreie brachen ab, als die Münder gelähmt wurden. Metall klirrte, Männer stürzten, die Schlachtreihe fiel auseinander, und der Rabe stürmte vor.

»Kommt!«, rief Hirad und meinte damit ebenso die Elfen zu ihrer Rechten wie die Rabenkrieger. Der Barbar sprang über einen gefrorenen Körper, rannte ins Unterholz und begann wieder zu kämpfen. Seine Freunde waren links von ihm, rechts von ihm und hinter ihm, wo sie sein sollten.

Denser sah sich um. Auch die TaiGethen fielen blitzschnell über die Feinde her, während die Al-Arynaar mit Magie und Schwert Unterstützung leisteten. Wieder flogen Feuerkugeln und warfen ihr gespenstisches Licht über das Gelände. Auf der anderen Seite des Flusses waren weitere feindliche Truppen stationiert, die hilflos zusehen mussten, wie ihre Gefährten niedergemacht wurden. Die letzten Flüchtigen versuchten eilig durch den Sumpf zu entkommen.

Bens Beine quittierten fast sofort den Dienst. Erys und Yron bildeten mit den Händen eine Art Tragesitz, der Bursche keuchte vor Schmerzen, als grobe Hände und Leder über die offenen, infizierten Wunden kratzten. Yron hatte den Arm hoch um Bens Rücken gelegt, Erys unterstützte ihn etwas tiefer in der Hüfte. So rannten sie in hoch aufspritzendem Wasser durch den Sumpf.

Yron versuchte trotz seines angestrengten Schnaufens und des Platschens seiner Füße im Wasser zu hören, was ringsum vor sich ging. Er wartete auf die Geräusche von Verfolgern, auf das Schwirren der Jaqrui und das Zischen der Pfeile. Er lief und lief und hörte nichts und begann zu hoffen, dass sie es tatsächlich schaffen konnten.

Noch hundertfünfzig Schritte. Er sah Männer, die sich aufrichteten und aufmunternd und aufgeregt winkten. Andere aus der Reserve rannten ihnen schon entgegen, einige waren mit Bogen bewaffnet. Die Männer riefen lauter und drängender, als Yron und Erys durch den Sumpf tappten und bis zu den Knien im Wasser wateten.

»Weiter«, keuchte Yron.

»Ich wollte sowieso nicht anhalten«, erwiderte Erys.

Bens Atem ging unregelmäßig und gequält.

»Ich auch nicht«, quetschte er hervor.

Pfeile flogen. Die anfeuernden Rufe schwollen zu einem lauten Getöse an, einige Männer näherten sich, winkten verzweifelt und drängten sie, noch schneller zu laufen. Feuerkugeln flogen über ihre Köpfe hinweg, den Verfolgern entgegen. Jetzt konnte Yron sie auch hören. Eilige Schritte im Sumpf, nicht mehr weit hinter ihnen. Vielleicht nicht weit genug.

Wieder flogen Pfeile über sie hinweg. Die Elfen schossen zurück, im Laufen abgefeuerte Pfeile zischten an ihnen vorbei und schlugen im Wasser ein. Jaqrui heulten und pfiffen. Yron duckte sich instinktiv.

»Schneller«, sagte er. »Wir müssen schneller laufen.«

Erys gehorchte, und die beiden Männer beschleunigten. Das Wasser wurde wieder flacher, wie Yron erleichtert feststellte. Als er nach vorne schaute, sah er nackte Angst in den Gesichtern der Männer, die nur noch siebzig Schritte vor ihm waren. Er dankte den Göttern, dass er keine Zeit hatte, sich umzudrehen. Es war auch nicht nötig. Er wusste, wie schnell die Elfen rennen konnten.

»Nicht aufgeben, Ben, wir haben es fast geschafft«, rief er.

Bens Antwort war kaum mehr als ein schmerzliches Grunzen. »Falls uns das Glück nicht im Stich lässt.«

»Es lässt uns nicht im Stich«, sagte Erys. »Weiter.«

Und sie rannten weiter. Abermals pfiffen rings um sie Pfeile, andere flogen in die Gegenrichtung und suchten Ziele unter den Elfen. Jaqrui zischten vorbei, ein Panter heulte.

»Bei den Göttern«, stöhnte Yron.

Er konnte seine Männer hören, die schrien und flehten. Wieder ein Brüllen. Nahe, viel zu nahe. Einer seiner Männer rückte vor und wollte eine Kampfreihe aufbauen. Noch dreißig Schritte. Zwanzig.

Ein mächtiger Aufprall warf sie alle um. Ben schrie. Yron spürte, wie sein linker Arm halb aus dem Gelenk gerissen wurde. Er rollte sich ab und überschlug sich, bis er in der Hocke verharrte.

»Nein!«, schrie er, »nein!«

Der Panter hatte Ben von hinten angesprungen und ihn zu Boden gerissen. Yron stürzte los und zog die Axt, das

Tier schaute auf, die gelben Augen sahen ihn an. Es wollte noch einmal springen.

Erys rief: »Yron, nein!«

Ganz langsam senkte der Panter den Kopf und biss dem jungen Burschen den Hals durch.

»Schweinehund!« Yron wollte angreifen, wurde aber festgehalten und zurückgezogen.

»Wir müssen weiter, jetzt sofort!« Erys zerrte ihn fort.

Die vordersten Elfen waren nur noch wenige Schritte entfernt, von der anderen Seite kam die Reserve, um sie abzufangen. Wieder flogen Pfeile und Sprüche, Feuerkugeln erhellten den Himmel, und er konnte einen letzten Blick auf Ben-Foran werfen. Die Kräfte verließen ihn, und seine Männer zerrten ihn fort, während er unverwandt den Toten anstarrte.

»Es tut mir Leid, Ben«, sagte er, und die Tränen trübten seine Augen. »Es tut mir so Leid.«

Rebraal hatte das Kampfgeschehen am rechten Flussufer beobachtet und kam von der Formation der Elfen, die den Feind unerbittlich zurücktrieben, zum Raben gerannt, der inzwischen gegen erfahrene Soldaten kämpfte und langsam, aber sicher an Boden gewann.

»Da sind Flüchtige durchgebrochen«, rief er.

Denser drehte sich um und verlor die Mana-Form, die er gerade aufgebaut hatte. Gleich vor ihm blockte Hirad einen Schlag gegen die Brust ab, stieß den Angreifer mit einem Grunzen zurück und ließ einen Hieb nach dem anderen auf den Gegner herunterhageln, jeder von einem herzhaften Fluch begleitet.

»Die nehmen wir uns vor«, sagte Denser.

»Ihr müsst zur Flussmündung, wir müssen sie einholen.«

»Hirad!«, rief Denser. »Rechts sind Flüchtige durchgekommen.«

Hirad nickte, ließ das Schwert ein letztes Mal herunterkrachen, fegte die geschwächte Verteidigung des Gegners weg und zerschmetterte ihm den Schädel. Blut und Gehirn spritzten hoch in die Luft.

»Der Rabe! Wir stoßen nach rechts vor. Los jetzt!«

Darrick und Aeb reagierten sofort und eilten herbei, um die Verteidiger zum Fluss zurückzutreiben. Aebs Schläge folgten jetzt schneller aufeinander, über Kopf mit der Axt und horizontal mit dem Schwert. Hinter ihnen kamen Tai-Gethen gerannt, stürzten in die Lücke, umgingen die Linien der Fremden und verbreiteten Tod und Vernichtung.

»Gebt ihnen etwas Raum!«, rief Hirad. »Denser, die Bogenschützen.«

»Alles klar. Erienne, Kraftkegel. Ich trage dich.«

Denser sprach eine kurze Anrufung. Schattenschwingen erschienen auf seinem Rücken. Erienne nickte, und er nahm sie auf die Arme und flog mit ihr geradewegs in den Nachthimmel hinauf. Er konnte ein halbes Dutzend Bogenschützen sehen, die im Halbkreis knieten und auf die TaiGethen feuerten.

»Bereit«, sagte Erienne.

Denser flog nun horizontal und hielt Erienne fest. Sie hing unter ihm, er hatte die Arme unter ihren Brüsten verschränkt, und sie hatte ihre hinter seine Beine gehakt. Sie murmelte und beendete mit einer kleinen Bewegung in der leeren Luft die Vorbereitungen. Dreißig Fuß über den Bogenschützen flog er vorbei. Einer schaute instinktiv nach oben, rief etwas und nahm den Bogen hoch. Zu spät.

Erienne stieß die Arme nach unten. Der Kraftkegel sauste los und nagelte die Bogenschützen auf den Boden. Ihre Waffen und ihre Knochen brachen unter dem erbarmungslos nach unten knallenden Spruch, der eine zwei Handbreit tiefe und zehn Schritte durchmessende Delle in die Erde stanzte.

Denser kreiste, während Erienne den Kegel stehen ließ, bis das Jammern und Schreien aufhörte. Noch einmal stieß sie heftig die Arme nach vorn. Denser konnte sich lebhaft vorstellen, wie unter dem Druck die Brustkästen der Bogenschützen zerplatzten. Bevor jemand sie unter magisches oder konventionelles Feuer nehmen konnte, kehrten sie eilig zum Raben zurück.

»Bist du auf irgendetwas wütend?«, fragte er.

»Das kann man wohl sagen. Meine Kopfschmerzen bringen mich um.«

Denser flog niedrig über die linke Flanke hinweg. Unter ihnen brachen der Rabe und die Al-Arynaar gerade den letzten Widerstand. Da die TaiGethen von hinten angriffen, waren die Feinde eingekesselt und verängstigt. Die Al-Arynaar, die wenig Erfahrung mit dem Kampf in einer Schlachtreihe besaßen, kamen nur langsam voran, doch der Weg des Raben, der weniger Mühe hatte, war von Toten gesäumt. Ein mächtiger Schlag von Aeb beendete den Kampf. Seine Axt spaltete einen ungeschützten Schädel, fuhr durch die Schulter des Gegners und trennte ihm den rechten Arm ab. Die Überlebenden drehten sich um und rannten weg.

»Los, los!«, rief Hirad. Der Rabe setzte den fliehenden Feinden hinterher, die den TaiGethen auszuweichen versuchten, und verfolgte sie durch die Lücken zwischen den Klippen, über einen Sandstrand und bis ins flache, mit Schlick gefüllt Flussdelta.

»Bleib oben«, sagte Erienne. »Vorausgesetzt, deine Arme halten es aus. Ich bereite noch einen vor.«

»Was Bestimmtes?«

»Ich dachte an Heißen Regen.«

»Das müsste wirken.«

Denser sank etwas hinab. »Hirad, wir fliegen nach vorn und sehen, ob wir die Verteidigung zerschlagen können«, brüllte er.

»Seid vorsichtig.«

Die Magier stiegen wieder empor. Denser konnte die Panter ausmachen, die sich dem Angriff der Elfen angeschlossen hatten. Ihre rätselhaften Partner rannten dicht hinter den Tieren, anscheinend unbewaffnet und völlig sorglos. Die Verteidiger am anderen Ufer wichen zurück und versuchten, einen geordneten Rückzug anzutreten, während die Al-Arynaar und die furchtbaren TaiGethen immer wilder voranstürmten, obwohl sie fast drei zu eins in der Unterzahl waren.

Denser flog über die Verteidiger hinweg bis übers Delta. Eine kleine Gruppe von Männern rannte zu einem von zehn oder mehr Ruderbooten. Draußen in der Bucht lagen drei Schiffe vor Anker, an deren Hauptmasten Flaggen flatterten. Eine entfaltete sich träge und war im bleichen Mondlichts deutlich zu erkennen. Es gab keinen Irrtum.

»Ich kann das nicht glauben.« Er hielt auf die Männer zu. »Schnappen wir uns die Flüchtigen.«

»Soll mir recht sein.«

Denser flog schnell und niedrig und hatte Mühe, seine Konzentration zu wahren, während sein Zorn beinahe überkochte. Erienne ließ den Spruch los und deckte die Gegner mit einer genau begrenzten Wolke aus Heißem Regen ein. Grell zogen die brennenden Tropfen des magischen Feuers, die jeweils so groß waren wie ihr Daumen, durch die Luft.

Blaues Licht entstand, als ihr orangefarbenes Feuer wirkungslos an einem Schild abprallte, der die Fliehenden schützte.

»Verdammt«, fauchte Erienne.

Auch Denser knurrte frustriert, änderte noch einmal die Richtung und blickte auf die Gesichter hinab, die nach oben gewandt waren und die Angreifer beobachteten. Pfeile kamen aus der Dunkelheit geflogen und zischten nahe, aber wirkungslos vorbei. Von irgendwo schoss Todeshagel zu ihnen herauf und zwang sie, aufzusteigen und eine enge Kurve zu fliegen. Mit knapper Not entkamen sie. Er hielt Erienne noch fester, warf einen letzten Blick nach unten und begegnete dem Blick eines Mannes, den er kannte.

»Wir werden euch jagen«, rief er, als er außer Reichweite der Sprüche und Pfeile durch den Himmel flog. »Seht ihr nicht, was ihr getan habt?«

»Beruhige dich doch, Denser«, sagte Erienne. »Was ist nur in dich gefahren?«

»Das sage ich dir, wenn wir gelandet sind.«

Der Rabe fiel zurück, denn die Söldner waren nicht bereit, ihre Disziplin über Bord zu werfen und Hals über Kopf anzugreifen. Allerdings spielte es keine Rolle mehr. Die TaiGethen und die Al-Arynaar waren schneller als alle anderen.

Denser sah, wie ein TaiGethen einen fliehenden Krieger einholte und mit dem Ellenbogen zustieß. Der Mann hielt sich die Hände vor Nase und Mund und stürzte schwer zu Boden. Der Elf blieb stehen, drehte sich anmutig wie ein Tänzer und tötete den Mann, indem er ihm einen Dolch durchs Auge ins Gehirn stieß.

Dennoch kamen sie zu spät. Schon legten die ersten Boote ab, die Ruderer arbeiteten hektisch, und die Pfeile prallten von blau flimmernden harten Schilden ab. Der

Rabe konnte das alles beobachten und blieb stehen wie ein Mann. Denser landete hinter den anderen Kriegern und entließ Erienne aus seiner Umarmung. Hirad, der bis zu den Knöcheln im Wasser stand, warf das Schwert in den Schlick.

»Was dachten die eigentlich, warum wir hier kämpfen? Als Freizeitsport?« Er machte eine verächtliche Geste in Richtung der Elfen auf dem rechten Ufer.

Inzwischen hatten alle Boote abgelegt, und die Flüchtlinge, die es nicht bis in die Boote geschafft hatten, sprangen ins Wasser und schwammen hinterher. Einige Leichen, in deren Hälsen oder Rücken Pfeile steckten, trieben auf dem Wasser.

»Sie sind nicht daran gewöhnt, auf diese Weise zu kämpfen«, erklärte Ilkar. »Das haben sie nie gelernt. Magischer Schild ist unten.«

»Nein? Dann sollten sie es aber lieber ganz schnell lernen, wenn sie ihren kostbaren Daumen und die Schriften zurückbekommen wollen«, sagte Hirad.

»Immer vorausgesetzt, die Entflohenen hatten überhaupt etwas dabei.«

»Die Pergamente sind mir egal«, sagte Ilkar. »Ich wünsche mir nur, einer von denen, die wir getötet haben, hatte den Daumen in der Tasche.«

Hirad nickte. »Ich auch, Ilks, ich auch.«

»Und was jetzt?«, fragte Darrick.

Die Rabenkrieger kehrten zu den Al-Arynaar zurück und suchten Rebraal. Hinter sich hörten sie die Jubelrufe der Feinde, deren Boote sich den Schiffen und damit der Sicherheit näherten.

»Ich will hören, was mein Bruder zu sagen hat«, erklärte Ilkar.

Denser war hundemüde. Schweigend folgte er seinen

Freunden, Hand in Hand mit Erienne. Sie wollte wissen, warum er so zornig war, doch er ignorierte ihren fragenden Gesichtsausdruck. Er wollte es allen zusammen erzählen.

Sie fanden Rebraal in ein Gespräch mit Auum vertieft. Der grimmige Gesichtsausdruck sagte ihnen alles, was sie über den Ausgang des Kampfes wissen mussten. Sie standen vor den Leichen von vier Fremden, die getarnt geflohen waren. Ehe die Piranhas allzu viel Schaden anrichten konnten, waren die Fremden mit Haken aus dem Wasser gefischt und entkleidet worden, dann hatten die Elfen die Kleidung zerfetzt und ringsherum verstreut. Ilkar fragte nach und berichtete dem Raben, was er in Erfahrung bringen konnte.

»Leider nur Pergamente und Texte«, sagte er. »Der Daumen ist auf einem Schiff.«

»Wie können wir da sicher sein?«, wandte Erienne ein. »Jeder dieser Männer kann den Daumen irgendwo auf dem Weg vom Tempel hierher einfach weggeworfen haben.«

»Bete, dass es nicht so ist«, sagte Ilkar.

»Ich will es mal so sagen«, schaltete sich der Unbekannte ein. »Die Männer, die geflohen sind, bieten uns den einzigen brauchbaren Ansatzpunkt. Ob sie nun den Daumen haben oder nicht, wir müssen sie schnappen.«

»Also brauchen wir sehr schnell unser Schiff«, sagte Darrick.

Ilkar nickte. »Die Elfen kommen mit. Sie geben es überall bekannt. Jeder Elf, der ein Schwert oder einen Bogen benutzen kann, reist nach Norden nach Balaia.«

»Wollen sie eine Invasion durchführen?«, fragte Hirad.

»Was bleibt ihnen übrig?« Ilkar zuckte mit den Achseln. »Sie wollen nicht sterben. Wir auch nicht.«

»Also gut«, sagte Denser, der zu einer Entscheidung gelangt war. »Ich fliege nach Ysundeneth. Noch heute Abend breche ich auf. Jevin kann dann hierher segeln, das geht vielleicht schneller.«

»Einverstanden«, sagte Ilkar. »Aber ich komme mit. Gut möglich, dass du einen freundlichen Elf brauchst.«

Denser lächelte traurig, und ihm wurde die Kehle eng. »Freundlich, sagst du? Hier ist noch etwas, um deine Freundschaft auf die Probe zu stellen, Ilkar. Willst du wissen, wer den Tempel angegriffen hat? Das war Xetesk.«

Achtes Kapitel

Jevin hatte seine Mannschaft in den letzten drei Tagen nicht mehr von Bord gelassen und zwei Magier gut bezahlt, damit sie mit der *Calaianische Sonne* zurück nach Balaia fuhren, wann immer dieser Tag auch kommen mochte. Wie alle Elfen neigte auch Jevin nicht zu überstürzten Maßnahmen, doch die Lage in Ysundeneth war ohne Beispiel. Acht Tage lang hatte er zugesehen, wie aus Unbehagen Angst und schließlich Panik geworden war.

Sobald die Seuche nach mehr aussah als nach einem örtlich begrenzten Ausbruch einer Infektionskrankheit, hatte er seine Matrosen losgeschickt, um die Magier anzuheuern und das Schiff mit Proviant zu versorgen. Wasser, Dörrfleisch, Reis, Korn, Biskuit und Wurzelgemüse hatten sie eingekauft, außerdem Äpfel, unreife Grapefruit, Zitronen und alles andere, was sich länger als ein paar Tage hielt.

Unter Deck waren die Laderäume längst umgebaut worden, um Passagiere aufzunehmen. Es war eng, und es gab keine privaten Räume, doch weder Protektoren noch xeteskianische Magier hatten sich je darüber beklagt. Jevin war nicht sicher, mit wie vielen Elfenmagiern Ilkar rechnete. Mehr als hundert sicherlich, wenn er sie bekommen konnte. Jevin hatte sich auf diese Zahl eingestellt.

Als er jedoch beobachtete, wie sich die Katastrophe in Ysundeneth entwickelte, und Gerüchte über ähnliche Vorfälle aus anderen Städten hörte, fragte er sich, ob Ilkar und der Rabe überhaupt zurückkommen würden. Es war äußerst deprimierend, hilflos zusehen zu müssen, wie sich die Elfen in Calaius' größtem Hafen von ruhigen, friedlichen Bürgern in so kurzer Zeit in einen wütenden Mob verwandelten. Überraschend war es freilich nicht.

Es musste eine Seuche sein, die das Volk heimsuchte, doch sie schlug willkürlich zu. Es gab keine nachvollziehbaren Ansteckungswege und keine Heilung. Sie konnte acht Mitglieder einer Familie treffen und den einzigen Überlebenden allein mit seinem Kummer zurücklassen. Keine Gegend war immun, in einer Straße konnte ein einziges Haus verschont bleiben, während in der nächsten nur ein einziger Haushalt getroffen wurde und der Rest unberührt blieb. Die Unberechenbarkeit ließ Hoffnung und Hass in gleichem Maße keimen, doch Letzterer zerstörte die Gemeinschaft der Elfen. In manchen betroffenen Gebieten waren Überlebende als Träger der Seuche verfolgt worden. Einige waren geschlagen, andere sogar getötet worden, weil sie es gewagt hatten zu überleben.

Anderswo sammelten sich Einwohner, die verschont geblieben waren, und forderten von den städtischen Behörden Hilfeleistungen, die diese nicht zu erbringen vermochten. Lebensmittel waren gehortet und geplündert worden, Abfallberge türmten sich in den Straßen auf, seit einiger Zeit kamen Leichen hinzu. Geschäfte, Gasthöfe und Läden waren geschlossen und verbarrikadiert, die Märkte verwaist.

Wie alle Kapitäne, deren Schiffe im Hafen lagen, ankerte auch Jevin inzwischen ein Stück weiter draußen. Er machte sich nicht nur wegen der Krankheit Sorgen, sondern vor allem wegen der Banden, die sich im Hafen herumtrieben und auf schnellstem Wege die Stadt verlassen wollten. Aus Ysundeneth waren bereits alle Nicht-Elfen verschwunden. Vor allem gegen sie hatte sich anfangs das Misstrauen gerichtet, doch da sie überwiegend Kaufleute und Matrosen waren, hatten sie einfach die Anker gelichtet und waren nach Balaia zurückgekehrt, obwohl auch auf dem Nordkontinent die Verhältnisse alles andere als stabil waren. Ein Dutzend Schiffe hatte jedoch keine Fracht laden können und konnte deshalb noch nicht in See stechen.

Für die Elfen wäre die Flucht ohnehin ein ebenso verzweifelter wie vergeblicher Schritt gewesen. Die Seuche war nicht ansteckend, sie verbreitete sich weder durch die Luft noch durch Nahrung oder Wasser. Die Ursache lag viel tiefer, und sie griff die Elfen in ihrem Wesenskern an. Es gab kein Entkommen.

Bei einer Besprechung an Bord der *Calaianische Sonne* hatten die verbliebenen zwölf Kapitäne sich abgesprochen, die Situation genau zu beobachten und abzuwarten, solange sie konnten. Irgendwann musste einer von ihnen nach Norden segeln und um Hilfe bitten. Jevin hatte sich angeboten, wollte jedoch erst fahren, wenn der Rabe wieder aufgetaucht war. Bis dahin wollten die Schiffe in einer Verteidigungsformation ankern, sich vor Angriffen durch Boote und Magie schützen und auf das Unausweichliche warten. Doch eines gar nicht so fernen Tages, wahrscheinlich sehr bald schon, würden auch die Schiffsbesatzungen sterben.

An einem wundervollen, sonnigen Morgen, als sich der Dunst gerade auflöste und weit im Süden die ersten Wolken über die Berge quollen, stand Jevin mit einem Magier an der Backbordreling und blickte nach Ysundeneth hinüber. Von seinem Standort aus war die Stadt nur ein winziger Fleck im üppigen Grün des Regenwaldes. Doch mit seinen scharfen Augen konnte er die stillen Straßen absuchen und die Katastrophe erkennen, der die Stadt zum Opfer gefallen war.

»Wie viele mögen inzwischen erkrankt sein?«, fragte er den Magier.

Vituul war ein junger, durchschnittlich großer Elf mit dunkelblauen Augen und einem klassisch geschnittenen, kantigen Gesicht. Sein langer schwarzer Pferdeschwanz reichte bis auf den Rücken seines hellbraunen Ledermantels hinab. Er hatte in der heimgesuchten Stadt keine Angehörigen, und gegen guten Lohn einen Fluchtweg geboten zu bekommen, war für ihn, als wäre ein Gebet erhört worden. Die Leute verlangten immer nachdrücklicher, dass die Elfenmagier eine Wunderheilung erfinden sollten. Dieses Wunder würde allerdings nicht geschehen.

»Das kann man kaum sagen«, erwiderte er. »Insgesamt ist vielleicht ein Drittel der Bevölkerung betroffen, doch da die Leute in großer Zahl sterben, wird auch für die bisher noch nicht Erkrankten das Überleben immer schwerer.«

»Aber da drüben leben hunderttausend Leute«, keuchte Jevin.

»Jetzt nicht mehr«, erwiderte Vituul. »Dreißigtausend liegen im Sterben.«

»Und weit und breit ist keine Heilung in Sicht.«

Was er bislang verdrängt hatte, traf ihn nun wie ein Schlag. Er hatte es mit eigenen Augen gesehen, doch erst als er Vituuls Zahlen hörte, bekam er Angst. Wenn diese

Zahlen stimmten, dann würden binnen fünfzig Tagen weniger als zwölftausend Einwohner in Ysundeneth leben, von denen viertausend im Sterben liegen würden. Da die Sterblichkeit vermutlich auf dem ganzen Kontinent ähnlich aussah, handelte es sich nicht nur um eine schreckliche Seuche, sondern um das Aussterben des ganzen Elfenvolks. Er schauderte.

»Wie kann es da eine Heilung geben?« Vituul sah ihn unbewegt an. »Niemand wird lange genug leben, um die nötigen Forschungen durchzuführen. Es gibt keinen Spruch, der den Verlauf der Krankheit auch nur verlangsamen könnte. Wir haben absolut keine Spur.«

»Was können wir tun?«, fragte Jevin hilflos. »Es muss doch irgendetwas geben.«

Vituul lächelte humorlos. »Warten, bis alles vorbei ist.«

»Und wenn es nicht vorbeigeht?«

»Beten, dass Yniss uns die Sünden vergibt, die wir begangen haben, denn wie es jetzt aussieht, müssen wir bald alle sterben.«

Jevin stützte sich auf die Reling. Er sollte irgendetwas tun. Alle Elfen sollten etwas tun. Soweit er wusste, hatte bisher noch niemand überlebt, der an der Seuche erkrankt war, aber andererseits war bei vielen noch nicht das letzte Stadium erreicht. Ein einziger Überlebender könnte ihnen etwas Hoffnung geben.

Jevins Angehörige lebten tief im Regenwald, und er zog es vor, nicht weiter über sie nachzudenken. So blieben wenigstens seine Hoffnungen am Leben.

»Warum hat es bisher noch keine Schiffsbesatzungen getroffen?«, fragte Jevin. »Ist das nicht seltsam? Könnte das nicht eine Spur sein?«

»Das könnte ein Hinweis sein. Bisher sind auch weder Fremde noch Elfen auf Reisen betroffen. Noch nicht.«

»Hat das nicht etwas zu bedeuten?«

»Wir sind immer noch Tuals Geschöpfe. Vielleicht ist der Fluch, weit entfernt vom Wald zu sein, auch ein Segen. Vielleicht ist Eure Sünde nicht so groß wie unsere.«

Jevin hatte eigentlich nicht nach theologischen Antworten gesucht, dieser Magier hatte aber offenbar nichts Besseres zu bieten.

»Versteht Ihr, worauf ich hinauswill?«

»Es gibt keinen biologischen Grund, warum ein bestimmter Elf an der Seuche erkrankt«, erwiderte Virtuul achselzuckend. »Es muss andere Gründe geben. Ich glaube jedoch nicht, dass irgendjemand, ob Ihr oder ich oder ein Mitglied der Besatzung, über eine größere Immunität verfügt als die armen Seelen an Land.«

Jevin dachte noch über die Antwort nach, als sein Blick von Bewegungen im Hafen eingefangen wurde. An der östlichen Zufahrt tat sich etwas, hin und wieder hallte auch ein Ruf übers Wasser. Die Stimmen klangen überrascht und sogar erstaunt, aber nicht ängstlich. Leute sammelten sich auf der Mole. Keine Meute, und nicht die hunderte und tausende, die sie vor einigen Tagen beobachtet hatten. Einfach eine Menge, die langsam wuchs.

Sie wuchs den ganzen Morgen über. Zuerst dachte Jevin, die Stadtbewohner versammelten sich zu einer Demonstration, doch wann immer er von seiner Arbeit aufschaute, waren es mehr geworden. Sie standen nur dort, als warteten sie darauf, dass ein Schiff anlegte. Dann wurde ihm bewusst, was er sah. Es waren keine Elfen aus Ysundeneth. Die Kleidung der Stadtbewohner war lebhafter als das Grün und Braun, das er jetzt sah.

Gegen Mittag gesellte er sich wieder zu Vituul, der den ganzen Morgen über kaum von der Reling gewichen war. Obwohl er sich auf seinem Lebensweg weit von der Heimat und ihren Göttern entfernt hatte, konnte Jevin voller Stolz über sich sagen, dass er nach wie vor ein calaianischer Elf war, der sein Volk verstand.

Dies hier begriff er allerdings nicht. Auch auf den anderen Schiffen drängten sich die Matrosen an die Reling. Eine eigenartige Stille hatte sich über die Stadt und das Meer gelegt.

»Anscheinend sind sie die, für die ich sie gehalten habe.«

Vituul nickte. »TaiGethen«, sagte er und deutete aufgeregt zum Strand. »Al-Arynaar. Und Krallenjäger. Ich kann die Panter sehen, da sind tatsächlich Panter.«

Es war ein Anblick, den die meisten Elfen nicht einmal im Wald zu sehen erwarteten, ganz zu schweigen vom Hafen von Ysundeneth.

»Was tun sie dort?«, fragte Jevin alle, die ihn hören und vielleicht antworten konnten.

Diese Leute kamen sonst niemals aus dem Regenwald heraus. Niemals setzten sie den Fuß auf die bearbeiteten Steine der Straßen, die sie für etwas Böses hielten. Notwendig, aber böse. Eine Sünde, die Yniss hinnahm, weil die Zivilisation sich entwickeln musste. Für sie war die Stadt eine fremde Welt. Eine Störung der Harmonie des Waldes, seiner Luft, seiner Magie und seiner Bewohner. Und doch waren sie gekommen, hatten sich versammelt und warteten, und die Katastrophe der Elfen schien schlagartig noch einmal um ein Vielfaches bedrohlicher.

»Was wollen sie?« Dieses Mal war die Frage an Vituul allein gerichtet.

»Was es auch ist, es verheißt nichts Gutes.«

»Wir sollten ein Boot zu Wasser lassen und sie fragen«, schlug Jevin vor.

Doch sie bekamen die Antwort, bevor sie die Idee in die Tat umsetzen konnten. Ein Mann rief aus dem Krähennest etwas herunter und deutete nach Osten. Zwei Punkte kamen niedrig und schwankend vom Wald her geflogen. Sie schwebten über die Mole hinweg, hielten einen Moment inne, stiegen wieder auf und wandten sich in Richtung der ankernden Schiffe.

Jevin verfolgte ihre Bewegungen, denn er ahnte schon, wer es war. Zweimal wechselten sie die Richtung, bis sie direkt auf die *Calaianische Sonne* zuhielten. Einer sank tief herab, stieß einen Schrei aus, stieg auf und stürzte hundert Schritte vor dem Schiff ins Wasser. Der Zweite hielt nicht inne, sondern flog bis aufs Deck, landete und brach mit zuckenden Gliedern zusammen. Als Jevin ihn erreichte, hatte Ilkar sich schon japsend auf den Rücken gedreht.

»Ilkar?«

»Jevin«, keuchte Ilkar. »Lasst … lasst ein Boot zu Wasser. Denser wird es nicht mehr lange machen.«

Sofort gab er den Befehl. »Woher kommt Ihr?«

»Von der Mündung des Shorth. Sind die ganze Nacht geflogen.« Mühsam richtete er sich auf. »Erklärungen folgen später.«

Er hielt inne und schnappte noch einmal nach Luft. Die Haare klebten an seinem Kopf, und das Gesicht war ausgemergelt und erschöpft.

»Xeteskianer haben Aryndeneth entweiht. Sie haben die Harmonie zerstört. Aber wir können sie noch aufhalten. Gebt allen Schiffen Bescheid. Sie müssen die Elfen nach Balaia bringen. Ein Fremder hat ein Stück von Yniss' Statue gestohlen. Wir müssen es zurückholen, ehe der Fluch uns alle trifft.«

»Und ich?«

»Ihr bleibt bei uns. Wir müssen am Shorth ein paar Freunde abholen.«

Jevin nickte. Er sollte seine Antworten bekommen, und sein Wunsch zu helfen sollte sich erfüllen.

»Bootsmann!«, rief er. »Signalisiere den anderen Schiffen. Ich muss auf der Stelle die Kapitäne sprechen.« Dann wandte er sich wieder an Ilkar und hielt den Elf an der Schulter fest. »Wir wollen Euren nassen Gefährten auffischen, und dann könnt Ihr mir bei einem Becher Wein erzählen, was hier eigentlich los ist.«

Die drei xeteskianischen Schiffe hatten volle Segel gesetzt und zogen auf einer sechs bis acht Fuß hohen Dünung rasch dahin. Der Wind wehte stark und gleichmäßig unter einer dünnen Wolkendecke und hielt das schmutzig graue Segeltuch straff gespannt.

Hauptmann Yron saß am Hauptmast des vorderen Schiffs auf einigen mit Netzen gesicherten Kisten und drehte das Bruchstück des Daumens hin und her. Den ganzen Morgen hatte es niemand gewagt, sich ihm zu nähern. Anscheinend bot er mit den Verbänden auf Händen und Gesicht einen erschreckenden Anblick, doch nicht nur dies ließ die Leute zögern.

Die ganze Nacht über war er auf dem Deck hin und her gewandert und hatte trotz seiner Müdigkeit nicht schlafen können. Heilsprüche waren gewirkt worden, während er lief, und die Verbände konnten nur angelegt werden, weil Erys ihn lange genug festgehalten hatte. Nachdem ihm der achte oder zehnte Mann zu seiner erfolgreichen Mission gratuliert hatte, war er explodiert und hatte auf allen drei halb leeren Schiffen sämtliche Schläfer geweckt. Er musste es loswerden. Als ob irgendeine Beute diesen Verlust rechtfertigen könnte, ganz zu schweigen von der armseligen Sammlung von Pergamenten und Texten, die Erys herausgebracht hatte. Hundertfünfzig Männer waren in den calaianischen Regenwald aufgebrochen. Mit äußerst komplizierten Illusionen und Spiegelungen hatten sie ihren Vorstoß vor den TaiGethen und den Krallenjägern verborgen. Es hatte gewirkt, bis sie das vorgeschobene Lager erreicht hatten. Nur noch zwei der hundertfünfzig waren am Leben und konnten berichten, was geschehen war, und weitere vierzig waren bei der Verteidigung des Flussdeltas gefallen.

Erfolg? Nein, er hatte versagt. Zum Teufel mit Xetesk. Der Kreis der Sieben würde seine Rückkehr natürlich mit breitem Lächeln und Händeschütteln quittieren. Er zweifelte nicht, dass Erys' Annahmen hinsichtlich der Bedeutung der geborgenen Dokumente zutrafen.

Nein. Ihm ging es um Ben-Foran. Ben, der ihm bedingungslos vertraut und der an ihn geglaubt hatte. Ben, der gefallen war, weil er, Yron, im letzten Augenblick dem Irrtum aufgesessen war, sie seien schon in Sicherheit, und weil er vergessen hatte, wie schnell ein Panter rennen konnte.

Einen Sohn und eine Familie hatte er nie gehabt, er hatte nie geheiratet. Er war der typische Berufssoldat, viel zu sehr mit seiner Karriere beschäftigt, um zu erkennen, wie schnell die Jahre vergingen. In Ben hatte er eine Möglichkeit gesehen, dieses Versäumnis auszugleichen. Er wollte den Mann aus ihm machen, den er in ihm sah. Damit wollte er auch sich selbst etwas geben, auf das er stolz sein konnte.

Allerdings hatte er versagt. Der Bursche, der mit dem Lysternier Darrick um den Rang des besten Soldaten hätte wetteifern können … all die Möglichkeiten, die nun auf so tragische Weise unerfüllt bleiben sollten. Das Einzige, das nachträglich seinem Tod einen Sinn verleihen konnte, waren die gestohlenen Schriften. Sonst wäre sein Tod eine Verschwendung gewesen, und Yron hasste jede Art von Verschwendung.

Als die Netze ein wenig nach rechts rutschten, schaute er auf. Erys hatte sich neben ihn gesetzt. Schweigend saß er da, der einzige Gefährte, den Yron ertragen konnte. Der einzige, der es vielleicht verstehen konnte. Erys wartete und gab Yron die Möglichkeit, etwas zu sagen, falls er es wollte. Nach einer Weile begann Yron tatsächlich zu reden.

»Es ist noch nicht vorbei, Erys. Noch lange nicht.«

»Die Schuldgefühle werden vergehen«, erwiderte Erys.

Yron schüttelte den Kopf. »Das meinte ich nicht, obwohl ich nicht glaube, dass sie verschwinden werden. Nicht vollständig.«

»Oh.« Erys schwieg einen Moment. »Macht Euch wegen des Raben keine Sorgen, Hauptmann«, sagte er, als er es endlich verstanden hatte. »Wir werden wohlbehalten Xetesk erreichen, ehe sie überhaupt in See gestochen sind. Wo ist ihr Schiff? Vermutlich in Ysundeneth.«

»Wie alt seid Ihr, Erys?«

»Fünfundzwanzig, Sir.«

Yron kicherte. »Das dachte ich mir. Noch so jung, und schon redet Ihr einen Haufen Unsinn.«

»Was?«

»Nun schaut nicht so empört drein, Junge. Das haben wir alle mal durchgemacht.« Yron drehte sich zu dem jungen Magier um. »Als der Rabe begann, wart Ihr zehn. Ihr habt sicher einige Geschichten gehört, aber in Eurem Kolleg habt Ihr die Realität nicht gesehen.«

»Dann erklärt es mir, Hauptmann.«

Yron hielt inne und betrachtete den Magier genau, um sich zu vergewissern, dass er nicht auf den Arm genommen wurde.

»Zuerst einmal solltet Ihr Euch fragen, warum im Namen der Götter sie überhaupt dort waren. Noch unglaublicher ist, dass sie im Delta des Shorth aufgetaucht sind und für die Elfen gekämpft haben. Ich meine, Ihr werdet es doch hoffentlich nicht dabei belassen zu sagen: ›Oh, der Rabe war zwar da, aber wir sind ihm entkommen.‹ Ihr müsst Euch schon ein bisschen mehr anstrengen.«

»Ich gebe ja zu, dass es ein unglaublicher Zufall war, aber wichtig ist doch nur, dass wir entkommen sind, und deshalb spielt es keine Rolle.«

»Das meine ich mit dem Blick für die Realität. Was der Rabe tut, ist *immer* wichtig. Wo immer sie aufgetaucht sind, und was immer sie im letzten Jahrzehnt getan haben, es hat einiges verändert. Nicht jedes Mal die ganze Welt, aber wichtig war es immer, es war stets von Bedeutung. Und sie sind nicht daran gewöhnt zu scheitern.«

»Allerdings konnten sie nicht verhindern, dass das Nachtkind starb, oder?« Erys war immer noch skeptisch.

»Ja, aber es starb aus anderen Gründen und wurde nicht von den Dordovanern getötet. Das ist ein wichtiger Unterschied.«

Erys zuckte mit den Achseln. »Wenn Ihr meint, Hauptmann.«

»Ihr seid noch jung, Erys, und Ihr glaubt, alte Kämpfer wie die Rabenkrieger könnten Euch nichts anhaben. Da irrt Ihr Euch. Fragt die Leute, die gestern gegen sie gekämpft haben. Der Rabe ist schrecklich, und er steht nicht auf unserer Seite. Merkt Euch meine Worte, Junge. Der Kreis der Sieben wird besorgt sein. Wenn Ihr Dystran berichtet, wird er wissen wollen, was der Rabe auf Calaius zu suchen hatte, denn wir können absolut sicher sein, dass er dort nicht Ferien gemacht hat. Habt Ihr darauf eine Antwort?«

Erys schüttelte den Kopf. »Das kann keiner von uns beantworten. Aber wir sollten uns dadurch auch nicht den Schlaf rauben lassen. Ich werde mein Schlafzimmerfenster deshalb nicht zunageln.«

Yron stand seufzend auf. Er war gereizt wegen Erys' Antworten und musste einsehen, dass der junge Magier so blind war wie alle anderen.

»Dann lasst Euer Fenster offen. Ich dagegen mache mir Sorgen, weil Denser mich kennt und der Rabe hinter uns her ist. Ich will wissen, warum er mir diese Worte zugerufen hat. Und bevor Ihr höhnisch lächelt, denkt über Folgendes nach: Der Rabe kämpft nicht mehr für Geld. Das haben die Rabenkrieger nicht nötig. Sie kämpfen nur, wenn sie glauben, dass sie es müssen. Und sie haben noch nie aufgegeben, ohne ihre Aufgabe erfüllt zu haben. Nie. Dies sagt mir, dass wir etwas in Gang gesetzt haben, das bedeutender ist als das, was Dystran uns erklärt hat. Wenn ich schon die Zielscheibe spielen soll, dann will ich wissen, warum, und ich rate Euch dringend, Euch ebenfalls darüber Gedanken zu machen.«

»Habt Ihr etwa Angst vor ihnen?« Erys staunte über sich selbst, dass er diese Frage zu stellen wagte.

»Und ob. Aber ich mache mir auch Sorgen wegen der Elfen. Wir wissen nicht, warum der Rabe nach Calaius gekommen ist, aber am Ende stand er auf der Seite der Elfen. Denkt darüber nach, Erys. Der Kreis der Sieben wird darüber nachdenken. Macht Euch nicht vor ihnen zum Narren. Nicht nach allem, was Ihr hier erreicht habt.«

Erys schwieg dazu und nickte nachdenklich. Yron ließ ihn stehen und ging nach vorn zum Bug. Nachdem er seine Befürchtungen ausgesprochen hatte, nahm seine Unruhe sogar noch zu. Er blickte über die Reling zur schäumenden Bugwelle hinunter. Dreißig Schritt querab begleiteten sie Delfine, die mit ihren schlanken Körpern mühelos durch die Wellen schossen.

Er konnte Erys' Skepsis gut verstehen. Der Rabe war schließlich nur eine kleine Gruppe. Doch unter den Gelehrten der Kriegskunst galt als Tatsache, was man schon bei unzähligen Gelegenheiten erkannt hatte: Allein oder als Teil einer größeren Streitmacht konnte der Rabe den Verlauf der Dinge in seinem Sinne beeinflussen. Erys hatte im Gegensatz zu Yron den Raben noch nicht kämpfen sehen, und der ältere Offizier wusste genau, was geschehen würde, falls er jemals dem Raben mit dem Schwert in der Hand gegenüberstehen sollte. Er würde sterben.

Neuntes Kapitel

Als der Rabe das Delta des Shorth verließ und in See stach, waren die Xeteskianer ihnen bereits drei volle Tage voraus. Die *Calaianische Sonne* konnte einen Teil des Vorsprungs wettmachen, würde aber auch beim besten Willen mindestens anderthalb Tage zu spät in Balaia eintreffen.

Andererseits hatte die erzwungene Muße auch etwas Gutes, denn die Rabenkrieger konnten ausruhen, ihre Verletzungen versorgen, trainieren und reden. Jede Hoffnung, die mit ihnen reisenden Elfen würden im Laufe der Überfahrt ein wenig auftauen, löste sich jedoch rasch in Wohlgefallen auf.

Sie übten mit den Al-Arynaar auf Deck, doch die Elfen waren widerspenstig und spielten nur mit, weil Rebraal sie dazu gedrängt hatte. Die sechs Krallenjägerpaare und die zehn TaiGethen-Zellen, die mit den achtunddreißig Al-Arynaar an Bord gekommen waren, ließen sich jedoch so gut wie überhaupt nicht blicken. Sie trainierten in der Nacht, aßen in ihren Kajüten und weigerten sich rundheraus, mit dem Raben über Kampftaktiken zu sprechen. Hirad neigte dazu, sie schmoren zu lassen, auch wenn er ihren Mangel an Dankbarkeit empörend fand. Der Unbekannte ging jedoch umsichtiger vor und sorgte dafür, dass Rebraal anwesend war, als der Rabe eines Morgens über die kommenden Tage redete. Rebraal würde zweifellos den anderen berichten, was erörtert worden war.

»Wir dürfen keine Fehler machen«, sagte der Unbekannte. »Vom Anlegen über die Weiterreise bis zu Verhandlungen …«

»Verhandlungen?«, sagte Hirad, als hätte er gerade in einen faulen Apfel gebissen.

»Ja, Hirad, Verhandlungen«, wiederholte der Unbekannte. »Du würdest ja vielleicht allein gegen die gesammelte Macht von Xetesk antreten, aber ich bin dazu nicht bereit.«

Der Rabe und Rebraal saßen in der Kapitänskajüte an einem Tisch, der mit Tellern und Bechern gedeckt war. Ein dampfender Pott Tee stand direkt vor Densers rechter Hand an der erhöhten Tischkante. Aeb war weiter vorn in einer Kajüte damit beschäftigt, sein Gesicht zu baden und sich mit seinen Brüdern im Seelenverband auszutauschen.

»Du meinst also, wir sollten bis vor die Tore von Xetesk spazieren und darum bitten, dass sie uns den Daumen zurückgeben.«

»Im Grunde schon«, sagte der Unbekannte. »Oder weißt du etwas Besseres?«

»Eigentlich nicht, Unbekannter«, räumte Hirad ein. »Allerdings glaube ich, du bist etwas blauäugig hinsichtlich der Motive, die Xetesk bewegt haben, diesen Diebstahl zu begehen. Sie hatten doch sicher nicht die Absicht, damit ihre Beziehungen zu den Elfen zu verbessern, oder? Sie führen einen Krieg und wollen sich einen Vorteil verschaffen, wo es nur geht.«

»Das verstehe ich. Allerdings kann ich nicht glauben,

dass sie wussten, was sie in Gang setzen würden, als sie den Daumen mitgenommen haben. Sie werden ihn sicher sofort zurückgeben. Selbst wenn sie Balaia beherrschen wollen, gibt es keinen Grund, das ganze Elfenvolk auszurotten.«

»Aber sieh dir doch an, welchen Aufwand sie betrieben haben, um ihn zu bekommen«, sagte Ilkar. »Wir müssen uns fragen, ob sie es schon vorher wussten, und ob der Diebstahl absichtlich geschah.«

Alle sahen jetzt Rebraal an. Ilkar wiederholte die Frage in der Elfensprache, und sie warteten auf die Übersetzung der Antwort, da Rebraal das Balaianische nicht gut genug beherrschte, um alle Fragen in dieser Sprache beantworten zu können.

»Er meint, ein Fremder könne unmöglich wissen, welche Wirkung es hat, wenn man die Statue entweiht. Auch die meisten Elfen wissen es nicht, was mich selbst einschließt. Allerdings hätte er das Gleiche auch über die Position des Tempels gesagt. Er und alle Diener von Yniss halten es für eine vorsätzliche Tat, die dem Elfenvolk schaden soll. Es fällt ihnen jedoch schwer zu glauben, dass irgendjemand auf der Welt ihnen so etwas antun könnte.«

»Das dachten wir uns schon«, sagte Darrick. »Das bedeutet aber, dass Xetesk tatsächlich die Absicht hat, die Elfen zu vernichten oder ihnen zumindest einen schweren Schlag zu versetzen. Ich weiß nicht, ob ich das glauben kann.«

»Ich würde es lieber nicht glauben müssen«, antwortete Denser. »Wirklich nicht. Xetesk hat möglicherweise nicht gewusst, welche Folgen der Diebstahl eines Stücks von der Statue hat. Allerdings fürchte ich, dass alles entsetzlich gut zusammenpasst.« Er sprach bedrückt und leise. Hirad starrte ihn an und spürte, sie sehr der Magier sich von seinem Kolleg verraten fühlte.

»Könntest du das erläutern?«, fragte Ilkar behutsam.

»Was Xetesk auch immer aus den Schriften und durch das Bruchstück lernen wird, nützt niemandem außer Xetesk selbst. Sie wollen den Elfen gegenüber im Vorteil sein, sie wollen etwas über die angeborenen magischen Fähigkeiten der Elfen und ihr Wesen erfahren. Etwas in dieser Art. Auf Herendeneth sind sie auch. Wir mussten sie dorthin bringen, weil wir dafür sorgen wollten, dass die Protektoren freigelassen und die Kaan wieder nach Hause geschickt werden können. Jetzt haben sie ihr wahres Gesicht gezeigt. Was wir wollten, war für sie ein Nebenaspekt. Was sie wollen, ist ein Zugang zur Dimensionsmagie. Vergesst nicht, dass Dystran sich auf die interdimensionale Theorie spezialisiert hat. Wenn alles, was wir hören, der Wahrheit entspricht, dann will Xetesk die magische Herrschaft über ganz Balaia an sich reißen. Seien wir doch ehrlich: Sie haben Julatsa keine Hilfe angeboten, oder?«

Denser hielt einen Moment inne, legte seine Stirn in tiefe Falten und ließ die Schultern hängen.

»Ich will damit sagen, dass sie vielleicht nicht wissen, was sie mit ihrem Diebstahl ausgelöst haben, dass aber Dystran, falls er es wüsste, sicher keine Einwände hätte, wenn diese Seuche die Elfen auslöscht. Keine Elfen, kein Julatsa.«

Ilkar hörte offenen Mundes zu.

»Und durch die Dimensionsmagie werden sie so gut wie unbesiegbar«, fügte Erienne hinzu.

»Vor allem, wenn sie sich weiterhin weigern, die Protektoren freizugeben«, fügte der Unbekannte hinzu.

»Willst du immer noch einfach so um den Daumen bitten?«, fragte Hirad.

Der Unbekannte schüttelte den Kopf. »Das alles habe ich bisher nicht richtig gesehen. Selbst wenn Denser sich irrt, können wir es nicht wagen, dieses Risiko einzugehen. Nein, dies verändert alles.«

»Glaubst du wirklich, Xetesk ist bereit, sich die Schuld an einem Völkermord aufzubürden?«, fragte Ilkar.

»Nicht Xetesk«, antwortete Denser. »Dystran. Auch wenn er es leugnen mag, er ist machthungrig und will dafür sorgen, dass Xetesk die dominierende oder gar die einzige magische Macht ist. Er muss nicht einmal sehen oder einräumen, welche Zerstörungen seine Taten ausgelöst haben. Er braucht sich einfach nur zu weigern, die Wahrheit zu erkennen. Glaubt mir, das fällt ihm sehr leicht.«

Die Tür der Kapitänskajüte wurde geöffnet, und Aeb kam herein. Die Augen hinter der Maske suchten Denser und den Unbekannten. Er kam um den Tisch herum und setzte sich zwischen sie. Denser schenkte ihm einen Becher Tee ein.

»Danke.« Er trank.

»Was gibt es?« Hirad hatte bemerkt, unter welcher Anspannung der Protektor stand.

»Ich fühle mich unwohl«, räumte Aeb ein. »Mir fehlt die Orientierung.«

Er sah Denser an, der nickte. »Ich verstehe, dass du im Seeelenverband auf Konflikte stößt. Aber vergiss nicht, dass du nichts getan hast, außer mich zu beschützen, wie es dir befohlen wurde, und den Unbekannten zu beschützen, wie du es willst. Und solange ich dein Gebieter bleibe, will ich dafür sorgen, dass du so viel Freiraum hast, wie es nur möglich ist.«

»Ich bin voller Demut und Dankbarkeit«, sagte Aeb.

»Nicht doch«, widersprach Denser. »Wir, der Rabe, wir verstehen dich. Wir wissen um die Bindung, die du fühlst, und die Schmerzen, die du jeden Tag erleidest.«

Aeb neigte den Kopf und trank einen weiteren Schluck.

»Meine Brüder wissen, dass ich mit dir reise. Bald werden sie erfahren, dass wir auf Calaius gegen xeteskianische Kräfte gekämpft haben. Sie werden nicht enthüllen, was sie nicht mitteilen müssen. Jederzeit könnte aber ein Magier fragen, welche Rolle ich bei den Taten des Raben gespielt habe.«

»Dein Unbehagen liegt auf der Hand«, sagte Denser. »Wir müssen dafür sorgen, dass du auf Balaia nicht direkt gegen xeteskianische Kräfte kämpfst. Vergiss aber nicht, dass sie über die Dämonenkette keine Bestrafung auslösen können, solange mir die Macht des Gebietens nicht genommen wird. Im Augenblick bist du in Sicherheit. Wir reden später weiter.«

»Also gut«, sagte der Unbekannte. »Der wichtigste Punkt ist der folgende. Wir dürfen nicht riskieren, dass Dystran erfährt, wie wichtig der Daumen für die Elfen ist, denn wenn er die Absicht hat, sie zu schädigen, wird er ihn einfach behalten. Rebraal, du musst dies deinen Leuten erklären. Wenn sie kämpfen müssen, dann sollen sie um die Schriften kämpfen. Dies bedeutet, dass wir das Bruchstück auf einem anderen Weg zurückbekommen müssen. Am besten wäre es, wir schnappen diesen Yron, den Denser erkannt hat, und hoffen, er hat die Informationen, die wir brauchen. Sobald Yron Balaia erreicht – vielleicht sogar schon vorher –, wird er Xetesk melden, dass wir auf irgendeine Weise mit im Spiel sind. Dadurch werden wir zu Zielen für Angriffe. Aeb ist völlig zu Recht besorgt. Wir müssen uns sehr vorsichtig verhalten. Ich schlage vor, in der Nähe von Blackthorne an Land zu gehen, weil wir dort wenigstens freundlich aufgenommen werden. Bis dahin hoffe ich erfahren zu haben, wo Yrons Schiff eingelaufen ist. Ich nehme aber an, er wird über Arlen nach Xetesk reisen. Die TaiGethen müssen uns helfen, ob sie wollen oder nicht. Vergesst nicht, dass wir alle auf der gleichen Seite stehen. Hirad, für dich bedeutet dies, dass du sie nicht ärgern darfst, sosehr du dich auch provoziert fühlst. Falls jemand Ideen hat, können wir beim Abendessen reden. Wir wissen, was wir wollen und wie der Mann aussieht, den wir schnappen wollen, und wir wissen, wohin er geht. Das ist immerhin schon etwas. Ich – Erienne, was ist denn?«

Hirad drehte sich wie alle anderen zu Erienne um, der es offensichtlich nicht gut ging. Ihr Gesicht war kreidebleich, und sie wiegte sich auf dem Stuhl hin und her. Denser eilte zu ihr.

»Was ist, Liebste?«, sagte er, als sie in seine Arme sank.

»Ich fühlte mich schrecklich«, murmelte sie.

»Dein Kopf?«

Sie nickte. »Tut mir Leid, dass ich die Versammlung sprenge.«

»Ist schon gut«, sagte der Unbekannte. »Denser, du weißt, was du zu tun hast.« Der Xeteskianer nickte und half Erienne, die Kajüte zu verlassen. »Hört mal, ich glaube, wir haben alles besprochen, was zu besprechen ist. Hirad, kannst du mit Sha-Kaan Verbindung aufnehmen? Ich wüsste gern, was dort vor sich geht. Mein Sohn und meine Tochter sind womöglich schon in Geiselhaft, und ich will wissen, wie stark die Al-Drechar noch sind. Darrick, ich habe ein paar Fragen an dich. Ren, Thraun, Aeb, bleibt hier. Wenn wir fertig sind, müssen wir auf Deck gehen und unsere Manöver üben, damit Ren in unsere Kampfformation einbezogen wird. Alles klar?«

Hirad nickte und stand auf, wobei er Thrauns Blick auffing. Er lächelte. »Ich frage mich, wie viel du überhaupt mitbekommen hast.«

»Alles«, sagte Thraun. »Erienne hat zu starke Schmerzen.«

Diese Bemerkung überraschte Hirad. »Was meinst du damit?«

»Sie muss sich für das öffnen, was sie hasst. Es ist schwer.«

Hirad runzelte die Stirn. »Ich weiß nicht …«

»Es hat mit dem Einen zu tun«, erklärte der Unbekannte. »Ich glaube, sie muss sich jetzt von den Al-Drechar helfen lassen, und das denkt auch unser stiller, aber sehr aufmerksamer Gestaltwandler.«

Thraun knurrte laut, als er den Begriff hörte, und seine Augen blitzten zornig. Immer noch steckte viel vom Wolf in ihm.

»Tut mir Leid, Thraun, aber das bist du«, sagte der Unbekannte. »Ich wollte dich nicht beleidigen.«

Thraun schüttelte den Kopf. »Ich gehöre zum Raben.«

»Und ob«, stimmte Hirad zu.

So viel hatte Thraun noch nie gesprochen, und als Hirad die Kapitänskajüte verließ, um in seine eigene zu gehen, schöpfte er Hoffnung, dass der verlorene Mann nicht mehr weit von seiner Heimat entfernt war.

Erienne legte sich in die schmale Koje. In ihrem Kopf pochte es wie noch nie. Völlig unvermittelt hatte es begonnen, auch wenn sie sich schon den ganzen Tag nicht sehr wohl gefühlt hatte. Es fiel ihr schwer, sich zu konzentrieren – beinahe, als hätte sie zu viel getrunken. Mehrmals und ohne Vorwarnung hatten die Schmerzen eingesetzt, als hätte sie schwere Schläge auf den Hinterkopf bekommen. Sie hatte darum gerungen, nicht ohnmächtig zu werden, war verwirrt gewesen und hatte nicht einmal um Hilfe bitten können.

»So geht das nicht weiter, Liebste«, sagte Denser sanft. Er beugte sich über sie, streichelte ihren pochenden Kopf und hielt ihr ein Tuch vor die Nase, die zu bluten begonnen hatte.

»Wenn sie nun die Schmerzen auslösen, damit ich klein beigebe?«, fragte sie. Sie hatte Mühe, einen klaren Gedanken zu fassen, und war dankbar für das Zwielicht hinter den vorgezogenen Vorhängen. Sie hatte die Augen geschlossen und konnte sich ein wenig entspannen, bis die Übelkeit nachließ.

»Es gibt nur einen Weg, es herauszufinden«, sagte Denser. »Mit diesen Schmerzen kannst du jedenfalls nicht weiterleben. Es war schon vorher schlimm genug.«

»Ich weiß«, sagte Erienne. »Aber …«

»Es ist doch nicht so, als würdest du eine Niederlage erleiden«, sagte Denser. »Glaubst du nicht, dass du deinen Standpunkt klar gemacht hast?«

Erienne seufzte, denn er hatte natürlich Recht. Aber gesiegt hatte sie auch nicht – sie hatte lediglich die Niederlage vermieden, indem sie lange verleugnet hatte, was sie in sich trug. Anfangs, als sie vom Kummer über Lyannas Tod erfüllt gewesen war, hatte sie es leicht unterdrücken können. Jetzt ließ der Kummer ein wenig nach, und sie war offener und zuversichtlicher, und sofort versuchte das Eine, sich mit erneuerter Kraft in ihr durchzusetzen.

»Bleibst du hier und hilfst mir?«, fragte sie. Sie öffnete die Augen und hielt seinen Arm fest.

»Wo sonst sollte ich sein, wenn nicht an deiner Seite?«

Ihre Liebe zu ihm fegte einen kleinen Augenblick lang die Schmerzen beiseite. »Also gut. Wenn du meinst, dass ich mich darauf einlassen soll.«

»Das denke ich«, sagte er und hörte nicht auf, ihre Haare zu streicheln. »Aber vor allem musst du es selbst wollen.«

Sie nickte. Es musste jetzt geschehen. Die Schmerzen waren kaum auszuhalten, und es gab nur eine Möglichkeit, Hilfe zu bekommen. So schloss sie wieder die Augen, sprach in ihrem Bewusstsein zu den Al-Drechar und hoffte das Beste.

Seid ihr da?, fragte sie. Ihr Ton war unfreundlich, und sie hatte nicht das Bedürfnis, höflich zu sein. Sie sollten von Anfang an wissen, dass ihr Handeln nicht von dem Wunsch getragen war zu vergeben. Nur auf das Verständnis für das, was sie in sich trug, kam es ihr an. *Myriell? Cleress? Seid ihr da?*

Erienne, wir haben gewartet. Wir waren immer nahe, sind aber nie in dein Bewusstsein eingedrungen. Cleress' Stimme war wie Honig für einen heiseren Hals. *Es ist schön, von dir zu hören.*

Es ist keine Freude, mit euch zu sprechen, doch es muss sein, antwortete Erienne.

Wir verstehen, dass du immer noch Zorn und Hass empfindest, erwiderte Myriell. *Aber glaube uns bitte, dass wir dir nur helfen wollen, das zu akzeptieren, was dein Bewusstsein birgt, ehe es dich zerstört. Und zerstören wird es dich.*

Droht mir nicht, sagte Erienne. Das Hämmern im Kopf war unerträglich. *Ich bin kein Kind, das ihr mit Schauermärchen einschüchtern könnt.*

Ich informiere dich lediglich über die Tatsachen, nichts weiter, sagte Myriell. *Ich nehme an, du hast Schmerzen?*

Schmerzen, wie ich sie noch nie hatte, gab Erienne zu. *Es geht schon seit Tagen so, aber jetzt wird es so schlimm, dass ich kaum noch etwas sehen oder aufrecht stehen kann. Ich hoffe nicht, ihr habt sie ausgelöst.*

Oh, Erienne, wie kannst du das nur glauben? Wir wollten dich nie verletzen, ermahnte Cleress sie sanft.

Erienne hätte beinahe laut gelacht, obwohl sie nicht belustigt, sondern verbittert war. *Ihr habt meine Tochter umgebracht. Gibt es überhaupt eine größere Verletzung?*

Wir wollten so sehr, dass Lyanna überlebt. Doch das Eine hat sie getötet. Ich wünschte, du könntest uns glauben.

Und jetzt habe ich das Eine in mir, ob es mir gefällt oder nicht, antwortete Erienne. Es gelang ihr, den pochenden Schmerz ein wenig zurückzudrängen. *Ihr habt es nicht für nötig gehalten, mich frei entscheiden zu lassen. Eure Überheblichkeit kennt keine Grenzen.*

Erienne, deine Tochter konnte diese Kraft nicht bändigen, weil Dordover sie zu früh geweckt hat, erklärte Cleress. *Du als ihre Mutter und als Dordovanerin warst als Einzige fähig, es am Leben zu halten – diesen Teil Lyannas am Leben zu halten. Damals tobte gerade eine Schlacht. Wir hatten keine Zeit, darüber zu diskutieren, und du hättest dich sowieso geweigert.*

Cleress' Stimme verriet keinerlei Schuldgefühle, nicht das geringste Bedauern. Es war nichts als die Erläuterung einer Notwendigkeit. Eigentlich hätte Erienne vor Wut explodieren müssen, doch obwohl sie verabscheute, was die Al-Drechar getan hatten, konnte sie fühlen, dass die Magie des Einen, die in ihrem Bewusstsein hauste, von Lyanna genährt und gestärkt worden war. Die schöne Lyanna. Tränen rannen ihr übers Gesicht. Denser strich ihr beruhigend über die Stirn und die Haare. Er sagte nichts.

Ihr müsst die Schmerzen wegnehmen, sagte sie. *Rasch.*

Das können wir tun, aber dazu musst du uns ganz in dein Bewusstsein lassen. Und du musst akzeptieren, dass eine von uns immer bei dir ist, um dich anzuleiten, sagte Cleress. *Wir werden schweigen, solange du nicht fragst und solange wir keine Gefahr für dein Bewusstsein erkennen. Du musst aber wissen, dass dieser Prozess nicht mehr aufgehalten werden kann, wenn er einmal begonnen hat.*

Ich will nicht, dass irgendein Prozess beginnt. Ich will nur, dass die Schmerzen verschwinden.

Das ist der Beginn des Prozesses, sagte Myriell.

Na gut. Aber drängt mich nicht in irgendeine Richtung, in die ich nicht gehen will. Glaubt nicht, ihr könntet mich auf irgendeine Weise kontrollieren, denn sonst werde ich gegen euch kämpfen. Unternehmt nichts ohne meine ausdrückliche Zustimmung.

Die beiden Al-Drechar lachten. *Erienne, wir kennen dich viel zu gut, um so etwas anzunehmen.*

Da gibt es nichts zu lachen, fauchte Erienne.

Nein, im Grunde nicht, räumte Myriell ein. *Bist du jetzt bereit? Entspanne dich einfach.*

Beginnt, sagte Erienne.

Nach dem ersten sanften Tasten verschwanden ihre Schmerzen, und sie erkannte die in der Einen Magie angelegte Macht, die ihr zur Verfügung stehen würde, sobald sie stark genug war. Eine Kraft war es, die man zum Guten wie zum Bösen einsetzen konnte, viel umfassender als die Magie irgendeines Kollegs. Sie beruhte auf den Energien von Land, Himmel, Mana und Meer, und ihre Bandbreite war unendlich. Wenn Erienne über diese Macht verfügte, konnte sie so viel tun.

Das Schiff war im Schutze der Dunkelheit gekommen, und schon vor Einbruch der Dämmerung waren die Ladearbeiten zum größten Teil abgeschlossen. Sha-Kaan war erwacht, als die Xeteskianer sich darauf vorbereiteten, mit der nächsten Flut auszulaufen. Wutentbrannt flog er auf und schlug heftig mit den müden Schwingen.

Bleib und ruhe dich aus, Nos-Kaan, sendete er, während er zum Haus hinabstieß, aus dem gerade Sytkan, der Anführer der xeteskianischen Magier, herauskam. *Ich rufe dich, wenn ich dich brauche.*

Der Magier wusste, dass er kam. Die Äste der benachbarten Bäume bogen sich unter dem Wind der Schwingen, Staub und Sand wurden hochgewirbelt, und seine Flügelschläge übertönten jedes Gespräch auf dem Boden. Man musste es dem Xeteskianer hoch anrechnen, dass er dem Drachen ins Auge sah, nachdem er sich aufgerappelt und den Staub abgeklopft hatte. Andere aus seinem Gefolge blieben nicht ganz so ruhig und flohen hinunter zur Landestelle.

Sha-Kaan setzte sich auf die Hinterbeine, bog den langen Hals nach unten und blickte drohend auf Sytkan hinab. Zehn Protektoren bildeten einen schützenden Ring um den Magier.

»Sollte ich über eure Entscheidung, die Insel zu verlassen, noch unterrichtet werden? Oder hofftet ihr, wir würden schlafen, bis euer Schiff außer Sicht ist?«

»Unsere Arbeit hier ist erledigt, Sha-Kaan. Abgesehen von den Kräften, die zur Verteidigung und zum Schutz der Al-Drechar und ihrer Helfer gebraucht werden, müssen wir alle nach Xetesk zurückkehren, um unsere Forschungsergebnisse zu überprüfen.«

Sha-Kaan beugte den Hals noch weiter hinab, bis sein Maul sich dicht vor Sytkan befand. Über die Schnauze hinweg starrte er den Magier an, der die Augen aufriss. Die Protektoren zogen ihre Waffen.

»Sage ihnen, sie sollen diese Dinger wegstecken. Sie können mir nichts anhaben.«

Sytkan machte eine Geste, und die Klingen wurden gesenkt.

»Was willst du von mir?«, fragte Sytkan, und seine Stimme klang durchaus überheblich und gelangweilt.

»Beendet, was ihr begonnen habt«, sagte Sha-Kaan. »Ihr müsst nirgendwo hingehen, um eure Forschungsergebnisse zu überprüfen. Ich verbiete es euch sogar. Ihr werdet uns die Freiheit geben, in unsere Dimension zurückzukehren, bevor ich euch die Freiheit gebe, zu euren kleinen Zankereien nach Balaia zurückzukehren.«

»Du bist nicht in der Position, irgendetwas zu verbieten, Großer Kaan«, sagte Sytkan, der sich seiner eigenen Verletzlichkeit offenbar nicht bewusst war. »Wir haben hier das Sagen, und wenn du nach Beshara zurückkehren willst, dann solltest du uns den Zeitplan festlegen lassen. Das bedeutet, dass wir abreisen, um unsere Forschungen in die Praxis umzusetzen, bevor wir uns weniger wichtigen Dingen zuwenden.«

Sha-Kaan hätte ihn beinahe an Ort und Stelle zerquetscht, doch er dachte an Hirads Warnung und hielt sich zurück.

»Du wandelst auf sehr gefährlichem Grund, kleiner Mensch«, sagte er. »Der Zeitplan, wie du es nennst, besagt, dass wir es uns nicht erlauben können, uns deinen Launen zu unterwerfen. Wenn du es dir recht überlegst, wirst du auch einsehen, dass es nichts Wichtigeres geben kann, als deine Arbeit zu vollenden und uns nach Hause zu schicken.«

»Drohe mir nicht, Sha-Kaan«, sagte Sytkan. »Wir haben deine Reaktion vorausgesehen und entsprechende Maßnahmen ergriffen. Ohne dein Feuer bist du geschwächt, wie auch die Dordovaner schon herausgefunden haben. Glaube nicht, dass wir zögern werden, uns zu verteidigen. Zusammen sind wir sehr stark.«

»Und einzeln seid ihr schwach«, erwiderte Sha-Kaan.

Sein Kopf schoss vor, er schnappte sich Sytkan mit dem Maul, entfaltete die Flügel und schoss in den Himmel hinauf, fort von der drohenden Gefahr.

Nos-Kaan, erhebe dich in die Lüfte! Die Xeteskianer müssen aufgehalten werden.

Sytkan wand sich zwischen den Kiefern des Drachen. Sha-Kaan pflückte den Magier aus seinem Maul und hielt ihn in einer Vorderpranke vor seine Augen.

»Du hast nur noch sehr wenig Zeit«, grollte Sha-Kaan. »Hole die Forschungsergebnisse vom Schiff herunter, bevor wir es versenken.«

»Damit würdest du alles verlieren, was wir erarbeitet haben. Alles, was dir helfen könnte«, rief Sytkan laut, um den Wind zu übertönen. »Sie bleiben dort. Du wirst es nicht wagen, das Schiff anzurühren. Setze mich ab.«

»Du hältst mich anscheinend für eine dumme Echse. Unwissend und dumm. Allerdings höre und erfahre ich viel. Ich weiß, wie gewissenhaft xeteskianische Magier arbeiten. Alle deine Papier werden in wasserdichten Behältern aufbewahrt, nicht wahr? Ich bin ein guter Schwimmer.«

Sytkans angeschlagenes Selbstvertrauen löste sich endgültig auf und wich nackter Angst. Doch der Magier gab sich noch nicht geschlagen.

»Lass mich los, oder Nos-Kaan wird sterben.«

Sha-Kaan drehte sich zum Hügel um. Nos-Kaan schwebte dort in der Luft und erwartete ihn. Unter ihm, vom Hang verborgen, lauerten ein Dutzend Magier. Nos hatte sie nicht bemerkt, und sie wirkten einen Spruch.

Sha-Kaan brüllte vor Wut und schoss zu ihnen hinunter. Gleichzeitig warnte er seinen Brutbruder.

Fliege! Sie sind unter dir, fliege!

Nos-Kaan bewegte sich, als die Magier ihren Spruch wirkten. Eine dreißig Fuß durchmessende Feuerkugel raste auf den Drachen zu und traf Nos-Kaans linken Flügel, als er sich gerade wieder senkte, rollte darüber hinweg und verbrannte seinen Rücken. Flammen verzehrten die Schuppen und die Membran des Flügels. Nos brüllte vor

Schmerz auf, Rauch stieg vom verletzten Flügel auf, und er stürzte sich ins Meer, um das Feuer zu löschen.

Sha-Kaan raste weiter, Sytkan in seiner Klaue war vergessen. Die xeteskianischen Magier konnten nicht schnell genug reagieren. Der riesige Drache landete knapp über ihnen am Hang und rutschte hinunter, seine mächtigen Hinterläufe rissen den Boden auf, seine Flügel schlugen heftig, und seine Masse ließ die Erde beben. Er stieß den Kopf vor, zerteilte menschliches Fleisch mit riesigen Kiefern und schnappte nach den winzigen Körpern. Seine Krallen pflügten durch Körper und Glieder, ließen Steine und Schmutz aufspritzen und machten die Magier nieder.

Mit dem nächsten Flügelschlag hob er sich wieder in die Luft und flog eine scharfe Kurve, um sich nach Überlebenden umzusehen. Einer rannte davon, die anderen waren tot oder lagen im Sterben. Wieder stürzte er hinab und packte den fliehenden Magier mit der anderen Vorderpfote, ehe er aufs Meer hinausflog, um nach Nos-Kaan zu sehen.

Deutlich war der Punkt zu erkennen, an dem der Drache ins Wasser getaucht war. Der Geruch brennender Schuppen und Membranen hing in der Luft. Sha-Kaan hielt Sytkan noch einmal vor sein Auge und sah, dass der Magier gerade noch bei Bewusstsein war.

»Ich bin schwach? Bete zu deinen falschen Göttern, dass Nos noch lebt. Bete, dass deine Lungen die Luft halten und dein Körper nicht zerbricht.«

Damit tauchte er ins Meer und zog die vorderen Krallen ein, um die Magier vor dem Aufprall zu schützen. Vielleicht brauchte er sie noch. Mühelos durchdrangen seine Augen das klare blaue Wasser. Er musste nicht tief tauchen, ehe er Nos-Kaan entdeckte, der sich zur Oberfläche kämpfte.

Sein linker Flügel hing schlaff herab, sein Schwanz pendelte kraftlos.

Nos-Kaan, ich bin hier.

Versenke das Schiff, Großer Kaan. Ich werde überleben. Doch seine Gedanken waren schwach. *Sie dürfen nicht entkommen.*

Sha-Kaan brach aus dem Wasser hervor und flog hoch in die Luft. Sytkan schnappte verzweifelt nach Luft. Der zweite Magier hing schlaff in seiner Pranke. Sha-Kaan ließ ihn fallen und flog zum Schiff, das noch vor Anker lag. Er flog hoch, um den Sprüchen zu entgehen. Auf dem Deck hockten zwei Gruppen von Magiern zusammen, die zweifellos Sprüche vorbereiteten.

»Wenn du so eilig an Bord willst«, sagte er, indem er Sytkan wieder vor seine Augen hob, »dann will ich dir helfen.«

Er warf den Magier nach unten und sah dem sich überschlagenden Körper nach. Der Mensch betete, er möge im Wasser aufkommen, doch seine Götter erhörten ihn nicht. Sha-Kaan wandte sich vom nassen Fleck weit drunten auf dem Deck ab und tauchte zu Nos-Kaan hinunter.

Der verletzte Drache war dabei, wieder aufzutauchen. Sha-Kaan schwamm unter ihn, drückte ihn nach oben und schob ihn zu einer benachbarten Insel, auf deren Strand er ausruhen konnte. Er spürte die Schmerzen, die Nos-Kaan hatte, als wären es seine eigenen. Der Drache, der sich nach dem Angriff der dordovanischen Magier im Südmeer nie wieder ganz erholt hatte, war schwer verletzt.

Er schob Nos-Kaan aus den Wellen heraus. Der geschlagene Kaan legte den Kopf auf den Sand und ließ den gequälten, verbrannten Körper im Salzwasser ruhen.

Sage mir, Nos – werden deine Verletzungen heilen?

Doch er kannte die Antwort schon. Nos-Kaans Flügel lag schlaff und ausgestreckt auf dem Wasser, die Membran war an vielen Stellen verletzt. Die Schuppen auf dem Rücken waren zerfressen und lösten sich auf.

Es war ein großes Abenteuer, Großer Kaan. Gern hätte ich in unserem Brutland ausgeruht, doch ich fürchtete stets, es sei ein Traum, der sich nicht erfüllen würde.

Dann ruhe jetzt, mein Bruder. Ruhe jetzt. Du sollst gerächt werden.

Nos-Kaan hörte ihn schon nicht mehr.

Sha-Kaan erhob sich auf die Hinterbeine, schlug mit den Flügeln und brüllte seinen Kummer, seine Wut und seine Qual hinaus. Vögel flohen erschrocken, und Eidechsen schossen auf dem Strand hin und her. Das xeteskianische Schiff ankerte an der Anlegestelle. Er beschloss, sie nicht länger warten zu lassen.

Als er durch den Himmel raste, um sich an ihnen zu rächen, ertönte eine Stimme in seinem Kopf. Sie sprach voller Vernunft und Mitgefühl und nahm seiner Wut die Spitze. Sie sagte ihm, er müsse überleben, da ohne ihn die Brut Kaan untergehen würde. Es gebe noch andere Orte, um diesen Kampf auszutragen. Der Sprecher liebte ihn und wollte dafür sorgen, dass die nötigen Forschungen von Helfern durchgeführt wurden, die tatsächlich helfen würden.

Es war die Stimme seines Drachenmannes Hirad Coldheart, und sie rettete ihm das Leben.

Zehntes Kapitel

Dystran, der Herr vom Berge in Xetesk, war ausgesprochen guter Dinge. Er hatte sein Mahl sehr genossen und nahm den Rest des Weins mit, als er den Speisesaal verließ, den er mit dem Kreis der Sieben teilte. Müßig schlenderte er durch den Wandelgang der Alten und betrachtete die beeindruckenden Portraits, die im hell erleuchteten Gang hingen. Er musste sich darum kümmern, dass sein eigenes dort eingereiht wurde. Die anderen abgebildeten Meister waren sehr alt, ein jugendlicher Farbtupfer konnte sicher nicht schaden.

Als er Schritte hinter sich hörte, drehte er sich um. Ranyl folgte ihm langsam. Seinem verzerrten Gesicht war anzusehen, dass er Schmerzen litt, doch er hielt sich trotzig aufrecht und widerstand dem natürlichen Drang, gebeugt zu gehen und dadurch die Schmerzen zu lindern, die sein Magenkrebs verursachte. Lächelnd näherte er sich.

»Mein Lord Dystran, ich habe Nachricht von der Expedition auf Calaius«, sagte er.

»Wirklich?« Dystrans Herz schlug ein wenig schneller. »Ich hoffe, es sind gute Neuigkeiten.«

»Ich wäre dankbar für einen Sitzplatz und ein Glas von dem, was Ihr da habt«, sagte Ranyl lächelnd.

Dystran hob eine Hand. »Verzeiht meine schlechten Manieren.«

Er führte den sterbenskranken alten Magier in den geräumigen, höhlenartigen Speisesaal zurück, wo sie sich abseits von den neugierigen Ohren der anderen niederließen. Diener räumten bereits die Teller und Gläser vom langen, rechteckigen Tisch ab, auf dem in sieben Leuchtern kräftige weiße Flammen brannten. In dem holzvertäfelten Raum trugen die Stimmen so weit, dass Dystran fast flüstern musste, als er seinem Ratgeber Wein eingeschenkt hatte und sich zu ihm setzte.

»Ihr werdet froh sein zu hören, alter Freund, dass unsere wichtigsten Forscher Herendeneth verlassen haben und bereits auf dem Rückweg nach Balaia sind. Es gab Ärger mit den Kaan-Drachen, doch sie konnten unversehrt entkommen. Sie werden in etwa neun Tagen vor Anker gehen und in zwanzig Tagen das Kolleg erreichen. Fünfzig Protektoren begleiten sie. Bald werden wir die Antworten hören, Ranyl, sehr bald schon. Wenn wir nur unsere Grenzen noch so lange verteidigen können.«

»Nun, Herysts Zögern kommt uns nach wie vor entgegen, auch wenn Rusaus unglücklicher Tod zu bedauern ist. Die Spione berichten allerdings, dass er inzwischen seine Streitkräfte mobilisiert. Seine Truppen könnten den Ausschlag geben. Wir sollten Gespräche irgendeiner Art in Erwägung ziehen«, sagte Ranyl. Lächelnd trank er einen Schluck Wein.

»Gespräche worüber?«

»Das spielt eigentlich keine Rolle«, erklärte Ranyl, »solange sie nur eine gemeinsame Invasion verhindern können. Man könnte etwa darüber verhandeln, die Forschungsergebnisse aus Herendeneth mit den anderen Kollegien zu teilen. Vuldaroq wird sich dadurch nicht beirren lassen, aber vielleicht zögert Heryst lange genug, und mehr brauchen wir nicht, damit unsere Leute sicher nach Hause kommen.«

»Es ist wichtig, Zeit zu gewinnen«, stimmte Dystran zu. Eine angenehme Wärme breitete sich in ihm aus, als er sah, wie klug Ranyls Plan war.

»In der Tat. Wir sollten so bald wie möglich handeln. Vielleicht könntet Ihr Euch persönlich um eine Kommunion mit Heryst bemühen. Lindert seine Qualen, um es mal so auszudrücken.«

»Mein lieber Ranyl, ich werde keinen finden, der Euch ersetzen kann.« Dystran drückte die freie Hand des alten Mannes. »Ihr wolltet mir aber etwas über Calaius erzählen.«

»Ah, Mylord, die Götter tun sich zusammen, um Euren Aufstieg zu fördern«, sagte Ranyl hustend. »Ich habe Kommunion mit unseren Schiffen gehalten. Sie sind auf dem Rückweg von Calaius, und sie haben die Schriften gefunden, die wir benötigen.«

»Seid Ihr sicher?« Dystran war begeistert.

»Es war ein schwieriger Einsatz. Wir haben viele Soldaten verloren, Erys und Yron haben jedoch überlebt. Erys ist völlig sicher, dass sie den Text gefunden haben, den Ihr haben wolltet.«

»Wie schwierig genau?«

»Wir haben fast hundertneunzig Leute verloren«, sagte Ranyl leise.

»Was?« Dystrans Ruf hallte laut durch den Speisesaal und ließ die anderen Angehörigen des Rates der Sieben verstummen. Die nächsten Worte sprach er zornig und flüsternd. »Was, beim Abgrund der Hölle, ist nur passiert? Sind sie in einen Sturm geraten?«

»Elfen«, erklärte Ranyl. »TaiGethen. Al-Arynaar. Sie sind anscheinend erheblich gefährlicher, als man den Überlieferungen entnehmen konnte.«

Dystran seufzte. »Wir hatten doch eigens eine komplizierte Illusion als Schutz eingerichtet. Was ist damit geschehen?«

»Sie hat gewirkt, solange die Magier nicht krank wurden oder zu erschöpft waren«, erklärte Ranyl. »Sie konnten die Illusion nicht mehr aufrechterhalten. Als sie das vorgeschobene Lager erreichten, brach sie zusammen. Yron war überrascht, wie gut der Tempel verteidigt wurde, und wie gut die Elfen kämpften, die sich ihnen entgegenstellten. Wir können von Glück reden, dass überhaupt jemand davongekommen ist.«

Dystran leerte sein Glas und schenkte sich nach. Seine gute Laune war dahin. Erfreulich immerhin, dass sie den Elfentext geborgen hatten, auf den es ihm ankam – den Schlüssel zur Langlebigkeit –, doch das Ausmaß der Katastrophe, die über seine Truppe hereingebrochen war, hinterließ einen bitteren Nachgeschmack.

»Was ist mit den Ältesten der Elfen? Wann können wir mit ihren Forderungen rechnen?«

»Ich habe keine Ahnung«, gestand Ranyl, »aber wir können den Text rasch kopieren. Wir haben genug Zeit. Ich werde eine ausreichend demütige Entschuldigung verfassen.«

»Tut das.« Der Herr vom Berge starrte Ranyl an, dessen Augen vor Müdigkeit und Schmerzen stumpf wurden. Den alten Mann traf der Verlust so vieler Xeteskianer persönlich. »Es tut mir Leid. Ihr habt sicher Freunde verloren.«

Ranyl zuckte mit den Achseln. »Das ist nicht der entscheidende Punkt. Es gibt noch etwas, das Ihr wissen solltet.«

»Doch nicht, dass jemand die Schriften ins Meer geworfen hat?«

»Der Rabe war dort und hat auf Seiten der Elfen gekämpft.«

Dystran wollte diese letzte Information schon mit einer ungeduldigen Handbewegung abtun, doch dann hielt er inne. Es lief ihm kalt den Rücken hinunter, und er hätte beinahe noch einmal einen Schrei ausgestoßen.

»Was, zur Hölle, hatten die da zu suchen? Warum waren sie dort?« Er verlor die Fassung, und das war ihm auch bewusst, doch die Gegenwart des Raben warf viele Fragen auf. »Woher wussten sie, was wir dort wollten? Warum, bei allen brennenden Göttern, hat man mir nicht gemeldet, dass sie Herendeneth verlassen haben?«

Ranyl wartete, bis Dystran sich wieder beruhigt hatte.

»Sie können unmöglich von unseren Absichten auf Calaius gewusst haben. Ich denke, es war ein Zufall, wenngleich ein äußerst unglücklicher.«

»Das kann man wohl sagen.«

»Bitte, Mylord. Ja, es ist ein Unglück, doch ich denke, wir sollten zunächst vor allem in Erfahrung bringen, warum sie überhaupt dort im Regenwald aufgetaucht sind. Gewiss führen sie irgendetwas im Schilde. Und was die Frage angeht, warum Ihr nicht über ihren Aufbruch von Herendeneth unterrichtet wurdet – der Grund ist, dass diese Frage den Protektoren nicht gestellt wurde.«

Jetzt lächelte Dystran wieder. »Nun ja, das können wir leicht in Ordnung bringen. Denser ist nach wie vor Aebs Gebieter, nicht wahr?«

»Ja, Mylord.«

»Dann findet heraus, was der Rabe dort getan hat. Findet heraus, wie viel sie wissen. Aeb kann sich nicht weigern, direkte Fragen zu beantworten.«

»Sollten wir den Akt des Gebietens nicht widerrufen?«

»Was? Und damit einen Spion in ihrem Lager verlieren? Nicht doch, Ranyl. Er ist ein starker Mann, aber eben doch nur ein einziger Mann.«

»Ihr solltet noch wissen, dass Denser geschworen hat, Yron zur Strecke zu bringen«, ergänzte Ranyl.

»Wirklich? Das könnte bereits teilweise die Frage beantworten, wie viel der Rabe weiß, und vielleicht erklärt es sogar, was sie überhaupt dort zu suchen hatten.« Dystran dachte einen Augenblick nach. Dies war eine unerwartete und möglicherweise gefährliche Wendung. »Wir dürfen nicht zulassen, dass sie ihre Informationen, um welche auch immer es sioch handelt, an irgendjemanden weitergeben, der den Elfen freundlich gesonnen ist. Damit meine ich vor allem Heryst und Lystern. Vermutlich sind sie hinter Yron her. Entwickelt einen Plan. Wir müssen Yron, Erys und die Forschungsgruppe aus Herendeneth sicher hierher schaffen. Es könnte nötig werden, ihnen den Weg zu ebnen, und das ist noch nicht alles. Der Rabe stellt ein Risiko dar, das beseitigt werden muss. Fangt sie oder tötet sie.«

Eine schwarze Katze trottete geschmeidig in den Speisesaal und sprang auf Ranyls Schulter, drehte sich zu Dystran um und nahm ihre natürliche Dämonengestalt an. Dystran schnitt eine Grimasse, als er den Hausgeist des alten Mannes erkannte.

»Ich verstehe nicht, warum Ihr dieses Biest behaltet«, sagte er. »Wie lange habt Ihr es jetzt schon? Es müssen Jahrzehnte sein.«

»Freund«, berichtigte der Hausgeist ihn und streichelte Ranyls Gesicht.

Der alte Mann lächelte. »Er hat Recht. Und mehr denn je brauche ich Gesellschaft. Das Sterben ist ein einsames Geschäft.«

Dystran schauderte. »Das sehe ich anders. Ich halte mich lieber an Frauen. Bei den Göttern, warum müssen diese Dämonen nur so hässlich sein?«

Er betrachtete den affenähnlichen, geflügelten und haarlosen Körper des Dämonen, den nackten Kopf, auf dem Adern pulsierten, und die Zunge, die zwischen den Reißzähnen aus dem Maul hing. Dämonenspucke tropfte auf Ranyls Kragen.

»Er ist nützlich, wenn das Opfer kein Magier ist«, sagte Ranyl.

»Ich an Eurer Stelle würde es allerdings bei der Katzengestalt belassen«, empfahl der Herr vom Berge.

»Leider kann die Katze weder sprechen noch fliegen.«

»Eigentlich sind sie sowieso zu nichts nütze, mal abgesehen davon, dass man ein sprechendes Haustier hat.«

»Aber nein, Mylord«, protestierte Ranyl. »Ich ermuntere andere Magier sogar, Hausgeister aufzunehmen, da wir jetzt wieder über einen begrenzten Zugang zur Dimension der Dämonen verfügen. Sie sind als Spione nützlich, und wenn man nicht weiß, wie man es anstellen muss, auch schwer zu töten.«

»Vielleicht solltet Ihr ein paar zum Raben schicken und mir beweisen, dass sie es wert sind, dass wir ihre hässlichen Körper und ihr Gesabber ertragen.«

»Das werde ich vielleicht tun.«

Es war der frühe Abend des siebten Tages nach Seliks kurzem Treffen mit Blackthorne und Gresse, das einen durchaus vorhersehbaren Verlauf genommen hatte. Eine halbe Wegstunde vor der Garnison von Understone hatte Selik seine Männer anhalten lassen. Sie sollten ausgeruht sein, damit sie am frühen Morgen mit voller Kraft angreifen konnten.

In einem verschwiegenen Wäldchen hatten sie ein Lagerfeuer angezündet, das von Understone aus nicht zu sehen war, und sich an einem Reh satt gegessen, das einer seiner Bogenschützen mit einem erstaunlichen Schuss vom Pferd aus erlegt hatte. Als er seine Männer essen und reden sah – hier und dort wurden sogar kurze Lieder angestimmt –, war Selik sicher, dass sie empfanden wie er. Es war der Marsch der Gerechten. Niemand konnte sich dem Willen der Götter verweigern und sich ihnen in den Weg stellen.

»Ruht aus!«, befahl Selik, als das Fleisch aufgegessen war. »Schlaft, wenn ihr könnt. Morgen müssen wir der Gerechtigkeit Genüge tun.«

Niemand erhob Einwände, denn sie wussten, dass er Recht hatte. Am nächsten Morgen würden einige von ihnen fallen, doch sie würden dem Feind einen schweren Schlag versetzen, den ersten von vielen. Während sie schliefen, wachte Selik und dachte nach. Er brauchte nicht viel Schlaf, und sein rastloser Geist war mit Fragen hinsichtlich Pflicht und Bestimmung beschäftigt.

Als es an der Zeit war, seine Männer zu wecken, tat Selik es mit dem Gefühl eines Vaters, der widerspenstige Kinder weckt. Er selbst brachte ihnen heißen Tee, er fühlte sich ihnen so nahe wie nie, er war verantwortlich für das, was nun beginnen sollte. Diese zwanzig Männer, die alle ihre eigenen Träume träumten, wollten leben, sie hatten Frauen und Kinder – und sie waren für ihn mehr als bloße Schachfiguren. Es waren Menschen, die er schützen und behüten wollte. Wenigstens in diesem Augenblick.

In tiefem Schweigen marschierten sie. Was es zu besprechen gab, war besprochen worden. Als sich im grauen Zwielicht vor der Dämmerung die Blackthorne-Berge am Himmel abzeichneten, nahmen die Schwarzen Schwingen ihre Positionen ein. Es war relativ einfach. Anders, der Garnisonskommandant, hatte außerhalb der Palisaden keine Posten aufgestellt. Die Stadt war menschenleer und blieb den Geistern überlassen, die dort umgehen mochten. Dieser Fehler erlaubte es den Schwarzen Schwingen, ihre Falle einzurichten und im richtigen Augenblick zuzuschlagen.

Ein einsames Pferd wieherte in der frühmorgendlichen Stille. Man hörte es schnell galoppieren, und der Reiter trieb es an, damit es noch schneller lief. Das Tier raste die letzten Biegungen und Windungen des südlichen Weges hinauf und näherte sich im Zwielicht der Befestigung. Der Reiter lenkte es zum einzigen Lichtschein, der weit und breit zu sehen war – zur Garnison von Understone.

Drinnen ertönten Stimmen, man hörte eilige Schritte auf der nackten Erde und auf Holzbohlen, hier und dort wurden Laternen an die Palisaden gehängt, und auf den Wehrgängen wurden Kohlenpfannen angefacht.

Der Reiter bog auf die Straße ein und zügelte vor dem Tor in einer Staubwolke sein dampfendes, schwitzendes Pferd. Schaum quoll unter dem Sattel hervor und tropfte aus dem Maul des Tiers. Beinahe wäre der Reiter gestürzt, als er vom Pferd stieg und zum Tor taumelte. Er hämmerte dagegen und bat diejenigen, die ihn beobachteten, um Einlass. Offenbar war er außer sich vor Angst.

»Bitte, bitte, lasst mich ein! Bei den Göttern, sie sind direkt hinter mir. Bitte!«

»Wer denn?«, fragte jemand. »So beruhigt Euch doch, Mann.«

»Die Schwarzen Schwingen«, keuchte der Reiter. »Könnt Ihr sie nicht hören?«

In der Tat, das unverkennbare Geräusch von vielen Hufen hallte durch die Stadt.

»Seid Ihr ein Magier?«

»Was denn sonst?«, rief der Mann verzweifelt. »Überlasst mich nicht hier draußen dem Tod, ich bitte Euch. Bitte!«

Eine kurze Unterhaltung jenseits der Palisaden wurde durch einen Befehl beendet, der vom Wall heruntergerufen wurde. Eine schwere Planke glitt durch die Führung, und eines der Tore im Palisadenzaun öffnete sich.

»Jetzt!«, rief eine Stimme, die aus einem halb gelähmten Mund kam.

Aus dem Schatten zu beiden Seiten stürmten Männer herbei und drückten die Tore auf. Gleichzeitig flogen vier Pfeile zum Wall hinauf und durchbohrten zwei Männer, die leblos zu Boden gingen.

Weitere Pfeile folgten, eine Salve nach der anderen, während die Schwarzen Schwingen die Tore aufstießen.

Rufe hallten über das Gelände, als die Schwarzen Schwingen durchbrachen. Selik führte sie an, wandte sich nach links und trieb sein Schwert einem Mann in den Rücken, der das Tor wieder zudrücken wollte. Seine Männer folgten ihm lachend, warfen die Tordflügel ganz auf und zerquetschten dahinter einen hilflosen Soldaten am Palisadenzaun.

»Ausschwärmen!«, rief Selik. »Nehmt die Wälle ein. Lockere Gruppen. Achtet auf Sprüche. Los jetzt!«

Vom Kampfrausch beflügelt, rannte er weiter, obwohl der Atem schmerzhaft in seine halb gelähmte Brust fuhr. Links waren die Ställe, rechts die Mannschaftsunterkünfte. Devun lief neben ihm, weitere Männer folgten ihnen.

Aus der weit aufgerissenen Tür der Unterkünfte stolperten schlaftrunkene, halb angekleidete Männer und nestelten an ihren Gürteln herum. Anders führte sie an. Alles lief genau wie geplant. Selik warf seine Kapuze zurück und schlug mit dem Schwert zu. Anders war abgelenkt und reagierte zu spät. Der Schwertstreich trennte seinen linken Arm ab und drang tief in die ungeschützten Rippen ein. Der Garnisonskommandant ging in einem Blutschwall zu Boden und hatte nicht einmal mehr genug Kraft, einen Schrei auszustoßen, als die Klinge Lunge und Herz durchbohrte.

Jetzt hatte der Kampf gegen die Magie ernsthaft begonnen, und als Selik einen halbherzigen Schwerthieb abblockte und hinter ihm der erste Spruch einschlug, zollte er Devun innerlich Respekt für dessen überzeugende Theatervorstellung am Tor.

Elftes Kapitel

Aeb ruhte allein. Die *Calaianische Sonne* war noch drei Tagesreisen von Balaia entfernt und lag gut im Wind. Mühelos glitt das Schiff durchs Wasser und legte Meile um Meile zurück. Über ihm trainierte der Rabe auf dem Deck in der Sonne. Hirad rief Befehle, der Unbekannte drängte auf besseren Zusammenhalt der Krieger. Gelegentlich hörte Aeb Stahl klirren, das Krachen der Schiffsbalken und das Knattern der Segel an den Masten.

Genau wie Erienne konnte er nicht an den Übungen teilnehmen. Sie verbrachte viel Zeit damit, Anleitungen von den Al-Drechar zu empfangen, und er war zu einer Kommunion mit dem Seelentank einbestellt worden. Er spürte das Unbehagen, sobald er sich den Brüdern ganz öffnete. Es war unangenehm; einen Moment lang fühlte er sich wie ein Ertrinkender, als ihn das starke Gefühl der Verbundenheit mit allen Protektoren nah und fern überflutete. Diese Verbundenheit hielt ihn geistig gesund und schenkte ihm seine Zielstrebigkeit. Sie war sein Leben. Seine Seele verband sich mit den Seelen der anderen dreihundertzwölf Brüder, die noch lebten. Immer noch trauerten sie um diejenigen, die gefallen waren, und immer noch freuten sie sich über ihre Verbundenheit. Immer noch waren sie mächtig.

Es kam höchst selten vor, dass ein Protektor zur Kommunion in den Seelenverband gerufen wurde. Dies kam einem Einzelverhör sehr nahe, auch wenn die Stimmen der Brüder im Hintergrund niemals schwiegen. Aeb konnte stets die Stimmen aller anderen Brüder hören; die Leere, wenn er nach seiner Befreiung die Verbindung verlieren würde, fürchtete er sehr.

Meine Brüder, es ist eine Freude, mein Bewusstsein und meine Seele mit euch zu teilen, sendete Aeb.

Er spürte sie alle in seiner Nähe, ihre Wärme, in die sich auch Besorgnis mischte, als sie freundlich seinen Gruß erwiderten. Im Seelenverband herrschte Aufregung.

Wir müssen wissen, wo du bist, Aeb, sagte Myx, ein Angehöriger der Ehrengarde des Herrn vom Berge. *Der Meister ist besorgt.*

Genau dies hatte Aeb befürchtet. Bisher hatte er die Einzelheiten seiner Mission dem Kreis der Sieben verschweigen können, doch jetzt stürzten ihn die widerstreitenden Verpflichtungen in einen Konflikt. Er hatte die Pflicht, Xetesk zu schützen, aber außerdem war Denser sein Gebieter, und er stand neben Sol. Sol, der Strahl der Hoffnung. Sol, der Bruder, der seine Seele zurückbekommen hatte. Er fühlte sich hilflos, ein Verrat stand bevor. Er wusste es, seine Brüder wussten es. Sie konnten nur versuchen, das Ausmaß möglichst klein zu halten.

Fragt, wie es euch befohlen wurde, sagte Aeb. *Ich werde antworten, wie ich antworten muss.*

Sie konnten sich nicht weigern, eine Frage weiterzuleiten, die ihnen gestellt worden war, und Aeb konnte sich nicht weigern zu antworten. Ungehorsam hätte eine Bestrafung durch die Dämonen nach sich gezogen, die das Bindeglied zwischen ihren Körpern und den Seelen herstellten. Dies war das Einzige, vor dem sich die Protektoren fürchteten.

Aeb hörte zu und antwortete, und als die Kommunion vorüber war, suchte er Denser auf. Es gab einige Dinge, die sein Gebieter wissen musste.

Die *Calaianische Sonne* segelte drei Tage später in die Bucht von Gyernath, gegenüber den xeteskianischen Kräften immer noch mindestens anderthalb Tage im Rückstand. Andererseits konnten sie Blackthorne einen kurzen Besuch abstatten und vom Baron einen zuverlässigen Bericht über die aktuelle Lage bekommen.

Aeb hatte sich bei seiner Befragung im Seelenverband so vorsichtig wie möglich verhalten. Er hatte zugeben müssen, dass der Rabe sich den Elfen angeschlossen hatte, die sich für die Entweihung des Tempels rächen und die gestohlenen Texte zurückholen wollten. Die Xeteskianer waren jetzt auch über die ursprüngliche Mission des Raben im Bilde, doch Dystran musste annehmen, dass diese gescheitert war, weil der Rabe anscheinend keinen einzigen Magier hatte überzeugen können, ihn zu begleiten. Die Tatsache, dass ein Dutzend an Bord gegangen waren und noch weitere in Ysundeneth warteten, hatte Aeb nicht enthüllen müssen. Schließlich hatte ihn niemand danach gefragt.

Da Denser ihm völlige Freiheit gegeben hatte zu fragen, was immer er fragen wollte, hatte Aeb auch seinerseits einige wichtige Informationen gewonnen. In Arlen war nicht nur das Überfallkommando eingetroffen. Zwei Tage später war das Schiff mit den überlebenden Forschern und Protektoren aus Herendeneth eingelaufen, und jetzt reisten beide Gruppen gemeinsam unter Bewachung nach Norden.

Möglicherweise noch beunruhigender für den Raben war die Tatsache, dass Xetesk im Grunde umzingelt war – von dordovanischen Streitkräften im Süden und von dordovanischen und lysternischen Soldaten im Norden. Lystern hatte bisher noch keinen Schlag gegen Xetesk geführt, doch Dordover griff bei jeder sich bietenden Gelegenheit an und versuchte, die empfindliche Verbindung zwischen Xetesk und dem Stützpunkt in Arlen zu stören. In dieser instabilen Situation war es schwer, Yron zu erwischen, und so würde der Rabe auf der Reise von der Bucht bis nach Blackthorne eine Menge Stoff zum Nachdenken haben.

Sie hatten an einem menschenleeren Steg angelegt, der von gedrungenen Lagerhäusern umgeben war. Die Anlage wirkte primitiv und nicht wie eine dauerhafte Einrichtung.

»Ich nehme an, das ist nur ein Behelf, bis der Hafen von Gyernath wieder geöffnet wird«, sagte der Unbekannte.

»Jedenfalls entspricht es nicht Blackthornes gewohnter Gründlichkeit«, stimmte Hirad zu.

Er blickte zum Horizont, wo sich die Blackthorne-Berge erhoben, dann zur Bucht und schließlich zu den von Wolken verhüllten Gipfeln der Balan-Berge im Osten. Wehmut überkam ihn, denn die Balan-Berge waren fünf Jahre lang seine Heimat gewesen, nachdem die Kaan-Drachen im Exil auf Balaia gestrandet waren. Dann wurde er wütend. Dank Xetesk war nur noch ein Kaan am Leben, und auch der konnte sich nicht mehr lange halten.

»Ist doch gut, wieder daheim zu sein, was?« Denser trat neben Hirad. »Diese frische, kühle Luft, und es gibt hier nicht Millionen von Mücken.«

»Und keine Schlangen, Ratten, Spinnen und Ameisen«, ergänzte Erienne.

Sie hatten Recht. Es roch hier anders, es roch gut. Es war die Heimat. Kichernd sah Hirad Erienne an. Sie war bleich und müde, obwohl sie die ganze Zeit geruht hatte. Stirnrunzelnd erwiderte sie seinen Blick, und in ihren Augen war eine Tiefe, die er etwas beunruhigend fand. Als wäre sie in Gedanken woanders.

»Alles klar?«, fragte er.

»Ich weiß nicht«, gestand sie. »Ich habe unterwegs die meiste Zeit geschlafen, aber mir schwirrt der Kopf, als hätte ich ununterbrochen gelernt. Es gibt so viel, was ich noch verstehen muss. Erklären kann ich es aber nicht.«

»Schon gut, solange sie dir nicht wehtun«, sagte Hirad.

Erienne legte ihm lächelnd eine Hand auf den Arm. »Nein, Hirad. Aber danke.«

Thraun war hinter Erienne auf den Steg getreten und schnüffelte. Darrick war bei ihm und sah sich um, dann schulterte er seinen Rucksack und marschierte zu den Lagerhäusern. Aeb wartete wie immer stumm bei Denser und dem Unbekannten. Seine Axt und das Schwert steckten auf dem Rücken über Kreuz in den Halterungen.

Ein weiteres Boot legte an. Einige Al-Arynaar und Tai-Gethen sprangen heraus und eilten im Dauerlauf zu ihren Gefährten und den Krallenjägern, die sich auf einem Höhenzug versammelten. Ilkar und Rebraal waren bei ihnen. Die Brüder waren wieder einmal in eine heftige Diskussion verwickelt, bis eine Magierin der Al-Arynaar kurz mit ihnen sprach, knapp nickte und sich sofort wieder entfernte, als sei ihr Ilkars Nähe unangenehm. Abermals gab es einen Wortwechsel, dann nahm Ilkar seinen Bruder etwas zaghaft in den Arm und kam kopfschüttelnd zum Raben herüber.

»Mal wieder ein trautes Gespräch im Kreis der Familie?«, fragte Hirad.

»Oh, das lag nicht an ihm«, erklärte Ilkar. »Dieses Mal nicht. Kommt, wir wollen gehen.«

Er sah sich nach seinen Sachen um, warf Hirad dessen Rucksack hinüber und nahm den eigenen auf den Rücken.

»Kommen sie mit?« Hirad deutete mit dem Daumen auf die Elfen.

»Nein«, sagte Ilkar. »Kommt jetzt.« Er setzte sich auf dem im weichen Boden tief ausgefahrenen Weg in Bewegung. »Das hier dürfte wohl der kürzeste Weg nach Blackthorne sein.«

»Was ist nur in ihn gefahren?«, fragte Denser.

Hirad zuckte mit den Achseln. »Die da, nehme ich an.«

Die Elfen waren zum Gebet niedergekniet, der Wind trug ein leises Murmeln herüber. Ein schöner, aber kühler Nachmittag hatte begonnen, und Hirad musste unwillkürlich lächeln. Er hatte ganz vergessen, wie schön es war, offenes Land zu sehen und nicht ringsherum von undurchdringlichem Urwald umgeben zu sein.

Draußen in der Bucht blähten sich die Segel der *Calaianische Sonne*. Jevin fuhr nach Arlen, wo er Fracht aufzunehmen und die Stärke der Xeteskianer zu erkunden hoffte. In zwanzig Tagen würde er zur Bucht zurückkehren.

Der Rabe folgte Ilkar. Im gleichen Moment erhoben sich die Elfen wieder, teilten sich auf und wandten sich nach Norden und Osten. Krallenjägerpaare machten sich allein auf den Weg, die TaiGethen-Zellen blieben unter sich, und die Haupttruppe der Al-Arynaar folgte ihnen.

»Da wird aber jemand Ärger bekommen«, sagte Hirad.

»Allerdings«, stimmte Darrick zu. »Ein Glück, dass wir nicht in der Schusslinie sind.«

Sie holten Ilkar rasch ein und wanderten in loser Formation, während der julatsanische Magier ihnen die Lage erklärte.

»Sie haben das Gefühl, nicht länger warten zu können, weder auf Informationen aus Blackthorne noch auf uns. Ich mache mir nur Sorgen, dass sie Schwierigkeiten bekommen, mit denen sie überfordert sind.«

»Worüber hast du mit Rebraal gesprochen?«, fragte Denser.

»Ich habe ihn vor der Macht der xeteskianischen Magie gewarnt und ihm erklärt, was eine Protektorenarmee anrichten kann. Er wollte nicht auf mich hören. Bisher haben sie nur Aeb gesehen und wissen nicht, was zweihundert Protektoren gemeinsam tun können. Sie haben auch noch nie eine Kampfformation eines Kollegs gesehen – du weißt schon, eine ordentlich aufgestellte Kavallerie, Fußsoldaten und Magier. Damit kommen sie nicht zurecht.«

»Aber trotzdem sind sie zuversichtlich?«, fragte Darrick.

Ilkar zuckte mit den Achseln. »Es ist wohl eher der Zeitdruck. Auf der Reise sind drei TaiGethen, vier Al-Arynaar und einige von Jevins Matrosen gestorben. Ich kann sie verstehen.«

»Aber dennoch gibt es ein Problem«, schaltete sich der Unbekannte ein. »Sonst hättest du nicht so gereizt reagiert.«

»Sie glauben nicht, dass wir ihnen helfen können«, sagte Ilkar. »Sie kennen dieses Land nicht – die Politik, die Fraktionen. Sie wissen nicht, wem sie trauen können, und machen sich etwas vor. Sie glauben, die Leute hätten Mitgefühl mit ihnen oder würden sich heraushalten, weil wir einen gemeinsamen Feind haben. Mit Mühe und Not konnte ich eine von ihnen überreden, mir ihre Signatur zu zeigen, damit ich mit ihr Kommunion halten kann.«

»Du rechnest jedoch nicht damit, dass sie sich meldet?«, fragte Denser.

»Nein, aber ich werde dafür sorgen, dass sie etwas von uns hört. Es mag ihnen egal sein, worauf sie sich einlassen, aber mir ist wichtig, welche Folgen dies für das hat, was wir tun wollen.«

»Was planen sie?«, fragte der Unbekannte.

»Rebraal und die Al-Arynaar wissen einige Dinge über Balaia. Sie alle haben viel Zeit hier verbracht. Die Krallenjäger werden die beste Route von hier nach Xetesk auskundschaften. Die TaiGethen werden in der Nähe sein und so viele Informationen sammeln, wie sie können. Wenn die xeteskianischen Streitkräfte zu stark sind, werden sie auf den Rest der Elfenarmee warten und dann gemeinsam angreifen. Das ist der Plan. Kein Gerede, keine Diskussionen.«

»Zur Hölle«, sagte Hirad. »Das wird ein Blutbad.«

»Und ob«, stimmte Ilkar zu. »Deshalb müssen wir den Daumen bergen, ehe die Elfen ihren Krieg gegen Xetesk beginnen.«

»Wie denn?«, fragte Erienne.

»Das kann ich im Augenblick noch nicht sagen, aber wir sollten uns rasch einen Plan überlegen. Ich hoffe sehr, dass Blackthorne uns zuverlässige Informationen liefern kann.«

»Darf ich sprechen, Meister Denser?« Aebs kräftige, tiefe Stimme unterbrach sie.

»Natürlich«, sagte Denser.

»Ich bin ein Risiko für alles, was du tust«, sagte Aeb. »Du solltest mich sofort entlassen.«

Seine Stimme verriet nicht, was in ihm vorging, doch Hirad wusste, was eine solche Entlassung bedeutete. Der Unbekannte hatte dies sehr deutlich geschildert. Aeb drohte zwar keine Strafe, doch er wäre seiner Verbindung mit einem Magier beraubt. Die Dämonen in der Dämonenkette, die seinen Körper mit der Seele verbanden, würden ihn quälen, bis er Xetesk erreichte. Falls er den Rückweg überhaupt schaffte.

»Das kann ich nicht tun«, sagte Denser. »Du kennst den Grund.«

»Die Bergung des Bruchstücks von der Statue ist wichtiger als mein Unbehagen«, sagte Aeb. »Xetesk kann uns durch meine Verbindung verfolgen.«

»Unbehagen ist gewaltig untertrieben«, sagte Denser. »Das ist aber noch nicht alles. Du bist einer von uns. Du bist mein Leibwächter und dienst dem Unbekannten auf der linken Seite als Verteidigung. Der Rabe schickt seine Leute nicht weg, nur weil es dadurch bequemer würde.«

»Meine Anwesenheit kann euch den Tod bringen«, widersprach Aeb. »Diese Sache ist wichtiger als der Rabe.«

»Nichts ist wichtiger.« Hirad sah den riesigen Protektor scharf an. »Nichts.«

Aeb antwortete ihm nicht direkt, sondern wandte sich wieder an Denser.

»Meister?«

»Es ist entschieden, Aeb«, sagte Denser. »Du bleibst.«

»Ich verstehe«, sagte Aeb, und man hörte ihm an, wie erleichtert er war.

»Was uns verbindet, ist der Bindung zwischen den Protektoren nicht unähnlich«, erklärte der Unbekannte. »Wenn Denser dich entlässt, dann ist das auch ein Verrat an uns. Verstehst du das?«

»Ja«, erwiderte Aeb. »Aber ich weiß auch, was der Elfenfluch anrichten wird, wenn er nicht aufgehalten wird. Ich gefährde die Rettung.«

»Wenn du bei uns bist, steigen unsere Chancen, den Daumen zu finden und nach Calaius zurückzubringen«, widersprach der Unbekannte. »Ich fürchte allerdings, Dystran könnte die Macht des Gebietens widerrufen.«

»Das ist im Moment unwahrscheinlich«, sagte Denser. »Solange er glaubt, er könne unseren Weg verfolgen und uns auf Abstand halten, sieht er Aebs Anwesenheit bei uns als Vorteil.«

»Was geschieht, wenn er widerruft?«, fragte Hirad.

»Aeb würde nicht mehr meiner Kontrolle unterstehen. Er könnte einem anderen Magier zugeteilt oder nach Xetesk zurückbeordert werden.«

»Aber ich werde niemals gegen den Raben kämpfen«, sagte Aeb. »Kein Protektor wird gegen Sol die Waffen erheben.«

»Dennoch, Aeb, du bist nur ein Risiko, wenn du genau weißt, was wir planen, nicht wahr?« In Densers Augen blitzte es.

»Ja«, stimmte Aeb zu.

»Ich meine, es ist offensichtlich, dass wir in Balaia sind, aber es ist eine ganz andere Frage, wohin wir uns nun wenden, meinst du nicht auch?«

»Ja.«

»Du kannst vielleicht nicht lügen, aber ich habe die Absicht, meiner Fantasie freien Lauf zu lassen«, sagte Denser. »Und du hast keine andere Wahl, als alles, was ich dir sage, wahrheitsgemäß zu berichten.«

»Ja«, sagte Aeb ein weiteres Mal, und seine sonst neutrale Stimme schien eine Spur von Belustigung zu verraten.

»Ausgezeichnet«, sagte Denser. »Das wird witzig.«

»Witzig nennt er das«, knurrte Ilkar, doch auch er musste lächeln. »Das ganze Elfenvolk ist bedroht, und er will mit dem xeteskianischen Herrn vom Berge Verstecken spielen.«

In Begleitung zweier bewaffneter Milizionäre erreichte der Rabe Blackthorne am Spätnachmittag. Als sie aus einem

Wald herauskamen, sahen sie eine geschäftige, blühende Stadt vor sich. Hammerschläge hallten weit, das Lachen von Kindern übertönte die Hufschläge auf der festgetretenen Erde, und überall stiegen Rauchsäulen von Schmiedeöfen und Kochfeuern in den bewölkten Himmel.

Acht- bis zehntausend Menschen lebten gewöhnlich in der Stadt Blackthorne, doch im Augenblick kam noch eine große Zahl von Flüchtlingen hinzu, die in Zeltstädten außerhalb der Stadt lagerten. Die wieder aufgebaute Burg Blackthorne erhob sich am Südrand des Ortes und blickte, wie es schien, wohlwollend auf die Stadt herab. Weiße und blaue Banner flatterten im Wind, der hellgraue Stein war glatt und sauber.

Als der Rabe hinter Blackthornes Reitern die Stadt betrat, war die Reaktion gemischt. Einerseits wurden sie voller Ehrfurcht und Neugierde bestaunt, und einige Leute stießen sogar Willkommensrufe für die alten Freunde der Stadt aus, andere jedoch waren besorgt, weil ein xeteskianischer Protektor den Raben begleitete.

Baron Blackthorne hatte keine Vorbehalte und empfing sie mit vorzüglichem rotem und weißem Wein und Tellern voller Gemüse, Brot und Obst in seinem privaten Esszimmer. Es gab auch etwas Fleisch, doch das war offenbar knapp.

Unter der finsteren Stirn und dem dunklen Schopf blitzten seine Augen vergnügt. Blackthorne begrüßte sie nacheinander, machte eine Bemerkung über Darricks Rückkehr und küsste Ren, der er noch nicht begegnet war, die Hand. Aeb schüttelte er die Hand, was dem Protektor unbehaglich zu sein schien. Dann nahm der Baron Hirad in die Arme, ließ seinen Gästen Wein einschenken und lud sie an die Tafel ein. Aeb blieb hinter Denser stehen, nahm aber ein Getränk an.

»Bei den Göttern, es ist schön, Euch alle gesund und munter zu sehen«, sagte er. »Wir brauchen etwas Vernunft in diesem Land, und ich kann mich nur um eine kleine Ecke kümmern.«

»Wir haben viele Berichte über die Bedingungen hier gehört«, sagte der Unbekannte. »Ihr scheint Euch recht gut zu schlagen.«

»Aber nur, weil ich genug Männer habe, um meine Ressourcen zu verteidigen, und weil das Volk mich unterstützt«, sagte Blackthorne. »Anderswo sieht es schlimm aus. Gresse und ich haben eine Rundreise gemacht, aber wir können nicht viel tun. Er ist zur Burg Taranspike zurückgekehrt. Es liegt jetzt bei den Kollegien, und der Krieg wird mit jedem Tag schlimmer. Was führt Euch aus dem tropischen Paradies hierher zurück?«

Es gab ein unbehagliches Schweigen, bis Blackthorne seufzte und sich die Hand vor die Stirn schlug. »Verzeiht mir mein vorlautes Mundwerk. Erienne, es tut mir Leid. Ich habe natürlich gehört, was mit Eurer Tochter geschehen ist.«

»Anscheinend hat die ganze Welt davon gehört«, erwiderte Erienne mit bebender Stimme.

»Das kann gut sein«, sagte Blackthorne. »Ihr solltet wissen, wie die Menschen außerhalb meiner Ländereien darüber denken. Die Nachricht von ihrem Tod und vom Ende der zerstörerischen Naturgewalten wurde mit Freude und nicht unter Tränen aufgenommen. Ihr seid nicht sehr beliebt hier, Mylady, genauso wenig wie Euer Gemahl oder irgendein anderer Magier.«

»Ich kann sie verstehen«, sagte Erienne. Sie zückte ein Taschentuch und tupfte ihre Augen trocken.

»Ich dagegen weiß, was wirklich geschehen ist. Es ist eine Schande, dass die Kollegien ihre Dummheit so weit treiben und einen Krieg beginnen mussten.«

Denser hob eine Hand. »Bevor Ihr uns sagt, was Ihr wisst und wir Euch erklären, warum wir hier sind, solltest du dich zurückziehen, Aeb. Entferne dich, bis du außer Hörweite bist. Ich kann dich ja schlecht anlügen, wenn du alles schon gehört hast, oder?«

»Meister.« Aeb verneigte sich, stellte sein Glas auf den Tisch und ging.

Blackthorne sah ihm stirnrunzelnd nach.

»Es wird sich alles klären, Baron«, versprach Hirad. »Ihr solltet Euch noch einmal einschenken. Wenn Ihr glaubt, die Lage sei schon schlimm, dann wartet, bis Ihr alles gehört habt.«

Während der Baron fassungslos zuhörte, schilderten erst Hirad, dann Denser und Ilkar die Ereignisse auf Calaius und Herendeneth und ihre Vermutungen und Überzeugungen hinsichtlich der Motive und Taten von Xetesk. Blackthorne rührte weder Wein noch Essen an, sondern starrte nur den an, der jeweils gerade sprach. Er stellte keine Fragen und beschränkte sich auf ein gelegentliches Nicken, um zu erkennen zu geben, dass er verstanden hatte. Trotz des Feuers im Kamin hatte Hirad schließlich das Gefühl, es sei im Esszimmer erheblich kälter geworden, und das lag nicht nur an Blackthornes Entsetzen, sondern auch daran, dass ihnen das Ausmaß der Katastrophe erst richtig bewusst wurde, nachdem sie alles noch einmal im Zusammenhang dargestellt hatten.

»Wir müssen Heryst und Vuldaroq benachrichtigen«, unterbrach Blackthorne die drückende Stille, die sich ausgebreitet hatte. Seine Stimme war tonlos. »Wir dürfen nicht zulassen, dass Xetesk in den Besitz der Schriften oder des Artefakts kommt.«

»Deshalb brauchen wir Eure Hilfe«, sagte der Unbekannte. »Unser wichtigstes Ziel ist, das Bruchstück des

Daumens zurückzubekommen. Nach Lystern oder Dordover zu gehen, wäre ein Umweg von mehreren Tagen. Ihr seid ein geachteter Baron und ein Unterstützer der Magie, deshalb sollten sie diese Neuigkeiten von Euch erfahren. Wir stehen mit Vuldaroq nicht unbedingt auf gutem Fuße.«

Blackthorne strich sich mit den Händen übers Gesicht und trank sein Glas mit einem großen Schluck aus. Da inzwischen alle Diener entlassen waren, schenkte er sich eigenhändig nach.

»Die Situation ist sehr angespannt. Lystern hat eine Art Bündnis mit Dordover geschlossen, aber Dordover, oder Vuldaroq, um es genauer zu sagen, ist dabei der aktivere Partner. Meines Wissens hat Heryst seine Diplomaten aus Xetesk noch nicht zurückgerufen, die Einzelheiten sind allerdings nicht völlig klar. Wie ihr wisst, ist er ein vernünftiger Mann, doch seine Position ist nicht stark. Offenbar nutzt er die wenigen Möglichkeiten, die er noch hat, indem er die Landwege blockiert und Julatsa schützt, doch ob es ihm gefällt oder nicht, er musste sich schließlich Vuldaroq unterordnen. Ich habe keinen Zweifel daran, dass die Dinge, die Ihr mir über Calaius und die Elfen erzählt habt, den Ausschlag geben werden, damit Lystern entschieden an der Seite von Dordover in den Krieg zieht. Ich bin aber nicht sicher, ob Euch das hilft, wenn man bedenkt, dass Ihr höchstwahrscheinlich nach Xetesk hineingelangen müsst.«

»Andererseits wird sowieso alles bekannt, sobald die Elfen auf die Streitkräfte von Dordover und Lystern stoßen. Immerhin hatten wir nun wenigstens die Gelegenheit, zuerst unsere Sicht der Dinge vorzutragen«, sagte der Unbekannte.

»Das ist wahr«, stimmte Blackthorne zu. »Wie ich es sehe, gibt es jetzt nur noch eine Möglichkeit. Ich denke, es ist an der Zeit, möglichst schnell eine Handelsdelegation nach Lystern zu schicken.« Er lächelte. »Vielleicht gehe ich sogar selbst und nutze die Gelegenheit für ein informelles Gespräch mit Heryst. Ihr dagegen müsst so unauffällig und so rasch wie möglich nach Xetesk gehen. Ich kann sicher ein paar Pferde entbehren und Euch mit Proviant versorgen, und da Ihr eine Elfen-Bogenschützin dabeihabt, könnt Ihr wahrscheinlich unterwegs auch leicht etwas Appetitliches erlegen.«

»Mylord, ich hatte nicht damit gerechnet, dass Ihr selbst reisen wollt«, sagte der Unbekannte. »Ihr seid mächtig genug, um über einen Eurer erfahrenen Magier Heryst um eine Kommunion zu bitten.«

»Es geht nur von Angesicht zu Angesicht«, entschied Blackthorne. »Die Sache ist zu wichtig, um sie über Dritte zu übermitteln.«

»Aber nehmt einen Magier mit, mit dem wir Kontakt aufnehmen können. Falls wir von den Ereignissen überrollt werden, müsst Ihr es erfahren, ehe Ihr zu sehr hineingezogen werdet.«

»Das werde ich tun«, sagte Blackthorne. »Über die Einzelheiten der Reise können wir später noch reden. Es gibt aber etwas, das Ihr wissen müsst, ehe Ihr direkt nach Xetesk geht.«

»Das hat nicht zufällig mit Selik zu tun?«, fragte Hirad.

»Unser ganz besonderer Freund«, bestätigte Blackthorne nickend. »Er hat mir vor einigen Tagen einen unerwarteten Besuch abgestattet. Unerwartet und widerwärtig. Er genießt eine beachtliche Unterstützung. Die Menschen sind verzweifelt, und er versteht sich meisterhaft darauf, mit den Gefühlen der Menschen zu spielen.«

»Dabei handelt es sich doch nur um alte Männer, Kinder und Bauern«, sagte Hirad. »Keine erfahrenen Kämpfer.«

»Von diesen gibt es allerdings viele tausende«, widersprach Blackthorne. Er beugte sich vor. »Seid gewarnt, Hirad. Unterschätzt ihn nicht. Er ist mächtig, und die meisten Magier haben zu viel Angst, um die Mauern ihrer Kollegien zu verlassen. Auch er muss aufgehalten werden, ehe es zu spät ist.«

»Da habt Ihr Euch an die Richtigen gewandt«, sagte Hirad.

»Darum kümmern wir uns später, Hirad«, versprach der Unbekannte. »Zuerst müssen wir für die Elfen den Daumen finden.«

Blackthorne stand auf. »Genau. Rabenkrieger, ich werde dafür sorgen, dass Ihr Betten und Pferde bekommt, und dann werden wir weiterreden. Wenn wir Balaia zurückerobern wollen, müssen wir es richtig anfangen.«

Zwölftes Kapitel

Erienne konnte nicht schlafen. Das Gemach, das sie sich mit Denser teilte, war luftig und groß, das Bett wundervoll bequem. Denser ruhte neben ihr, doch sie war unzufrieden, weil sie in den letzten Tagen so viel Zeit mit dem anstrengenden Training unter Anleitung der Al-Drechar verbracht hatte.

Tag und Nacht war diese Unterweisung während der Seereise weitergegangen, nur auf dem Weg nach Blackthorne hatten die Al-Drechar sie in Ruhe gelassen. Sie wussten, dass Erienne ihre ganze Kraft brauchte, und hatten erklärt, sie wollten ihr helfen zu schlafen. Dann hatte Erienne nichts mehr von ihnen gehört, und jetzt war sie ängstlich, weil sie nicht mehr wusste, wie sie ohne Anleitung der alten Frauen, die sie verachtete, die Kräfte bändigen sollte, die in ihr erwacht waren.

Sie fühlte sich voller Energie und dachte schon daran, Denser zu wecken, doch dann fiel ihr ein, dass sie diese Energie nicht körperlich ausdrücken konnte. Sie existierte nur in ihrem Bewusstsein. So blieb sie ruhig liegen und versuchte, ihre Gedanken zu beruhigen, wie Cleress es sie gelehrt hatte. Sie stellte sich vor, sie sei ein Pfropfen, der haargenau die Energiequelle des Einen verschließen konnte. Doch immer wenn sie den Stöpsel aufsetzen wollte, entwischte ihr dunkelbraunes, flackerndes Mana. Gefährlich war es nicht, aber sehr ungemütlich. Die Mana-Energie setzte ihrem Bewusstsein zu und nährte sich von ihrem Zweifel. Es fühlte sich an, als wäre sie mit einem wilden Tier allein, das in ihrem Schädel eingesperrt war wie in einem Käfig. Wie sollte sie hoffen, etwas zu kontrollieren, das sie nicht einmal verstehen konnte? Die Schmerzen wurden wieder stärker, es pochte und klirrte in ihrem Kopf.

»Oh, Lyanna«, flüsterte sie. Jetzt erst vermochte sie wenigstens in einem geringen Maß zu verstehen, welche Qualen ihr unschuldiges kleines Kind heimgesucht hatten.

Eine neue Entschlossenheit erwachte in Erienne, als sie den Namen ihres Kindes aussprach. Wenn ich jetzt versage, habe ich Lyanna im Stich gelassen, ermahnte sie sich selbst. Unablässig wiederholte sie die Worte, um sich zu beruhigen und die Furcht zu überwinden, bis sie schließlich auch ihren Fehler erkannte. Sie hatte das Eine als eine Kraft gesehen, die mit dem Mana identisch war, mit der ungerichteten Basisenergie der Magie. Doch es war viel größer. Es stand mit allem ringsum in Verbindung, mit der Luft und der Erde ebenso wie mit dem Mana, es war ein lebendiger Bestandteil der ganzen Welt, innig verflochten mit allem anderen.

Sie musste ihre Denkweise verändern. Das Eine konnte zwar ganz ähnlich geformt werden wie das Mana, doch es ließ sich nicht auf die gleiche Weise beherrschen. Es war auch nicht – wie das Mana – leblos, solange es nicht kanalisiert war. Es war ständig aktiv, weil es mit dem Land und den Elementarkräften in Verbindung stand. Dies bedeutete, dass der Brennpunkt sich verlagerte, sobald sie sich bewegte. Wenn sie die Kontrolle behalten wollte, musste sie in gleichem Maße ihr Bewusstsein mitbewegen. Es war, als müsste sie immer wieder ganz von vorn anfangen.

Da sie sowieso nicht schlafen konnte, legte Erienne sich bequem hin und versuchte, das Eine zu ergründen, das schon in ihr brodelte, kaum noch in Schach gehalten, aber auch noch nicht voll erwacht. Sie richtete das innere Auge aufs Manaspektrum, um es besser zu erkennen, und sah das Dunkelbraun des Einen, die zarten Fäden, die den freien, willkürlichen Fluss des Mana störten. Normalerweise strömte das Mana durch alles hindurch, doch von dem Einen wurde es gleichzeitig abgestoßen und angezogen. Sie konnte sich gut vorstellen, welches Zerstörungswerk das Eine, wenn es voll erwacht war und nicht richtig kanalisiert wurde, in einem wehrlosen Geist und in der Welt anrichten konnte. Es wurde stärker, je mehr Mana es aufnahm und wieder ausstieß.

Als sie sah, wie sich die zarten Fäden langsam verdichteten, hatte sie eine Idee. Sie verfolgte sie bis zur Quelle in ihrem Bewusstsein, bis zu dem dunklen, pulsierenden Etwas, das sie für das Herz des Einen hielt. Inzwischen hatte sie eingesehen, dass es ihr nicht gelingen würde, die Fäden mit ihrem Bewusstsein zurückzudrängen. Jetzt formte Erienne aus dem Mana ringsherum einen Behälter, wobei sie die anziehenden und abstoßenden Elemente nutzte, bis sie sich selbst banden. Sie legte Schleifen, die in den pulsierenden Kern zurückführten.

Sofort ebbte der Energiestrom ab und schien einzuschlafen, weil er auf sich selbst zurückgeworfen wurde. Gleichzeitig wurde Erienne müde. Sie konnte einen Teil ihres Bewusstseins darauf konzentrieren, diese einfache Mana-Gestalt zu halten und die Fäden des Einen zu blockieren, doch auf die Dauer zehrte es an den Kräften.

Sie kuschelte sich an Denser und fand Trost in der Nähe seines Körpers, der sich im Schlaf leicht bewegte. Als er ihre Berührung spürte, regte er sich kurz, dann war er wieder still.

Das war eine großartige Lektion. Du bist eine sehr begabte Magierin. Ceress' ruhige, sanfte Stimme stahl sich in ihr Bewusstsein.

Eriennes anfängliche Gereiztheit über die Störung wich bald der Erleichterung, dass die Al-Drechar noch bei ihr waren.

Ich hatte mich schon gefragt, ob ihr zuschaut, antwortete sie. *Aber strapaziert euer Glück nicht zu sehr.*

Du musst so bald wie möglich lernen, das Eine auch ohne unsere Hilfe zu kontrollieren. Heute Abend hast du einen winzigen Teil dieser Kontrolle erlernt.

Was bedeutet das?

Was du gefühlt hast, waren winzige Ausläufer der Einen Magie. Myriell hat den größten Teil der Energie in dir zurückgehalten.

Es verschlug Erienne die Sprache. *Wie klein war denn der Teil, dem ich ausgesetzt war?*

Vielleicht ein Tausendstel, sagte Ceress. *Es war winzig.*

Erienne keuchte. Sie hatte die Energie gesehen und beobachtet, wie sie sich speiste und stärker wurde.

Wie kann ich jemals hoffen, das Ganze zu kontrollieren?

Das kannst du nicht. Niemand kann es, auch wir nicht. Wir werden dich lehren, die Hauptmasse schlafend zu halten, bis es dir zur zweiten Natur geworden ist, und nur das einzusetzen, was du brauchst. Es ist eine Gratwanderung, aber du bist dazu fähig. Verstehst du es jetzt besser?

Was denn? Erienne wusste im Grunde bereits, was die alte Elfenfrau meinte.

Lyanna hätte es auf keinen Fall steuern können. Sie war zu klein, um auch nur die einfache Mana-Gestalt zu entwickeln, die du gerade eingesetzt hast. Erienne, das Eine ruht wieder, seit es auf dich übertragen wurde. In Lyanna war es jedoch voll erwacht. Als wir sie kennen lernten, war es bereits zu spät. Die Dordovaner hatten etwas in Gang gesetzt, das nicht mehr aufzuhalten war.

Dennoch habt ihr sie sterben lassen, erwiderte Erienne, doch ihr Hass verflog bereits.

Uns blieb wirklich nichts anderes übrig, flehte Cleress' Stimme in Eriennes Kopf. *Als Wirt für das Eine war Lyanna dem Untergang geweiht, Erienne. Hätten wir die Übertragung nicht vorgenommen, dann hätte sie uns alle getötet, bevor sie an den Qualen selbst zugrunde gegangen wäre.*

Mit ›uns‹ meinst du die Al-Drechar.

Zunächst ja, antwortete Cleress. *Du hast jedoch gesehen, wie sich das Eine aus den Elementen ringsum speist. Und du weißt, was die unkontrollierte Macht über hunderte von Meilen hinweg anrichten kann. Bevor das Eine sie getötet hätte, hätte es noch weiter um sich gegriffen. Was du bisher an Zerstörung gesehen hast, wäre dagegen eine Kleinigkeit gewesen.*

Schon gut!, fauchte Erienne.

Das Eine zu übertragen, war der einzige Weg, es aufzuhalten, ohne es zu vernichten.

Ja, ich … Erienne unterbrach sich und dachte einen Moment nach. *Und wenn ich nicht dort gewesen wäre, um es aufzunehmen?*

Dann hätten wir es zerstören müssen, sagte Cleress. Ihre Gedankenstimme klang bleischwer. *Das konnten wir nicht zulassen.*

Erienne erstarrte, jeder Gedanke an Schlaf war verflogen. Sie öffnete die Augen und betrachtete Denser, der ahnungslos neben ihr schlief.

Ich muss etwas fragen, begann sie, und fürchtete die Antwort. *Hättet ihr das Eine auslöschen und dabei meine Tochter am Leben lassen können?*

Cleress seufzte. *Es war möglich,* antwortete sie schließlich.

Danke für deine Aufrichtigkeit. Erienne brach innerlich zusammen. *Und jetzt verschwinde aus meinem Kopf.*

Erienne, nein …

Und nimm deine senile Schwester mit.

Erienne, bitte …

Verschwindet. Auf der Stelle.

Ich fürchte, das können wir nicht tun, Erienne. Das war Myriell, deren kräftige Stimme keinen Hauch von Sympathie vermittelte.

Eine Wut, die zu unterdrücken sie überhaupt keine Lust hatte, kochte in Erienne hoch, und der ganze Kummer war wieder da, als wäre Lyanna gerade eben erst gestorben.

Verschwindet. Mir wird übel von eurer Berührung. Sie konnte kaum noch einen klaren Gedanken fassen.

Es musste auf diese Weise geschehen, sagte Myriell.

Ihr habt sie für ein Experiment sterben lassen. Sie könnte noch leben. Die Tränen rollten über Eriennes Wangen, sie setzte sich auf und wiegte sich auf dem Bett hin und her. *Sie könnte noch leben.*

Unzählige andere Menschen wären dem Tod geweiht gewesen, und nichts und niemand hätte sie retten können. Es war kein Experiment.

Hört auf damit. Ihr lügt.

Zuerst hätte es alle Elfen getroffen, danach alle Einwohner Balaias, sagte Myriell, als zählte sie Waren im Einkaufskorb auf. *Wirklich alle.*

Verschwindet.

Das werden wir nicht tun.

Ihr lügt. Lyanna starb, zwei Jahreszeiten bevor der Elfenfluch sein erstes Opfer forderte. Erienne konnte nicht glauben, was sie da hörte. *Was soll ich eigentlich mit diesem Ding in mir tun? Nach Xetesk marschieren und mit meiner überwältigenden Macht zurückholen, was sie mir genommen haben? Haltet ihr mich für dumm? Ihr wollt das Eine für euch selbst haben, damit das, was ihr habt, überdauert. Ich bin euer Vermächtnis, das ist alles. Redet mir nicht ein, ich wäre eine Erlöserin.*

Erienne, du musst mir zuhören, sagte Myriell. *Wirst du das tun?*

Anscheinend bleibt mir nichts anderes übrig.

Erienne fühlte sich missbraucht, eher wie ein Behältnis für das Eine denn wie eine Retterin der Völker. Und hilflos war sie, denn das Eine erwachte. Und sosehr sie wollte, dass die Al-Drechar aus ihrem Kopf verschwanden, ohne deren Hilfe konnte sie nicht überleben. Im Augenblick jedenfalls noch nicht.

Bitte denke nicht so darüber, drängte Cleress sie, deren Stimme viel milder klang als die ihrer Schwester.

Wie, zur Hölle, soll ich sonst darüber denken? Redet, wenn ihr müsst. Ich höre zu.

Wieder erfüllte Myriells Stimme ihren Kopf.

Das Eine öffnet Wege. Es lässt dich die Umrisse möglicher zukünftiger Entwicklungen sehen, wenn du weißt, wonach du suchen musst, und wenn du es lange genug studierst. Wir hatten alle Zeit der Welt, um es zu studieren. Myriells Stimme klang jetzt traurig, die Schärfe war verschwunden. *Schon bevor wir auf Lyanna aufmerksam wurden, fürchteten wir um Balaia. Die Spannung im Mana zwischen den Kollegien hatte einen kritischen Punkt er-*

reicht. So viel Misstrauen, so viel Zerstörungskraft, die jederzeit losbrechen konnte. Dann kam Lyanna, als seien unsere Gebete erhört worden. Ein Mädchen, in dem das Eine stark ist, kann so viel Gutes tun.

Wir bemerkten weitere gefährliche, finstere Vorzeichen, als wir die Welt durch den Fluss von Mana und Harmonie beobachteten. So war bereits klar, dass eine Krise von gewaltigen Ausmaßen drohte. Selbst wir waren allerdings überrascht, wie groß sie dann war, und wie schnell sie kam.

Ja, wir hätten Lyanna möglicherweise retten können, aber die Gefahr, die gerade wiedergeborene Eine Magie zu verlieren, war zu groß. Sosehr wir den Tod deiner Tochter bedauern, die Entwicklung gibt uns Recht. Anfangs sind wir nie sicher, was wir sehen, aber es gibt stets eine Ahnung, ob etwas Gutes oder Böses kommt, und was wir spürten, war unendlich schlimm.

Erienne, du musst stark bleiben, du musst die Kraft annehmen, und du musst am Leben bleiben. Als vor vielen Jahrtausenden die Statue von Yniss in die Harmonie der Elfen eingebunden wurde, geschah es mithilfe der Einen Magie. Wenn das Bruchstück wieder an seinem Platz ist, muss dieser Vorgang wiederholt werden. Wir können nicht nach Calaius reisen, deshalb musst du unser Kanal sein. Niemand sonst kann es tun.

Es tut mir Leid, dass dir dies eine so große Bürde auferlegt.

Myriell schwieg, und nach einer Weile hörte das Brüllen in Eriennes Ohren auf.

Und wenn ihr euch entschieden hättet, Lyanna zu retten?

Nichts hätte dann die Elfen retten können, und es wäre sinnlos gewesen, den Daumen zu suchen.

Was muss ich lernen?, fragte Erienne.

Später. Schlaf jetzt. Wir werden uns eine Weile aus deinem Bewusstsein zurückziehen, damit du in Frieden nachdenken kannst.

Ihr seid zu freundlich.

Es tut mir wirklich Leid, Erienne, sagte Cleress.

Das könnt ihr euch sparen. Wir werden tun, was wir zusammen tun müssen, aber ich würde euch raten, nie wieder zu unterstellen, ihr könntet meinen Kummer verstehen. Wie auch immer eure Gründe ausgesehen haben, ihr habt Lyanna sterben lassen. Es wäre gut, wenn ihr tatsächlich Recht behalten würdet.

Die Al-Drechar zogen sich zurück, und in Eriennes Bewusstsein wurde es still. Sie wachten weiter und kontrollierten das Eine, was Erienne jedoch nicht tröstlich fand. Von der Größe, die ihr die Al-Drechar geschildert hatten, konnte sie nichts spüren. Vielleicht würde es sich zeigen, wenn sie Zeit hatte, darüber nachzudenken. Eines wusste sie jedoch genau – dies alles konnte ihr Verhältnis zum Raben nicht verändern. Und das Erste, was sie nun tun musste, war, ihren Gefährten alles zu erklären.

Sie blickte zu Denser hinab und überlegte, ob sie ihn wecken sollte, stellte aber fest, dass es nicht nötig war. Er schaute mit gerunzelter Stirn zu ihr auf, streckte eine Hand aus und rieb über ihren Rücken.

»Was ist denn, Liebste?«

Erienne wollte etwas sagen, doch jetzt wurde sie vom Kummer übermannt. Es dauerte lange, bis sie ihm erklären konnte, was sie bewegte.

In der ersten Morgendämmerung, die Auum auf Balaia erlebte, schnüffelte er ausgiebig, und was er roch, gefiel ihm nicht. Es war trocken und kalt, der gewohnte Dunst fehlte ebenso wie die zunehmende Tageshitze und die allgegenwärtige Verheißung eines reinigenden Wolkenbruchs. Ohne Bäume, die ihn umgaben, fühlte er sich schutzlos. Die Landschaft vor ihm schien zwar grün und gesund, doch sie war für Auum schrecklich fremd. Seine scharfen Augen schmerzten in der hellen Morgendämmerung, die ihm sanft gewellte Hügel zeigte. Vor ihm erhob sich eine Gebirgskette, die kleiner war als jene in seinem Rücken, hinter einem Zaun sah er einige Gebäude, in denen sich nichts regte.

Ein Wind wehte über die Tai hinweg, die mit dem Rücken zu einem niedrigen Abhang an einem Feuer saßen und Kaninchen an Spießen brieten. Am vergangenen Nachmittag waren sie rasch vorangekommen. Rebraals Schilderungen und die Position der Sonne reichten zur Orientierung aus, und sie wussten, was sie suchten. Sie wollten nach Nordosten wandern, vorbei an den Balan-Bergen, die jetzt noch vor ihnen lagen, auf der Westseite einen Wald passieren, den man den Dornenwald nannte, und dann nach Nordosten abschwenken, um auf den Weg zu stoßen, der den Hafen Arlen im Süden mit den Kollegstädten im Norden verband.

Unübersehbar waren die Anzeichen, dass die Dinge auf Balaia nicht zum Besten standen. Rebraal hatte ihnen erklärt, das Land sei fruchtbar, aber leer und offen. Große Flecken von immergrünen Gehölzen und Laubwälder unterbrachen die Einförmigkeit des Hügellandes. Bisher hatten sie allerdings nur einige Bäumchen und junge Pflanzen gesehen, als hätte vor Jahren die Hand eines Riesen das Land gerodet. Am späten Abend waren sie auch an einem verlassenen Dorf vorbeigekommen. Die Gebäude waren zerstört, und alle größeren Balken fehlten.

Auum wandte sich an seine Tai. Wie er hatten auch sie sich in ihre leichten Mäntel gehüllt, doch sobald sie sich vom Feuer entfernten, spürten sie die Kälte.

»Es wird wärmer werden«, sagte Auum.

»Kein Wunder, dass ihre Götter diesen Ort verflucht haben und niemand mehr die Alten anbetet.« Duele wärmte sich die Hände über den Flammen.

»Könnt ihr rennen?«, fragte Auum. Die beiden Elfen nickten. »Wir werden rennen, und sei es nur, um uns aufzuwärmen. Aber zuerst wollen wir beten und essen.«

Auum sprach Gebete an Yniss und Gyal, auf dass sie in der Wildnis Balaias geschützt wären, und an Tual, auf dass ihre Sinne scharf blieben, obwohl der Regenwald weit entfernt war. Auf die Bemalung der Gesichter verzichteten sie, da in den nächsten Tagen noch nicht mit Kämpfen zu rechnen war. In diesem Land mussten sie darauf achten, ihre Farbe nicht zu vergeuden, denn wo sollten sie die Rohstoffe finden, um neue herzustellen?

»Ist unsere Route klar?«, fragte Evunn. Er biss ein Stück vom mageren gebratenen Kaninchen ab.

»Andere Tai und Krallenjäger werden südlich von Greythorne vorstoßen und im Westen und Norden bis Understone und zum unterirdischen Gebirgspass vordringen. Wir werden uns an der Nordspitze des Dornenwaldes mit den anderen treffen, die den Süden erkunden. Dort können wir uns über die Stärke des Feindes austauschen und entsprechende Pläne schmieden. Falls sich eine Gelegenheit ergibt, Feinde zu töten, werden wir sie ergreifen. Auch die Al-Arynaar werden dort zu uns stoßen. Sofern wir es für nötig halten, werden wir auf die anderen warten. Sie sind im Augenblick drei Tagesmärsche hinter uns, werden aber direkt zum Treffpunkt kommen.«

»Ob sich die Krallenjäger erholen?«, fragte Duele.

Auum blies die Wangen auf. »Wir beten zu Tual, dass sie bald wieder wohlauf sind, obwohl die Seereise ihnen sehr zugesetzt hat. Für sie wie für uns ist jedoch das Land, welches es auch sei, wie die Berührung von Menispere-Blättern auf der fiebernden Stirn.«

Darüber mussten sie alle lächeln. Für ein Volk, das im Wald und an trägen Flüssen lebte, waren die Tage auf dem sich sanft wiegenden Schiff, allein und verloren draußen auf dem weiten Meer, das reinste Fegefeuer gewesen. Unten war ihnen übel, auf Deck bekamen sie beinahe Angst. Dieses Land hier war fremd und unangenehm, doch schon die ersten Stunden gaben ihnen ein gutes Gefühl, einfach weil es nicht das Meer war. Erst jetzt, bei Anbruch des neuen Tages, konnten sie überblicken, wohin es sie verschlagen hatte.

Auum drängte sie, sich so schnell wie möglich marschbereit zu machen, und dann setzten sich die Tai im Laufschritt in Bewegung, die Bogen auf den Rücken geschlungen und die Jaqrui in den Beuteln. Eilig liefen sie, während die Sonne an Stärke gewann. Hin und wieder schauten sie zu ihr auf, wie sie majestätisch und ungehindert vom unendlichen blauen Firmament herunterstrahlte.

Als sie die ersten Ausläufer der Balan-Berge erreichten, stand die Sonne fast im Zenit. Auum wurde plötzlich langsamer, und seine Tai folgten seinem Beispiel. Sie liefen durch ein flaches Tal voller Buschwerk, an dessen Grund ein Flüsschen nach Süden strömte. Bäume reckten ihre Äste weit über den Waldboden, und ein paar kostbare Augenblicke lang fühlten sie sich beinahe wie zu Hause.

Vor ihnen, jenseits der Bäume, wurde das Tal flacher, und dort stand auf ebenem Grund eine Gruppe von Wohnhäusern. Sie waren ungeschickt und wie in großer Eile gebaut – oder von Arbeitern, die nichts vom Bauhandwerk verstanden.

Ein Stück von den Gebäuden entfernt sah Auum drei Menschen über einem liegenden vierten knien.

Er nickte nach links und rechts, seine Tai zogen lautlos weiter, Auum in der Mitte. Er hatte sie angewiesen, den Kontakt mit den Balaianern möglichst zu meiden. Anderen Elfen durften sie sich nähern, aber auch dies nur dann, wenn sie deutlich machen konnten, was sie wollten. Auum roch die Furcht der Menschen, und der Tonfall der Stimmen bestätigte, was sein Instinkt ihm bereits verraten hatte.

Er schlich bis zum Waldrand – Duele und Evunn waren jeweils zehn Schritte links und rechts neben ihm – und spähte hinaus. Etwa zwanzig Schritte entfernt kauerten die Fremden am Ufer des Flusses, der hier flach war und über Felsen plätscherte. Die Menschen in den Häusern hielten schussbereite Bogen in den Händen, und am anderen Ende des Weilers standen drei Männer mit gezogenen Schwertern und blickten nach Norden. Auum konzentrierte sich jedoch auf die Szene direkt vor ihm. Eine Frau aus dem Dorf tauchte ein blutiges Tuch in den Fluss und spülte es aus. Der Verletzte lag völlig still, während das Tuch seitlich auf sein Gesicht gelegt wurde.

Auum blickte nach links und rechts, und das Nicken verriet ihm, dass seine Gefährten alles gesehen hatten, was sie sehen mussten. Eine kleine Geste mit beiden Armen, dann stand er auf, verließ die Deckung und hielt beide Arme locker an den Seiten, damit seine Hände gut sichtbar waren. Sofort wurden sie bemerkt, ein erschrockener Ruf ließ die Köpfe herumfahren, und die Schwertkämpfer kamen angerannt. Duele behielt unterdessen die Bogenschützen im Auge. Auum glaubte allerdings nicht, dass sie schießen würden. Die Bogen zitterten, und die Pfeile würden ihr Ziel vermutlich sowieso verfehlen.

Auum ließ die Schwertkämpfer, die sich von links näherten, herankommen. Sie bauten sich unsicher auf und wussten nicht, wie sie sich verhalten sollten. Einer hob eine Hand und rief etwas. Auum blieb stehen und deutete auf den Verletzten am Ufer.

»Ich will diesem Mann helfen«, sagte er in der Hoffnung, einer der Fremden verstünde die einfache Elfensprache. Ihre ratlosen Gesichter zeigten, dass seine Hoffnung sich nicht erfüllt hatte.

Die drei Schwertkämpfer entstammten ebenso vielen Generationen. Ihre Klingen waren schlecht gepflegt und stumpf, ihre Kleidung schäbig, das Tuch und der Pelz oft geflickt. Auum sah ihren Augen an, welch schweres Schicksal sie erduldet hatten, und ihre Haltung, die knochigen Hände und die eingefallenen Wagen zeigten, wie ausgehungert sie waren. Er machte eine Bewegung, und die Schwerter wurden wieder gehoben. Er dachte angestrengt nach und suchte nach dem richtigen Wort in der balaianischen Sprache. Er hatte gehört, wie einer der Fremden es auf dem Schiff benutzt hatte.

Auum deutete auf den liegenden Mann. »Hilfe.« Sein Mund verzog sich, als er das fremde Wort aussprach.

Das Gesicht des Mannes lief dunkelrot an, er stieß einen unverständlichen Wortschwall aus und fuchtelte drohend mit dem Schwert herum. Duele wurde wachsam, entspannte sich aber sofort wieder, als sein Anführer eine winzige Handbewegung machte. Eigentlich hätte Auum zurückweichen sollen, doch er hatte sich entschieden, und wenn er sich nicht sehr irrte, wusste er bereits, wie der Mann verletzt worden war. Außerdem war er nicht daran gewöhnt, auf diese Weise behindert zu werden.

Er deutete ein drittes Mal auf den Mann. »Ich helfe.« Er machte einen Schritt nach links.

Sofort versperrte ihm einer der Schwertkämpfer den Weg. Seine Klinge kam dem Elf etwas zu nahe, Auum machte einen weiteren Schritt auf den Mann zu, blockte den Schwertarm ab und stieß ihm die Handfläche vor die Brust. Der Mann stürzte zu Boden. Ein anderer Mann wollte sich in Bewegung setzen, doch ein Blick Auums hielt ihn auf.

»Behaltet sie im Auge«, sagte Auum zu Duele. »Ich will sehen, ob unsere Vermutung zutrifft.«

Er ging zu den Helfern, die beim Verletzten knieten, und ignorierte die drohenden Rufe.

Die knienden Dorfbewohner, zwei Männer und eine Frau, zogen sich zurück, als er sich dem Verwundeten näherte. Er verscheuchte sie mit einer Geste und sprach noch einmal das Wort. Es war nicht klar, ob sie ihn verstanden oder nicht, aber sie hatten auf jeden Fall Angst vor ihm, obwohl er noch nicht einmal eine Waffe gezogen hatte.

Ohne weiter auf ihre besorgten, wütenden Blicke zu achten, kniete er sich neben den Kopf des Mannes und zog das blutige Tuch ab. Drei tiefe Schnitte verunstalteten die linke Gesichtshälfte des Mannes. Auch auf der Brust prangten einige Risswunden, die aber nicht so tief waren und nicht so stark bluteten. Krallenjäger.

Er wandte sich an Duele, der gelassen vor den verunsicherten Schwertkämpfern stand. Derjenige, den Auum umgeworfen hatte, war wieder auf den Beinen und rieb sich die Brust. Es war nichts gebrochen, dazu war der Stoß nicht fest genug gewesen.

»Der Geist der Krallenjäger ist noch nicht klar«, sagte Auum. »Der Panter hat den Mann verletzt, aber es war kein tödlicher Angriff, nur eine Warnung.«

»Sind die hier nicht aus Xetesk?«

Auum schüttelte den Kopf. »Sie haben keine Magie. Sieh dich nur um. Sie kämpfen ums nackte Überleben und haben Angst. Du kannst dir vorstellen, wie dies hier geschehen ist.«

Die TaiGethen hatten kein Mitgefühl für diese Fremden, doch es war wichtig, sich zu vergewissern, in welcher Verfassung die Krallenjäger waren. Nun hatten sie ein Problem. Wenn dieser Vorfall typisch war, dann benahmen sich die unvergleichlichen Fährtenleser unberechenbar und sogar sorglos, wie es hier bereits geschehen war.

Auum öffnete seinen Beutel und holte die Päckchen mit den Kräutern heraus. Er brach etwas Legumiarinde ab, stand auf und ging zum Feuer, das im Zentrum der Siedlung brannte. Dort kochte Wasser in einem Topf. Er schöpfte einen Becher heraus und gab die Legumia hinein, damit sie aufweichen und sich auflösen konnte. Ihm war bewusst, dass sie ihn alle beobachteten. Belustigt musste er daran denken, dass diese Fremden sich für etwas Besseres hielten als die im Wald lebenden Elfen – doch sie wussten nichts darüber, wie man eine Wunde badete und die Infektion gleich an der Quelle unterdrückte. Ein blutiges, im Fluss ausgespültes Tuch würde mehr schaden als nützen.

Als er zu dem Mann zurückgekehrt war, sah er sich nach sauberem Stoff um und deutete schließlich auf ein Halstuch, das eine der Frauen trug. Mit zitternden Händen reichte sie es ihm. Er tauchte eine Ecke in das kochende Wasser und wischte das Blut aus dem Gesicht und von der Brust des Mannes, um die Wundränder freizulegen. Er würde schreckliche Narben davontragen, hatte aber Glück gehabt, dass er überhaupt noch lebte. Als Nächstes nahm Auum die Rinde aus dem Becher, riss sie in schmale Streifen und legte sie auf die Wunden. Die wieder aufkeimenden Proteste der Dorfbewohner erstickte er mit einer unwirschen Geste. Schließlich winkte er eine Frau zu sich, nahm ihre Hand und drückte sie auf die Rinde, während er mit der anderen Hand zum Himmel zeigte und den Weg der Sonne nachzeichnete. Sie nickte.

»Lasst uns gehen.« Auum stand wieder auf und schulterte seinen Beutel. »Die Krallenjäger sind nicht weit voraus. Vielleicht können wir solche Vorfälle verhindern, bis wir unsere Feinde gefunden haben.«

Er führte seine Tai aus der Siedlung heraus und spürte die verblüfften Blicke der Fremden im Rücken. Als die Elfen weit genug entfernt waren, brach ein wirres Geplapper aus.

Dreizehntes Kapitel

Heryst hatte gerade eine ausgedehnte, schwierige Kommunion mit Vuldaroq abgeschlossen und kam schaudernd vor Erschöpfung wieder zu sich. In aller Deutlichkeit hatte er Vuldaroq erklärt, dass er nach wie vor ausschließlich auf Defensive und Verhandlung setzte, solange sein Kolleg nicht angegriffen wurde, doch der Dordovaner hatte nichts davon wissen wollen. Er war gereizt, weil Heryst sich geweigert hatte, eine regelrechte Allianz einzugehen, und wollte Lystern unabhängig von dessen Wünschen in den Krieg hineinziehen. Um dies zu erreichen, musste er Xetesk verleiten, auf das Land von Lystern oder Julatsa vorzustoßen.

Besonders nachdrücklich hatte Heryst sich über etwaige Kampfhandlungen geäußert. Kommandant Izack sollte das lysternische Land verteidigen und jeden feindseligen Vorstoß von Xetesk auf das Land von Julatsa verhindern. Weiter nichts. Da er sich der zunehmenden Spannungen durchaus bewusst war, hatte Heryst erst vor kurzem seine Männer besucht, um sie zu beruhigen und den dordovanischen Feldkommandanten zu warnen. Doch mit jedem

Tag, an dem Dystran sich weigerte, mit ihm zu sprechen, rückte der Krieg näher. Vuldaroq würde letzten Endes bekommen, was er wollte. Irgendwann würde jemand einen Fehler machen. Für Heryst sah es aus, als wartete er nur noch auf den Tod eines sterbenskranken Freundes. Der Freund war in diesem Fall der Frieden in Balaia.

Er hatte kaum Zeit gehabt, seine Gedanken zu ordnen und ein wenig dem Frühlingsschauer zu lauschen, der gegen die Fenster seiner Gemächer prasselte, als er draußen Schritte hörte. Es klopfte laut, und der Besucher – es konnte niemand anders als Kayvel sein – trat ein. Sein Gesicht war gerötet, und er war außer Atem.

»Mylord, ich habe einen Bericht aus Xetesk erhalten.«

Herysts Herz schlug auf einmal zum Zerspringen, und sein Kopf war schlagartig wieder klar.

»Spart Euch die Etikette, Kayvel. Sagt mir, worum es geht.«

»Dystran«, berichtete er. »Dystran will mit Euch über gemeinsame Forschungen sprechen. Anscheinend sind seine Leute auf dem Heimweg.«

»Ja!« Heryst klatschte die flachen Hände auf die Stuhllehnen und sprang auf, um Kayvel bei den Schultern zu fassen. »Ich wusste es. Verdammt, ich habe es gewusst! Wann denn?«

Er empfand eine unendliche Erleichterung, und die Müdigkeit der vergangenen Wochen verging wie Eis in einer Kerzenflamme. Jetzt gab es wieder Hoffnung, echte Hoffnung. Jetzt musste auch Vuldaroq auf ihn hören.

»Sobald Ihr dazu fähig seid«, sagte Kayvel.

»Dazu bin ich sofort fähig.« Heryst setzte sich wieder auf den Stuhl. »Benachrichtigt unsere Delegation, dass Dystran sofort mit mir Kommunion halten kann, wenn immer er will. Er kennt meine Signatur, und ich warte. Unterrichtet auch die dordovanische Delegation. Vuldaroq muss sofort ins Bild gesetzt werden. Oh, und Kayvel – lasst meine Helfer das Manaspektrum und meine Bewusstseinsschilde überwachen. Ich traue Dystran höchstens so weit, wie ich ihn werfen kann.«

Sanft und mühelos, mit gebotener Ehrerbietung und Achtung, drang Dystrans Stimme in Herysts Bewusstsein ein.

»Mein Lord Heryst, zwischen uns herrscht schon viel zu lange Schweigen.«

»Nicht auf meinen Wunsch, Lord Dystran, doch ich begrüße Eure Entscheidung, in dieser schwierigen Zeit mit mir Kontakt aufzunehmen.«

»Bevor wir beginnen, möchte ich mein aufrichtiges Mitgefühl für den Verlust des lysternischen Unterhändlers Rusau zum Ausdruck bringen. Es war ein höchst unglücklicher Vorfall.«

Heryst lag eine scharfe Antwort auf der Zunge, doch er beherrschte sich. »Auch wenn Euch persönlich keine Schuld treffen mag, so waren es doch Eure Soldaten, die ihn töteten. Er war ein unschuldiger Beobachter.«

»Er kam tatsächlich durch eine xeteskianische Pike zu Tode, doch Ihr müsst verstehen, dass es ein Unfall war. Wir hegten keinen Groll gegen Lystern, und so ist es heute noch.«

»Obwohl wir ein informelles Bündnis mit Dordover eingegangen sind?« Heryst war bereit, die Frage von Rusaus Tod für den Moment fallen zu lassen. Wenn die Zeiten wieder sicherer waren, konnte man immer noch die Schuldigen suchen.

»Wir haben diese Entscheidung sehr bedauert«, antwortete Dystran vorsichtig. Er holte tief Luft und wusste, dass es dadurch am anderen Ende hallen und knallen würde – dies war eine eigenartige akustische Anomalie der Kommunion. »Dies war übrigens ein Grund für mein fortwährendes Schweigen, auch wenn Ihr sicher wisst, dass wir keinen Lysternier und keinen Angehörigen eines anderen Kollegs gegen seinen Willen in Xetesk festhalten.«

»Das ist uns nicht entgangen.«

»Nach eingehenden Beratungen verstehe ich die Gründe für Eure Entscheidung. Wir sind dem Anschein nach stärker, uns wird der Tod eines neutralen Beobachters in der Schlacht vorgeworfen, und Vuldaroq kann sehr überzeugend sein. Äußerst überzeugend. Erstaunlich für einen Mann, der erst vor drei Jahreszeiten ein Bündnis mit den Schwarzen Schwingen geschlossen hat.«

»Ich bin über Vuldaroqs Sünden durchaus im Bilde. Gleiches gilt für Xetesk«, sagte Heryst. »Es war eine verachtenswerte, ungehörige Tat für einen Magier. Aus der Not geboren, doch die Zerstörungen, die das Nachtkind verursacht hat, könnten als Rechtfertigung seiner Taten angeführt werden.«

»Euer General Darrick war offenbar anderer Ansicht«, erwiderte Dystran aalglatt.

»Auch ich war nicht seiner Meinung«, erwiderte Heryst. »Unsere danach abgekühlte Beziehung belegt meine Missbilligung. Allerdings möchte ich lieber nach vorne schauen, worin Ihr mit mir hoffentlich übereinstimmen werdet.«

»Ich bitte um Verzeihung, Lord Heryst, dieses Geplänkel war natürlich nicht der Grund für meine Kontaktaufnahme.«

Heryst kicherte und hatte Mühe, sich wieder zu entspannen. »Das will ich doch hoffen.«

»Unsere Forschungen auf Herendeneth haben einige faszinierende Möglichkeiten eröffnet, die ich den anderen Kollegien nicht vorenthalten will.«

Heryst war bestürzt. »Eure Maßnahmen in Arlen, die ich abscheulich finde, stehen in krassem Widerspruch zu diesem Angebot«, sagte er. »Ihr habt alle Regeln des Kriegshandwerks missachtet, und das kann nicht vergessen werden. Diese Erörterung kann jedoch aufgeschoben werden, bis die Gefahr eines größeren Konflikts ausgeräumt ist. Wie lauten Eure Bedingungen für die Preisgabe Eurer Informationen?«

»Es sind nicht viele, und sie sind recht einfach. Ich verlange die sofortige Einstellung aller Feindseligkeiten gegenüber xeteskianischen Streitkräften und den Rückzug der lysternischen und dordovanischen Streitkräfte von unseren Grenzen.«

»Sonst noch etwas?«

»Ich würde zu gegebener Zeit gern ein Treffen am Triverne-See einberufen, damit wir eine Gelegenheit bekommen, die Forschungsergebnisse unserer Magier auszutauschen.«

Heryst ließ sich mit der Antwort Zeit. »Vuldaroq wird sich weigern. Er wird sich nicht zurückziehen, egal, was Ihr ihm versprecht. Er kann Euch nicht trauen.«

»In diesem Fall könntet Ihr vielleicht meinen Magiern sicheres Geleit nach Xetesk bieten. Dazu braucht Ihr Dordover nicht.«

»Ich will die Bedrohung für Lystern vermindern und nicht vergrößern. Ohne Dordovers Zustimmung kann ich das nicht tun. Das müsst Ihr verstehen. Und ich kann auch nicht zulassen, dass Xetesk allein den ersten Zugriff auf die Forschungsergebnisse bekommt.«

»Wie lautet Euer Gegenvorschlag?«

»Eure Magier sollen zum frühestmöglichen Zeitpunkt, noch bevor sie nach Xetesk reisen, eine Konferenz aller vier Kollegien am Triverne-See vorbereiten und dieser

Konferenz ihre Ergebnisse vorlegen. Meine Streitkräfte müssen Eure Forscher begleiten, um Dordover ein Zeichen zu geben, dass Ihr es ernst meint. Dies könnte Vuldaroq besänftigen. Wenn Ihr tatsächlich die Absicht habt weiterzugeben, was die Al-Drechar enthüllt haben, dann ist dies doch keine überzogene Bitte.«

»Auf den ersten Blick mag es so scheinen«, erwiderte Dystran. »Ich glaube jedoch, dass es Probleme hinsichtlich einiger Informationen gibt. Möglichkeiten, die sich nicht unbedingt realisieren lassen, erforderliche Übersetzungsarbeiten angesichts des Alters der Magie … und so weiter.«

»Wir sind durchaus fähig, bei solchen Analysen zu helfen«, entgegnete Heryst.

»Dennoch, man versicherte mir, dass einige Tage der Untersuchung durch kundige Experten in Xetesk uns allen großen Nutzen bringen werden.«

»Damit meint Ihr sicher vor allem Euch persönlich.« Heryst konnte sich gut vorstellen, wie sich ein selbstzufriedener Ausdruck in Dystrans Gesicht ausbreitete.

»Ich bilde mir ein, mit der Dimensionsmagie mehr Erfahrung zu haben als jeder andere Magier«, sagte Dystran.

»Seid Ihr denn der Ansicht, die zu erwartenden Ergebnisse werden dabei helfen, die Kaan-Drachen zurückzuführen?«

»Die ersten Hinweise sind vielversprechend«, antwortete Dystran ausweichend. »Aber wie ich schon sagte, eine Analyse von Experten ist notwendig, ehe wir wirklich etwas vorweisen können.«

»Nun gut.« Heryst holte tief Luft. »Ich werde Euer Angebot mit Vuldaroq besprechen. Er wird es ausschlagen, und wir sind wieder am Ausgangspunkt. Ihr müsst mein Angebot, sicheres Geleit zum Triverne-See zu gewährleisten, ernst nehmen. Sonst wird der Krieg weitergehen.«

»Danke, dass Ihr mich angehört habt«, sagte Dystran. »Ich werde mich mit dem Kreis der Sieben beraten.«

»Wir können die Probleme lösen, Dystran. Jedenfalls dann, wenn wir alle bereit sind, ein wenig nachzugeben. Die Frage ist, ob Ihr dem Krieg wirklich ein Ende setzen wollt.«

»Das ist mein Herzenswunsch.«

»Ich hoffe, das bleibt so«, sagte Heryst und brach behutsam, aber entschieden die Kommunion ab.

Danach saß der Lordälteste Magier von Lystern noch eine Weile mit geschlossenen Augen da, dachte über das nach, was er gehört hatte, und überlegte, wie er am besten Dystrans Angebot Vuldaroq übermitteln sollte. Als er die Augen wieder öffnete, stand Kayvel wartend vor ihm.

»Er schwankt«, sagte Heryst. »Oder er lügt. So oder so haben wir vielleicht ein wenig Raum, um den Frieden einen winzigen Schritt weiter voranzubringen. Allerdings muss ich sowohl ihm als auch Vuldaroq gegenüber Zugeständnisse machen. Man kann es aber wohl doch als eine Art Fortschritt sehen. Wenigstens sind wir wieder im Gespräch. Jetzt muss ich freilich gestehen, dass ich etwas müde bin. Weckt mich zum Abendessen, dann werde ich den Rat informieren.«

Nur weit entfernt im Norden waren einige Wolken zu sehen, als der Rabe an einem sonnigen Morgen Blackthorne verließ. Hirad hatte nicht gut geschlafen. Neben ihm ritt Ilkar, einer seiner ältesten Freunde, über dem das Damoklesschwert des Elfenfluchs schwebte.

»Darf ich dich mal was fragen, Ilks?«

Ilkar drehte sich zu ihm um, und sein ernstes Gesicht hellte sich ein wenig auf. »Würde es etwas ändern, wenn ich Nein sage?«

Hirad schüttelte den Kopf. »Wie fühlst du dich in dieser Situation? Bei deinem nächsten Herzschlag könnte dich der Elfenfluch unvorbereitet treffen. Ich glaube, damit käme ich nicht so gut zurecht.«

»Danke, dass du mich daran erinnerst«, sagte Ilkar.

»Es tut mir Leid, Ilkar, ich …«

»Das war ein Scherz. Kein Augenblick, in dem ich nicht darüber nachdenke. Allerdings muss ich irgendwie damit leben, und es nützt nichts, wenn ich vor Angst vergehe. Das Beste ist, ich setze mich mit aller Kraft dafür ein, dass die Statue repariert wird, damit es wieder aufhört. Und inzwischen verlebe ich jeden Tag, als wäre es mein letzter.«

»Ich glaube, ganz Blackthorne hat dich und Ren gestern Abend gehört, wie ihr die Nacht verlebt habt, als wäre es eure letzte.«

»Und, stört dich das?«, fragte Ren, die direkt hinter ihnen ritt.

»Es hallt in diesen Gängen furchtbar laut«, entgegnete der Barbar, der sich an Ilkars Schamröte weidete.

»Hirad, hör auf damit«, bat Ilkar.

»Da hätte ich gern mal eine Nacht ruhig geschlafen …«

»Ach, Hirad, viele von uns waren letzte Nacht mit ihren Geliebten vereint, nicht wahr?«, erwiderte Ilkar. »Für mich war es Ren, Denser und Erienne waren zusammen, und wie ich hörte, hat der Unbekannte über Aeb mit Diera Verbindung aufgenommen. Du hast unterdessen sicher mit Sha-Kaan heiße Liebesschwüre ausgetauscht.«

»Na, wer ist hier der Glückspilz, Hirad?«, stichelte Denser.

»Ist es denn meine Schuld, dass ein überlegener Geist meine Nähe sucht?«

»Aber mit ihm schlafen willst du wohl nicht gleich, oder?«, fragte der Unbekannte.

»Das gäbe hässliche Druckstellen«, meinte Ilkar.

Der Rabe lachte schallend, Ilkar fiel beinahe aus dem Sattel, und Hirad musste beide Hände von den Zügeln nehmen, um sich die Augen trocken zu wischen.

Fünfzig Schritt vor ihnen hatte Aeb angehalten und sich im Sattel umgedreht. Die starre Maske drückte seine Frage viel deutlicher aus als jedes gesprochene Wort. Sie wurden schlagartig wieder ernst. Der Unbekannte bedeutete ihm, den Weg fortzusetzen.

»Wie geht es Sha-Kaan überhaupt?«, fragte er.

»Er ist wütend«, sagte Hirad, »und er ist jetzt allein. Es gibt viele Gründe, Xetesk zu hassen. Ist nicht persönlich gemeint, Denser.«

»Schon gut, ich bin ja deiner Meinung.«

»Gut«, sagte der Unbekannte. »Dann wollen wir uns auf unsere Aufgabe konzentrieren. Falls es den TaiGethen nicht gelingt, den Xeteskianern den Daumen wieder abzunehmen, bevor diese die Stadt erreichen, bleibt es an uns hängen, dort einzudringen und das Bruchstück für sie zu holen. Vergesst nicht, für wen wir es tun, und hütet in Aebs Gegenwart eure Zunge.«

Hirad beugte sich hinüber und versetzte Ilkar einen kleinen Knuff. »Ich werde es als persönliche Beleidigung auffassen, wenn du stirbst, bevor wir diese Sache erfolgreich abgeschlossen haben.«

»Ich will sehen, was ich tun kann«, erwiderte der Elf.

Der Rabe ritt schneller. Xetesk war mindestens noch sieben Tagesritte entfernt.

Selik stand höchst zufrieden auf dem Wall von Understone. Seit sie Anders und seine armselige Garnison ausgelöscht hatten, waren die zwölf noch lebenden Schwarzen Schwingen damit beschäftigt, die Stadt so gut wie möglich bewohnbar zu machen. Auf der Hauptstraße standen Fässer mit Wasser, sie hatten die vernagelten Häuser geöffnet und Feuerholz neben die Eimer gelegt. Die Leichen der Soldaten waren längst verbrannt, ihre Asche vom Wind verweht.

Selik betrachtete die Stadt als die Keimzelle der neuen Ordnung. Noch wirkte sie heruntergekommen, doch eines Tages würde sie das Zentrum seiner Macht bilden. Die Fundamente waren gelegt, jetzt musste der Ort nur noch wachsen. Vielleicht sollte man ihn auch umbenennen. Nach ihm selbst oder nach seinem Lehrer Travers.

Vorher aber mussten sie kämpfen. Unter einem bewölkten Nachmittagshimmel sammelte sich seine Truppe. Von Osten her rückten Männer aus Pontois an, die meisten zu Fuß und auf Dutzenden klappernden Vorratswagen. Später würden Milizen aus Orytte, Bauern aus den zerstörten Ländereien um Corin und Rache und Flüchtlinge aus Korina und Gyernath eintreffen. Er hatte keine Ahnung, wie viele aus welcher Richtung tatsächlich kommen würden, doch seiner Überzeugung nach wuchs seine Macht mit jedem Menschen, der Understone betrat.

Illusionen machte er sich allerdings nicht. Seine Hauptleute würden die Männer ausbilden, und er würde Ansprachen halten, doch auch wenn tausende gegen Xetesk marschierten, wären sie kaum mehr als ein geordneter Pöbel. Sie konnten sich mit denen, gegen die sie kämpften, nicht messen, aber wenn die Kollegien nach dem Krieg angeschlagen waren, konnte er mit seinen Leuten einen Überraschungsangriff wagen.

Hunderte und aberhunderte würden sterben, doch das war der Preis der Freiheit, den die Gerechten zahlen mussten. Selik nickte gedankenvoll und ging hinunter, um seine Rekruten zu begrüßen.

Mit zunehmender Beunruhigung trottete Thraun hinter den Rabenkriegern her. Gelegentlich waren seine Erinnerungen an Balaia sehr klar, und der Wolf in ihm konnte die Witterungen ringsum aufnehmen. Das Gras und die Bäume, an denen sie vorbeikamen, die Vogelstimmen und die Laute der Tiere, die Gerüche des erwachenden Lebens im Frühling, all dies weckte auch Erinnerungen an brennende Körper und gequältes Heulen. Wieder sah er die Augen seines Rudels, das er verraten hatte, die hilflosen Wölfe, die im magischen Feuer verbrannten, weit entfernt vom sicheren Wald.

Auch das Lachen des Raben und die Gemeinschaft der Gefährten weckten Bilder von Tod und Angst: Sein bester Freund Will, der in einer Krankenstation in Julatsa leblos unter dem Laken lag. Der Brustkorb, der sich nie wieder heben würde. Schuld. Es war seine Schuld, und er konnte nichts tun, um den Fehler wieder gutzumachen.

Er hatte im Wolfskörper gesteckt, als Will tödlich verletzt worden war. In diesem Körper war er geflohen, um dem Kummer zu entrinnen, und hatte abermals versagt. Jetzt war er zurück, wieder im Körper eines Mannes, doch er kam sich in der Welt der Menschen vor wie ein Eindringling, der noch nicht fähig war, sein Dasein als Wolf wirklich hinter sich zu lassen. Was er auch tat, es war falsch.

»Thraun, alles in Ordnung?«

Thraun schaute auf. Der Unbekannte Krieger hatte sich zurückfallen lassen und ritt neben ihm. Thraun antwortete nicht.

»Du hast gerade ein wenig im Sattel geschwankt. Ich habe mich gefragt, ob es dir auch gut geht.«

Thraun schüttelte den Kopf. »Nein.«

»Kannst du mir erklären, was los ist?«

Er konnte alles verstehen, was sie sagten und fragten,

fand aber nie die richtigen Worte, um die schreckliche Zerrissenheit seiner Seele zu beschreiben. In Augenblicken wie diesem drohte ihn die Frustration zu übermannen, und es wurde nur noch schlimmer, wenn er sich daran erinnerte, wie gut er früher hatte sprechen können. Bis jetzt hatte er es vorgezogen, lieber zu schweigen, als auf sich selbst wütend zu werden, weil er sich nicht verständlich machen konnte.

»Die Worte sind nicht …« Hilflos wedelte er mit einer Hand. Wie konnte das nur sein? Er konnte klar denken, doch er konnte es nicht aussprechen. Da fehlte etwas.

»Wir wollen dir helfen«, sagte der Unbekannte. »Du musst nicht schweigen, nur weil es eine Blockade in deinem Kopf gibt.«

»Ich … ich kann nicht.« Er seufzte und schlug mit der Faust auf seinen Sattelknauf.

»Immer mit der Ruhe. Lass mich die Fragen stellen. Du antwortet mit ja oder nein, oder wie immer du kannst. Oder du wiederholst, was du gehört hast, wenn dir das hilft.«

Thraun sah durchaus ein, wie sinnvoll dieser Vorschlag war, doch sprechen konnte er dadurch immer noch nicht. Der Unbekannte gab ihm das Gefühl, ein Kind zu sein. Noch schlimmer – ein Idiot sogar.

»Ich will dich nicht bevormunden, Thraun. Das verstehst du doch, oder?«

Und ob, dachte er. Aber es änderte überhaupt nichts. So nickte er nur und kämpfte gegen seine Beschämung an.

»Gibt es Dinge, die wir sagen und die du nicht verstehst?«

»Nein.«

»Denkst du denn die Worte, die du aussprechen willst?«

»Ja.«

»Erinnerst du dich an alles, was mit dir geschehen ist?«

Thraun zuckte mit den Achseln. »Ja?«

»Oder wenigstens glaubst du es. Entschuldige, das war eine dumme Frage. Wie könntest du etwas wissen, an das du dich nicht erinnerst?«

Thraun lächelte. »Ja.«

»Hast du Erinnerungen als Mann und als Wolf?«

»Ja.«

»Schlechte Erinnerungen?«

»Schlecht«, stimmte Thraun zu. »Schlecht.«

»Hast du Schuldgefühle?«

»Schuld.«

»Du fühlst dich verantwortlich?«

»Ja.«

»Dich trifft keine Schuld, Thraun.«

»Doch.«

»Aber du kannst nichts mehr tun, nicht wahr? Du kannst es nicht mehr ändern.«

»Nein, das geht nicht!«, brach es aus ihm hervor. »Sie alle sind meinetwegen gestorben, und ich kann es nicht ungeschehen machen, verdammt. Ich habe so vielen Menschen den Tod gebracht, weil ich weder Mensch noch Tier sein kann. Was soll ich dazu jetzt sagen? Dass es mir Leid tut? Ich leide Qualen in meinem Kopf, aber niemand versteht es, weil ich nicht die Worte habe, um es auszudrücken.«

Er brach ab, weil ihm auf einmal bewusst wurde, dass alle ihn anstarrten. Trotz seines Wutausbruchs fühlte er sich ungeheuer erleichtert, und seine hochgezogenen Schultern entspannten sich ein wenig.

»Ich sollte mich wohl bedanken«, sagte er.

»Gern geschehen, Thraun. Ich glaube, manchmal verlangst du zu viel von dir selbst. Denk nicht nach, reagiere einfach. Lass es geschehen.«

»Ich versuche es«, versprach Thraun, obwohl er spürte, dass der Schleier schon wieder fiel.

»Und ich werde immer da sein, um dich zu provozieren, keine Sorge.«

Thraun nickte und war nicht sicher, ob er lachen oder weinen sollte.

Vierzehntes Kapitel

Die Situation war weitaus komplizierter als angenommen, und inzwischen wünschte Auum, er hätte dem Raben besser zugehört. Es war alles andere als ein übersichtlicher Kampf zwischen zwei Gegnern. Mindestens zwei weitere Parteien waren im Spiel, was die Entscheidungen komplizierter machte. Dennoch stand der Ausgang nicht in Zweifel.

Am dritten Tag hatten die Krallenjäger die Gruppe von Xeteskianern entdeckt, die sich auf dem Weg, den Rebraal für den wahrscheinlichsten gehalten hatte, nach Norden bewegten. Dem Vernehmen nach war es eine recht starke Abteilung. Es hatte noch einen weiteren Tag gedauert, bis Auum und seine Tai die Krallenjäger eingeholt hatten. Er konnte zwar nachfühlen, wie nervös die Krallenjäger waren, hatte sie aber trotzdem zurechtgewiesen, weil sie einen Unschuldigen angegriffen hatten. Dann hatte er persönlich die Xeteskianer einen weiteren Tag lang verfolgt, bevor er sich eilig auf direktem Wege zum Treffpunkt begab.

Einen halben Tag vor dem Feind erreichte er ihn und begann sofort zu planen. Er sammelte die anderen Tai um sich und holte die Meldungen der übrigen Spähtrupps ein. Weitere drei Tagesreisen im Norden standen Truppen in Schlachtreihen, deren Aufgabe noch unklar war, weil sie das Gelände gleichzeitig nach Norden und Süden sicherten. Man konnte nicht erkennen, ob es sich um Xeteskianer handelte, doch allein die Möglichkeit, dass auch sie Feinde sein konnten, verlieh dem Argument, man müsse die marschierende gegnerische Abteilung so schnell wie möglich angreifen, zusätzliches Gewicht.

»Die Feinde sind zahlenmäßig nicht sehr stark, doch die Fähigkeiten ihrer Krieger und Magier sind außerordentlich«, erklärte Merke, die Anführerin der zweiten Tai-Zelle, die den marschierenden xeteskianischen Trupp überwachte.

»Richtig«, stimmte Auum zu.

Und so war es auch. Die berittenen Kräfte bestanden aus fünfzehn Magiern und dreißig Kavalleristen. Begleitet wurden sie von zwanzig Fußsoldaten und fünfzig maskierten Kriegern. Letztere machten Auum die größten Sorgen. Er hatte denjenigen gesehen, der mit dem Raben kämpfte. Seine Schnelligkeit und Kraft standen außer Frage. Rebraal hatte sehr nachdrücklich betont, dass sie umso besser kämpften, je mehr von ihnen zusammenwirkten. Fünfzig von ihnen waren also eine Streitmacht, die man wirklich fürchten musste.

Wenn man die Stärke und die konzentrierte Magie sah, die sie einsetzen konnten, dann wäre es eine Dummheit, sie allein mit den Kämpfern anzugreifen, die auf der *Calaianische Sonne* gefahren waren. Inzwischen war jedoch die Hauptstreitmacht der Elfen an Land gegangen und marschierte nach Norden. Wenn sie ihr Tempo beibehielt, hatte sie gute Aussichten, die Xeteskianer zu stellen, bevor diese die im Norden postierten Truppen erreichten. Wenn man annahm, dass die dort aufgestellten Verbände ebenfalls aus Xetesk stammten, war es von entscheidender Bedeutung, so früh wie möglich anzugreifen.

Auum rief Rebraal zu sich.

»Mit welchen Zahlen können wir hier rechnen?«

»Weitere fünfzehn TaiGethen-Zellen, vier Krallenjägerpaare und hundertsiebzig Al-Arynaar. Allerdings fallen jeden Tag mehr dem Elfenfluch zum Opfer.«

»Die Tai sind glücklicherweise von der Seuche verschont geblieben, seit wir Calaius verlassen haben, aber das kann sich jederzeit ändern«, erklärte Auum. »Nun bietet sich eine Gelegenheit, doch wir müssen unsere Kräfte rasch vereinigen. Haltet eine Kommunion. Die Hauptstreitmacht soll noch schneller nach Norden vorstoßen und sich darauf einstellen, einen Tag, nachdem sie bei uns eingetroffen sind, zu kämpfen. Wir müssen zuschlagen, bevor der Feind die Verteidigungsstellungen des Kollegs im Norden erreicht.«

»Und wenn wir das Bruchstück nicht finden?«, fragte Rebraal.

»Dann benachrichtigen wir den Raben«, fuhr Auum fort. »Die Rabenkrieger sagen, sie könnten helfen. Wenn wir versagen, werden sie sehen, was sie tun können, nicht wahr?«

»Bist du skeptisch, Auum?«

Auum zuckte mit den Achseln. »So sind wir Elfen eben. Du hast zu sehr auf deinen Bruder gehört. Noch etwas, Rebraal. Wir werden die Fremden aus einer gewissen Entfernung beschatten. Sie dürfen nicht bemerken, dass wir ihnen folgen. Wenn sie ihr Marschtempo erhöhen, sind wir verloren. Mach das deinen Leuten klar.«

»Keine Sorge, kein Al-Arynaar wird an den TaiGethen oder den Krallenjägern vorbeistürmen.«

»Wir befinden uns in einem fremden Land«, sagte Auum. »Die Menschen tauschen Neuigkeiten aus, und Nachrichten können mithilfe der Magie sehr schnell große Entfernungen überwinden. Haltet euch von den Balaianern fern, wenn es nur irgendwie geht. Dies muss der größte Sieg seit der Vereinigung der Elfen werden. Unser aller Leben steht auf dem Spiel. Vergesst das nicht.«

»Wir verstehen, Auum«, sagte Rebraal.

Auum nickte. »Betet mit mir.«

»Es ist mir eine Ehre.«

Ilkar beendete die Kommunion mit der Magierin der Al-Arynaar und berichtete seinen Freunden, was die Elfen planten.

»Wo haben sie die Stellungen des Kollegs entdeckt?«, fragte der Unbekannte.

»Mehr als drei Tagesreisen nördlich vom Dornenwald.«

»Das ist die Südgrenze des Gebiets von Xetesk«, sagte Darrick. »Wenn du das nächste Mal mit ihr sprichst, erkläre ihr, dass diese Truppen Dordovaner sein dürften. Die Xeteskianer, die sie wohl nicht gesehen haben, stehen ein paar Meilen weiter nördlich.«

»Wo genau wollen sie angreifen?«, fragte der Unbekannte.

»Rebraals Erläuterungen waren lückenhaft, aber es dürfte nahe bei diesen Schlachtreihen geschehen. Vielleicht nicht in Sichtweite, aber auch nicht zu weit entfernt. Sie müssen jetzt die Hauptstreitmacht, die uns in die Bucht von Gyernath gefolgt ist, möglichst schnell nach Norden bringen. Auch beim besten Willen können sie Yron und die Forscher frühestens knapp vor den xeteskianischen Linien stellen. Schließlich sind sie zu Fuß unterwegs.«

»Aber sie sind schnell«, sagte Ren, »und sie sind entschlossen.«

Ilkar nickte. »Was können wir jetzt tun?«

»Ganz einfach«, antwortete Hirad. »Wir können uns im Norden vor Yrons Truppe setzen und vielleicht sogar mit den Dordovanern Kontakt aufnehmen. Wir geben ihnen Bescheid, was auf sie zukommt. Was meint ihr?«

»Klingt vernünftig«, sagte Ilkar.

Der Unbekannte sah Darrick an, der zustimmend nickte. »Das sollten wir tun.«

Yron konnte den Gedanken nicht abschütteln, dass sie verfolgt wurden. Auf jeder Meile ihres zehntägigen Marsches, nachdem sie Arlen mit den Forschern verlassen hatten, war ihm dieser Gedanke im Kopf herumgegangen. Natürlich zogen sie die Blicke aller Menschen auf sich, denen sie begegneten, doch das war es nicht. Die ausgemergelten Männer und Frauen, die sich mit Feldarbeit abmühten oder mit dem Bogen in der Hand auf die Jagd gingen, und die Händler, die sich vor Überfällen fürchteten, wichen ihnen meist weit aus, während die Flüchtlinge apathisch vorbeiliefen. Diese Leute waren nicht das Problem.

Auch die Dordovaner waren es nicht. Nach den Meldungen war der Weg bis zur Grenze von Xetesk frei von den Streitkräften feindlicher Kollegien, und er sah keinen Grund, dem Heereskommando nicht zu glauben. Die Zerstörungen in Arlen, so erschreckend sie auch waren, legten ein klares Zeugnis von der Entschlossenheit Xetesks ab, die eigenen Leute sicher nach Hause zu geleiten. In einigen Stadtvierteln würde nie wieder etwas wachsen, nachdem die Magie die Erde bis ins Mark verletzt hatte. Es war eine kleine Version der Torn-Wüste weit im Westen.

Dennoch, irgendetwas ließ ihm keine Ruhe, und es war auch nicht die vage Drohung, die von den Schwarzen Schwingen und den fehlgeleiteten Nichtmagiern ausging. Von fünfzig Protektoren geschützt, hatte er nichts zu fürchten. Nein, es waren die Elfen. Er hatte keinerlei Beweise dafür, dass sie ihm überhaupt übers Meer gefolgt waren, wie der Rabe es sicherlich getan hätte. Er hatte auch keine Beweise dafür, dass seine Abteilung verfolgt und beobachtet wurden. Dennoch wusste er, dass es so war.

Dieses Gefühl bewog ihn schließlich auch, den Befehl zu geben, einen Weg einzuschlagen, der sie aus der Deckung des Tals, der Felsen und des Waldes herausführte. Wenn möglich, hätte er sogar das hohe Gras der Ebene gemieden, aber dazu hätten sie fliegen zu müssen. Stattdessen gab er den Posten genaue Anweisungen, hielt die Hälfte der Magier über Nacht wach und ließ sie seine Gruppe Tag und Nacht mit Schilden schützen. Ihm war klar, dass sie ihn für verrückt hielten, aber sie waren nicht im Regenwald gewesen. Sie wussten nicht, wozu diese Elfen imstande waren.

Die Protektoren hüllten sich wie üblich in Schweigen, und er war dankbar für die Sicherheit, die ihre Anwesenheit ihm schenkte. Sollten ihn die anderen doch auslachen, sobald sich die Tore von Xetesk hinter ihnen schlossen. Er selbst, dachte er, wollte sogar der Erste sein, der zu lachen begann. Nur Erys verstand ihn, doch was Yron zu den Forschern, den Fußsoldaten und den Kavalleristen sagte, bestärkte diese nur in der Überzeugung, er sei verrückt.

Mehrere Tage lang, zwischen dem zerstörten Grethern-Wald und dem Dornenwald, war Yron sehr nervös gewesen, doch bisher war nichts passiert. In Erskan hatten sie eine Pause eingelegt, waren aber nicht willkommen geheißen worden, und die Tore der Burg waren ihnen versperrt geblieben. Dann waren sie dem durch ein Erdbeben zerstörten Denebre ausgewichen, über das nicht einmal die Vögel hinwegfliegen wollten. Nichts. Keine Spur von Schwierigkeiten.

Jetzt, als der Spätnachmittag in die Abenddämmerung überging, waren sie nur noch weniger als einen halben Tagesmarsch von der dordovanischen Blockade und vom Land der xeteskianischen Magier entfernt, und immer noch konnte Yron sich nicht entspannen. Ein Wort von ihm, und die Protektoren, die ihn begleiteten, würden die Botschaft an ihre Brüder auf der anderen Seite übermitteln, die sofort den Weg freiräumen würden. Dennoch konnte er seine Nervosität nicht abschütteln.

Seine Blicke irrten hin und her. Links von ihnen, etwa eine Meile entfernt, war dichter Wald, rechts erstreckte sich eine Hügellandschaft bis zu einer Steilklippe, die doppelt so weit entfernt war wie der Wald. Sie ritten durch eine Ebene mit wogendem Gras, das fast bis an die Steigbügel reichte.

»Seht Ihr etwas, Erys?«, fragte er.

»Nein, Hauptmann«, entgegnete Erys vorsichtig. »Aber Ihr könnt mir glauben, dass ich mich genau umschaue.«

»Macht Euch nicht über mich lustig, Junge«, sagte Yron. Er war nicht mehr müde, er war völlig erschöpft. Seit sie Arlen verlassen hatten, hatte er kaum ein Auge zugetan. »Macht einfach nur, was ich Euch sage. Berichtet mir, was wichtig ist, und lacht mich später aus.«

»Das werde ich bestimmt nicht tun«, sagte Erys. »Ich kenne Euch zu gut, um Eure Ahnungen auf die leichte Schulter zu nehmen.«

»Das ist gut, denn ich bin mir meiner Sache immer noch sicher.«

In Wahrheit war er alles andere als sicher. Litt er inzwischen an Verfolgungswahn? Dystran hatte ihm erklärt, dass der Rabe mithilfe des Protektors Aeb überwacht wurde und keine unmittelbare Gefahr darstellte. Außerdem hatten sie keinen einzigen Elf gesehen. Er konnte es sich jedoch nicht erlauben, sorglos zu werden. In der Sorglosigkeit lag der Tod.

Die xeteskianischen Kräfte ritten und liefen ungehindert weiter, und die Distanz schrumpfte schnell. Yron fuhr bei jedem Vogelruf und jedem Wiehern eines Pferdes auf, bei jedem Klirren von Metall und jedem Hauch, der übers Gras wehte. Immer wieder schauderte er und erwartete jeden Augenblick, das entsetzliche Pfeifen eines Jaqrui zu hören, der in ihre Richtung geflogen kam.

Sechs Meilen vor den Schlachtreihen beorderte er den führenden Protektor zu sich.

»Wir nähern uns den dordovanischen Nachschublinien oder ihrer rückwärtigen Aufklärung«, sagte er. »Sie wissen, was wir vorhaben, und sind vorbereitet. Geht davon aus, dass sie eure Positionen kennen.«

»Ja, Sir«, sagte Esk.

»Ich will freie Bahn haben. Ich will kein Schwert, keinen Pfeil und keinen Spruch im Umkreis von hundert Schritten sehen, hast du verstanden?«

»Ja, Sir.«

»Dann überlasse ich es dir und deinen Brüdern auf der anderen Seite, den richtigen Zeitpunkt zu bestimmen. Schlagt zu, sobald ihr es für richtig haltet.«

»Es wird geschehen.«

Gleich darauf rannte Esk los, und fünfundzwanzig weitere Protektoren bewegten sich wie ein Mann, um ihn zu unterstützen. Die anderen nahmen Yron und Erys schützend in die Mitte, während die Kavallerie sich in Keilformation aufstellte. Die Magier verteilten sich zwischen Fußsoldaten und Kavallerie, die Hälfte hielt harte Schilde aufrecht, die anderen bereiteten Offensivsprüche vor, die sie jederzeit wirken konnten. Es war anstrengend, doch sie mussten es nicht lange ertragen.

Yron nickte, als er die Protektoren loslaufen sah, die die hinteren Reihen der Dordovaner angreifen sollten. Es war seltsam beruhigend, sie zu sehen, und für ihn gab es keinen Zweifel, dass sie ihr Ziel erreichen würden. Dennoch beobachtete er sie, bis sie nicht mehr zu sehen waren. Dann wandte er sich an Erys. In diesem Augenblick erwachte ringsum die Ebene zum Leben.

Auf beiden Seiten erhoben sich Schatten aus dem Gras und huschten vor ihnen über den Weg. Einen Moment später summten Bogen, und Jaqrui flogen heulend durch die Abenddämmerung. Harte Schilde lenkten die Geschosse flackernd ab, Feuerkugeln schossen in den Himmel hinauf, harter Regen fiel.

»Ihr guten Götter«, murmelte Yron. Dann rief er: »Ich hab's euch doch gesagt, ich hab's gewusst!«

Die Kavallerie griff an und ritt die Elfen über den Haufen, die Schwerter sausten auf die Al-Arynaar herab, die im Kampf gegen berittene Schwertkämpfer keine Erfahrung hatten. Nach dem Angriff schwenkte die Kavallerie nach links und teilte sich auf, um an den Flanken aufzuräumen. Die Protektoren zogen die Waffen aus den Halterungen auf dem Rücken und stürmten vor, um die Angreifer zu stellen, die Fußsoldaten folgten ihnen. Yron zog das Schwert aus der Scheide, versetzte seinem Pferd einen Tritt, um dem niederprasselnden Heißen Regen zu entgehen und stürzte sich ins Getümmel.

»Nein!«, rief Erys. »Nein!«

»Was denn?« Yron drehte sich um, Erys kam und beugte sich vor, packte seine Zügel und wollte ihn herumziehen.

Feuerkugeln gingen ganz in der Nähe nieder und verbrannten hilflose Fußsoldaten.

»Wir müssen verschwinden!«, rief Erys.

»Ich laufe nicht weg, Junge.«

»Überlasst es den Protektoren. Wir müssen die Beute nach Xetesk bringen. Jetzt sofort.«

Erys hatte natürlich Recht, doch Yron hielt nichts davon, wegzulaufen und die anderen im Stich zu lassen. Tai-Gethen und Al-Arynaar kamen näher, hunderte von ihnen eilten über das Gras. Wie waren sie nur so schnell hierher gekommen? Weitere Pfeile prallten vom harten Schild ab, der Yron schützte. Irgendwo brüllte ein Panter. Andere, ganz in der Nähe, stimmten ein.

»Sogar Krallenjäger«, flüsterte er.

Was, zum Teufel, war hier los? Das war eine völlig unangemessene Reaktion auf den Diebstahl einiger brüchiger Pergamente. Während es ihm eiskalt über den Rücken lief, da er so viele Feinde vor sich sah, während sein Pferd beim Schrei der großen Katze nervös tänzelte, konnte er nur staunen, wie die Elfen es geschafft hatten, so schnell aufzuschließen.

»Jetzt!«, schrie Erys, als abermals Heißer Regen über ihnen erschien.

Yron nickte, ließ sein Pferd die Hacken spüren, rief die Forschungsmagier und den berittenen Geleitschutz zu sich und stürmte los, die Geräusche des Todes in den Ohren.

Während er mit der Klinge in der rechten und dem Jaqrui in der linken Hand angriff, nahm Auum eine rasche Lageeinschätzung vor. Die Sprüche hatten die Fußsoldaten und die eng gruppierten Reiter im Zentrum des feindlichen Verbandes zerstreut, doch jetzt kamen Sprüche zurück. Mindestens fünf Elfen starben in den Flammen, ihre Körper leuchteten wie Fackeln im Zwielicht, und ihre Schreie waren Bitten an Shorth, sie zu sich zu nehmen.

Links hatte eine geordnete Reitertruppe den Hinterhalt durchbrochen und kehrte zurück, um die Flanken anzugreifen. Vorne schwärmten die Protektoren, jeder mit zwei Waffen ausgerüstet, in makelloser Formation aus und näherten sich den Elfen. Hinter ihnen rückten nervöse Speerträger vor, und im Zentrum waren die Fremden, auf die es ihm ankam, verunsichert und verängstigt.

Mit Duele auf der linken und Evunn auf der rechten Seite rannte er los. Andere TaiGethen liefen in die entgegengesetzte Richtung, um die Gegner zu verwirren. Panter brüllten und fauchten. Aus allen Himmelsrichtungen kamen mindestens sechs schwarze Katzen mit ihren großen Elfenpartnern gerannt, ein Paar war ihm sehr nahe.

Auum warf seinen Jaqrui. Der Wurfstern flog gerade und schnell und pfeifend durch die Luft. Während er weiterlief, beobachtete er die Flugbahn. Der Maskierte hatte ihn nicht gesehen. Auum hatte für sich den Gegner bereits abgeschrieben, als im letzten Augenblick die Klinge des Mannes wie aus dem Nichts erschien und den Wurfstern abwehrte, sodass die Funken sprühten. Einen Augenblick später fiel sein Blick auf Auum.

Die TaiGethen schalteten sich in den Kampf ein, und da die Feinde weit ausgeschwärmt waren, konnten sie jeweils zu zweit einen Gegner angehen. Auum wollte einem Maskierten den Bauch aufschlitzen, doch sein Hieb wurde abgeblockt. Duele ließ einen Schlag auf den maskierten Kopf los, doch seine Klinge wurde von der Axt klirrend abgewehrt, und der Zusammenprall brachte ihn für einen Moment aus dem Gleichgewicht. Auum sprang und traf mit beiden Füßen die Brust des Gegners, sodass dieser einen

Schritt zurückweichen musste. Sofort war die schwere Axt wieder oben und bereit, und das Schwert sauste herab. Auum wich nach rechts aus und lenkte den mächtigen Schlag ab, dann zog er sich einen Schritt zurück, um einem Hieb vom nächsten Protektor auf der rechten Seite knapp zu entgehen. Duele ahmte Auums Manöver nach, doch die Axt streifte seinen Arm und riss das Leder auf.

Neben ihm bekam Evunn Unterstützung von einem Krallenjägerpaar. Er duckte sich unter einem seitlich geführten Axthieb hinweg und traf mit der Klinge den Körper des Gegners. Im gleichen Augenblick sprang der Panter los, packte mitten in der Bewegung den Schwertarm des Gegners und riss ihn zurück. Der Krallenjäger-Elf ging aufs Gesicht des Mannes los, kratzte mit harten Nägeln an den Rändern und den Augenschlitzen der Maske. Der Protektor wich zurück und wollte den Elf abwehren, vernachlässigte dabei jedoch seine Verteidigung. Evunn stieß ihm das Schwert in die Brust.

Auum konzentrierte sich wieder auf seine unmittelbare Umgebung. Er rollte sich ab, um einem Schwertstreich zu entgehen, und brachte dem Gegner im Aufstehen einen Schnitt im Oberschenkel bei, dann stieß er ihm den Kopf unters Kinn. Duele ergriff sofort die Gelegenheit und versetzte dem Protektor einen weiteren Tritt vor den Kopf. Auum schnitt ihm die Kehle durch und drehte sich sofort um, als der Mann zusammenbrach.

Sie kamen nur langsam voran. Einer der Maskierten enthauptete direkt vor ihm einen Elf und stieß sofort danach einem Zweiten sein Schwert in die Brust. Der Protektor rückte vor, sein Nachbar wehrte einen Hieb ab, den er eigentlich nicht hätte abwehren können, und trieb darauf seine Axt in den Körper eines dritten Al-Arynaar. Sie gaben keinen Laut von sich und arbeiteten, genau wie Rebraal gesagt hatte, in genauer Abstimmung. Die Protektoren konnten besiegt werden, aber es würde eine Weile dauern.

Im Zentrum der feindlichen Truppen trieben die Hauptziele ihre Pferde an und sprengten davon. Auum hörte Rufe, einige Reiter lösten sich aus dem Kampfgetümmel, zogen die Pferde herum und folgten den anderen.

Auum rief seine Tai, rannte los und sammelte weitere Kämpfer um sich. Abermals ließ er einen Jaqrui fliegen, der eine Lücke in den Schilden fand und einen Reiter am Hinterkopf traf. Der Kavallerist kippte aus dem Sattel.

»Schnappt euch die Flüchtigen! Fangt sie!«

Vor ihm flogen Pfeile, und Elfen rannten los, nahmen die Verfolgung auf. Krallenjäger gesellten sich zu ihnen, die Panter schnappten nach den Beinen der Pferde, eine Katze sprang, zog einen Soldaten aus dem Sattel und warf den kreischenden Mann zu Boden. Doch die Gegner, auf die es ankam, entfernten sich.

Die überlebenden Protektoren rückten näher und versperrten den Elfen den Zugang zu den fliehenden Xeteskianern. Von den Flanken drängte die restliche Kavallerie heran, ihre Schilde standen fest, sie stießen Kriegsschreie aus und ließen die Pferde über die Ebene donnern.

»Pfeile!«, rief Auum, während er einen weiteren Jaqrui aus der Gürteltasche nahm und warf. Die Waffe verfehlte ihr Ziel, da der Reiter sich instinktiv duckte, sobald er das Geräusch hörte. Er kauerte dicht über dem Hals seines Pferdes. »Tai, gebt Acht auf die Ziele.«

Dann waren die Pferde da, acht Reiter brachen durch die Linie der TaiGethen. Die Elfen duckten sich und warteten auf eine Gelegenheit, um zurückzuschlagen. Von den Seiten kamen Pfeile geflogen und trafen drei Pferde, die wiehernd weiterliefen. Ein Reiter wurde abgeworfen, stürzte nach vorn und geriet unter die Hufe seines Reittiers.

Auum spürte beinahe schon den Atem des Pferds im Gesicht, als er nach rechts sprang und das Schwert hochzog, um das Bein seines Gegners zu treffen. Er drehte sich um und konnte beobachten, wie die Reiter anhielten und die Pferde herumzogen. Er rannte los, vorbei an kämpfenden Elfen und Männern. Irgendwo brach der Schrei eines sterbenden TaiGethen abrupt ab. Der verwundete Reiter zog unterdessen sein Pferd herum und trieb es mit Tritten wieder an. Jetzt hielt er sein Schwert niedrig, um das verletzte Bein zu schützen.

Auum hatte jedoch nicht die Absicht, noch einmal auszuweichen. Er rannte mit voller Geschwindigkeit auf das Pferd zu, schätzte die Distanz ab, sprang hoch, überschlug sich in der Luft und flog wie ein Pfeil mit gestreckten Beinen voraus. Seine Füße trafen den Kopf des Reiters und warfen ihn aus dem Sattel. Auum landete, rollte sich ab und kam rasch wieder hoch, um das Werk zu vollenden, doch es war nicht mehr nötig. Der still und unnatürlich verdreht daliegende Körper sagte alles.

Sofort machte er kehrt und wollte die Verfolgung ihrer Hauptziele aufnehmen, doch er konnte sehen, dass sie zu spät kamen. Mit einem frustrierten Schrei wandte er sich in den letzten Augenblicken der Schlacht an seine TaiGethen und hielt inne, als auf einmal ein Protektor viel zu dicht vor ihm stand. Er sah die halb zerstörte Maske und das blutige Gesicht dahinter. Die Klinge einer Axt sauste auf ihn herab. Instinktiv warf er sich nach rechts, doch der Gegner hatte die Waffe schon wieder über den Kopf gehoben und schlug ein weiteres Mal zu. Auum hob seine Klinge, um den Schlag abzuwehren, wusste aber schon, dass seine Kräfte nicht ausreichen würden.

Ein schwarzer Schatten huschte vorbei, ein Panter packte den Protektor am Hals. Die Axt änderte die Richtung, traf einen Hinterlauf des Tiers und trennte ein Bein ab. Die Katze stürzte mit einem Schrei zu Boden, und ihr Partner stieß ein gequältes Heulen aus. Der Krallenjäger-Elf stürzte sich auf den liegenden Gegner und stach mit ausgestreckten Fingern immer wieder auf seine Kehle ein, bis sie nur noch ein blutiges Etwas war.

Auum legte dem Elf eine Hand auf die Schulter. Überall sonst waren die Kämpfe eingestellt worden. Die Xeteskianer lösten sich von den Gegnern und flohen. Einige schafften es, andere wurden im Rennen niedergemacht und fielen Schwertern, Sprüchen und Pfeilen zum Opfer. Das Heulen des Krallenjägers war weithin zu hören, seine Brüder und deren Tiere stimmten in die Klage ein. Der Elf drückte seinen Panter an sich und streichelte das blutige Fell, während andere Krallenjäger über die Ebene gerannt kamen, um ihm in seinem Kummer beizustehen.

»Es tut mir Leid«, sagte Auum. »Diese Klinge hätte mich treffen sollen.«

Der Elf schaute mit tränenüberströmten, roten Augen zu ihm auf. »Du musst überleben«, sagte er. Dann senkte er den Kopf zum Gebet. Er würde zusammen mit seinem Panter begraben werden.

Auum ließ ihn allein und kehrte zu seinen Tai zurück. Noch war der Krieg nicht gewonnen.

Tendjorn war versetzt worden, um das Kommando über die dordovanischen Streitkräfte südlich von Xetesk zu übernehmen. Er fasste es als Strafe auf, nachdem es ihm nicht gelungen war, die Xeteskianer zu einem Vorstoß über den Fluss Dord hinweg zu verleiten. Es war eine einseitige Angelegenheit gewesen, er hatte viel zu viele Männer verloren, und vielleicht sollte er sich wirklich schämen. Auch dieser Gedanke war allerdings nicht geeignet, seine Stimmung zu heben.

Es war früh am Abend, und er dachte in seinem Lager zwischen den Truppen im Süden und Norden darüber nach, was es zum Abendessen geben sollte. Er hatte keine Lust mehr auf dicke Suppe und Eintopf und fragte sich, ob er einige Männer überreden konnte, Hirsche zu jagen. Das verstieß zwar gegen die Befehle, den Posten an der Front keinesfalls zu verlassen, doch im Osten gab es nur zwei Meilen entfernt ein Waldstück, in dem man angeblich Hirsche schießen konnte. Schaden konnte es nicht.

Zweihundert Fußsoldaten und Magier unterstanden seinem Befehl, die Männer waren weit aufgefächert und warteten auf einen Angriff, der seiner Ansicht nach sowieso nicht kommen würde, zumal Lystern sich inzwischen an der Blockade beteiligte. Es war ihnen gelungen, den Strom des Nachschubs für Xetesk auf ein bloßes Tröpfeln zu reduzieren. Der lysternische Anführer Heryst verlegte sich auf die Diplomatie, die nach Vuldaroqs Ansicht zum Scheitern verurteilt war. Auch Tendjorn hätte diese Bemühungen gern scheitern sehen, damit er eine Gelegenheit bekam, seine Fehler wettzumachen, doch vor allem wollte er nach Hause, die Füße hochlegen und seine Forschungen fortsetzen.

Er verließ sein Befehlszelt und schlenderte durchs Lager zu einer Wache im Süden. Die meisten seiner Männer standen im Norden und hatten sich zur Verteidigung gegen die Protektorenarmee, die dort irgendwo unterwegs war, verschanzt. Dennoch hatte er so viele Männer, wie er nur erübrigen konnte, im Süden stationiert, weil die Befehlshaber sagten, die xeteskianischen Forscher kehrten nach Hause zurück und würden versuchen, die Blockade von

Süden her zu durchbrechen. Auch das konnte er nicht recht glauben.

»Gibt es etwas zu berichten?«

Der Posten salutierte lächelnd und schüttelte den Kopf. »Immer noch nichts, Sir.«

»Sind sie schon zurück?«

»Schon vor ein paar Stunden, und es …«

Etwa drei Meilen südlich, vielleicht sogar näher, erschienen Feuerkugeln am Himmel, darauf folgte das unverwechselbare Funkeln von Heißem Regen.

»Was war das, verdammt?«, sagte er. »Ist so weit im Süden jemand von uns unterwegs?«

»Nein, Sir.«

»Die Lysternier?«

»Soweit ich weiß, nicht, Sir«, sagte der Wächter. Sie sahen eine Weile zu, wie Spruch auf Spruch den Himmel erhellte, doch die Erscheinungen kamen nicht näher.

»Lauf zum Späher«, befahl Tendjorn. »Finde heraus, was da los ist.«

»Nicht nötig«, sagte der Wächter und deutete auf einen Mann, der in ihre Richtung gerannt kam. Er ruderte mit beiden Armen, um das Gleichgewicht zu halten, und rannte mit voller Geschwindigkeit zwischen den Büschen hindurch. Er rief etwas Unverständliches, und es schien, als wollte er sie von ihrem Standort verscheuchen. Tendjorn blieb jedoch stehen und legte sich eine Hand ans Ohr.

»Ich kann nichts verstehen!«, rief er und winkte ihm. »Komm näher.«

Der Mann kreischte jetzt fast. Tendjorn runzelte die Stirn. Noch jemand rief, aber hinter ihm. Endlich war der Späher in Hörweite.

»Protektoren!«, keuchte er. »Fünfundzwanzig, sie kommen hierher gerannt. Alarmiert die Verteidigung.«

Tendjorn nickte, drehte sich um und eilte ins Lager zurück.

»Hauptmann, ich brauche im Süden eine Verteidigungslinie. Protektoren nähern sich. Es sind fünfundzwanzig. Magier, Feuerkugeln und Todeshagel. Los jetzt!«

Während einige losrannten, um die Befehle des Hauptmanns auszuführen, liefen andere in die entgegengesetzte Richtung und rissen Waffen aus den Ständern. Offiziere brüllten mit kreidebleichen Gesichtern Befehle, die nicht befolgt wurden.

»Bei den Göttern, was ist denn los?«

Tendjorn eilte zur nördlichen Linie auf einen Hügel, von dem aus man eine weite Ebene überblicken konnte. Sie hatten diese Position als ideales Schlachtfeld ausgewählt. Auch von dort kamen Protektoren heran, es waren mindestens fünfzehn. Sie sollten ihre Schlacht bekommen.

»Verdammt«, keuchte er. »Haltet sie auf, so lange es geht. Passt auf, was in eurem Rücken geschieht, von Süden kommen noch mehr.«

Er drehte sich um und rannte zu seinem Zelt zurück. Von der südlichen Kampfreihe war bereits das Klirren von Stahl zu hören, und die ersten Sprüche schlugen ein. Tendjorn stürzte ins Zelt, legte sich auf die Pritsche und versuchte verzweifelt, sich so weit zu beruhigen, dass er Kommunion halten konnte. Hoffentlich war Vuldaroq empfangsbereit. Tendjorn hatte nicht mehr lange zu leben.

Fünfzehntes Kapitel

Als Hirad auf der rechten Seite über den Bäumen die Sprüche am Himmel aufblühen sah, trieb er sein Pferd an. Die anderen Rabenkrieger folgten ihm sofort. Gelegentlich übertönten Stimmen die Explosionen, das Schlachtfeld selbst blieb jedoch hinter Wald und Hügel vor ihren Blicken verborgen.

»Uns läuft die Zeit weg, Rabenkrieger!«, rief er über die Schulter zurück.

Doch sie ritten schon so schnell sie konnten. Es war schwierig gewesen, den verschiedenen Siedlungen auszuweichen, und da sie Aeb über ihr Ziel im Unklaren lassen mussten, hatten sie hier und dort einen zusätzlichen Umweg eingeschlagen. Inzwischen wusste Xetesk, wohin sie wollten – davon musste man jedenfalls ausgehen –, doch in diesem Gewirr von Tälern, Felsformationen und Ebenen unmittelbar östlich der Blackthorne-Berge konnte man sich leicht verstecken, wenn man sich – wie der Unbekannte und Darrick – gut auskannte.

Bisher hatte es gut funktioniert, doch jetzt war das Versteckspiel vorbei. Aeb, der hinten ritt, konnte die Nähe der anderen Protektoren spüren. Der Unbekannte und Darrick hatten Hirad in die Mitte genommen, während Erienne, Ilkar und Denser hinter ihnen blieben. Ren und Thraun ritten direkt vor Aeb.

Rasch schwand das Tageslicht, und das Nachglühen der Sprüche hielt sich lange am Himmel. Ein Schauer lief über Hirads Rücken, als er sich auf seinem Pferd vorbeugte. Der Rabe war bei ihm, sie eilten durch Balaia einer Schlacht entgegen. Dafür lebte er.

Sie galoppierten einen flachen Hang hinauf, wichen einem Hain aus, der das Wüten der Elemente vor zwei Jahreszeiten wie durch ein Wunder überstanden hatte, und dann lag alles offen vor ihnen. Rechts griff die Elfenarmee eine Gruppe von Protektoren an, die durch Magier und Kavalleristen verstärkt wurde. Geschickt postierte und erfahrene xeteskianische Kräfte hatten die Elfen aufgehalten, damit fünfundzwanzig Ausreißer entkommen konnten, die in vollem Galopp nach Norden ritten.

Hirad lenkte sein Pferd in die gleiche Richtung, um die Verfolgung aufzunehmen, der Rabe folgte ihm. Sie waren etwa hundert Schritte hinter den Ausreißern und näherten sich ihnen rasch genug, um sie einholen zu können, bevor sie die dordovanischen Linien erreichten. Mit etwas Glück war der Rabe stark genug, um sie aufzuhalten.

Als sie noch eine Meile vor den Sperrlinien waren, flammten direkt vor ihnen Sprüche auf, dann folgte entferntes Gebrüll. Hirad trieb sein Pferd noch stärker an und flog förmlich dahin. Man brauchte nicht viel Fantasie, um sich auszumalen, was da vorne geschah. Der Unbekannte bestätigte Hirads Vermutung.

»Protektoren mit magischer Unterstützung«, rief er im Galopp zum Barbaren hinüber. »Ich kann sie spüren, und Aeb spürt sie natürlich auch.«

»Wir müssen sie möglichst schnell einholen.« Hirad drehte sich um. »Ilkar, bereit?«

Der Julatsaner nickte. Er hatte den magischen Schild bereits geformt und war bereit, ihn zu aktivieren. Denser und Erienne bereiteten sich auf ähnliche Weise vor. Hirad blickte wieder nach vorn. Man hatte sie entdeckt.

»Jetzt oder nie! Der Rabe, los!«

Ilkar baute den Schild auf, als die Waffen aus den Scheiden gezogen wurden und der Rabe eine Linie bildete, um die Nachzügler der fliehenden Xeteskianer anzugreifen. Auf Densers Rücken sprossen Flügel, und er verließ den Sattel, zog Erienne aus ihrem Sattel und flog mit ihr nach vorn. Während sie hoch in den dunklen Himmel stiegen, folgten ihre Pferde mit pendelnden Steigbügeln der wilden Jagd.

Vor ihnen machte eine Kavallerieabteilung kehrt, um den Raben aufzuhalten. Denser sank mit Erienne noch einmal hinab, damit sie Feuerkugeln abschießen konnte, ehe er wieder aufstieg und sich dem Haupttrupp zuwandte. Die xeteskianische Kavallerie verstreute sich vor dem heranfliegenden Spruch. Ein einziger Reiter wurde getroffen und ging auf der Stelle mit seinem Pferd in einem Flammenmeer auf.

Bevor sich die Kavallerie neu formieren konnte, drang der Rabe auf sie ein. Hirad schwenkte scharf nach links, schlug mit dem Schwert zu und traf die Brust eines Reiters. Der Aufprall bremste ihn, und er riss hart am Zügel, um nicht vom Pferd zu fallen, dann zog er seine Klinge heraus und hackte sie dem Mann noch einmal in die Schulter, um ihn endgültig zu töten. Ren teilte kräftig aus und war ihrem Gegner überlegen. Ihre schnellen Angriffe waren zu viel für den Reiter, der sich zurücklehnte, um den Schlägen zu entgehen.

Ein Stück entfernt trennte Aebs Streitaxt den Kopf eines Pferdes ab, und der Reiter stürzte zu Boden, als sein Tier zusammenbrach. Thraun ritt einen weiten Bogen, weil zwei Reiter ihn verfolgten. Hirad riss sein Tier herum, stieß einen Schlachtruf aus und griff an. Er setzte über ein gestürztes Pferd hinweg, sah den Unbekannten, der Ilkar mühelos gegen einen ungeschickten Angriff verteidigte, und fiel von der Seite über die beiden her, die Thraun hetzten. Er ließ die Zügel los, beugte sich vor und knallte dem ersten Feind die Faust ins Gesicht. Der Kiefer brach unter dem Schlag. Dann hob er das Schwert. Der Reiter sah es und wollte abblocken, stürzte aber dennoch vom Pferd.

Thraun hatte unterdessen gewendet, das blonde Haar flatterte um seinen Kopf. Als der Xeteskianer von beiden Seiten Rabenkrieger kommen sah, drehte er sich um und floh.

»Lass ihn«, rief Hirad. »Der Rabe! Der Rabe zu mir!«

Die Rabenkrieger formierten sich neu und setzten die Verfolgung fort. Denser stieß aus großer Höhe herab und hielt unglaublich schnell auf die Traube von Xeteskianern zu, die inzwischen zweihundert Schritte entfernt waren. Hinter der Gruppe hatten drei Reiter angehalten. Magier.

Erienne ließ einen Schauer von Heißem Regen niedergehen, um die Hauptgruppe zu einem Richtungswechsel zu zwingen, danach zog Denser sofort wieder hoch. Hirad beobachtete ihren Flug und konnte sehen, wie Denser scharf nach rechts abbog, durchsackte, als sei er getroffen worden, einen Moment lang wieder stieg und dann aus einer Höhe von zehn Fuß oder mehr unkontrolliert abstürzte.

»Thraun, Darrick! Schützt sie!«

Die Männer lösten sich aus der Gruppe und hielten auf die gestürzten Rabenmagier zu, die von Feinden eingekesselt wurden. Hirad konzentrierte sich unterdessen wieder auf ihr wichtigstes Ziel und ritt weiter nach Norden, mitten durch die Überreste eines Massakers, das noch nicht sehr lange zurückliegen konnte – brennende Zelte und unnatürlich verzerrt daliegende Tote, deren Wunden typisch für die Kampfweise der Protektoren waren.

Mit dem Unbekannten und Aeb rechts neben sich und Ilkar im Gefolge, dessen Schild immer noch hielt, stürmte er eine kleine Anhöhe hinauf und auf der anderen Seite wieder hinunter, um die Verfolgung fortzusetzen. Protektoren versperrten ihnen den Weg wie eine lebendige Mauer.

Er zog fest an den Zügeln, und sein Pferd hielt mit zornigem Grunzen an, als die Trense schmerzhaft ins Fleisch schnitt. Hinter den Protektoren brachten sich ihre Ziele in vollem Galopp in Sicherheit. Er starrte die leeren Masken an. Der Unbekannte und Aeb schlossen zu ihm auf, Ilkar und Ren warteten hinter ihnen.

Es mussten beinahe einhundert sein. Hirad konnte die Verehrung fast körperlich spüren. Die Protektoren hatten nur Augen für Sol, der für sie einen fast gottähnlichen Status besaß. Bei ihm stand Aeb, der sich gegen seine Berufung so weit aufgelehnt hatte, wie es einem Protektor nur möglich war.

Hirad sah, dass die Protektoren nicht angreifen würden. Er legte die blutbefleckte Klinge quer über seinen Sattel und wandte sich an den Unbekannten.

»Kannst du sie nicht veranlassen, uns Platz zu machen?« Er betrachtete die im Halbkreis aufgestellten Maskierten. Um diese Truppe konnte man nicht einfach herumreiten.

»Nein«, sagte der Unbekannte tonlos. »Sie sollen uns töten, aber gegen mich oder Aeb werden sie nicht die Waffen erheben. Allerdings werden sie uns daran hindern, die anderen zu verfolgen.«

»Verdammt, wir waren ihnen so nahe«, sagte Hirad. Die Hufschläge waren verklungen, und eine eigenartige Stille legte sich über das Schlachtfeld. Hirad wusste nicht weiter. »Was tun wir jetzt?«

»Ich weiß es nicht«, sagte der Unbekannte. »Ihre Magier müssen aber nahe sein. Wir sollten uns nicht zu lange aufhalten.«

Auf einmal sprach Aeb.

»Wir wollen den Söhnen von Xetesk nichts Böses tun«, sagte er an die Protektoren gewandt, jedoch laut, damit die Rabenkrieger mithören konnten.

Die Protektoren rührten sich ein wenig, noch niemand antwortete, und die Masken blieben ausdruckslos wie immer. Aeb fuhr fort.

»Wir suchen das Bruchstück einer Statue, das Hauptmann Yron mitgenommen hat. Ohne dieses Stück müssen die Elfen sterben.«

»Genug, Aeb«, sagte der Unbekannte, und dann erklärte er den Protektoren: »Es war falsch, dass Xetesk es gestohlen hat. Ich bitte euch: Wenn ihr etwas tun könnt, helft uns, es zurückzuholen. Das Leben des ganzen Elfenvolks hängt davon ab, es geht nicht nur um ein paar hundert. Und gebt im Seelenverband nicht weiter, was Aeb gesagt hat. Ihr wisst, wohin das führen könnte. Dies sind meine Worte. Lasst es dabei bewenden. Wir sind eins.«

»Wir sind eins«, murmelten die Protektoren, und selbst Hirad spürte ihre starke Verbundenheit.

Er drehte sich in die Richtung um, aus der Hufschläge und Rufe zu hören waren. Vier Männer galoppierten mit wehenden Mänteln in ihre Richtung.

»Es wird Zeit«, sagte er. »Wir müssen die anderen suchen.«

»Da kommt was«, sagte Ilkar halb abwesend.

Feuer toste über den Spruchschild, verteilte sich harmlos auf der Oberfläche und leckte am Boden.

»Unsere Gebieter sind nahe«, sagte ein Protektor aus der Mitte der Reihe.

»Zu nahe«, erwiderte der Unbekannte. »Wir warten.«

»Was?«

»Vertraut mir. Sie brauchen ein klärendes Gespräch, wie Ilkar es ausdrücken würde.«

Die vier Magier kamen heran und schoben sich zwischen den Raben und die Protektoren.

»Warum greift ihr sie nicht an?«, fuhr einer von ihnen die Protektoren an. »Warum sind sie nicht tot?«

»Weil ich hier bin«, erwiderte der Unbekannte. Er sprach leise, doch seine Stimme kündete von großer Autorität. Hirad lief es kalt den Rücken hinunter. »Sie werden nicht gegen mich kämpfen.«

»Ah, der Unbekannte Krieger.« Ein Magier drehte sich zu den Rabenkriegern um. »Sie können Euch beschützen, aber Ihr könnt sie nicht beschützen.«

»Das ist wahr«, entgegnete der Unbekannte und betrachtete gelassen die vier Magier, während ein kleines, gefährliches Lächeln um seine Lippen spielte. »Aber wenn auch nur ein einziger dieser Männer für sein heutiges Verhalten bestraft wird, dann werde ich es erfahren. Und dann ist euer Leben – damit meine ich euch vier – verwirkt.«

Dafür liebte Hirad ihn. Er musste nicht brüllen oder sich in die Brust werfen. Er sagte einfach etwas, und die Leute hörten ihm zu. Noch wichtiger, sie glaubten ihm.

»Sie haben uns daran gehindert, die zu fangen, die wir haben wollten«, fuhr der Unbekannte fort. »Sie haben ihren Auftrag erfüllt, und das reicht. Haben wir uns verstanden?«

Wie ein Mann nickten die vier Magier. Hirad hätte beinahe schallend gelacht.

»Wir haben getan, was verlangt war«, sagte einer. »Ich glaube, wir können es dabei bewenden lassen.«

»Gute Antwort«, stimmte Hirad zu.

Sie sahen den Xeteskianern nach, die ihre Pferde herumnahmen und sich im Trab entfernten. Die Protektoren folgten im Laufschritt.

»Es ist, was der Meister will«, sagte Aeb unvermittelt.

»Wie bitte?«, fragte der Unbekannte.

»Die Elfen sollen sterben«, erklärte Aeb. »Das ist mehr, als er sich erträumt hat.«

»Woher weißt du das?«, fragte Hirad.

»Der Seelenverband weiß es«, antwortete Aeb.

»Ich glaube, wir haben heute Abend eine Menge zu bereden«, meinte Hirad. »Kommt, lasst uns die anderen suchen.«

Der Rabe ritt in der Abenddämmerung davon.

Heryst war erstaunt, mit welcher Gelassenheit Vuldaroq die Kommunion begann.

»Es tut mir Leid, Vuldaroq«, begann Heryst.

»Ich hab's Euch doch gesagt«, erwiderte Vuldaroq. »Bei den brennenden Göttern, ich habe Euch gewarnt. Er lügt uns alle an. Er hat Euch gegenüber ganz einfach auf Zeit gespielt. Er hat Euch überrumpelt und verhindert, dass Ihr ein militärisches Bündnis eingeht. Eigentlich sollte es mir Leid tun. Es sollte mir Leid tun, dass Eure Ideale, Eure naiven Ideale, Euch in die Irre geführt haben. Die Forschungsmagier sind durchgebrochen und nach Xetesk unterwegs, und wir können nichts mehr dagegen tun. Wollt Ihr Euch jetzt auf meine Seite schlagen und unser Land retten?«

»Was habt Ihr vor?« Immer noch war Heryst vorsichtig. Er hatte sich an seine Hoffnung geklammert, aber einsehen müssen, dass Vuldaroq Recht behalten hatte. Man hatte ihn zum Narren gehalten.

»Wir müssen südlich von Lystern unsere Verteidigung stärken und den Zugang nach Julatsa abriegeln. Dazu müssen wir allerdings die Blockade im Süden aufgeben. Sobald wir richtig aufgestellt sind, werden wir gegen Xetesk marschieren.«

Es war ein Albtraum, nicht mehr und nicht weniger. Alles, was Heryst hatte vermeiden wollen, würde jetzt geschehen. Das Schlimmste, was er für Balaia befürchtet hatte, würde eintreten. Der Krieg würde auf das ganze Land übergreifen. Er hatte versagt. Dystran wollte die Vorherrschaft erringen – man musste ihn aufhalten, und der Krieg war der einzige Weg.

»Ich gebe sofort entsprechende Befehle an Izack und meine Feldkommandanten.«

»Wir haben Schlachtpläne vorbereitet«, sagte Vuldaroq. »Ihr müsst nach unseren Plänen kämpfen. Ihr müsst Dordover diesen Krieg führen lassen, wie wir es schon seit einer Jahreszeit getan haben.«

Heryst hätte abgelehnt, doch Darrick war nicht da und konnte Dordovers Planungen nicht verbessern. Heryst selbst verstand nichts vom Kriegshandwerk.

»Ich gebe Euch den allgemeinen Oberbefehl, aber ich werde nicht zulassen, dass meine Truppen Selbstmord begehen. Wir werden uns an allen Fronten in dieser Hinsicht abstimmen.«

»Selbstverständlich«, stimmte Vuldaroq zu.

»Eines will ich noch ganz deutlich sagen, Vuldaroq. Dieser Krieg darf nicht so weit gehen, dass Xetesk zerstört wird. Das Land braucht das Gleichgewicht der Magie, und daher braucht es das Dunkle Kolleg. Dieser Krieg beseitigt Dystran und den gegenwärtigen Kreis der Sieben, aber nicht mehr. Habe ich mich deutlich ausgedrückt?«

»Ich hatte nichts weiter geplant«, sagte Vuldaroq. »Ihr werdet Eure Entscheidung nicht bereuen.«

»Ich weiß jetzt schon, dass ich sie bereuen werde«, erwiderte Heryst.

Er brach die Kommunion ab und schlug sich die Hände vors Gesicht. Lystern befand sich mit Xetesk im Krieg.

Selik stand auf den Wällen der Garnison von Understone und schaute auf das Heer hinab, das sich vor ihm versammelt hatte. Aus einem klaren blauen Himmel schien die Sonne warm herab, ein leichter Wind ließ seinen Mantel flattern. Männer, Frauen und Jugendliche aus zwei Dutzend Dörfern und Orten standen da unten und schauten zu ihm herauf. Flüchtlinge, die übers ganze Land verstreut gewesen waren, strömten herbei und wollten sich für das rächen, was man ihnen angetan hatte.

Die meisten waren Kaufleute oder Bauern. Auch einige Milizionäre und Soldaten waren gekommen, doch der größte Teil der schätzungsweise zweitausendsiebenhundert Menschen würde zum ersten Mal im Leben, aber voller Zorn ein Schwert in die Hand nehmen. Einige würden fortlaufen, andere würden zu Helden werden, viele würden sterben. So ging es eben im Krieg. Sein Blick wanderte über die verkniffenen, hungrigen Gesichter. Aller Augen waren auf ihn gerichtet, auf den Anführer, der ihnen den Weg aus der Dunkelheit weisen sollte. Sie hatten sich an den richtigen Mann gewandt.

»Meine Freunde«, sagte er laut genug, um jeden in der schweigenden Menge zu erreichen. »Ihr alle steht hier, weil die Zeit gekommen ist, eine gewaltige Schande wieder gutzumachen. Die Zeit ist gekommen, das Land von Balaia den Menschen zurückzugeben, die von den Göttern als seine rechtmäßigen Bewohner eingesetzt wurden. Es ist Zeit, das Land den Magiern wegzunehmen, die es so gedankenlos zerstört haben. Es ist Zeit, das Land zu reinigen. Vergesst nicht, dass unser Land überall von der Krankheit der Magie heimgesucht wird. Nur die Gerechten können diese Krankheit ausmerzen. Die Gerechten, die ich jetzt vor mir stehen sehe.«

Ein gewaltiges Gebrüll erhob sich von der Menge unter ihm, Fäuste und Waffen wurden gehoben. Selik bat mit erhobenen Händen um Ruhe.

»Ihr habt alle gesehen, wie sich der Krieg ausgebreitet hat. Er hat unsere friedlichen Städte zerstört und vernichtet unser geliebtes Land. Jetzt aber ist für uns die Zeit gekommen zurückzuschlagen. Gestern Abend hat sich auch Lystern in den Krieg eingeschaltet, wie es zu erwarten war. Selbst diejenigen, die Frieden predigen, haben uns nun verraten. Welche Beweise brauchen wir noch, dass die Magie, wenn wir das zulassen, uns alle umbringt? Also werden wir uns am Krieg beteiligen. Wir werden nur an einer Front kämpfen, und diese Front wird Xetesk sein.«

Ein Murmeln ging durch die Menge.

»Xetesk ist das dunkle Herz der Magie, das wir besiegen müssen. Wenn die danach noch bestehenden Kollegien unsere Macht sehen und erkennen, dass wir für die gerechte Sache kämpfen, werden sie sich ergeben. Wir sind auf dem Weg zum Sieg. Nichts kann uns aufhalten.«

Wieder ein Brüllen.

»Meine Freunde, dies ist ein großer Tag für alle Bewohner Balaias. Kehrt zu euren Kommandanten zurück, legt die Schwerter an und macht euch bereit für den Marsch.«

Seliks zerstörtes Gesicht war zu einem breiten Lächeln verzerrt, als er sich an Devun wandte.

»Endlich ist es so weit, mein Freund. Was Travers vor mehr als einem Jahrzehnt begonnen hat, werde ich vollenden. Wann wirst du deine Position südlich von Xetesk erreichen?«

»In drei Tagen, Hauptmann.«

»Ausgezeichnet. Ich werde so bald wie möglich auf dem Schlachtfeld zu euch stoßen. Es sind weitere Reservetruppen unterwegs, und ich muss noch eine Weile hier bleiben. Du kennst das Gelände, und die Leute vertrauen dir. Ist das nicht schön?«

»Sir?«

»Dies ist die Morgendämmerung einer neuen Ordnung, die nicht mehr von der bösen Magie beherrscht wird. Fortan werden wir ohne Furcht leben können. Wir sind die Gerechten.«

»Was ist denn nun eigentlich gestern Abend passiert?«, wollte Hirad von Denser wissen, als sie am folgenden Morgen ihr Lager verließen und sich zu einem Punkt westlich von Xetesk begaben, um etwaige Beobachter in die Irre zu führen.

»Einige feindliche Magier haben gut aufgepasst. Als wir heranflogen, um den Heißen Regen abzuwerfen, konnte ich erkennen, dass sie Sprüche wirken wollten. Ich bin abgebogen, als Erienne mit ihrem Heißen Regen fertig war, wurde aber vom Rand eines Kraftkegels getroffen. Der Ruck hat meine Konzentration gestört, und ich konnte meine Mana-Form gerade noch halten, bis wir ein paar Fuß über dem Boden waren. Wir hatten Glück.«

»So was nennst du Glück?«

»Es hätte auch ein Todeshagel sein können, dann würden wir nicht mehr mit euch reiten. Ich konnte mit den Beinen zuerst landen, aber wir sind zu schnell heruntergekommen.«

»Dumm gelaufen«, sagte Hirad. »Wie geht es Erienne?«

»Der Arm ist nicht gebrochen, tut aber weh. Ein Glück, dass wir die nächsten paar Tage nicht kämpfen müssen. Sie hätte Schwierigkeiten, einen Spruch zu wirken.«

Hirad schwieg einen Augenblick. Er hatte die Situation nicht unter Kontrolle, und das war ihm nicht geheuer. Es gab zu viele Unsicherheitsfaktoren. Zu viele Dinge, die schief gehen konnten.

»Bist du glücklich mit diesem haarsträubenden Plan, den wir uns gestern Abend ausgedacht haben?«, fragte er.

Denser zuckte mit den Achseln. »Ich sehe keine andere Möglichkeit. Wenn wir Yron schnappen wollen, dann brauchen wir genaue Informationen über seinen Aufenthaltsort im Kolleg. Sonst können wir einpacken, ehe wir überhaupt begonnen haben.«

»Aber Aeb …«

»Ich weiß«, sagte Denser. »Es ist nur eine Frage der Zeit, bis er entdeckt wird, und das weiß er auch. Er ist andererseits der Einzige, der mit dem Seelenverband reden und uns geben kann, was wir brauchen. Auch andere Protektoren bringen sich in Gefahr. Ist das nicht eigenartig? Nach all den Jahren finde ich heraus, dass die Protektoren ein Gruppenbewusstsein haben.«

»Ja, und nach all den Jahren finden wir heraus, dass sie eigentlich sehr verletzlich sind.«

»Das stimmt, aber bisher hat sich noch keiner von ihnen gegen Xetesk gewandt, und deshalb wurde auch nie eine Strafe für dieses Vergehen festgelegt.« Denser hielt inne und wandte sich an Aeb, der zwischen ihm und dem Unbekannten ritt. »Vielleicht kommen wir damit durch. Da der Krieg jeden Tag weiter um sich greift, dürfte die Rücknahme der Macht des Gebietens nicht sehr weit oben auf der Tagesordnung stehen.«

»Hoffentlich hast du Recht.«

»Die Magier in Xetesk müssen sich über ganz andere Dinge Sorgen machen. Lystern sieht sich mittlerweile gezwungen, an der Seite von Dordover in den Krieg zu ziehen, was das Gleichgewicht zu Xetesks Nachteil verschiebt. Baron Blackthorne wird in wenigen Tagen in Lystern eintreffen und seine Unterstützung anbieten. Rebraal ist mit den Elfen unterwegs und will neben den Kollegien kämpfen. Da draußen wird es ungemütlich.«

»Ich kann immer noch nicht ganz glauben, dass Dystran wirklich beabsichtigt, was Aeb gesagt hat«, überlegte Hirad. »Das ist doch völlig sinnlos.«

»Wie ich bereits sagte: keine Elfen, kein Julatsa«, erwiderte Denser. »Aber wir müssen uns auf unsere Aufgabe konzentrieren und dürfen uns nicht in den Krieg hineinziehen lassen. Für uns kommt es vor allem darauf an, Ilkar und Ren zu retten.«

Hirad kicherte. »Seltsam. Erinnerst du dich an unsere erste Begegnung?«

»Du wolltest mich umbringen.«

»Das tut mir wirklich Leid.«

»Schon gut«, sagte Denser lächelnd.

»Ich habe dich gehasst. Wir alle haben dich gehasst. Aber jetzt, ein paar Jahre später, greifst du dein eigenes Kolleg an, um Ilkar zu retten.«

Wieder ein Achselzucken. »Er gehört zum Raben. Nur darauf kommt es an.«

Sechzehntes Kapitel

Zielstrebig marschierte Yron durch die Gänge von Xetesk, um sich mit Dystran zu treffen. Erys hatte Mühe, mit ihm Schritt zu halten. Eine Eskorte von vier Magiern und zwei Protektoren begleitete sie. Yrons Empörung war während des Ritts durch das Gebiet von Xetesk zu seiner Geburtsstadt nicht kleiner geworden, und auch der Befehl, umgehend in Dystrans Audienzsaal in der untersten Ebene des Turms zu erscheinen, hatte seinen Zorn nicht gedämpft.

Schmutzig wie er nach der Reise war, trat er durch die Tür, die ein Diener ihm öffnete. Der Audienzsaal war klein, aber freundlich eingerichtet. An zwei gegenüberliegenden Wänden brannten Feuer in Kaminen, durch ein großes Bogenfenster vor ihm schien die Sonne herein. Einige Stühle, alle unbesetzt, waren im Raum verteilt. Am linken Kaminsims lehnte Dystran, und neben ihm, auf einen Stock gestützt, stand der hagere und kranke Ranyl.

Dystran kam Yron strahlend und lächelnd entgegen.

»Mein lieber Hauptmann Yron, und der herausragende Erys, ich möchte Euch am Ende Eurer fantastischen Reise willkommen heißen.«

»Es sind zu viele Männer gestorben, als dass wir feiern könnten, Lord Dystran«, entgegnete Yron. »Ich selbst bin nur durch glückliche Umstände entkommen.«

»Ja, ich hörte schon, dass Ihr Ärger mit den Elfen hattet«, sagte Dystran.

»Ärger? Mein Lord, da draußen ist eine Elfenarmee unterwegs. Es sind gut ausgebildete Kämpfer und erfahrene Magier, und sie sind äußerst entschlossen. Unterschätzt sie nicht. Sie kennen keine Furcht und schrecken nicht davor zurück, Protektoren anzugreifen, weil sie schnell genug sind, sie zu besiegen. Sie kommen hierher, auch wenn mir nicht ganz klar ist, wieso der Diebstahl einiger Pergamente, selbst wenn sie heilig sind, eine so heftige Reaktion provoziert haben sollte.« Yron konnte sehen, dass Dystran sich kaum für seine Befürchtungen interessierte. Er verkniff sich eine scharfe Bemerkung.

»Was Ihr nicht sagt«, antwortete Dystran. »Aber macht Euch deshalb bitte keine Sorgen. Wir haben die Lage im Griff.«

»So gut, wie Ihr den Raben im Griff habt?«, gab Yron scharf zurück. »Es tut mir Leid, mein Lord, aber sie sind bis auf zwanzig Schritte an mich herangekommen und hätten mich beinahe erwischt, obwohl man mir sagte, sie wären ausgeschaltet. Ihr habt sie nicht einmal gefunden, nicht wahr? Ich frage Euch noch einmal: Warum sind sie und die Elfen so versessen darauf, diese Texte zurückzubekommen?«

Dystrans Lächeln wurde ein wenig schmal. »Hauptmann, bitte beruhigt Ihr Euch doch.« Wäre er nicht der Herr vom Berge gewesen, er hätte sich mit dieser herablassenden Bemerkung einen Faustschlag ins Gesicht eingehandelt. »Es trifft zu, dass unsere Bemühungen, den Raben im Auge zu behalten, nicht ganz und gar erfolgreich waren, doch ich kann Euch persönlich versichern, dass sie sehr bald schon ein für alle Mal aus dem Weg geräumt werden. Unterdessen seid Ihr zurückgekehrt wie ein Held. Ihr habt schreckliche Verluste erlitten, doch alle, die gestorben sind, haben ihr Leben zum Ruhme von Xetesk gegeben. Ihr habt eine entbehrungsreiche Reise hinter Euch. Seht Euch nur an – die Kleider zerrissen, die Axt ist stumpf. Ich muss mich entschuldigen, weil ich Euch so schnell hierher gerufen habe, doch ich wollte unbedingt Eure Schätze ansehen.«

Yron nickte und schaffte es, ein oder zwei Muskeln zu entspannen. Er wandte sich an Erys, der die lederne Tasche übergab. Yron löste den Verschluss und zog die vier Texte heraus, die die Reise überstanden hatten. So viele Männer waren gestorben, so wenig hatten sie vorzuweisen. Er reichte Dystran die Texte, der sie sofort auf einen Tisch legte und ausbreitete.

»Das Dokument in der Mitte, mein Lord.« Erys deutete auf einen Text mit kunstvoll geprägtem Einband und Seiten mit Goldschnitt. »Wenn ich mich nicht sehr irre, ist dies das Aryn Hiil. Dort sind die Geheimnisse der Langlebigkeit der Elfen festgehalten.«

Dystran strich mit der Hand andächtig über das Buch und schaute auf. »Ihr irrt Euch nicht, Erys«, sagte er mit gedämpfter Stimme. »Wenn es einen Text gibt, den ich wirklich brauche, dann ist es dieser. Für das, was Ihr getan habt, wird Xetesk Euch mit Belohnungen überschütten. Dies wird uns geben, was wir haben wollen.«

»Mein Lord, wir leben, um zu dienen.« Erys verneigte sich.

Yron betrachtete kopfschüttelnd den jungen Magier.

»Und Ihr besitzt den gesunden Zynismus der Erfahrung«, sagte Dystran, dem Yrons Reaktion nicht entgangen war. »Hauptmann, ich kann Euch jetzt nur danken, die Achtung des Kreises der Sieben aussprechen und Euch ein Gemach anbieten, in dem Ihr baden und Euch umziehen könnt. Ein Stück den Gang hinunter habe ich für Euch Zimmer vorbereiten lassen. Frische Kleidung liegt bereit, und während Ihr badet, Hauptmann, wird Eure Axt poliert und mit einem neuen Halfter versehen. Ich denke, es wird Euch gefallen. Und das ist erst der Anfang. Aber bevor Ihr geht, möchte ich gern das Stück von der Statue sehen, das Ihr mitgenommen habt.« Dystran streckte die Hand aus.

Yron drehte sich wieder zu Erys um. »Vielen Dank auch.«

»Es tut mir Leid, Hauptmann, ich …« Wenigstens hatte er den Anstand, verlegen dreinzuschauen.

»Mein einziges greifbares Andenken an das ganze Chaos und an Ben-Forman. Ihr seid mir was schuldig, Junge.«

Er wühlte in der Hosentasche herum und zog den Daumen heraus, den er Dystran übergab. Der Herr vom Berge nahm ihn gierig.

»Oh, keine Sorge, Hauptmann, Ihr sollt ihn zurückbekommen. Er muss jedoch genau untersucht und studiert werden.« Lächelnd schaute er wieder auf. »Keine Sorge, er gehört nach wie vor Euch. Aber jetzt, bitte, wascht Euch, ruht Euch aus und zieht Euch um. Wir werden Euch zu Ehren ein Festmal ausrichten. Bei dieser Gelegenheit können wir auch besprechen, was nötig ist, um die Elfen zu besänftigen. Hauptmann Yron, Erys, vielen Dank. Ihr habt Xetesk einen unschätzbaren Dienst erwiesen.«

Doch als Yron den Audienzsaal verließ, war er gar nicht mehr so sicher, dass dies zutraf. Nein, er war überhaupt nicht mehr sicher.

Es war ein langer, und wenn Yron völlig ehrlich war, äußerst angenehmer Abend gewesen. Der Krieg draußen vor den Toren schien unendlich fern. Er hatte den Tag damit verbracht, sich in den luxuriösen Gemächern zu entspannen, hatte zwei Bäder genommen und nach einer halben Ewigkeit endlich wieder einmal in einem ordentlichen Bett mit Matratze und Bettzeug geschlafen.

Als er schließlich das schöne dunkle Seidenhemd und die Lederhose anzog, für die Dystrans Schneider von seinen alten Sachen die Maße genommen hatte, gelangte er allmählich zu der Überzeugung, dass seine unguten Vorahnungen vielleicht doch gegenstandslos waren. Er bedauerte nur, dass Ben nicht da war, um die Früchte seines Erfolges zu genießen.

Das neue, mit Gold und Silber verzierte Halfter, in dem seine alte Axt steckte, passte wie angegossen, doch er hatte es auf dem Bett liegen lassen. An diesem Abend wollte er nichts bei sich tragen, das ihn an den Kampf erinnerte, und so war er unbewaffnet zum Essen gegangen. Das Bankett entsprach voll und ganz dem, was Dystran angedeutet hatte. Auf ihn und Erys wurden mehrmals Trinksprüche ausgebracht, und die mächtigsten Männer von Xetesk lobten sie für ihren Erfolg und drängten sie immer wieder, in aller Ausführlichkeit über ihre Erlebnisse auf Calaius zu berichten.

Zunächst hatte Yron sich vorsichtig und verschlossen gegeben, doch dann löste der vorzügliche Rotwein in seinem anscheinend unerschöpflichen Kelch seine Zunge, und er hatte mit wachsender Begeisterung am Fest teilgenommen. Am Ende war er, was höchst selten vorkam, wirklich ausgelassen.

Als der Abend seinen Lauf nahm, war Yron schließlich benommener vom Wein, als ihm lieb war, und ging hinaus, um sich zu erleichtern. Auf dem Rückweg zum Speisesaal schlenderte er gemächlich durch den von Laternen erhellten, mit Bildern geschmückten Wandelgang. Helles Licht drang aus offenen Türen, Gläser klangen, das Besteck der Gäste klirrte.

Direkt vor der Tür blieb er stehen, um einen Diener vorbeieilen zu lassen, dessen Arme mit Tellern förmlich überladen war. In diesem Moment vernahm er Dystrans Stimme von drinnen und fand, es könne nicht schaden zu hören, was die Herrscher dachten, wenn sie sich unbeobachtet glaubten. Er sah sich um, ob er beobachtet wurde. Abgesehen von den Protektoren neben der Tür war er allein auf dem Flur, also lauschte er.

»Das Aryn Hiil wird uns sicherlich zu großen Einsichten verhelfen«, sagte Dystran gerade.

»Meine Gelehrten arbeiten bereits an der Übersetzung«, antwortete Ranyls brüchige Stimme.

»Ihr müsst mich unbedingt auf dem Laufenden halten.« Sein Desinteresse war nicht zu überhören. »Aber jetzt haben wir mit diesem scheinbar so unbedeutenden Gegenstand eine viel einfachere Lösung für unser Problem gefunden.«

»Das ist allerdings eine sehr einschneidende Maßnahme, mein Lord.«

»Bei jedem Konflikt sterben Unschuldige, Ranyl«, erklärte Dystran. »Durch dieses kleine Stück kunstvoll bearbeiteten Marmors werden wir keinen einzigen Mann oder Magier verlieren, um diesen Teil unseres Plans zu verwirklichen. Julatsa wird als magische Kraft ausgelöscht werden. Wir müssen einfach nur das Stück festhalten und zusehen, wie die Elfen sterben. So viele, wie wir wollen. Was für ein Schatz.«

»Vorausgesetzt, es gelingt uns, die verbündeten Kollegien von unseren Toren fern zu halten.«

»Diese Aufgabe vertraue ich unseren Kommandanten an, und sie versichern mir, dass wir siegen werden.«

Um Yron drehte sich alles, und er stemmte eine Hand an die Wand, um sich abzustützen. Sein Mund war trocken, sein Magen rebellierte. All die Freude über seinen Erfolg war dahin, als er hörte, dass ein ganzes Volk verraten und vernichtet werden sollte. Das durfte nicht geschehen.

Er glättete seine Kleidung, zwang sich zu lächeln und kehrte in den Festsaal zurück, wo er sich direkt an Dystran wandte.

»Ah, einer unserer Helden. Wie fühlt es sich an, wenn man weiß, dass man in die Geschichte eingehen wird, Hauptmann?«, fragte Dystran.

»Das ist schwer in Worte zu fassen.« Yron wünschte bei den Göttern, er hätte seine Axt, obwohl es natürlich nichts genützt hätte, Dystran zu ermorden. »Ich würde mich gern für den Rest des Abends entschuldigen. Der Wein und meine Erschöpfung haben sich gegen mich verschworen.«

»Aber selbstverständlich, Hauptmann. Ihr habt uns schon länger ertragen, als wir es hätten erlauben dürfen. Erys hat sich bereits zurückgezogen. Ich glaube, ihm war ein wenig übel.«

»Ich ahne, wie er sich fühlt«, erwiderte Yron.

»Dann wünsche ich Euch eine ruhige, erholsame Nacht«, sagte Dystran.

»Ihr habt Eure Sache jedenfalls gut gemacht, Hauptmann«, fügte Ranyl hinzu. »Ich wusste, dass Ihr mich nicht enttäuschen würdet.«

»Ich habe mich bemüht.« Yron verneigte sich steif. »Gute Nacht, meine Lords.«

Er machte auf dem Absatz kehrt, verließ den Festsaal und zog sich rasch in seine Gemächer zurück. Vor Erys'

Tür blieb er einen Moment stehen und lauschte, konnte aber nichts hören. Wenigstens musste sich der Junge nicht übergeben. Das war gut, weil er eine Menge zu tun bekommen sollte. Er drehte sich um und wäre beinahe mit einem Protektor zusammengeprallt, der auf einmal direkt hinter ihm stand. Sein Herz sank. Dystran hatte anscheinend bemerkt, dass er belauscht worden war. Seine Hand sank zur Hüfte hinab, doch seine Streitaxt befand sich hinter einer verschlossenen Tür. Ergeben wartete er auf sein Ende.

»Wir werden uns Euch nicht in den Weg stellen«, sagte der Protektor. »Wir verstehen.«

»Was?«

»Ihr werdet tun, was Ihr tun müsst.« Damit entfernte sich der Protektor ohne ein weiteres Wort.

Yron legte eine zitternde Hand auf seine Türklinke und drückte sie hinunter. Er musste es noch in dieser Nacht tun, sonst wäre es zu spät. Eine Chance wie diese würde er vielleicht nie wieder bekommen. Was war da nur im Gange? Protektoren, die sich gegen ihre Herren wandten? Dafür konnte nur eine ganz bestimmte Gruppe von Menschen verantwortlich sein. Eine Söldnertruppe, zu der ein ehemaliger Protektor gehörte.

Er schloss die Tür hinter sich, ging zum Waschbecken und übergab sich.

Es war früh am Morgen. Darrick hatte Wache und saß am langsam ersterbenden Kochfeuer. Die Nacht war nicht kalt, und der Rabe lagerte in einer Senke im Hügelland, nicht weit entfernt von den Blackthorne-Bergen, die am westlichen Horizont noch auszumachen waren. Gegen Ende ihres Ritts hatten sich Wolken am Himmel gesammelt und die Tageswärme festgehalten.

Sie waren tief ins Land von Xetesk eingedrungen und befanden sich jetzt im Nordwesten der Stadt, jeweils einen Tagesritt von Xetesk und dem Triverne-See entfernt. Darrick machte sich Sorgen. Ihr Plan, auch wenn er gut war, roch nach Verzweiflung. Der Rabe war berühmt dafür, das vermeintlich Unmögliche zu schaffen, doch dies ging selbst über die Kräfte der Rabenkrieger. Ein Überfall aufs Dunkle Kolleg. Der Plan bestand im Grunde darin, dass Denser und Ilkar Leute über die Mauern tragen und im Kolleg absetzen sollten. Dann würden sie Yron aus den Gemächern holen, in denen er sich aufhielt, und mit ihm wieder hinausfliegen.

Ein Vorteil war, dass Aeb als Protektor Schattenschwingen benutzen und beim Tragen helfen konnte. Darrick hielt es jedoch für keine gute Idee, dass die Rabenkrieger sich aufteilten, und dass einige von ihnen innerhalb des Kollegs ohne magische Unterstützung und realistische Fluchtmöglichkeiten festsitzen sollten.

Das Problem war nur, dass ihm nichts Besseres einfallen wollte. Die Schlacht vor den Mauern würde zu spät kommen. Angesichts der Todesopfer, die der Elfenfluch forderte, würde die Elfenarmee buchstäblich auf dem Marsch sterben, bevor der Krieg gewonnen war. Was unterdessen auf Calaius vorging, war zu schrecklich, als dass er es sich ausmalen wollte. Dystran würde den Daumen nicht freiwillig abgeben, also musste man ihn stehlen, und nur der Rabe war fähig, ein so großes Risiko einzugehen und dabei auch noch zu überleben.

Sein Blick wurde von einer Bewegung hoch am Himmel eingefangen. Vor einer Wolke kreisten drei Vögel im Mondlicht. Sie waren groß, etwa so groß wie Adler, hatten aber Stummelflügel, schmale Körper und lange Schwanzfedern. Nachdem er sie eine Weile beobachtet hatte, kamen sie ihm eher vor wie fliegende Echsen, nicht mehr so sehr wie Vögel. Darrick runzelte die Stirn. Die Entfernung war zu groß, dass er sie genau erkennen konnte, aber so etwas hatte er noch nie gesehen.

Er sah zu, wie sie träge kreisten und in der Luft spielten, wie sie hinabtauchten und wieder stiegen. Dann flogen sie in einer Reihe hintereinander, schwebten einen Moment und stießen herab. Darrick rutschte auf dem Baumstamm, den sie als Sitzgelegenheit vors Feuer gezogen hatten, hin und her. Die Flugechsen hielten direkt auf ihr Lager zu.

»Bei den fallenden Göttern«, flüsterte er und sprang auf. Er zog das Schwert aus der Scheide, die am Baumstamm lehnte. »Der Rabe! Wir werden angegriffen!«

Es waren keine Vögel, es waren xeteskianische Hausgeister. Dämonen, die mit den Geistern von Magiern verschmolzen und deren Willen unterworfen waren. Darrick konnte sie schnattern und lachen hören, als sie herabstießen, um den Menschen im abrupt erwachenden Lager den Tod zu bringen.

»Ilkar, wir brauchen einen Schild, die kommen nicht allein«, rief Darrick, ohne sich umzudrehen. Er konnte sich darauf verlassen, dass der Rabe sofort die Verteidigungsstellung einnahm. »Erienne, Denser, Offensivsprüche gegen die Hausgeister, wir verteidigen uns hinter dem Feuer.«

Aeb stand als Erster neben ihm. »Ich habe sie gespürt«, sagte er. »Es sind nur drei.«

Selbst für jemanden wie Denser, der diese Wesen kannte, boten sie einen entsetzlichen Anblick. Sie waren völlig unbehaart, ihre kleinen Körper hatten lange, kräftige Gliedmaßen, die in böse Krallen ausliefen. In den Mäulern saßen lange Reißzähne, und in den nackten Schädeln pulsierten Adern. Die Augen glänzten wild und schwarz im Feuerschein. Darrick schauderte und musste tief einatmen, um nicht den Mut zu verlieren. Er richtete sich auf.

Die Krallen an Händen und Füßen vorgestreckt, griffen die Hausgeister an und bremsten mit den Flügeln den Sturz ab. Die geifernden Münder waren geöffnet, auf den Zähnen spielte der Feuerschein. Aeb, der die Streitaxt längst gehoben hatte, packte mit der freien Hand zu und hielt einen Dämon an der Kehle fest, als dieser ihn angreifen wollte. Er ignorierte die Kratzer, die ihm die Krallen am Unterarm zufügten, warf ihn vor sich zu Boden, ließ die Axt fallen, hob den Baumstamm an einem Ende hoch und schob ihn auf die Brust des Dämons. Mit eingeklemmten Armen lag das Wesen hilflos spuckend und fluchend am Boden und versprach ihm den Tod. Unterdessen landete ein Zweiter auf Aebs Rücken.

Darrick wehrte den dritten Dämon mit dem Schwert ab, der Hausgeist schnappte nach der Klinge, musste aber zurückweichen und ein Stück entfernt in der Luft kreisen, solange er keinen Weg durch die Abwehr fand. Darrick konnte den Dämon mit dem Schwert nicht ernstlich verletzen, er konnte ihn jedoch aufhalten, bis die Sprüche bereit waren.

Der Unbekannte kam zum Feuer gerannt und packte den Hausgeist, der auf Aebs Rücken hockte. Er riss ihn herunter und warf ihn in die Glut des Feuers. Kreischend flog das Wesen in die rot glühenden Holzstücke und schlug wild mit den Flügeln, um sofort wieder zu starten. Gift tröpfelte aus seinem Maul. Dann wurde es hell am Himmel, als von links, von rechts und von hinten gleichzeitig Feuerkugeln geflogen kamen, die auf ihr Lager gezielt waren.

»Ilkar, wir brauchen den Schild«, drängte Darrick.

»Steht schon«, sagte Ilkar leise. »Schild steht.«

»Der Rabe, wir sind umzingelt«, sagte Hirad. »Eine unbekannte Anzahl von Gegnern. Stellt euch mit etwas Abstand im Kreis auf. Ren und die Magier im Innern. Wie wir es geübt haben.«

Sie stellten sich rasch auf, als die beiden freien Hausgeister erneut angriffen, knapp an ihnen vorbeiflogen, mit Krallen oder Schwanz zuschlugen und wieder aufstiegen. Aeb, der Unbekannte und Thraun postierten sich mit dem Rücken zum Feuer, Darrick und Hirad deckten alles, was aus Richtung des Feuers kommen konnte. Ren wartete mit gespanntem Bogen in der Mitte und hielt nach Zielen Ausschau. Ilkar blieb wie immer hinter Hirad, während Erienne und Denser den Verteidigungsring vervollständigten und Sprüche vorbereiteten.

»Achtet auf den Himmel«, warnte Hirad. »Wir dürfen die Bastarde nicht zu nahe kommen lassen.«

Wie um ihm Recht zu geben, griffen die Dämonen abermals an. Hirad schlug über Kopf und traf einen ledrigen Körper. Der Dämon kläffte und floh in den Himmel. Der Zweite versetzte Darrick einen Schnitt im Gesicht und flog triumphierend schnatternd in Spiralen in die Nacht hinauf, um gleich zum nächsten Angriff anzusetzen.

»Wenn wir die Hausgeister ausschalten, verletzen wir auch die Magier«, murmelte Denser. »Zwei Fliegen mit einer Klappe.«

»Bist du sicher?«

»Vertrau mir. Begrenzte Feuerkugeln, Erienne. Damit geht es am besten.«

»Bin dabei«, sagte Erienne.

Als Hirad die Feinde kommen sah, erinnerte er sich, dass er diese Art des Vorstoßes schon einmal beobachtet hatte. Zwei liefen vor einem dritten, insgesamt waren es sechs solcher Trios, auseinander gezogen und im Laufschritt.

»Magier mit Begleitschutz«, sagte er, »aber keine Protektoren. Nur Schwertkämpfer.«

»Ren, konzentriere du dich auf die Magier. Mit den Schwertkämpfern kommen wir zurecht«, sagte der Unbekannte.

Wieder gingen Feuerkugeln nieder, verglühten harmlos zischend auf dem Schild und versengten ringsum das Erdreich. Im gleichen Augenblick trommelte Todeshagel herab, doch die rasiermesserscharfen Splitter aus Mana-Eis sprangen in alle Richtungen, nachdem sie auf den Schild geprallt waren.

»Schild hält«, meldete Ilkar. »Kein Problem.«

Die Sprüche der feindlichen Magier behinderten auch die Hausgeister. Hirad sah sie droben kreisen und auf die nächste Gelegenheit lauern.

Die xeteskianischen Schwertkämpfer griffen an, sie kamen gut verteilt aus allen Richtungen zugleich, riefen Befehle und waren sehr zuversichtlich. Der Unbekannte tippte vor seinen Füßen mit der Klinge auf den Boden, und Hirad klärte seinen Kopf mit einem Schrei. Er hob die Klinge und senkte sie gleich wieder, um den ersten Hieb des Gegners abzulenken, dann versetzte er dem Mann einen Tritt. Hirad blockte auch den Schlag des zweiten Angreifers ab, während seine Augen sich auf das Zwielicht einstellten. Wieder gingen sie auf ihn los, dieses Mal gleichzeitig, aber in ihrer Standardformation. Nicht gerade unbezwingbar.

Der erste Stoß kam niedrig, Hirad führte sein Schwert von links nach rechts und lenkte ihn ab. Dann duckte er sich unter dem zweiten Schlag durch, der seinen Kopf treffen sollte. Sofort war er wieder bereit, schlug mit der Klinge im Aufstehen aufwärts, traf das Kinn des Gegners und zerschnitt ihm das Gesicht. Der schrie und stürzte, und Hirad drehte sich sofort zum nächsten Angreifer um. Der Mann war schnell und hatte schon die Klinge zum Schlag erhoben, doch als sie sank, spaltete Aebs Axt ihm den Schädel.

»Der Rabe, Lagemeldung!«, rief Hirad und sah sich um.

»Wir schießen Feuerkugeln.«

Brennende Mana-Kugeln in der Größe von Äpfeln flogen in einer Reihe aus dem Zentrum ihrer Gruppe heraus. Droben am Himmel hörte Hirad ein Kreischen, als mindestens eine Kugel ihr Ziel traf. Gleichzeitig heulte vor ihm ein Magier auf und sackte, die Hände an den Kopf gepresst, zusammen.

»Einer lebt noch«, rief Denser laut, um das Klirren von Stahl und das Grunzen der Kämpfer zu übertönen.

Auf der anderen Seite schlug Darrick sich mit zwei guten Schwertkämpfern herum, die Klinge in einer und den Dolch in der anderen Hand. Er hatte eine Schnittwunde am Arm abbekommen, hielt aber die Stellung. Ein Pfeil zischte an ihm vorbei und erledigte einen seiner Gegner. Darrick bedankte sich murmelnd, griff energischer an, fing einen Schlag mit dem Heft seines Dolchs ab und jagte dem Gegner die Schwertspitze in die Kehle.

»Der Rabe, los jetzt, wir schnappen sie!«

Dann kam der dritte Hausgeist aus dem Nichts. Er ging direkt auf Densers Kopf los, bohrte die Krallen durch Densers Mütze und biss ihn in die Schulter. Denser stieß einen Schrei aus, strauchelte und fiel gegen Ilkar, der, völlig überrascht, seinerseits gegen Hirads Rücken prallte.

»Schild ist unten, Schild unten!«

Weitere Sprüche kamen geflogen, Feuerkugeln dieses Mal.

»Der Rabe, verstreut euch!«, brüllte Hirad. Er riss Ilkar hoch und rannte mit ihm los, während er einem Angreifer einen Schwerthieb gegen die Beine verpasste.

Wo gerade noch Ordnung geherrscht hatte, griff Chaos um sich. Aeb drehte sich um und bückte sich, um Denser, Erienne und den Hausgeist aufzuheben und sie alle vor den Feuerkugeln in Sicherheit zu bringen. Der Unbekannte rollte sich nach links ab, kam sofort wieder hoch und schlitzte mit dem Dolch einem xeteskianischen Schwertkämpfer, der sich nicht schnell genug auf die neue Lage eingestellt hatte, den Arm auf. Thraun und Darrick rannten einfach auf die Feinde zu, um sie zu verwirren und zu töten, wo sie konnten. Ren schoss noch einen Pfeil ab und verschwand irgendwo in der Dunkelheit.

Dicht neben dem Feuer schlugen die Feuerkugeln ein. Denser und der Hausgeist, der Verwünschungen ausstieß und dem Magier die Krallen durchs Gesicht zog, wurden von Aeb gedeckt. Erienne hatte sich zwischen sie gequetscht und war sicher vor den Flammen, die im Lager wüteten. Sie erfassten Aebs Rücken, fraßen sich in seine Lederrüstung und brannten sich bis auf die Haut durch. Vor Schmerzen grunzend, rollte er sich ab und riss die Riemen seines Wamses auf, während sich das Feuer weiter ausbreitete und das Fleisch darunter erreichen wollte.

Denser packte den Hausgeist, warf sich zur Seite, um Erienne freizugeben, schlug blind nach oben und traf immer und wieder den Kopf des Dämons. Das Wesen heulte, hörte aber nicht auf, mit dem Schwanz über Densers Arm zu kratzen und wie wild mit allen Gliedmaßen um sich zu schlagen und zu beißen, während es mit Denser über die versengte Erde rollte.

Und dann, so unglaublich es schien, war Aeb da. Mit nackter Brust und die Axt in einer verbrannten Hand haltend, packte er den Hausgeist mit der anderen am Hinterkopf und zog ihn weg. Denser spürte noch, wie die Krallen erneut nach ihm griffen, als das Wesen weggezogen wurde, dann hörte er Eriennes Stimme neben sich.

»Aeb, halte ihn still, halte ihn still.«

Denser sah sich um und wischte sich Blut aus den Augen. Aeb hielt auf Armeslänge den Hausgeist vor sich, der spuckte und sich wand und verzweifelt nach seinem Meister rief.

»Zu spät, du kleines Miststück«, sagte Erienne. Sie legte ihm beide Hände über den Schädel, aus ihren Händen brach eine Flammenhand hervor und verbrannte den Kopf. Das Wesen war auf der Stelle tot.

Aeb warf den leblosen Körper weg, half Denser auf die Beine und kehrte sofort zum Kampfgeschehen zurück. Die beiden Rabenmagier folgten ihm.

Als der Unbekannte sah, wie direkt vor ihm ein Magier zusammenbrach, der gerade einen Spruch wirken wollte, seufzte er erleichtert. Er griff die Schwertkampfer an, die den Magier schützten, hob das Schwert über den Kopf und traf die Schulter des unvorbereiteten Gegners, drehte sich auf dem schwächeren Bein um sich selbst und versetzte dem zweiten einen Tritt in den Bauch.

Die Schmerzen der alten Verletzung flackerten kurz auf, er verlor nach der Drehung das Gleichgewicht und hatte gerade noch Zeit, sein Schwert zu heben, um sich zu verteidigen. Der Xeteskianer war gut und schnell, er hielt sich links vom Unbekannten, weil er sah, dass dies seine schwächere Seite war, und griff ungestüm an. Der Unbekannte wehrte die Hiebe mit Dolch und Schwert ab und wartete auf seine Gelegenheit, doch es war nicht mehr nötig. Ein Pfeil durchbohrte den Hals des Mannes, als er sich gerade für den nächsten Angriff sammeln wollte. Dann rannte Ren vorbei und legte im Laufen einen neuen Pfeil ein.

Der Unbekannte drehte sich um und hielt im Zwielicht Ausschau nach den Rabenkriegern. Hirad und Darrick kämpften nebeneinander, Ilkar war hinter ihnen und wirkte schon wieder einen Spruch. Sie hatten es mit drei Schwertkämpfern und einem Magier zu tun. Darrick entwaffnete den ersten und stieß ihm beim Nachsetzen das Schwert in den Bauch. Hirad beugte sich vor und versetzte dem nächsten Gegner einen Kopfstoß, dann einen Schlag auf die Nase, und danach zog er ihm das Schwert quer über die Brust. Viel schneller, als es der dritte Gegner erwartete, wechselte er das Schwert in die linke Hand, stieß zu und durchbohrte den Hals des Mannes. Dann gingen die beiden Rabenkrieger gegen den schutzlosen Magier vor.

Der Unbekannte rannte zum Feuer und zu Aeb zurück. Der Protektor, dem Denser und Erienne folgten, hielt die Axt in beiden Händen und fiel trotz seines schwer verbrannten Rückens über die beiden Männer her, die Thraun angriffen. Der Gestaltwandler konnte sie sich mit Mühe und Not vom Leibe halten, doch sobald Aeb eingriff, wendete sich das Blatt. Der Maskierte ließ einen entsetzlichen Schlag los, der einen der Gegner von der linken Schulter bis zur rechten Hüfte spaltete. Einen Sekundenbruchteil hielt der Körper noch zusammen, dann lag eine blutige Masse am Boden. Der zweite zog sich zurück und suchte sein Heil in der Flucht. Er kam nicht weit. Thraun war schneller und stieß ihm die Klinge ins Kreuz.

Es war vorbei. Hirad und Darrick überprüften das Schlachtfeld und die am Boden liegenden Xeteskianer, um mit raschen Hieben alle zu töten, die noch atmeten. Aeb kehrte auf Densers Befehl zum Feuer zurück. Der Unbekannte, Ren und Thraun folgten ihm.

Sie hatten Glück gehabt, großes Glück. Der Unbekannte wollte wissen, wie man sie so leicht hatte finden und angreifen können, und fand unter dem Stamm am Feuer die Antwort auf seine Fragen. Verletzt von den Feuerkugeln, aber immer noch spuckend und fluchend, lag dort der noch lebende Hausgeist.

Der Rabe sammelte sich um ihn.

»Kümmere dich um Aeb«, sagte der Unbekannte zu Denser. »Ich werde dem hier einige Fragen stellen.«

»Sein Herr ist tot«, erklärte Denser. »Er schwindet dahin, aber er ist immer noch gefährlich. Lass ihn nicht hochkommen.«

Der Unbekannte nickte und kniete sich vor das Wesen. Der kreischende Schwall von Verwünschungen brach ab, und der Dämon sah den großen Krieger mit dem kahl geschorenen Kopf an.

»Sol«, zischte er und zog das Wort in die Länge.

»Ja, Sol«, bestätigte der Unbekannte. »Und du musst sterben.«

»Bald«, bestätigte der Hausgeist. Seine Stimme knirschte wie ein Rechen auf einem Kiesweg. »Lass mich raus.«

»Lieber nicht«, sagte der Unbekannte. »Aber vielleicht werde ich es tun, wenn du mir wahrheitsgemäß antwortest.«

Der nackte Kopf pulsierte, Venen pochten. Das Wesen spuckte dem Unbekannten ins Gesicht. »Verräter.«

Der Unbekannte wischte sich die stinkende Spucke von der Wange. »Nein. Wir haben damit nicht angefangen.«

»Wir werden es beenden. Der Rabe wird sterben.«

»Wie habt ihr uns gefunden?«

Der Hausgeist kicherte. »Das weißt du bereits. Deine Treue ist deine Schwäche.«

»Aeb«, sagte er, und der Hausgeist entblößte lächelnd

seine blutigen Zähne. Die Zunge fuhr nervös aus dem Maul. »Warum willst du uns töten?«

Der Dämon hustete. Er lag im Sterben, und seine Stimme wurde schwächer. »Ihr wollt uns aufhalten. Uns wegnehmen, was wir brauchen … nicht erlauben.« Er rang um Worte. »Mehr werden kommen.«

Der Unbekannte sah die Wut in den Augen des Wesens ersterben, als dessen Herz versagte. »Ihr könnt uns nicht besiegen.«

»Wir haben die Macht.« Der Kopf kippte zur Seite, und der Dämon hauchte sein Leben aus.

Der Unbekannte stand auf und betrachtete den Raben. Darrick, Denser und Aeb waren verletzt. Besonders Aeb sah schlecht aus. Denser blutete im Gesicht, und Erienne kümmerte sich um ihn, während Ilkar langsam die Hände über Aebs verbrannten Rücken gleiten ließ. Die Hände des Elfen zitterten.

»Alles klar, Ilkar?«

Er nickte, ohne seine Konzentration zu unterbrechen, drehte sich aber nicht um. »Ich bin nur müde. Es gefällt mir nicht, schlagartig einen Schild zu verlieren. Das zehrt an den Kräften, aber es wird schon wieder.«

»Wir müssen weiter. Wir müssen einen sicheren Rastplatz finden und morgen Xetesk erreichen. Irgendwie habe ich das Gefühl, dass uns die Zeit davonläuft.«

Aus dem Augenwinkel sah er Ilkar nicken.

Siebzehntes Kapitel

Yron wartete und wartete. Er hatte die Fenster seines Zimmers weit geöffnet, um frische Luft hereinzulassen, und schritt unruhig im Zimmer umher. Hin und wieder bediente er sich aus der Obstschale auf dem Beistelltisch oder steckte den Kopf ins kalte Wasser des Waschgeschirrs. Er spielte in Gedanken Wortspiele, kämpfte zum Schein gegen den mannsgroßen Spiegel, polierte unnötigerweise seine Axt und das Halfter. Egal was, solange er nur aufmerksam blieb, nüchtern wurde und nicht einschlief.

Er wartete, bis es still im Kolleg wurde und die letzten Nachzügler in ihren Zimmern verschwanden. Er wartete, während die Diener den Festsaal säuberten, die Tische abräumten und den Boden wischten. Er wartete, bis die Nacht halb vorbei war. Erst dann huschte er aus seinem Zimmer, unter dem groben Reisemantel die neuen Kleider, das gefettete Leder und das schimmernde Axthalfter, und betrat Erys' Zimmer.

Der Magier lag in tiefem Schlaf flach auf dem Rücken und schnarchte leise. Er lächelte leicht und hatte die Arme auf dem luxuriösen Bett weit ausgebreitet. Yron presste ihm eine Hand auf den Mund und weckte ihn mit einem kräftigen Ruck. Der Magier riss die Augen auf und wollte erschrocken Yrons Hand packen, doch als er den lächelnden Hauptmann sah, entspannte er sich. Yron nahm die Hand weg.

»Keine Angst, ich bin's«, flüsterte er. »Steht auf.«

»Was ist los?«, zischte Erys. »Es ist mitten in der Nacht.«

»Ich erkläre es Euch, während Ihr Euch anzieht. Wir haben etwas Dringendes zu erledigen, das keinen Aufschub duldet.«

Erys runzelte die Stirn und strich sich mit einer Hand über den Kopf. Er schnaufte schwer. »Soll das ein Witz sein?«

»Nein«, erwiderte Yron scharf und zog Erys die Decke weg. »Steht auf. Und seht zu, dass Ihr Sprüche wirken könnt.«

»Ich will sehen, was ich tun kann. Nach so viel Wein habe ich es noch nie versucht.« Seufzend erhob er sich aus dem Bett und schlufte zum Waschgeschirr, um sich einen Krug Wasser über den Kopf zu kippen. »Was ist denn nun eigentlich los, Hauptmann?«

Yron erzählte es ihm, und bis er sich angezogen hatte, war Erys hellwach und stocknüchtern.

»Ihr seid doch dabei, oder?«, fragte Yron, als er zur Tür ging.

»Ich kann nicht zu einem Völkermord beitragen, ob wissentlich oder unwissentlich«, antwortete Erys.

»Das dachte ich mir. Ich nehme an, Dystran hat den Daumen in seine Gemächer mitgenommen.«

»Hoffentlich nicht. Habt Ihr eine Vorstellung, wie viele Protektoren ihn da oben bewachen?« Erys deutete mit dem Daumen nach oben.

»Macht Euch deshalb keine Sorgen«, antwortete Yron.

»Ich soll mir keine Sorgen machen? Seid Ihr verrückt? Oder seid Ihr mit der Axt erheblich besser, als ich denke?«

»Zeigt mir einfach den Weg.«

Erys schloss einen Moment lang ergeben die Augen, dann führte er Yron durch den stillen Turm. Die Männer gingen am Festsaal und dem Audienzsaal vorbei und wanderten durch abgedunkelte Flure, die an der Basis des Turms rundherum liefen, zum Haupteingang.

Bevor sie ihn erreichten, bog Erys nach links ab, schritt durch einen mit Vorhängen verdeckten Zugang und wandte sich gleich darauf scharf nach rechts. Nun befanden sie sich in einem kleinen, ovalen Vorraum. An den Wänden standen Bänke, darüber hingen Portraits von lange verstorbenen Herren vom Berge. Direkt vor ihnen bewachten reglos und schweigend zwei Protektoren eine mit kostbarem Schnitzwerk verzierte Tür.

»Ich hoffe, Ihr behaltet Recht«, sagte Erys.

»Nur Mut, Junge«, erwiderte Yron.

Er machte einen Schritt und empfand keineswegs die Zuversicht, die er auszustrahlen hoffte. Vor den Protektoren, die ihn feindselig anzustarren schienen, blieb er stehen. In diesem Moment fürchtete, er einen schrecklichen Fehler begangen zu haben.

»Ihr werdet ihm nichts tun«, sagte einer, und dann drehten sich die beiden um und gaben den Weg zur Tür frei.

Yron drehte den Knopf herum und stieß die Tür, die sich in geölten Scharnieren lautlos bewegte, nach innen auf. Er winkte Erys, der offenen Mundes zugeschaut hatte, herein und stieg die Wendeltreppe hinauf. Sie war aus Marmor geschnitten und an die Westseite des Zentralschachts im Turm angebaut worden. Sechs Stockwerke höher endete sie vor Dystrans privaten Gemächern. Am Fuß der Treppe lagen der Eingang zu den Katakomben und

Labors sowie der Zugang zu dem Tunnelsystem, das sich durch das ganze Kolleg zog.

»Wie habt Ihr das organisiert?«, fragte Erys.

»Habe ich nicht«, antwortete Yron. »Ich erkläre es Euch später.«

Vorsichtig und so leise wie möglich stieg Yron hinauf und versuchte, nicht daran zu denken, wo er war und was er tat. Sein Herz pochte bis zum Zerspringen in der Brust, seine Hände wurden feucht, und sein Atem ging flach und hektisch. Er zitterte an allen Gliedern und fühlte sich schwach. Dennoch zwang er sich weiterzugehen. Ein Schritt nach dem anderen.

Stockwerk um Stockwerk stiegen sie hinauf, und auf jeder Ebene stand ein Protektor auf dem mit Wandbehängen geschmückten Treppenabsatz und bewachte eine Tür, die zu Schreibstuben, privaten Audienzzimmern oder Gästezimmern führte. Die maskierten Männer schwiegen und rührten sich nicht, sahen ihnen nach, machten aber keine Anstalten, sie aufzuhalten.

»Das ist Selbstmord«, flüsterte Erys.

»Wenn wir es nicht tun, wird es ein Völkermord«, antwortete Yron und war mit seiner schlagfertigen Antwort sehr zufrieden.

Schließlich standen sie vor Dystrans Tür, und jetzt holte es ihn doch noch ein. Er, Hauptmann Yron, wollte in die Privatgemächer des Herrn vom Berge von Xetesk eindringen, des mächtigsten Mannes in Balaia, und ein kostbares Beutestück stehlen. Er schauderte am ganzen Körper, als die beiden Protektoren einen Schritt zur Seite wichen, damit er eintreten konnte.

»Nur den Daumen«, flüsterte er. »Nichts sonst.«

Mitten im offenen Zimmer stand Dystrans Himmelbett. Links befand sich hinter einem Wandschirm eine Waschgelegenheit, rechts waren Kleiderschrank und Garderobe. Am Fußende des Betts lag auf einem Tisch das Beutestück. Yron sah es sofort und streckte einen Arm aus.

»Bleibt hier«, hauchte er. »Haltet die Tür auf.«

Erys nickte zustimmend, und Yron schlich weiter in den Raum hinein. Der dicke Teppich auf dem Steinboden verschluckte seine Schritte. Auf dem Tisch lag, eingerahmt von zwei hohen Kerzenständern, der Daumen des Yniss in einer Schale, die mit einem Seidentuch ausgeschlagen war.

Der Schweiß lief Yron in die Augen. Er wischte ihn weg und trocknete seine Handfläche am Mantel ab. Dann beugte er sich über den Tisch und streckte eine zitternde Hand aus. Er schluckte schwer und nahm den Daumen an sich, der kühl und angenehm in seiner Hand lag. Dankbar atmete er ein, schob das Stück in seine Tasche und drehte sich lächelnd zu Erys um. Als er das Gesicht des Magiers sah, erstarrte er vor Schreck.

Erys blickte rechts an Yron vorbei. Der Hauptmann drehte den Kopf, so weit er konnte, und schielte aus dem Augenwinkel. Die Vorhänge des Himmelbetts bewegten sich. Ein langes, schlankes Bein erschien, dann folgte der restliche Körper, bis eine nackte Frau neben dem Bett stand. Sie machte zwei anmutige Schritte hin zum abgeteilten Bereich, und dann, als spüre sie die Augen der Eindringlinge auf sich ruhen, hielt sie inne und drehte sich mit einer fließenden Bewegung zu ihnen um.

»Oh, verdammt«, keuchte Yron. Blitzschnell setzte er sich in Bewegung.

Instinktiv bedeckte sie mit Händen und Armen ihre Blöße, holte Luft und wollte offenbar um Hilfe schreien. Yrons Schlag traf ihr Kinn, sie taumelte zurück und sackte benommen auf den Boden. Ihr Kopf schlug hart auf den

Teppich, sie japste noch einmal vor Schmerzen und blieb reglos liegen.

Hinter den Vorhängen, die sich schon wieder bewegten, war eine benommene Stimme zu hören. Dystrans Kopf erschien. Er sah die Frau auf dem Boden liegen, und er sah Yron, der dicht vor der Frau und sehr nahe bei ihm stand.

»Oh, nein«, sagte Yron.

»Was, zum ...«

Wieder schlug Yron zu und traf Dystrans Schläfe. Der Herr vom Berge zog grunzend den Kopf ein, blieb aber bei Bewusstsein.

»Erys, kommt her. Er muss tief schlafen.«

Wieder zog Dystran die Vorhänge zur Seite.

»Wachen!«, konnte er noch brüllen, ehe Yron ihm eine Hand auf den Mund presste.

Erys wirkte den Spruch im Laufen, die Protektoren waren nur wenige Schritte hinter ihm. Eine Berührung des Magiers, und Dystran hörte auf, sich zu wehren, und sackte zusammen. Yron legte ihn sachte hin und wandte sich an die beiden maskierten Krieger, die mit erhobenen Äxten hinter ihm standen.

»Er ist nicht verletzt. Er schläft nur. Bitte.«

»Die Zeit ist knapp«, sagte einer. »Lauft.«

»Und wie«, sagte Yron. »Erys.«

Yron rannte aus dem Zimmer, Erys folgte ihm auf dem Fuße. Sie eilten die Treppen hinunter.

»Erys, in welche Richtung müssen wir gehen, wenn wir unten sind?«

»Dystran hat einen Impuls ausgesandt, das Kolleg erwacht«, sagte Erys.

»Sagt mir nicht, wie schlimm es ist. Sagt mir, wie wir hinauskommen.«

»Durch den Haupteingang, nach rechts zu den langen Räumen, dann weiter zum Westtor.«

Yron nickte. Der Vorschlag klang vernünftig, denn im Künstlerviertel der Stadt konnten sie sich leichter verstecken als an jedem anderen Ort. Er sprang die letzten Stufen hinunter, huschte an den Protektoren im Vorraum vorbei und eilte weiter, folgte der Krümmung des Ganges, riss den Vorhang zur Seite und rannte zum Haupteingang des Turms.

Als er über den Marmorboden eilte, öffneten zwei Magier die Tür von draußen und traten ein. Yron rannte sie über den Haufen, während sie noch unentschlossen zögerten. Einen rammte er hart mit der Schulter und schleuderte ihn gegen die Wand, dem zweiten stieß Erys die ausgestreckte Hand ins Gesicht.

Als sie aus der Tür in die dunkle Nacht hinausstürmten, waren überall auf dem Gelände des Kollegs Fackeln und Laternen von Leuten zu sehen, die zum Turm gerannt kamen. Sie hielten sich rechts und eilten am Turm entlang. Erys zerrte Yron noch einmal nach rechts, und sie liefen am ersten langen Raum vorbei. Erys hatte jetzt die Führung übernommen. Hinter einem Vortragssaal bogen sie erneut ab, huschten an der Küche vorbei in ein Gewirr schmaler Durchgänge hinter den Mannschaftsunterkünften und Ställen. Unter einer Steintreppe, die zu einem Heuboden hinaufführte, blieben sie stehen, um Luft zu schnappen.

Ringsum waren in der Dunkelheit die Rufe der Verfolger zu hören. Befehlsgewohnte Stimmen teilten Suchtrupps ein, in der Nähe wurden Türen aufgerissen, Füße eilten über Treppen und die Pflastersteine.

»Man wird uns das Tor nicht öffnen«, sagte Yron. »Habt Ihr Vorschläge?«

»Die Pforte am Westtor«, keuchte Erys. »Sie ist klein genug. Mit einem eng begrenzten Kraftkegel kann ich sie wahrscheinlich knacken.«

»Wahrscheinlich?«

»Ganz sicher«, erklärte Erys. »Vielleicht bricht sie nicht sofort, aber ein Tritt müsste ihr den Rest geben.«

»Hoffentlich klappt das auch«, meinte Yron.

»Jetzt seid Ihr an der Reihe, mir zu vertrauen.«

Yron wartete, während Erys sich konzentrierte und im Geist die Form eines Kraftkegels bildete. Hinter den geschlossenen Lidern zuckten seine Augen, die Hände spielten mit dem Mana, das Yron nicht sehen konnte.

Der Hauptmann empfand große Ehrfurcht vor Magiern. Sie waren mit einer Wahrnehmung gesegnet, die er sich nicht einmal vorzustellen vermochte, und sie besaßen Fähigkeiten, die er kaum ermessen konnte. Erys öffnete die Augen.

»Los jetzt.« Seine Stimme klang abwesend, während er voll konzentriert war.

Yron übernahm die Führung und schritt ruhig durch den Gang, während er sich bemühte, möglichst im tiefsten Schatten zu bleiben. Zwanzig Schritte vor ihnen lief ein Trupp Soldaten quer über den Weg. Vorsichtig näherte Yron sich der Kreuzung. Dahinter lag ein weiterer kurzer Gang, daran schloss sich die freie Fläche vor dem Westtor an, die möglicherweise voller Soldaten und Magier war. Es gab nur einen Weg, es herauszufinden. Er lauschte an der Kreuzung. In der unmittelbaren Umgebung war alles ruhig. Er sprach ein kurzes Gebet und eilte über den Platz, Erys folgte ihm auf dem Fuße. Dabei lauschte er ständig, ob er den Ruf hörte, der ihm sagte, dass man sie entdeckt hatte, doch es geschah nichts.

Er schöpfte neue Hoffnung, obwohl er wusste, wie gefährlich ihre Lage war. Am Ende des Durchgangs sah er flackerndes Licht, dort waren auch wieder Stimmen zu hören. Er schlich bis zur Ecke. Links und rechts erhoben sich jetzt die Wände des Mana-Bades und der Krankenstation. Kurz bevor sie das Ende erreichten, kam eine große, maskierte Gestalt um die Ecke. Yrons Herz sank, und er zog das Schwert.

»Bleibt hinter mir, Erys«, sagte er.

Axt und Schwert kampfbereit erhoben, marschierte der Protektor auf sie zu. Direkt vor Yron blieb er stehen, betrachtete ihn kurz und ging weiter.

»Jetzt oder nie«, sagte Erys, als Yron erleichtert seufzte.

Die Pforte jenseits des Aufmarschplatzes der xeteskianischen Kavallerie war etwa vierzig Schritte entfernt. Nur wenige Soldaten waren hier unterwegs, und alle hatten es eilig, sich den Suchtrupps anzuschließen.

»Wenn Ihr lauft, dann bleibt in Bewegung, Hauptmann. Ich muss kurz stehen bleiben, um den Spruch zu wirken, dann folge ich Euch sofort.«

Yron nickte. Er wollte Erys nicht allein lassen, doch es gab keine andere Möglichkeit. »Lasst Euch nicht erwischen«, sagte er. »Bereit? Also los.«

Die beiden Männer rannten auf den Hof und hatten bereits zehn Schritte zurückgelegt, als die ersten Rufe ertönten. Von beiden Seiten kamen Soldaten, um ihnen den Weg abzuschneiden. Yron lief schneller. Vor seinen Füßen prallten Armbrustbolzen auf den Boden. Er hörte, wie Erys schlitternd stehen blieb.

»Viel Glück«, keuchte er und wich aus, damit Erys freie Sicht auf die Pforte hatte. Dann rannte er weiter.

Der Hof war hell vom Schein der Fackeln, überall riefen Leute, er solle stehen bleiben. Hinter sich hörte er das Befehlswort, das Erys sprach, er spürte den Spruch wie einen

Schatten an sich vorbeirauschen und sah, wie die Pforte nachgab. Balken krachten und brachen. Er sah sich über die Schulter um. Der Magier setzte sich wieder in Bewegung und folgte ihm.

Von links und rechts kamen seine ehemaligen Gefährten, riefen Warnungen und drängten ihn, sich zu ergeben. Sie waren ausgeruht, größtenteils jünger und holten rasch auf. Wenn er am Tor anhalten musste, dann würden sie ihn schnappen. Beinahe konnte er schon die Schmerzen spüren, die man ihm zufügen würde. In vollem Lauf überwand er die letzten paar Schritte und warf sich gegen die vom Spruch geschwächte, mit Eisenbändern verstärkte Pforte.

Als er gegen das Holz prallte, dachte er zuerst, es würde nicht nachgeben, doch dann splitterten die letzten Balken, die Tür war zerstört, und er stürzte nach draußen auf die Straßen von Xetesk. Mit einem stechenden Schmerz in der Schulter richtete er sich mühsam wieder auf und riskierte einen Blick zurück.

»Nun macht schon, Erys!«, rief er.

Der Magier rannte aus Leibeskräften und mit gesenktem Kopf und schien, durch den Torbogen gesehen, der Freiheit ganz nahe zu sein. Dann aber stürmte von der Seite ein Soldat herbei, schwang sein Schwert und traf Erys' Schulter. Yron sah das Blut spritzen, und dann schlug Erys schwer auf das Pflaster. Ein Pfeil, der dicht an seinem Kopf vorbeizischte, brachte Yron zur Besinnung. Er drehte sich um und verschwand, pausenlos fluchend, im Gewirr der Straßen, Gassen und Durchgänge des Künstlerviertels von Xetesk.

Merke und ihre Tai waren tief nach Xetesk eingedrungen. Ihre eigene und sieben weitere TaiGethen-Zellen durchkämmten in der Nacht die Stadt, suchten nach Informationen und nach Schwächen, aber vor allem nach einem Weg, um ins Dunkle Kolleg selbst einzudringen. Trotz aller Soldaten und Magier, die gegen die anderen Kollegien ins Feld zogen, trotz der Mauern, der Protektoren und der Wachen, war es den TaiGethen mühelos gelungen, in die Stadt zu gelangen. Sie waren einfach an vier Stellen über die Mauern geklettert und hatten sich im Schutze der Nacht versteckt.

Drei Zellen durchkämmten die Wohnbezirke, zwei weitere waren auf den Märkten unterwegs, und drei, zu denen auch Auums Zelle gehörte, beobachteten das Kolleg. Ausnahmsweise befand er sich jedoch nicht am richtigen Ort. Merke, Inell und Vaart wurden dagegen an einem Tor des Kollegs Zeugen eines außerordentlichen Ereignisses.

Direkt vor ihnen hatte sich ein Nebeneingang nach außen gewölbt. Wenige Herzschläge später war ein Mann durchgebrochen, hatte sich überschlagen, sich wieder aufgerappelt und sich rennend vom Kolleg entfernt. Keine zwanzig Schritte vor den Elfen war er in eine Gasse gelaufen. Auf die Verfolger mussten sie nicht lange warten – Männer mit Schwertern und maskierte Protektoren, die sich in Gruppen von dreien, vieren und fünfen aufteilten und in den tiefen Schatten der Lagerhäuser und der stinkenden Metallschmelzen verschwanden. Einige rannten direkt an den Elfen vorbei, andere bogen in die Gasse ein, in der der Flüchtige verschwunden war.

Merke warf einen Blick zu ihren Tai. Vaart zuckte mit den Achseln.

»Der fliehende Mann ist eher ein Verbündeter als ein Feind.«

»Das soll uns für den Augenblick als Begründung ausreichen«, erwiderte Merke.

Lautlos wie Gespenster setzten sich die Tai in Bewegung, nahmen ihre Bogen vom Rücken, öffneten Jaqrui-Beutel und Schwertscheiden. Merke führte, Inell und Vaart folgten ihr. So tauchten sie aus der Gasse auf, in der sie sich versteckt hatten, und liefen an der Vorderfront und der seitlichen Mauer eines Lagerhauses entlang.

Die kahle Wand des nächsten Gebäudes war höchstens fünfzehn Fuß entfernt und erhob sich mehr als dreißig Fuß hoch bis zum schrägen, mit Ziegeln gedeckten Dach. Hier fühlten sich die TaiGethen eingesperrt, wie es im Regenwald niemals geschehen konnte. Die Gerüche der Stadt und die öden Bauten gehörten zu einem Ort, an dem nach Merkes Ansicht kein vernünftiger Mensch leben wollte. Doch die Xeteskianer lebten hier, und hier sollten sie auch sterben.

Merke gab flüsternde Anweisungen und hielt zwischen ihren beiden Bogenschützen Schwert und Jaqrui bereit. Voraus sah sie vier Männer in eine Gasse eilen. Sie bogen nach links ab und verschwanden. Als Rufe und Schreie ertönten, beschleunigte sie und folgte den Männern um die Ecke. Es war eine Sackgasse, an deren Ende ein Mann an einer hohen Steinmauer stand.

Aufrecht wie ein Krieger stellte er sich den vier Gegnern und hob die Axt, als sie sich näherten. Zwei trugen Masken, einer war unbewaffnet, der Vierte hatte eine Armbrust. Sie redeten auf den Mann ein, der den Kopf schüttelte.

»Links und rechts«, flüsterte sie.

Pfeile flogen und durchbohrten die Hälse der Maskierten, die lautlos zu Boden gingen. Ihr Jaqrui sauste durch die Luft, das schrille Pfeifen ließ einige Vögel erschrocken auffliegen. Der unbewaffnete Mann, ein Magier, drehte sich im letzten Augenblick um und sah den Wurfstern, der sich in seinen Nasenrücken grub. Kreischend ging er zu Boden.

Der Gejagte ergriff die Gelegenheit und sprang. Ein Arm hing gelähmt herab, doch mit dem zweiten wusste er seine Streitaxt gut zu führen. Der Armbrustschütze geriet in Panik und traf den Schenkel des Mannes, der dennoch weiter angriff und dem Schützen mit der Axt das Gesicht zerschmetterte. Mit gespaltenem Schädel prallte der Armbrustschütze gegen eine Wand und rutschte tot hinab.

Der Axtkämpfer beobachtete abschätzend die Tai, während Merke ein wenig verwirrt seine Reaktion zu beurteilen versuchte. Er schien nicht erleichtert über seine Rettung, sondern zeigte nur eine Art müder Resignation. Er bückte sich, wischte die Klinge sauber, steckte die Waffe in ein buntes, unpraktisches Halfter und hob die beiden leeren Hände.

Merke ging ihm entgegen, ihre Tai hatten die Bogen bereits wieder gespannt.

»Bitte«, sagte er in recht gutem Elfisch, »ich habe, was ihr sucht. Lasst mich euch helfen.«

»Dann werden wir es dir abnehmen«, sagte Merke. »Gib mir den Daumen. Kein Fremder darf ein Bruchstück von Yniss bei sich tragen. Du kannst uns nicht helfen.«

Der Mann nickte, wühlte in der Tasche und zog das Bruchstück der Statue heraus. Vaart und Inell sanken sofort im Gebet auf die Knie, während der Fremde ihr das Stück voller Verehrung überreichte. Merke nahm es, küsste es und sprach ein Dankgebet, weil es ihnen zurückgegeben worden war.

»Es gehört wieder uns«, sagte sie. »Die Harmonie wird wiederhergestellt werden.«

Sie drehte sich um und bedeutete ihren Tai, sich zu erheben. Vaart sah sie an und nickte leicht. Sie wandte sich wieder an den Fremden.

»Du wirst hier gejagt«, sagte sie zu ihm.

»Ja«, erwiderte er. »Ich bin …« Er suchte nach dem richtigen Wort. »Unbeliebt.«

Merke lächelte leicht. »Du hast uns einen großen Dienst erwiesen. Wir werden dich hier herausbringen.«

»Danke«, sagte er.

Sie zuckte mit den Achseln. »Auum wird den Grund wissen wollen. Folge mir. Werde nicht müde. Wir werden nicht warten.«

Achtzehntes Kapitel

»Mein Lord, so beruhigt Euch doch«, sagte Ranyl.

»Dazu gibt es wirklich nicht den geringsten Grund.« Dystran betastete die Prellung, die den größten Teil seiner Wange einnahm.

»Wir werden ihn finden«, versprach Ranyl. »Es gibt jedoch andere Angelegenheiten, um die Ihr Euch vordringlich kümmern müsst.«

»Verzeiht, mein lieber Freund«, entgegnete Dystran, »aber das trifft nicht zu. Falls es Eurer Aufmerksamkeit entgangen ist, dieser Bastard kam direkt in mein Schlafzimmer marschiert, während meine Protektoren, von denen ich glaubte, sie hätten nichts Wichtigeres zu tun, als mich zu *beschützen*, untätig ihre Stiefel angestarrt haben.«

»Mein Lord, es ist doch nicht …«

»Er hätte mich umbringen können!« Dystran erhob sich empört von seinem Stuhl am Kaminfeuer, marschierte am sichtlich nervösen Ranyl vorbei zum Fenster und schaute aus seinem Arbeitszimmer auf die Stadt Xetesk hinab, über der gerade die Morgendämmerung anbrach. »Bei den brennenden Göttern, mir ist bekannt, dass frühere Herren vom Berge ermordet wurden, doch dies ist noch nie im Schlafzimmer des Zentralturms geschehen. Das ist nicht gerade die Art und Weise, auf die ich in die Geschichte einzugehen gedenke.«

»Mein Lord, Ihr habt keineswegs in Lebensgefahr geschwebt«, beschwichtigte Ranyl.

»Ach, da bin ich aber erleichtert. Ein Glück, dass es nur eine Tracht Prügel war.« Dystran wandte sich wieder um. »Woher wisst Ihr das überhaupt? Haben es Euch die Protektoren gesagt?«

Ranyl nickte. »Wir führen eine gründliche Untersuchung durch.«

»Moment mal – wollt Ihr mir etwa sagen, dass xeteskianische Protektoren Komplizen dieses Diebstahls waren?« Dystran runzelte die Stirn. »Ist so etwas überhaupt möglich? Und wie konnte Yron so viel Einfluss gewinnen?«

»Nicht Yron. Er war lediglich der Nutznießer von Vorkehrungen, die für andere getroffen wurden.«

»Wer ist dann …« Aber er wusste es schon. Und wie er es wusste. Ranyls Nicken bestätigte es. »Der Rabe. Wollt Ihr mir sonst noch etwas über die Ereignisse der vergangenen Nacht berichten?«

»Unser Kommandotrupp hatte keinen Erfolg.«

Dystran schüttelte langsam den Kopf und massierte seine Stirn. Er war noch etwas benommen von dem Spruch, den Erys gewirkt hatte, kam aber rasch wieder zu sich.

»Bitte schildert mir die Einzelheiten.«

»Wie Ihr Euch erinnern werdet, mein Lord, habt Ihr angesichts des Krieges, in dem wir uns befinden, nur drei Hausgeister, sechs Magier und zwölf Schwertkämpfer abgeordnet. Wir haben nichts mehr von ihnen gehört. Im Seelenverband heißt es, der Rabe hätte sie alle getötet.«

»Gute Götter, ich werde von Unfähigen und Schwachsinnigen verteidigt. Es war mitten in der Nacht. Bis auf eine einzige Wache hätten sie alle schlafen müssen.«

Ranyl machte eine verlegene Geste. »Der Rabe ist eine ganz außergewöhnliche Truppe.«

»Ich begreife es einfach nicht«, sagte Dystran, dem allmählich der Geduldsfaden riss. Angeblich bin ich der mächtigste Mann in Balaia, und trotzdem gelingt es einer Gruppe alternder Söldner, die zudem noch dreißig Meilen entfernt sind, alle meine Pläne zunichte zu machen. Sie verwandeln nach Belieben die Protektoren in harmlose Miezekatzen, und wahrscheinlich waren sie auch diejenigen, die Elfen in die Stadt geschickt haben, um Yron direkt vor unserer Nase herauszuholen. Verdammt, diese Stadt ist von Mauern geschützt. Wie, zum Teufel, konnten sie so leicht hereinkommen? Wie ist das alles möglich? Bitte sagt es mir, Ranyl. Das würde mich wirklich interessieren.«

Dystran wartete auf Ranyls Antwort. Der alte Mann hatte schon öfter solche Ausbrüche über sich ergehen lassen müssen, und wie immer reagierte er mit bewundernswerter Gelassenheit.

»Wir werden zu gegebener Zeit die Antworten auf alle Eure Fragen finden. Ich denke aber, dass die Elfen im Grunde unabhängig handeln. Vergesst nicht, wir haben das Aryn Hiil und eine Fülle von Forschungsergebnissen von den Al-Drechar. Ihr könnt Eure Pläne immer noch verwirklichen.«

»Jetzt geht es mir schon viel besser«, gab Dystran sarkastisch zurück. »Wie viele Jahre müssen wir wohl Dordover und die Elfen von unseren Toren fern halten, bis wir unser neues Wissen einsetzen können? Ich will Euch sagen, was passieren wird. Wir werden Yron und das Bruchstück von der Statue finden, und beide werden unversehrt zu mir zurückgebracht. Setzt dafür so viele Männer ein wie möglich, ohne die Verteidigung unserer Stadt und unsere Fronten zu schwächen. Nur darauf kommt es an.«

»Und der Rabe und Aeb?«

»Benutzt sie. Spürt ihnen nach, dann findet Ihr auch den Daumen. Wir wissen, dass sie es darauf abgesehen haben. Was Aeb angeht, so werden wir ihn zurückrufen, wenn der richtige Augenblick gekommen ist. Im Augenblick ist er uns allerdings dort nützlicher, wo er ist. Was ist nun mit diesen dringenderen Angelegenheiten?«

»Der Krieg vor unseren Toren hat sich zu unseren Ungunsten entwickelt«, erklärte Ranyl.

»Ach ja, wie konnte ich das nur vergessen?«

Dystran schloss die Augen und hörte zu.

Der Rabe erwachte an einem nebligen, taufeuchten Morgen. Sie hatten mitten in der Nacht ihr Lager aufgeben und einen sicheren Platz suchen müssen und daher kaum geschlafen. Schließlich hatten sie beschlossen, mit dem Rücken zu einer niedrigen Felswand zu rasten, von der aus sie über ein bewaldetes Tal hinweg ein weites Hügelland überblicken konnten. Die Magier hatten im Umkreis von hundertfünfzig Schritten im offenen Gelände Alarm- und Wachsprüche gelegt, und da Denser, Darrick und vor allem Aeb Heilsprüche brauchten, waren ihre Mana-Reserven nahezu erschöpft.

Ihre Stimmung hatte sich nicht gebessert, nachdem Thraun und Ren vor Anbruch der Morgendämmerung erfolglos auf die Jagd gegangen waren, sodass ihr Frühstück nur aus einer dünnen Suppe mit Wurzelgemüse bestand. Das Kochfeuer hatten sie erst anzuzünden gewagt, als die erste Morgendämmerung den Horizont erhellte.

Außerdem waren durch die Neuigkeiten, die Aeb im

Seelenverband erfahren hatte, alle ihre Pläne über den Haufen geworfen worden.

»Was genau haben sie denn erzählt?«, fragte Denser.

»Meine Brüder haben Hauptmann Yron und den Magier Erys nicht behindert. Hauptmann Yron konnte aus dem Kolleg fliehen, Erys wurde getötet.«

»Wo ist Yron jetzt?« Hirad aß einen Löffel Suppe und schnitt eine Grimasse.

»Er wurde verfolgt«, berichtete Aeb. »Er konnte entkommen, weil er Hilfe fand. Zwei meiner Brüder wurden getötet. Wir glauben, die TaiGethen haben ihn.«

»Ausgezeichnet«, sagte Hirad. »Jetzt müssen wir nur noch aufpassen, dass sie nicht ohne uns zurückfahren, weil sie Erienne brauchen. Was machst du für ein Gesicht, Unbekannter?«

»Dies wirft einige andere Fragen auf«, antwortete der große Krieger. »Ilkar, kannst du mit deiner Kontaktperson bei den Al-Arynaar Kommunion halten und dafür sorgen, dass wir uns treffen?«

»Das schaffe ich noch. Aber bitte mich nur nicht, danach noch irgendeinen Spruch zu wirken.«

»Ich werde mich bemühen«, sagte der Unbekannte. »Aeb, erzähle mir noch etwas über die Reaktionen des Kollegs.«

Aeb stand dicht am Feuer. Der Unbekannte hatte ihm ein weißes Unterhemd geliehen, das die verbrannte Haut auf dem Rücken bedeckte. Es passte nicht zu ihm. Protektoren trugen stets schwarze Kleidung.

»Sie suchen ihn«, berichtete Aeb. »Magier, Soldaten und Protektoren haben vor der Morgendämmerung das Kolleg verlassen, nachdem sie die Stadt durchsucht hatten.«

»Das meinte ich nicht.«

Aebs Blick verriet, dass er den Unbekannten genau verstanden hatte. »Es gibt Misstrauen. Die Brüder, die Dystrans persönliche Wache gestellt haben, werden verhört. Es könnte Schwierigkeiten geben.«

»Für dich?«

»Mein Name wurde erwähnt.«

»Dann müssen wir uns Dystran schnappen«, schaltete sich Hirad ein. »Wir müssen verhindern, dass er Aeb zurückruft und eine Strafe verhängt.«

»Nein«, widersprach der Protektor. »Dazu haben wir nicht genug Zeit.«

»Aeb, die Folgen für dich …« Denser ließ den Satz unvollendet.

»Meister Denser, ich habe aus eigenem Antrieb gehandelt. Das Gleiche gilt für meine Brüder, die weggeschaut haben. Das ist eine Freiheit, die wir fast vergessen hatten. Wir wissen, was danach kommen kann. Jede Verzögerung wird jedoch dazu führen, dass noch mehr Elfen sterben.« Er deutete auf Ilkar, der in tiefer Konzentration am Boden lag, und auf Ren, die bei ihm saß und ihm übers Haar strich.

Es gab ein kurzes Schweigen, bis Hirad wieder das Wort ergriff. »So spricht ein Rabenkrieger.«

»Nichts ist gewiss«, antwortete Aeb.

»Vergiss nicht das Risiko, das du eingehst«, warnte ihn der Unbekannte. »Styliann ist schon lange tot, und der gegenwärtige Herr vom Berge ist zu jeder nur denkbaren Grausamkeit fähig. Was auch immer geschieht, ich mache es zu meinem persönlichen Anliegen, dafür zu sorgen, dass dein Opfer, falls es dazu kommen sollte, das Letzte sein wird.«

»Es ist das Anliegen des Raben«, stimmte Hirad zu. »Möglicherweise haben die Forscher wichtige Informationen gewonnen – etwa darüber, wie die Protektoren freigelassen werden können.«

»Das halte ich nicht für wahrscheinlich«, widersprach Denser. »Sieh dich doch um – da ist ein Krieg im Gange. Glaubst du denn, er hat ein Interesse daran, seine mächtigste Kriegertruppe zu verlieren? Glaubst du, er verschwendet auch nur einen Gedanken an sein Versprechen, die Kaan nach Hause zu schicken?«

»Das muss warten.« Ilkar stemmte sich auf die Ellenbogen hoch. Sein Gesicht war von großer Sorge gezeichnet. »Sie ist weg. Meine Kontaktperson. Sie ist einfach nicht mehr da.«

»Tot?«

Ilkar nickte. »Bei den fallenden Göttern. Hirad, das ist erschreckend. Mit jedem Augenblick, der vergeht, sterben Elfen. Wir müssen das aufhalten.«

»Das werden wir auch tun, Ilks«, sagte Hirad. »Ich schwöre es. Wir müssen Rebraal finden. Jetzt haben wir nur noch ihn, oder?«

»Wo ist der Stützpunkt der Al-Arynaar?«, fragte Darrick.

»Südöstlich von Xetesk«, sagte Ilkar. »Wir müssen quer durch die Fronten reiten, um ihn zu erreichen.«

»Dann lasst uns sofort aufbrechen«, drängte Hirad. Er stand auf und kippte den Rest der Suppe ins Feuer. »Das ist immer noch besser, als diese Jauche zu essen, die behauptet, eine Suppe zu sein.«

Aeb hatte schon seine Waffen auf den Rücken geschlungen und zog den Reitmantel an, den Darrick ihm gegeben hatte.

»Kannst du reiten?«, fragte der große Krieger.

»Ja«, erwiderte Aeb. »Kämpfen wäre schwierig, aber nicht unmöglich.«

Der Unbekannte nickte. »Danke, Aeb. Für alles.«

»Es ist mein Auftrag, zu schützen«, sagte er einfach. »Ilkar und Ren zu retten, schützt dich.«

»Schaut!«, sagte Thraun auf einmal.

Der Unbekannte drehte sich um. Der Gestaltwandler hatte mit seinen scharfen Augen etwas bemerkt und deutete nach Osten. Vom Talgrund stieg noch Dunst auf, der sich nach und nach in der Sonne verflüchtigte, während der wundervolle, helle Morgen seinen Lauf nahm. Weit entfernt, etwa dort, wo Xetesk sein musste, konnten sie die schwachen Lichter von hunderten von Sprüchen am Himmel erkennen. Eine Rauchwolke stieg auf, und sie konnten sich gut vorstellen, wie die Menschen litten, die sich in der Nähe befanden.

Der Angriff auf das Dunkle Kolleg hatte begonnen.

Vor gar nicht so langer Zeit hätte Yron sich angesichts der Leichtigkeit, mit der er und die TaiGethen aus Xetesk fliehen konnten, noch große Sorgen gemacht. Sie kletterten einfach im Westen über die Stadtmauer, ließen sich draußen auf den Boden fallen und eilten im Schutze der Dunkelheit davon. Sobald sie sicher waren, dass sie nicht weiter verfolgt wurden, hatte Merke angehalten, um seine Verletzung zu versorgen. Sie hatte den Armbrustbolzen aus dem Bein entfernt, getrocknete Kräuter aufgelegt und mit einem festen Verband gesichert. Der Verband linderte die Schmerzen der Schusswunde, konnte aber kaum die Blutung stillen, während er hinter der Tai-Zelle einherhumpelte.

Als die Morgendämmerung kam, liefen sie nach Südosten, denn sie wollten sich ein gutes Stück von den Kampflinien des Kollegs entfernen, ehe sie zur übrigen Elfenarmee stießen.

Yron war nicht sicher, was er davon halten sollte. Einerseits war er froh, dass der Daumen den rechtmäßigen Besitzern zurückgegeben worden war, andererseits war ihm bewusst, dass weder Merke noch ihre schweigsamen Gefährten eine Ahnung hatten, wer er war. Dieser Auum, wer auch immer es sein sollte, hatte gewiss eine genauere Vorstellung. Wenn das zutraf, dann stand ihm der sichere Tod bevor. Er schwankte noch, ob er sich eingestehen sollte, dass er es nicht besser verdient hatte. Was für eine seltsame Welt.

Als sie über offenes Gelände liefen und sich fünf Meilen südlich von Xetesk einem der wenigen noch existierenden Waldstücke näherten, wurden sie von einer Gruppe von zwanzig Reitern bemerkt, die über die morastige, mit Gras bewachsene Ebene, durch die sich zahlreiche kleine Bäche zogen, herangaloppiert kamen. Die Reiter wollten nach Norden, schwenkten aber ab, sobald sie die TaiGethen entdeckten. Sofort machten die Elfen die Bogen bereit.

»Überlasst es mir«, sagte Yron. »Das könnten Freunde sein.«

»Es könnten Xeteskianer sein«, entgegnete Merke ruhig.

»Sie sehen nicht danach aus«, wandte Yron ein.

»Wir sind bereit.«

»Daran zweifle ich nicht.«

Yron wandte sich den Reitern zu, die Elfen warteten wachsam hinter ihm, die Pfeile vorerst auf den Boden gerichtet. In ordentlicher Formation hielten die Reiter an, einer trabte allein ein Stück weiter und betrachtete Yron und die drei Elfen. Ihre Gesichter trugen noch die dunkelbraune und grüne Kriegsbemalung, da sie keine Zeit gehabt hatten, sich im Gebet zu säubern.

»Auf der Jagd?«, fragte der Reiter unvermittelt.

»Auf der Flucht«, erwiderte Yron, der sofort erkannte, dass es sich nicht um Xeteskianer handelte. »Xetesk ist ein unangenehmer Ort.«

»Da sind wir einer Meinung«, sagte der Reiter. Er war ein schwarzhaariger, noch recht junger Mann mit dicken Augenbrauen und einem harten Gesicht. Yron mochte ihn nicht. »Erklärt mir, was Ihr hier zu suchen habt.«

»Ich bin nicht bereit, mich einem Fremden gegenüber zu rechtfertigen«, sagte Yron. »Vielleicht sagt Ihr mir zunächst, mit wem ich rede.«

»Ich bin Devun, und dies sind Männer aus der Armee der Gerechten. Wir sind die Vorhut von vielen tausenden.«

Yron fluchte lautlos. Schwarze Schwingen. Das sah nicht gut aus.

»Es freut mich, Eure Bekanntschaft zu machen, Devun. Nun würde ich Euch bitten, Platz zu machen und uns weitergehen zu lassen. Meine Freunde und ich haben wichtige Dinge zu erledigen, die nichts mit Eurem Kampf gegen die Kollegien zu tun haben.«

»Nicht so hastig, einer von nur vieren«, sagte Devun drohend. »Die einzigen Unschuldigen, die heute aus den Kollegien fliehen, sind ausgehungert, nachdem sie mehrere Jahreszeiten der Entbehrung hinter sich haben. Keiner von Euch sieht aus wie ein normaler Flüchtling.«

Er blickte an Yron vorbei zu den TaiGethen.

»Sie sind in der Tat weder Flüchtlinge noch Abgeordnete des Kollegs«, sagte Yron und trat ein wenig näher an Devun heran. »Mein Freund, Ihr seid auf andere gestoßen, die Xetesk mit der gleichen Inbrunst hassen wie Ihr selbst. Wir wollen hier keinen Streit anfangen. Die Elfen sind es nicht gewohnt, dass sich ihnen jemand in den Weg stellt. Sie werden leicht nervös.«

»Nun, da wir Freunde sind, kann es doch nicht schaden, wenn Ihr mir sagt, wer Ihr seid und was Ihr hier zu suchen habt.«

Devun hatte offenbar nicht die Absicht, sie laufen zu lassen. Yron konnte sehen, dass er darauf aus war, die Männer zu beeindrucken, die ihm zugeteilt waren. Andererseits konnte die Wahrheit nicht schaden – vielleicht bot sie sogar einen Ausweg. Er richtete sich auf und ignorierte das Blut, das über seinen Schenkel lief ebenso wie den dumpfen Schmerz der Wunde.

»Ich bin Hauptmann Yron, früher bei der xeteskianischen Wache, jetzt auf der Flucht, weil mir Fahnenflucht und Verrat vorgeworfen werden. Diese Männer sind TaiGethen aus Calaius. Nehmt mich fest, wenn Ihr wollt, aber stellt Euch ihnen nicht in den Weg. Ihr würdet es bereuen. Falls Ihr überhaupt so lange lebt, um etwas zu bereuen.« Er breitete die Arme aus. »Ihr seid am Zug.«

Devun zögerte keine Sekunde. »Kommandant Selik wird mit Euch allen reden wollen.« Er winkte seinen Männern. »Nehmt sie fest.«

Yron seufzte und duckte sich, rollte sich ab und brachte sich in Sicherheit. Einige Reiter trieben ihre Pferde an, um sie einzukreisen, während andere bereits abstiegen und die Schwerter zogen. Die TaiGethen explodierten förmlich.

Drei Elfenbogen wurden gespannt und abgefeuert, drei Männer kippten aus den Sätteln. Die Elfen stoben auseinander. Merke warf im Laufen einen Jaqrui und zog ihr Schwert, sie rannte und sprang so schnell, dass man kaum mit dem Auge folgen konnte. Einen Reiter traf sie mit den Füßen voran im Bauch und warf ihn vom Pferd; er blieb mit einem Fuß im Steigbügel hängen. Sie landete geschickt, erhob sich und schnitt ihm die Kehle durch. Weitere Jaqrui pfiffen, weitere Männer starben.

Vaart war von vier Gegner umzingelt. Er machte eine Finte, duckte sich unter einem Hieb weg, stieß einem Angreifer das Schwert ins Auge und folgte ihm, als er zu Boden ging, rollte sich über den Leichnam ab und zog seine Klinge heraus. Die anderen drei griffen erneut an. Er trat zu und traf den ersten Kämpfer, fing mit dem Schwert einen Hieb des zweiten ab und duckte sich unter einem wilden Schlag hindurch.

Als er sich nach rechts abgerollt hatte, kam er wieder hoch und stach dem nächsten Mann das Schwert in den Schenkel, musste dabei aber auch selbst einen Hieb einstecken, der seine linke Schulter traf und ihm eine tiefe Schnittwunde zufügte. Vaart rollte sich noch einmal ab und wehrte sich gegen die beiden, die ihm nachsetzten. Er stand auf, sprang und versetzte dem Ersten einen Tritt vor die Kehle. Er landete auf dem Kämpfer der Schwarzen Schwingen, drehte den Fuß auf dessen Kehle herum und tötete ihn damit. Die Drehung fortsetzend, schleuderte er dem Mann mit der Beinwunde einen Jaqrui ins Gesicht, doch der war zu schnell und stieß Vaart das Schwert in die Brust. Der Elf starb lautlos.

Yron kam wieder auf die Beine und rannte, um Merke zu unterstützen. Links von ihm wich Inell vor drei Bogenschützen zurück und überlegte noch, welchen er sich zuerst vornehmen sollte. Zwei von ihnen bluteten, nachdem er sie mit seiner Klinge gezeichnet hatte. Yron zog seine Axt und schlug sie einem Mann in den Rücken, der die Anführerin der Zelle umgehen wollte. Gleichzeitig stieß Merke ihr Schwert in den Bauch eines Schwertkämpfers, der noch auf seinem Pferd saß. Sie wirbelte herum und hätte beinahe Yron die Kehle durchgeschnitten, bremste den Schlag aber im letzten Augenblick ab. Sie nickte, drehte sich halb um und stolperte, stürzte gegen Yron und zog ihn zu Boden. Ein Pfeil hatte von hinten ihr Herz durchbohrt.

Yron fiel flach hin und war außer Atem, sein Kopf kippte zurück, und er sah Inell, der auch mit zwei Pfeilen in der Brust noch fähig war, einem Mann, der sich über ihn beugte, die flache Hand auf die Nase zu schlagen und ihm den Knochen ins Gehirn zu treiben. Der Mann ging zuckend zu Boden, dann war es auch um Inell geschehen, als ihm eine Klinge ins Kreuz gestoßen wurde.

Merke regte sich auf Yron und drückte gegen seine Hand. Er öffnete seine Finger, und sie steckte ihm den Daumen zu.

»Du weißt, was du tun musst«, sagte sie und starb nach einem letzten gurgelnden Atemzug.

Yron wurde unsanft unter der Toten hervorgezogen. Er tat so, als wehrte er sich, und schaffte es, das Bruchstück unbemerkt in seine Tasche gleiten zu lassen. Die Axt wurde ihm weggenommen und weggeworfen. Devun stand vor ihm, benommen angesichts des Blutbades. Mehr als ein Dutzend seiner Männer waren tot oder lagen im Sterben.

»Ich habe Euch gewarnt«, sagte Yron mit belegter Stimme.

Devun fuhr herum und knallte Yron die Faust auf den Mund. Heißer Schmerz zuckte durch seinen Kopf, als Zähne abbrachen. Blut lief ihm in die Kehle. Er spuckte aus, damit er atmen konnte.

»Sagt kein Wort mehr, Xeteskianer. Der einzige Grund dafür, dass Ihr noch lebt, ist, dass Selik nicht erfreut sein wird, wenn ich Euch töte, bevor er Euch verhört hat.«

»Ich freue mich schon darauf.«

»Aber verdammt will ich sein, wenn ich auf dem Weg nach Understone noch einmal etwas aus Eurem dreckigen Kollegmaul zu hören bekomme.«

Er nickte. Das Letzte, was Yron spürte, war ein harter Schlag auf den Hinterkopf. Es tat nicht lange weh.

Neunzehntes Kapitel

Den ganzen Tag über ritten die Rabenkrieger scharf, da sie aufgrund von Aebs Verletzungen und der Erschöpfung aller drei Magier verwundbar waren. Denser hatte nach dem Angriff des Dämons frische Narben im Gesicht und am Hals, schien sonst aber nicht weiter beeinträchtigt. Ilkar hatte sich beim Heilen, beim Aufbau der Schilde und bei der Kommunion völlig verausgabt, und Erienne hatte Mühe, sich zu konzentrieren, während die Al-Drechar ihr die Magie des Einen zuführten und sie baten, die Energieausbrüche zu bändigen.

Überall im Süden des Dunklen Kollegs hatten sich die dordovanischen Truppen zurückgezogen, sodass Xetesk ungehindert nach Yron und der TaiGethen-Zelle suchen konnte. Diese Gefahr hatte den Raben gezwungen, weiter nach Süden auszuweichen als beabsichtigt, und im Südwesten sahen sie schließlich mächtige Staubwolken in der Luft – die ebenso beunruhigende wie unverwechselbare Spur einer marschierenden Armee.

Sie vermuteten, die Schwarzen Schwingen vor sich zu haben, doch darum konnten sie sich gegenwärtig nicht kümmern, da sie die Stellungen der verbündeten Kollegien, den Standort der Elfen und vor allem Rebraal und Auum suchten.

Sie verlangten ihren Pferden das Letzte ab und hörten den Schlachtlärm schon, lange bevor sie nahe genug waren, um die Kräfte zu identifizieren, die im Südosten der Stadt in heftige Kämpfe verwickelt waren. Hirad schätzte, dass die Streitkräfte von Dordover und Lystern inzwischen mehr als dreißig Meilen weit aufs Gebiet von Xetesk vorgedrungen und etwa fünf Meilen vor den Mauern des Kollegs auf Widerstand gestoßen waren.

Mehrere Patrouillen, überwiegend lysternische Kavallerie, begegneten ihnen und gaben ihnen wichtige Informationen, doch auf diese Weise wurden auch Gerüchte in Umlauf gesetzt, die nicht unbedingt erfreulich waren. Die meisten Soldaten der Verbündeten hätten nie geglaubt, einmal dem Raben zu begegnen, doch nun hatten sich der wegen Fahnenflucht gesuchte ehemalige Kommandant der lysternischen Streitkräfte und ein Protektor auf die Seite der Rabenkrieger geschlagen.

Zwei Stunden vor der Abenddämmerung ritt der Rabe in ein vorgeschobenes Lager der vereinten Truppen von Lystern und Dordover. Hier waren sie nur noch eine Meile vom Kampfgeschehen entfernt und konnten von einer Anhöhe aus die ganze Front überblicken. Der Unbekannte und Darrick führten den Raben zu einem Beobachtungspunkt hinauf, von dem aus sie das außergewöhnliche Schauspiel eines Krieges zwischen den Kollegien beobachten konnten.

Die Kämpfe konzentrierten sich auf einen Halbkreis von etwa einer Viertelmeile Größe, doch wie man am Rauch und an Lichtern weiter im Osten und Nordosten sehen konnte, wurde auch an anderen Stellen gekämpft.

Unterhalb des Raben griffen die alliierten Kollegien mit Schwert- und Speerträgern an. Hinter beiden Schlachtlinien standen Bogenschützen, die aufeinander und auf die Trauben von offensiven und defensiven Magiern schossen, während die Flanken von Pikenieren und beweglichen Kavallerieeinheiten gesichert wurden.

Sie erfuhren, dass Izack das Kommando führte, die Schlacht lenkte und seine Kavalleristen rotieren ließ, um ihre Kräfte zu schonen. Sie setzten den Flanken der Xeteskianer zu, verwickelten deren Kavallerie in Scharmützel, führten tief hinter den feindlichen Linien Scheinangriffe durch und eilten herbei, wenn es galt, geschwächte Bereiche der eigenen Front zu verstärken.

Der Schlachtenlärm war selbst auf diese Entfernung noch ohrenbetäubend. Hin und wieder übertönten knallende Sprüche die gebrüllten Befehle, die schmerzvollen oder panischen Schreie, das Wiehern der Pferde und das unablässige Klirren von Metall.

Beide Seiten bekamen Verstärkung – kleine Gruppen von Kämpfern, die sich unter fragwürdigem magischem Schutz bewegten. Schilde flackerten unter dem Bombardement, und wenn sie brachen, waren die Schutzbefohlenen hilflos der Mana-Energie ausgesetzt. Überall waren alte Männer, Frauen und Jugendliche damit beschäftigt, Pfeile zu holen, Wasser und Proviant zu verteilen, wo sie konnten, und die Verletzten und Sterbenden vom Schlachtfeld zu tragen.

Rings um den Raben roch es nach Blut, Schweiß und Feuer. Heißer Regen brach aus dem Himmel über Nachschubeinheiten und Verstärkungen herein, Kraftkegel wurden losgelassen, Todeshagel zerfetzte Kavallerieabteilungen. Auf beiden Seiten zeigten aufgewühlte Erde und Steinhaufen, wo Erdhämmer zugeschlagen hatten.

Der Unbekannte wandte sich an Darrick. »Wie siehst du die Lage?« Er musste laut rufen, um den Lärm zu übertönen.

»Xetesk kann sie nicht in der Flanke angreifen.« Darrick deutete nach Westen. »Sie sind an allen Fronten unter Druck. Wir müssen hinunter aufs Schlachtfeld und mit Izack sprechen.«

»Hast du ein paar Vorschläge für ihn?«

Darrick nickte lächelnd, und der Unbekannte sah ihm an, dass er sich gern mitten ins Getümmel gestürzt hätte, ein schnaubendes Pferd unterm Sattel und das blutbefleckte Schwert in der Hand.

»Dort bekommen wir auch die besten Hinweise auf die Positionen der Elfen.«

»Ich kann keine Protektoren sehen«, fügte der Unbekannte hinzu.

»Ja. Ist das nicht interessant?«

»Der Rabe!« Der Unbekannte drehte sich um. »Wir brechen auf.«

Der große Krieger führte sie zu den Pferden zurück. Die Tiere waren fünfzig Schritt von der Beobachtungsposition entfernt zusammen angebunden. Sie wirkten erschöpft und verloren und beäugten die Reiter mit müder Resignation.

»Hirad, Thraun, ihr übernehmt die Flanken«, sagte der Unbekannte, als sie aufstiegen. Der Schlachtlärm klang nur noch gedämpft bis hierher, und sie konnten sich in normaler Lautstärke verständigen. »Die Magier reiten innen, und wenn ihr noch genug Kraft für einen Spruchschild habt, dann wäre dies der richtige Zeitpunkt. Darrick, zu mir ins Zentrum. Ren und Aeb, ihr reitet hinten.«

Der Rabe brach auf, und einige, an denen sie vorbeikamen, stießen Jubelrufe aus. Der Unbekannte führte sie rasch den Hang hinunter und ins Getümmel hinein. Das ungeübte Auge sah dort unten nichts als ein Durcheinander aus Blut, Schlamm, Männern und Stahl. Gleich links von ihnen lösten sich zwei aus dem Tumult – ein Xeteskianer, der im Morast über einen Dordovaner herfiel und Schläge austeilte. Beide warteten auf die richtige Gelegenheit, um den tödlichen Schlag anzubringen. Doch der Xeteskianer war inmitten der Feinde verloren. Er wurde von dordovanischen Händen gepackt, ein halbes Dutzend Mal von Dolchen getroffen und mit dem Gesicht voran fallen gelassen.

Weit draußen an der rechten Flanke sah der Unbekannte einen Mann, der sein Handwerk von dem Besten seines Fachs gelernt hatte. Izack führte einen Angriff in einem Bereich, wo nur noch Verwirrung herrschte. Xeteskianische Sprüche hatten die magischen Schilde der Gegner durchschlagen und die Verstärkungen eliminiert, bevor diese überhaupt die Front erreicht hatten. Die Bogenschützen konnten nicht mehr viel ausrichten, und die wenigen noch lebenden Magier hatten große Mühe, die Kämpfer abzuschirmen.

Als die lysternische Kavallerie herangaloppierte, war Izacks laute Stimme auf dem ganzen Schlachtfeld zu hören. Fußsoldaten lösten sich aus dem Getümmel und brachten sich in Sicherheit, damit die Reiter möglichst viel Bewegungsfreiheit bekamen.

»Eng zusammenbleiben«, brüllte Izack, »enge Formation!«

Die Kavallerie befolgte seine Befehle und wich so gut wie möglich den eigenen Männern aus. Mit einer scharfen Wendung entgingen die Reiter den Pikenieren und Speerträgern und fielen über die xeteskianischen Reihen her, trieben die Gegner zurück und trampelten diejenigen nieder, die nicht weichen wollten. Gegenangriffe wehrten sie mit den Schwertern ab, bis die Feinde aufgerieben waren.

Hinter ihnen formierten sich die verbündeten Kollegien neu und deckten die vorübergehend desorientierten Xeteskianer mit einem Pfeilhagel ein. Izacks Kavallerie zog sich zurück, und dann ging der Kampf, angeleitet durch die Rufe von Hauptleuten und Leutnants, wie zuvor weiter. Izack hatte seinen Auftrag erledigt und ritt zur nächsten Abteilung der lysternischen Kavallerie, der er neue Anweisungen geben wollte. Dann nahm er sein Pferd scharf herum und eilte zur Flanke, um ein weiteres Manöver zu befehligen.

Der Unbekannte führte den Raben mit wehenden Mänteln hinter den Kämpfenden entlang. Ringsumher schlugen Pfeile ein, die jedoch vom harten Schild abprallten, der die Linien der verbündeten Kollegien schützte.

»Izack!«, rief Darrick, als sie sich ihm näherten.

Der Kavalleriekommandant hielt sein Pferd an und grinste breit, als er die Stimme seines ehemaligen Generals erkannte. Er beugte sich vor und gab Darrick die Hand. Der Rabe umringte ihn, einstweilen außer Reichweite von Sprüchen und Pfeilen.

»Bei den guten Göttern, General, es macht mein Herz froh, Euch zu sehen.«

»Ich freue mich auch, obwohl ich mir angenehmere Begleitumstände gewünscht hätte.«

Izack nickte und ließ den Blick rasch über den Raben wandern. Gleichzeitig ließ er das Schlachtfeld nicht aus den Augen.

»Was führt Euch hierher?«, fragte er. »Ich habe gehört, der Rabe sei in der Nähe. Blackthorne hat es uns berichtet. Allerdings dachte ich, Ihr wärt schon wieder in Richtung Süden unterwegs.«

»Das dachten wir auch«, bestätigte Darrick. »Allerdings müssen wir die Elfen finden. Wir glauben, ein TaiGethen hat etwas zurückgeholt, das für sie sehr wichtig ist.«

»Davon habe ich nichts gehört«, sagte Izack. »Die Elfen kämpfen weiter im Osten. Sie sind bei einer dordovanischen Abteilung, die versucht, das Osttor von Xetesk zu erreichen. Es heißt, sie seien unglaublich gute Kämpfer. Besonders die Bemalten.«

»Das könnt Ihr ruhig glauben«, sagte der Unbekannte. »Mann gegen Mann sind sie meiner Ansicht nach so gut wie ein Protektor.«

»Xetesk sieht das ähnlich«, bestätigte Izack. »Die Protektoren sind offenbar entschlossen, die Elfenkrieger bis auf den letzten Mann zu vernichten.«

»Habt Ihr Kontakt mit ihnen?«, fragte Darrick.

»Nur durch berittene Melder. Ich kann keinen Magier für eine Kommunion abziehen.«

Darrick nickte. »Wir müssen zu ihnen durchkommen. Wie ist das Gelände dazwischen?«

»Relativ sicher«, erklärte Izack. »Kommt nicht zu weit nach Westen, dort ist xeteskianische Kavallerie unterwegs.« Er lächelte. »Los doch, sagt mir, welche Fehler ich mache.«

»Keinen«, beruhigte Darrick ihn. »Aber achtet auf die linke Flanke. Stellt da draußen Kavallerie auf. Wir haben eine nach Norden marschierende Armee gesehen. Lasst Euch nicht überraschen.«

»Davon weiß ich schon«, sagte Izack. »Es sind die Schwarzen Schwingen. Ich glaube, sie wollen Xetesk angreifen. Vielleicht helfen sie uns sogar.«

»Freiwillig nicht«, warnte ihn der Unbekannte. »Unterschätzt sie nicht.«

»Noch etwas«, fuhr Darrick fort. »Der xeteskianische

Kavalleriekommandant da drüben ist unsicher und erkennt Gefahren zu spät. Wenn Ihr das nächste Mal eine Lücke seht, dann könntet Ihr versuchen, ganz durchzustoßen, aber nehmt die Hälfte Eurer Leute mit.«

Die Lysternier schüttelten sich die Hände.

»Eigentlich sollte ich Euch verhaften«, sagte Izack. »Wie schade, dass ich Euch nicht erkannt habe.«

»Eines Tages«, sagte Darrick, »werde ich zurückkommen und für meine Taten Rechenschaft ablegen.«

»Der Rabe!« Hirad hob die Zügel. »Der Rabe folgt mir!«

Er nahm den Platz des Unbekannten an der Spitze der Truppe ein und galoppierte zum Osttor von Xetesk.

Die Dämmerung hatte bereits eingesetzt, als der Rabe endlich ein vorgeschobenes Lager der Verbündeten an der östlichen Front erreichte. Mit Einbruch der Nacht hatten die Kämpfe aufgehört, und in der erzwungenen Stille hallten die letzten Geräusche der Schlacht umso lauter.

Notgedrungen hatten sich die Rabenkrieger auf ihren erschöpften Pferden nur langsam bewegt. Die patrouillierende xeteskianische Kavallerie und die äußerst misstrauischen dordovanischen Streifen hatten die Rabenkrieger außerdem gezwungen, einen Umweg durch schwieriges Gelände zu machen. Ein freundlicher Soldat hatte ihnen schließlich die Mannschaftszelte des Elfenlagers gezeigt. Zwar hatten sie Blicke auf sich gezogen, die zwischen Ehrfurcht und offener Feindseligkeit schwankten, doch sie hatten ungestört essen können. Die Pferde waren angeleint, abgerieben und gefüttert.

Ilkar übernahm die Führung, als sie ins stille Lager der Elfen marschierten. Die meisten schliefen schon, im Freien unter dem bewölkten Himmel ausgestreckt, während die anderen, die noch wach waren, aussahen wie alle Menschen nach dem ersten Tag auf dem Schlachtfeld: voller Entsetzen, Müdigkeit, Fassungslosigkeit.

Hirad konnte es ihnen nachfühlen. Sie hatten mit jedem Herzschlag um ihr Leben gefürchtet und waren am Ende des Tages zerschlagen, taub vom Lärm, erschöpft und voller Schuldgefühle, weil sie überlebt hatten und ihre Freunde gefallen waren. Und es sollte noch schlimmer kommen. In der Morgendämmerung mussten sie wieder kämpfen, während ihre schmerzenden Muskeln eine Pause verlangten, und die Gefahren wären nicht kleiner als am Vortag. Außerdem hatte keiner dieser Elfen jemals eine solche Zahl von Menschen an einem einzigen Ort versammelt gesehen – Menschen, die darauf aus waren, sich gegenseitig umzubringen. Natürlich waren die Elfen bereit, für ihre Sache zu kämpfen und zu sterben, sie waren gefährliche Gegner und von unerbittlicher Entschlossenheit – und doch waren sie nicht auf eine große Schlacht vorbereitet. Nichts konnte einen darauf vorbereiten.

Rebraal und Auum saßen im Schneidersitz an einem Feuer und sprachen über den vergangenen und den kommenden Tag, nachdem ihre Schnittwunden ausgewaschen und verbunden worden waren. Als der Rabe sich ihnen näherte, verscheuchte Ilkar einige müde Elfen, damit sie sich setzen und reden konnten. Auum schaute auf und machte keinen Hehl aus seiner Missbilligung. Hirad betrachtete er sogar mit offener Verachtung. Der Unbekannte legte Hirad beruhigend eine Hand auf die Schulter und ließ ihn neben Ilkar sitzen, der von Rebraal sichtlich erfreut begrüßt wurde.

Die Unterhaltung begann, Ilkar übersetzte aus der Elfensprache.

»Was führt dich hierher, kleiner Bruder? Wir dachten, du wärst schon längst in der Stadt.«

Ilkar kicherte. »Du weißt genau, warum wir hier sind und nicht in Xetesk. Die TaiGethen haben das Bruchstück der Statue des Yniss geborgen. Deshalb sind wir gekommen, um uns euch anzuschließen. Erienne muss euch begleiten, um die Bindung zu erneuern, und wenn Erienne geht, dann geht der Rabe mit.«

Jetzt genoss er Auums ungeteilte Aufmerksamkeit. Der Elfenkrieger hob abrupt den Kopf und schien Ilkar mit Blicken förmlich zu durchbohren.

»Falsch«, sagte er. »Wir gehen heute Nacht noch einmal hinein und versuchen, ins Kolleg selbst einzudringen.«

»Das verstehe ich nicht«, sagte Ilkar.

»Was verstehst du daran nicht?«, fragte Rebraal. »Wir haben das Bruchstück nicht. Offensichtlich habt ihr es auch nicht, trotz deiner großen Worte über die Fähigkeiten des Raben. Was glaubst du, warum wir noch hier sind?«

»Aeb hatte, einen Tag bevor wir das Kolleg überfallen wollten, Kontakt mit dem Seelenverband. Ich habe dir erklärt, was die Protektoren sind.«

»Wir haben den ganzen Tag gegen sie gekämpft und kaum etwas erreicht«, sagte Rebraal. Rings um das Feuer erhob sich Gemurmel.

»Das wundert mich nicht«, erwiderte Ilkar. »Wichtig ist aber, dass zwei Seelen, die der Verband verloren hat, berichteten, sie seien von TaiGethen getötet worden, die Yron mitgenommen haben – den Mann, der den Daumen hat.«

»Welche Tai?«

»Das weiß ich nicht. Woher auch?«

»Wo ist dies geschehen?« Auum saß jetzt kerzengerade und presste mit besorgtem Gesicht die Hände auf die Oberschenkel.

»Direkt vor dem Westtor des Kollegs, nicht weit vom Künstlerviertel«, sagte Ilkar.

Rebraal und Auum wechselten einen Blick. »Merke«, sagte der TaiGethen. »Ihre Zelle hat sich noch nicht wieder gemeldet. Bist du sicher?«

Ilkar nickte. »Protektoren sind unfähig zu lügen.«

»Dann müssen die Xeteskianer sie eingeholt haben«, sagte Rebraal.

»Das kann nicht sein, sonst würde Aeb es wissen«, widersprach Ilkar. »Sie sind heute am frühen Morgen aus der Stadt geflohen.«

»Sie sind nicht hierher zurückgekehrt«, erklärte Auum.

Ilkar seufzte. »Ich kann es nicht glauben.« Er wandte sich an den Unbekannten. »Wir haben das Objekt schon wieder verloren. Irgendwo zwischen dieser Position hier und dem Kolleg. Die Götter allein wissen, wo es ist.«

»Dann müssen wir es suchen«, sagte der große Krieger. »Frage ihn, wo seine Tai hineingegangen sind. Von dort aus nehmen wir die Verfolgung auf.«

Ilkar übersetzte die Frage. Die Antwort gefiel ihm nicht.

»Sie waren im Südwesten der Stadt. Genau dort, wo die Schwarzen Schwingen vorstoßen.«

»Ist es möglich, dass sie von einer Streife überrumpelt wurden?«, fragte Hirad.

»Es müsste eine große Abteilung gewesen sein, um eine TaiGethen-Zelle aufzuhalten«, sagte Ren.

»Wie gut ist dieser Yron?«, wollte Rebraal, wieder die Elfensprache benutzend, von Auum wissen.

Der TaiGethen schnaubte, als er verstand. »Nicht gut genug.«

»Es spielt sowieso keine Rolle. Es war Yron, der den Daumen aus dem Kolleg gestohlen hat. Vermutlich sitzen sie irgendwo fest, vielleicht sitzen sie in der Falle«, sagte Ilkar. »Bisher wissen wir nur, dass Merkes Zelle mit Yron die

Stadt verlassen konnte. Xetesk sucht sie jetzt, und sie haben einen kleinen Vorsprung. Von Süden her kommt eine Armee von Bauern, die von den Hexenjägern der Schwarzen Schwingen aufgestachelt wurden. Irgendwo dazwischen befinden sich diejenigen, die wir erreichen wollen. Wir müssen sie schnell herausholen.«

»Wir schlagen einen Bogen von hier bis zur Küste; uns wird nichts entgehen. Aber zuerst müssen wir ausruhen. Wir brechen noch vor der Morgendämmerung auf.«

»Das könnt ihr nicht tun«, widersprach Ilkar. »Ihr könnt diese Front nicht völlig aufgeben. Xetesk wird sofort wissen, was Ihr tut.«

»Dann können uns vielleicht die Dordovaner, für die wir gekämpft haben, auch mal einen Gefallen tun«, sagte Rebraal. »Oder du und dein Rabe. Was habt ihr bisher denn überhaupt zum Erfolg beigetragen?«

»Wir haben euch hierher gebracht«, sagte Ilkar. »Wir haben die Bedingungen geschaffen, damit Yron den Daumen stehlen und aus dem Kolleg fliehen konnte. Und das ist noch lange nicht alles.«

»Dann hast du sicher eine großartige Idee, die viel besser ist?«, meinte Auum geringschätzig.

»Allerdings«, bestätigte Ilkar. »Was du vorschlägst, dauert zu lange, und Xetesk wird euch verfolgen, weil das Land zu offen ist. Dabei käme nur eine weitere große Schlacht mit Xetesk und den Schwarzen Schwingen heraus, und ihr seid eurem Ziel keinen Schritt näher. Macht es lieber auf die Art des Raben. Vertrau mir, es wird funktionieren.«

»Was hast du vor?« Rebraal sah Ilkar scharf an. »Wir sterben hier wie die Fliegen. Wir müssen schnell sein. Wir verlieren mehr Elfen an die Seuche als im Kampf mit den Protektoren.«

»Seid einfach nur bereit aufzubrechen, wenn wir euch

holen. Du und Auums Tai. Und ein Krallenjägerpaar, falls du eins rufen kannst. Ruh dich aus.«

»Was habt ihr, was wir nicht haben?«, höhnte Auum.

»Pferde, Männer, die das Land kennen, und Magier, die fliegen können«, sagte Ilkar kurz angebunden. »Hast du vergleichbare Fähigkeiten?«

»Ilkar …«

»Nein, Rebraal, er muss auf uns hören.« Ilkar stand auf und blickte auf Auum hinab, der aussah, als würde er am liebsten gleich zuschlagen. Im Feuerschein war sein Gesicht vor Wut verzerrt. »Der Rabe tut es für mich und für dich. Für alle Elfen. Wir tun es, weil es richtig ist, und glaube mir, es gibt viele andere Dinge, die wir tun könnten. Beispielsweise könnten wir unser eigenes Land vor der Vernichtung retten.

Aber dies hier tun wir zuerst, weil der Rabe alles für mich tun würde. Genau das bedeutet es nämlich, zum Raben zu gehören, und das ist etwas, das du, Auum, verstehen musst. Also komm wieder auf den Teppich, zolle denen Respekt, die ihn verdient haben, und schlage ein. Mit uns zusammen habt ihr die besten Aussichten, den Daumen zurückzubekommen. Glaube mir.«

»Dein Vertrauen in deine Fähigkeiten ist bemerkenswert«, sagte Auum.

Ilkar beugte sich zu ihm. »Der Grund dafür ist, dass wir die Besten sind. Also schau zu und lerne. Dies hier ist unser Land.«

Er stolzierte davon, die anderen Rabenkrieger standen auf und folgten ihm. Zum Abschied schenkte Hirad Auum ein ausgesprochen freundliches Lächeln und zwinkerte. »Ich hab's dir doch gesagt.« Natürlich hatte er kein Wort verstanden.

»Jetzt geht es dir gleich besser, was?«, meinte Ren.

»Das war mal nötig.« Ilkar grinste Hirad an. »Du wärst stolz auf mich gewesen.«

»Was hast du denen eigentlich gesagt?«, wollte Hirad wissen.

Ilkar erzählte es ihm, während sie zum Lager der Dordovaner zurückkehrten und das sterbende, verlassene Feuer wieder zum Leben erweckten.

»Und wie genau sieht nun dein Plan aus?« Darrick stocherte in der Glut herum.

»Keiner der Al-Arynaar beherrscht die Schattenschwingen. Das ist im Regenwald ein sinnloser Spruch. Wir dagegen sind alle dazu in der Lage, und das bedeutet, dass wir einen großen Bereich sehr schnell absuchen können. Ich denke keineswegs daran, über Positionen der Xeteskianer oder der Schwarzen Schwingen hinwegzufliegen. Es gibt hier aber viel offenes Gelände, und ich bin sicher, dass wir die Gesuchten dort finden. Wenn wir ein paar Stunden vor der Dämmerung aufbrechen, können wir noch vor Sonnenaufgang hinter Izacks Linien ankommen und sind im Grunde genau dort, wo Yron und Merkes Tai sich befinden müssen.«

»Dann sollten wir jetzt lieber schlafen«, schlug der Unbekannte vor. »Wir alle. Und wenn es sonst noch etwas gibt, um eure Mana-Reserven aufzustocken, dann tut es. Wenn ich mich nicht irre, könnte im Moment keiner von euch Schwingen wirken, die groß genug sind, um eine Maus zu tragen.«

Niemand widersprach ihm, doch Darrick war noch nicht zufrieden.

»Ren, könntest du mitkommen und für mich übersetzen?«

»Klar«, sagte sie. »Was willst du denn?«

»Egal, was wir sagen, die Elfen werden sich aus dem Kampf zurückziehen, und Ilkar hat in Bezug auf die Reaktion der Xeteskianer völlig Recht. Ich will mich mit Auum, Rebraal und dem dordovanischen Kommandanten unterhalten und erklären, wie man einen geordneten Rückzug durchführt. Denn wenn sie es nicht richtig anfangen und wenn nicht genügend Dordovaner einspringen, um die Lücken zu füllen, muss Izack noch gegen eine weitere Armee kämpfen, und ich will meine eigenen Leute nicht derart schutzlos zurücklassen.«

»Immer der General«, sagte Hirad.

Darrick schüttelte den Kopf. »Nein, Hirad. Das hat eher mit Schuldgefühlen zu tun.«

Zwanzigstes Kapitel

Sie hatten ihm während seiner Bewusstlosigkeit eine Augenbinde angelegt und ihn auf den Sattel gebunden. Irgendwann während des Ritts kam er zu sich. Er hatte das Gefühl, der Ritt werde niemals enden. Als sie über Nacht lagerten, zogen sie ihn vom Pferd, lösten aber nicht seine Fesseln, nahmen ihm nicht die Augenbinde ab und gaben ihm auch nichts zu essen.

Die Armbrustbolzenwunde im Bein schmerzte schrecklich. Hin und wieder spürte er, wie das Blut sein Bein hinunterlief, doch er war in einer viel zu schlechten Verfassung, um sich deshalb Sorgen zu machen. Bei jedem Schritt des schnell laufenden Pferdes spürte er ein Stechen im Magen. Er fürchtete, dass er möglicherweise tödliche innere Verletzungen davongetragen hatte. Das Blut, das er häufig aushustete, sprach jedenfalls eine beredte Sprache. Nur gut, dass sie ihn hungern ließen. Feste Nahrung hätte er sofort wieder erbrochen.

Irgendwann hallten die Hufschläge dumpf zwischen Gebäuden, er hörte viele Stimmen, Hammerschläge und gemeines Gelächter, und sie hielten an. Er wurde vom

Pferd gezogen und blieb flach auf dem festgetretenen Lehm liegen. Ihm war klar, dass seine letzte Reise sich dem Ende näherte. Wohin auch immer sie ihn gebracht hatten, wie diese Stadt oder das Dorf auch hieß, es gehörte den Schwarzen Schwingen, und er würde es nicht mehr lebend verlassen.

Nur die Rettung der Elfen, die er in der Hosentasche hatte, hielt ihn am Leben. Und selbst dieses Objekt wurde ihm weggenommen, als er in einen ruhigen Raum mit einem Dielenboden und einer hohen Decke geführt wurde, der nach altem Bier roch. Nach der Durchsuchung, die ansonsten herzlich wenig ergeben hatte, wurde er auf einen Stuhl verfrachtet, man band ihm die Arme los und zog ihm die Augenbinde vom Kopf.

Er wusste nicht, was er tun sollte, deshalb versuchte er alles gleichzeitig. Er blinzelte, um mit den verquollenen Augen etwas zu erkennen, er versuchte, seine Arme zu massieren, um wieder Hände und Finger zu spüren, und betastete die Verletzung, die bei jedem Herzschlag pochte. Er hatte völlig die Orientierung verloren, und so hielt er schließlich inne, holte tief Luft und beschloss, zunächst die Lage zu sondieren.

Trotz der angeschlagenen Schulter und des Ellenbogens hob er eine Hand zum Gesicht und tastete mit geschwollenen Fingern seine Augen ab. Langsam und unter Schmerzen klärte sich sein Blick. Er saß auf einem Stuhl mit gerader Lehne an einem Tisch, einem Mann gegenüber, neben dem zwei weitere standen. Auf dem Tisch standen Becher, ein Krug und ein Teller mit Brot und Dörrfleisch. Der Anblick des Essens war ihm zuwider, sein Magen machte Bocksprünge, und er schüttelte sich vor Übelkeit.

Er befand sich in einem Gasthof – das verrieten ihm die Theke, die Gerüche und die Möblierung –, der allerdings seit langer Zeit keine Gäste mehr gesehen hatte. Schwere Vorhänge waren vor die Fenster gezogen, von draußen drangen gedämpfte Geräusche herein. Die Fenster lagen links von ihm, und er saß in der hinteren Ecke des Raumes.

Dann fiel sein Blick auf das verunstaltete Gesicht des Mannes vor ihm. Ein Auge war weiß, ein Mundwinkel nach unten gezogen. Er wusste, wer dieser Mann war, auch wenn er ihm noch nie begegnet war.

»Selik«, sagte er mühsam durch einen Mund voll halb geronnenem Blut.

»Hauptmann Yron, Soldat aus Xetesk.« Seliks Stimme leierte etwas, als sei er betrunken. »Wie ich erfahren musste, habt Ihr meine geschätzte Patrouille erheblich dezimiert.«

Yron schaffte es sogar zu kichern, obwohl ihm nie weniger nach Lachen zumute gewesen war. »Ich habe versucht, sie zu warnen.«

Selik hob eine Hand. »Nun gut, dazu kommen wir später. Zunächst einmal denke ich, Ihr könntet etwas Wasser brauchen. Ich hätte Euch gern Wein angeboten, aber ich fürchte, der ist hier schon vor langer Zeit ausgegangen.«

»Wo sind wir hier?«

Selik schenkte einen Becher Wasser ein, den Yron dankbar an die Lippen setzte. Der kühle Trank belebte ihn sofort. Er spuckte aus.

»An einem sagenumwobenen Ort«, erklärte Selik. »Ich weiß, es ist schwer zu glauben, aber vieles, was unsere Welt geformt hat, ist in den vergangenen Jahren hier geschehen, und auch jetzt geschieht es wieder hier. Es wundert mich, dass Ihr den Ort, selbst von diesem Raum aus, nicht sofort erkennt. Ich hätte Euch lieber in meiner Schreibstube begrüßt, doch das Gelände wird für die Ausbildung der Männer benötigt, weshalb es dort momentan sehr geräuschvoll zugeht. Hier ist es friedlicher.«

Yron sah sich noch einmal um, betrachtete den großen Raum, die zerbrochenen Möbel, die dunkle Nacht jenseits der offenen Tür am anderen Ende. Es gab nur einen Ort, der seines Wissens so tot war wie dieser. Einmal war er hier sogar eingekehrt.

»Understone.«

»Sehr gut«, lobte Selik. »Wie ich sehe, hat der Ritt Eurem Gehirn nicht geschadet, was man angesichts Eurer Gesichtfarbe aber wohl nicht über Euren Bauch sagen kann. Eine Schande. Das Brot ist frisch.«

Yron war müde. Er wollte nur noch schlafen oder sterben. Eins wie das andere wäre ihm recht gewesen. Selik wollte anscheinend mit ihm spielen – nun, er würde einfach nicht mitspielen.

»Was wollt Ihr, Selik? Ich habe gerade so ziemlich alles außer meinem Leben verloren, und auch daran liegt mir nicht mehr viel. Ihr braucht mir nicht mit dem Tod zu drohen, um Antworten zu bekommen. Wenn überhaupt, dann hätte ich Angst, nach Xetesk zurückzukehren.«

»Hm.« Selik riss eine Ecke Brot ab, schob es sich von der Seite in den Mund und kaute vorsichtig. »Ja, das war einer der Punkte, bei denen ich Euch um Auskünfte bitten wollte. Das und einige Details über die Anlage Eures geliebten Kollegs. Außerdem bin ich natürlich neugierig zu erfahren, warum Ihr behauene Marmorstücke in der Hosentasche herumtragt.«

Selik deutete auf den Daumen, der neben Yrons leerem Halfter auf dem Tisch lag.

»Ist das alles?«

»Für den Augenblick.«

»Wo soll ich anfangen?«

»Wie entgegenkommend von Euch.«

»Ihr habt meine Antworten noch nicht gehört, Junge.«

»Bevor wir uns weiter unterhalten, möchte ich klarstellen, dass die einzigen Menschen, die mich ›Junge‹ nennen durften, meine Eltern waren. Ihr werdet mich mit ›Selik‹ oder ›Hauptmann‹ anreden.«

»Also Selik«, erwiderte Yron von oben herab. »Ein Hauptmann seid Ihr sicher nicht. Das ist ein Titel für Soldaten, die wegen ihrer Leistungen befördert wurden, nicht für selbstgefällige Pfaue wie Euch.«

Mit schmalem Lächeln überging Selik den Seitenhieb. Yron wusste nicht genau, ob er sich darüber freuen sollte oder nicht. Er war nicht scharf darauf, neue Schmerzen zu erleiden, musste aber herausfinden, wie weit er gehen konnte.

»Ich sollte Euch noch einige andere Dinge verdeutlichen. Ihr werdet hier sterben. Und ich werde meine Informationen bekommen. Die Frage ist lediglich, wie angenehm Eure letzten Stunden verlaufen.«

Selik trank Wasser, sah Yron über den Rand des Glases hinweg an und wartete auf dessen Reaktion. Yron ließ sich nichts anmerken und zeigte ruhige Ergebenheit.

»Eure Männer haben in dieser Hinsicht bereits gute Vorarbeit geleistet.« Er betastete seinen Bauch. »Stellt Eure Fragen.«

»Ich frage mich«, begann Selik, »warum ein xeteskianischer Soldat in der Gesellschaft von Elfen und nicht als deren Gefangener aus seinem eigenen Kolleg flieht. In den letzten Tagen habe ich einiges über die Elfen gehört. Kämpfen sie nicht gegen Xetesk?«

»Xetesk hat ein großes Verbrechen begangen – zuerst unwissentlich, aber dann in vollem Wissen –, das wieder gutgemacht werden muss. Das Kolleg war nicht dazu bereit, deshalb nahm ich die Dinge selbst in die Hand. Ihr habt mich aufgehalten. Uns.«

»Das tut mir Leid«, erwiderte Selik. »Glücklicherweise bin ich aber der richtige Mann, um die Verbrechen der Kollegien zu sühnen.«

Yron schaffte es zu lächeln. »Ihr habt keine Ahnung, was Ihr angerichtet habt, als Ihr mich aufgehalten habt.«

»Vielleicht könntet Ihr es mir erklären?«

Yron rutschte hin und her und überlegte, was er sagen sollte.

»Wie dringend wollt Ihr Xetesks Pläne durchkreuzen?«

Selik runzelte die Stirn. »Ein ganzer Tag würde nicht ausreichen, um es zu erklären. Warum?«

»Und wie dringend wollt Ihr überleben?«

»Es gibt noch viel zu tun«, antwortete Selik ausweichend. »Ich hoffe, Ihr habt einen guten Grund für diese Frage.«

»Nun, Ihr habt in diesem Augenblick die Möglichkeit, beides oder nichts davon zu erreichen«, sagte Yron.

Selik räusperte sich. »Das Eis unter Euren Füßen ist dünn, Hauptmann.«

»Ach, wirklich? Ich dachte, es wäre schon gebrochen, und Ihr haltet mich gerade noch über dem Abgrund fest.«

Selik wedelte ungeduldig mit einer Hand. »Was ist das hier?« Er drehte den Daumen hin und her.

»Ich wusste nicht, dass Ihr Euch für Archäologie interessiert.«

Selik seufzte. »Ich kann diese Sache sehr schmerzhaft für Euch gestalten«, sagte er, ohne aufzuschauen. »Allerdings hatte ich gehofft, dass es nicht nötig ist.«

Seliks beiläufige Antwort überzeugte Yron, dass die Schwarzen Schwingen ihn foltern würden, um die Informationen zu bekommen. Wenn er schon sterben sollte, dann wenigstens zu seinen eigenen Bedingungen. Er hatte keine Angst vor dem Tod und fürchtete sich auch nicht vor Schmerzen. Selik hatte er im Grunde nur Widerstand geleistet, um auszuloten, wie weit er gehen konnte. Doch wie er dort saß und wusste, dass sich sein eigener unangenehmer Geruch mit dem Mief von altem Schweiß und Bier im Raum mischte, musste er sich fragen, was er Selik eigentlich verschweigen wollte.

Ihm fiel nichts ein, und er entspannte sich.

»Es ist leichter, bei einem warmen Getränk zu erzählen«, sagte er.

Selik zuckte mit den Achseln und winkte einem seiner Männer.

»Für mich auch.«

»Danke«, sagte Yron.

»Und jetzt, Hauptmann«, fuhr Selik fort, »wird es Zeit, dass Ihr beginnt.«

»Nun, Selik, die Zusammenfassung sieht folgendermaßen aus: Was Ihr da in der Hand habt, ist ein Stück von einem Daumen der Statue des Yniss im Tempel Aryndeneth auf Calaius. Als das Stück von der Statue getrennt wurde, brach eine Seuche aus, die das ganze Elfenvolk auszulöschen droht. Ich wollte das Stück zurückbringen. Das müsst Ihr nun tun. Wenn Ihr es tut, werdet Ihr mächtige Verbündete gewinnen. Wenn nicht, werden sie Euch töten. Euch alle.« Er lehnte sich an. »Ich sehe, dass Ihr mir nicht glaubt, aber ich versichere Euch, dass es die Wahrheit ist, auch wenn man sich schwer vorstellen kann, wie ein kleines Stück Stein etwas so Schreckliches auslösen sollte. Fragt mich, was Ihr wollt, und ich erzähle Euch alles, was ich weiß.«

Selik fragte, und Yron erzählte ihm alles, was er wusste.

Kaum ausgeruht, aber von Verzweiflung getrieben, verließen die Rabenkrieger mitten in der Nacht das vorgeschobene Lager und überließen es ihren Pferden, sich vorsichtig einen Weg zwischen den Grasbüscheln, den mit Moos bewachsenen Felsblöcken und den Farndickichten zu suchen, als sie zur südwestlichen Seite von Xetesk zurückritten. Während sie gerastet hatten, waren elf weitere Krieger dem Elfenfluch zum Opfer gefallen. Auch drei TaiGethen hatte es getroffen, darunter Marack, die bereits hatte ansehen müssen, wie die beiden Gefährten ihrer Zelle gestorben waren. Für sie war es vor allem eine Erlösung von ihrem Kummer gewesen.

Eine Kommunion zwischen dordovanischen und lysternischen Magiern erleichterte es ihnen, sich zwischen den Fronten zu bewegen und ins Niemandsland im Südwesten vorzustoßen, das theoretisch noch von Xetesk kontrolliert wurde, praktisch jedoch von der Truppe der Schwarzen Schwingen bedroht wurde, die nur wenige Meilen entfernt im Süden lagerten.

Begleitet von vier Elfen, die unglücklich in den Sätteln ihrer galoppierenden Pferde hingen, war der Rabe in der zweiten Nachthälfte gut vorangekommen, und als die Dämmerung einsetzte, flogen die drei Magier mit Schattenschwingen los.

Sie hatten beschlossen, das Gelände in einem weiten Bogen zu erkunden und den Weg zu verfolgen, den Merkes Gruppe nach der Flucht aus Xetesk höchstwahrscheinlich eingeschlagen hatte. Diese Taktik war nicht ungefährlich, weil xeteskianische Magier in Dreiergruppen unterwegs waren und die gleiche Beute suchten. Ilkar hielt sich ganz im Süden, Denser war den Mauern von Xetesk am nächsten, aber immer noch gut vier Meilen entfernt, und Erienne flog zwischen ihnen und ein wenig voraus.

Ihre Aufgabe war es, ebenso auf den Himmel wie auf den Boden zu achten.

Sie flogen eine Meile vor dem Raben, der sich wenn nötig aufteilte, um Baumgruppen, dichtes Gebüsch und hohen Farn genauer zu untersuchen. Da die Pferde nur noch langsam trabten, hatten Auum und seine Tai die Gelegenheit ergriffen, abzusteigen und sich zu Fuß umzusehen. Doch es verging Stunde um Stunde, ohne dass sie etwas entdeckten.

Denser flog in etwa fünfzig Fuß Höhe und konnte die Ebene überblicken, die sich südlich von Xetesk erstreckte. Einige Meilen voraus – die genaue Entfernung war schwer zu schätzen – stieg von Dutzenden Feuern Rauch auf. Dort standen graue Zelte, die vermutlich den Schwarzen Schwingen gehörten.

Das Lager war groß und höchstens noch einen halben Tagesmarsch von den Mauern von Xetesk entfernt, doch Denser hielt diese Armee nicht für eine echte Bedrohung. Sie hatten keine Magier in ihren Reihen und waren magischen Angriffen schutzlos ausgeliefert. Genau damit mussten sie aber rechnen, sobald sie den Mauern zu nahe kommen. Zweifellos wurden die Schwarzen Schwingen schon am Boden und aus der Luft beobachtet, und Xetesk war sicher, sie besiegen zu können. Die einzige Sorge war, dass diese Angreifer die Kräfte der Magier zu sehr beanspruchen konnten.

Dichter Nebel lag über Xetesk. Es war noch früh am Morgen, und der Dunst würde sich vorläufig nicht auflösen. Die Schlacht war schon wieder im Gange, doch die Schwarzen Schwingen hatten es anscheinend nicht eilig. Xeteskianische Suchtrupps waren im Augenblick nicht zu sehen.

Denser flog über Dutzende kleiner Gehölze dahin, in

denen er außer Vögeln, einem Kaninchenbau und einem Fuchs, der irgendeine Beute verfolgte, nichts entdecken konnte. Drunten sah er Nebelschwaden, die sich in Senken und kleinen Tälern gesammelt hatten. Die anderen Rabenkrieger folgten ihm, ein Stück vor ihnen liefen die Tai-Gethen im Zickzack, um einen möglichst großen Bereich abzusuchen.

Flügelrauschen und schrille Vogelrufe schreckten ihn auf. Rechts von ihm stiegen aufgeschreckte Krähen und Möwen aus einer nebligen Senke auf. Denser beobachtete die Krähen, die einzeln oder zu zweit wieder landeten, während die Möwen weiterkreisten und abwarteten. Neugierig geworden, flog Denser hinüber und ließ sich etwas tiefer sinken. Die Vögel achteten kaum auf ihn, sondern interessierten sich viel stärker für das Aas am Boden, was es auch sein mochte.

Er überflog den Bereich, hörte das gereizte Kläffen eines Fuchses oder Wildhundes und ein Rascheln im Laub, als er sich näherte. Erst dicht über dem Boden konnte er sehen, was unter den Nebelschwaden lag: glänzendes Metall, im Wind flatternde Haare, ein zerbrochener Bogen, der störrisch und stolz aufrecht in der Erde steckte. Ein totes Gesicht, aus dem die Augen herausgepickt worden waren.

Denser landete. Am Boden war der Dunst nicht mehr so dicht, und er konnte gut sehen. Rasch überprüfte er die Toten. An den Hälsen der toten Männer entdeckte er Tätowierungen der Schwarzen Schwingen, dann fand er drei tote Elfen. Auum würde nicht erfreut sein. Von Yron war allerdings keine Spur zu sehen. Allem Anschein nach sollte die Jagd an diesem Ort erst richtig beginnen.

Er startete wieder, gab dem Raben ein Zeichen und wartete, über den Leichen schwebend, während seine

Freunde in seine Richtung galoppierten und flogen. Die TaiGethen rannten mit beachtlichem Tempo. Als sie alle in der Nähe waren, landete er wieder und warf die Schattenschwingen ab, um seine Mana-Reserven zu schonen, dann entfernte er sich ein Stück und überließ den Experten das Feld. Thraun, Ren und die TaiGethen untersuchten die Toten und das Gelände und knieten gelegentlich nieder, um einen Abdruck im Gras zu überprüfen. Manchmal standen sie auch beisammen, unterhielten sich und deuteten hierhin und dorthin.

Schließlich übersetzte Ren, was sie herausgefunden hatten.

»Die Reiter der Schwarzen Schwingen sind von Süden gekommen. Nach den Hufspuren zu urteilen, müssen es etwa zwanzig gewesen sein«, erklärte sie. »Ich kann nicht sagen, warum ein Kampf ausgebrochen ist, aber die TaiGethen haben ein Blutbad angerichtet, wie man an den gefallenen Schwarzen Schwingen sieht. Die Überlebenden sind auf dem gleichen Weg zurückgeritten, auf dem sie gekommen sind. Wir müssen davon ausgehen, dass sie Yron mitgenommen haben. Keiner der Toten hatte den Daumen.«

»Dann lasst uns beten, dass Yron ihn noch hat. Wie lange liegt dies hier zurück?«, fragte der Unbekannte.

»Einen Tag, höchstens anderthalb. Die Tai können die Fährte aufnehmen.«

Denser blickte zu den TaiGethen und Rebraal. Sie hatten die Toten aus dem Dunst herausgezogen und in die wärmende Sonne gelegt. Auum hockte vor ihnen und betete mit seinen Tai. Die Rabenkrieger schwiegen respektvoll und lauschten, während sich der Nebel langsam lichtete, mit gesenkten Köpfen Auums leisem, andächtigem Gebet.

Als er geendet hatte, berührte er jeden der gefallenen Elfen an der Stirn und stand auf. Sein Gesicht war ausdruckslos, doch seine Augen verrieten, wie zornig er war. Er winkte seinen Tai und trottete mit ihnen davon, um die Verfolgung der Schwarzen Schwingen aufzunehmen.

»Wollen wir sie nicht begraben oder so?«, fragte Hirad.

»Nein«, erklärte Rebraal. »Die Natur wird sie verzehren.«

»Merkt euch bitte, dass ich nicht verzehrt werden will, wenn ich tot bin«, sagte Hirad. »Verbrennen oder begraben, ist das klar?«

Der Unbekannte klatschte in die Hände. »Also gut, Rabenkrieger, wir wollen aufbrechen. Ich …« Er brach ab. »Ilkar, was ist denn los?«

Denser war als Erster beim Julatsaner, der auf allen vieren hockte, krampfartig hustete und schwer und gequält atmete.

»Ilkar?«, sagte er, während er neben ihm niederkniete. »Stimmt was nicht?«

Ilkar drehte sich zu ihm um. Sein Gesicht war grau vor Schmerzen, die Augen eingefallen und stumpf, als hätte er seit Tagen nicht geschlafen. »Ja, es stimmt was nicht.« Sein Mund war blutig, und auch das Gras war blutig, wo er beim Husten ausgespuckt hatte.

»Entspanne dich«, sagte Denser. »Das geht vorbei. Sicher nur etwas, das du gestern Abend gegessen hast.« Densers Herz verkrampfte sich. Die anderen sammelten sich um sie, keiner sagte ein Wort.

Ilkar betrachtete sie der Reihe nach und lächelte traurig. »Nein, das geht nicht vorbei, Denser. Du weißt es. Wir alle wissen es.«

Denser hockte sich auf die Hacken. Er fühlte sich ebenso hilflos wie alle anderen. Ren weinte, sie eilte zu Ilkar und barg seinen Kopf an ihrer Brust. Wieder wanderte sein Blick über die Gefährten. Der Rabe. Starke Krieger. Dies aber ging über ihre Fähigkeiten.

Hirad starrte Ilkar an. Denser sah, wie sich der Brustkorb des Barbaren in tiefer Bewegung hob und senkte, und er sah den ungläubigen Blick, weil Hirad es einfach nicht fassen konnte. Als er dann sprach, war seine Stimme belegt.

»Aeb, Ilkar reitet mit dir. Wir müssen unsere Pläne ändern.«

Einundzwanzigstes Kapitel

Die Rabenkrieger folgten Hirad, weil sie ihm vertrauten, weil sie ihn nicht allein tun lassen wollten, was er plante, und weil es, falls sie wie durch ein Wunder Ilkar doch noch retten konnten, ohnehin keine andere Möglichkeit gab.

Als sie die TaiGethen einholten, zügelten sie kurz die Pferde. Auum schaute von der Fährte auf und sah Aeb, der Ilkar vor sich im Sattel hielt. Zum ersten Mal bemerkte Hirad ein Gefühl in seinem Blick. Auum nickte Hirad zu und sah Rebraal fragend an.

»Sage ihm Folgendes«, erklärte Hirad. »Wir haben keine Zeit, mit ihm zusammen Fährten zu verfolgen. Wir müssen sofort herausfinden, ob diese Bastarde Yron mitgenommen und wohin sie ihn gebracht haben. Sage ihm, er kann uns begleiten, falls er mithalten kann, aber unser Freund stirbt, und jetzt ist es eine persönliche Angelegenheit.«

Kurz danach galoppierten sie alle nach Westen. Der ausgezeichnete Gleichgewichtssinn der TaiGethen glich ihre mangelnde Erfahrung als Reiter nahezu aus, aber keiner von ihnen war fähig, die Zügel frei zu führen. Alle hielten sich am Sattelknauf fest, als die Pferde unter ihnen losstürmten.

Hirad warf einen kurzen Blick zu ihnen und freute sich, dass sie bei ihm waren. Er war voller Zorn und fühlte sich von der Welt ähnlich ungerecht behandelt wie damals, als Sirendor Larn, lange bevor Denser Dawnthief gewirkt hatte, durch das vergiftete Messer einer Meuchelmörderin getötet worden war.

Er war wütend auf die Schwarzen Schwingen, weil sie die TaiGethen aufgehalten und getötet hatten. Er war wütend auf Yron, der den Daumen gestohlen und so viele Elfen, vielleicht auch Ilkar, zum Tode verurteilt hatte. Besonders wütend war er auf Xetesk wegen des Unheils, das es so beiläufig heraufbeschworen hatte. Die Rache musste jedoch warten. Im Augenblick war nur eines wichtig.

Sie rasten zum Lager der Schwarzen Schwingen. Hirad wusste nicht, was er tun wollte, wenn er dort ankam, war aber sicher, dass ihm etwas einfallen würde. Da im Lager ein ständiges Kommen und Gehen herrschte, und da die Kontrollen bei dieser nicht militärischen Organisation eher lax waren, konnte sich der Rabe ungehindert nähern.

Zwischen Zelten, Waffenständern, Wagen und Lagerfeuern zügelten die Rabenkrieger schließlich ihre Pferde. Drei Männer kamen auf sie zu und riefen unterwegs andere zu Hilfe. Hirad stieg ab und ging den dreien entgegen, die der Mut verließ, als sie ihn und die Gefährten hinter ihm erkannten.

»Aeb, bleibe bei Ilkar«, hörte er den Unbekannten sagen. »Denser, wir brauchen einen harten Schild. Erienne, Kraftkegel oder irgendetwas, das wehtut, aber sie nicht tötet. Wir dürfen nicht vergessen, wer diese Leute sind. Der Rabe, formiert euch, bleibt dicht zusammen.«

Da Hirad wusste, dass er gut geschützt war, ging er weiter und zog nicht einmal sein Schwert. Er wandte sich an den Wächter in der Mitte, der offensichtlich kein Soldat war. Dem Aussehen nach vermutlich ein Kaufmann. Der Barbar packte ihn unterm Kinn.

»Wo ist Selik?«, fragte er.

Ein anderer Mann packte seinen Arm. Hirad drehte den Kopf zu ihm herum.

»Nimm die Hand weg oder verlier sie.«

»Harter Schild steht«, meldete Denser hinter ihm.

Der Rabe nahm Hirad in die Mitte, und die Hand, die seinen Arm festgehalten hatte, verschwand – gepackt und zusammengequetscht vom Unbekannten.

»Du hast es gehört. Verzieh dich.«

Der Mann wimmerte vor Schmerzen. Hirad wandte sich wieder an den Mann vor ihm, während von allen Seiten Leute herbeigerannt kamen.

»Sprich. Wo ist Selik?«

»Das weiß ich nicht«, stammelte der ehemalige Kaufmann. »Er ist nicht hier.«

»Bei den brennenden Göttern.« Er stieß den Mann fort. »Holt mir eine Schwarze Schwinge.« Er hob die Stimme. »Hat einer von euch eine Tätowierung? Zeigt euch.«

Inzwischen hatte sich eine recht ansehnliche Menschenmenge versammelt. Bedrohlich wirkten sie nicht, aber es mussten hunderte sein. Hirad wusste, dass es gefährlich werden konnte, nahm aber an, dass keiner dieser Leute den ersten Schritt tun wollte. Dann drängte sich irgendjemand nach vorn – ein selbstbewusster Mann mit struppigem Bart und grau durchsetztem Haar. Er baute sich im freien Raum zwischen der Menge und dem Raben auf, musterte die Rabenkrieger und blickte an ihnen vorbei zu Aeb, der mit Ilkar im Sattel saß.

»Ich bin Edman«, sagte er. »Eure Magier sind verhaftet, ebenso das Ungeheuer auf dem Pferd da drüben. Ihr anderen habt euch der Unterstützung der Magie schuldig gemacht. Ich schlage vor, dass ihr die Waffen streckt.«

Hirad wartete, bis der Mann einen Punkt erreicht hatte, an dem er nicht mehr zurückkonnte, bevor er mit einigen raschen Schritten die Distanz zwischen ihnen überwand. Doch statt mit Edman zu reden, trat er noch näher, packte ihn am Kragen, fegte ihm die Füße weg, dass er stürzte, und ließ sich auf ihn fallen. Ringsum kamen die Menschen in Bewegung, doch die Rabenkrieger deckten ihn sofort, und die TaiGethen hatten ihre Bogen gespannt.

»Du hast noch ungefähr einen Herzschlag lang zu leben«, sagte Hirad. »Eure Männer haben einen xeteskianischen Soldaten weiter in den Osten gebracht. Dabei habt ihr Ärger mit ein paar gefährlichen Elfen bekommen wie jenen, die bei uns sind. Weiß du etwas darüber?«

Hilflos wand Edman sich unter ihm. Hirad zog einen Dolch und hielt ihn dem Mann an die Kehle.

»Ich werde die Frage nicht wiederholen«, sagte Hirad.

»Ihr kommt viel zu spät«, sagte Edman. Er setzte ein gezwungenes Lächeln auf. »Sie haben ihn nach Understone gebracht. Er dürfte längst tot sein. Die Reinigung steht bevor, Rabenmann, und ihr werdet zertreten wie alle anderen.«

»Aber nicht von dir.« Hirad zog Edman den Dolch quer durch die Kehle und hielt den zuckenden Körper fest, während das Blut auf den Boden spritzte.

»Das hättest du nicht tun sollen, Hirad«, sagte der Unbekannte.

»Warte, bis wir in Understone sind«, antwortete der Barbar.

Er stand auf, hob Edman an der Rüstung hoch, schleppte ihn zwischen den Rabenkriegern hindurch und ließ ihn vor der inzwischen noch weiter angewachsenen Menge fallen, die fassungslos schwieg.

»Falls jemand von euch versuchen sollte, uns aufzuhalten, wird ihm das Gleiche passieren wie dem hier«, sagte er. »Bei den Göttern, was tut ihr hier? Ihr seid vernünftige Leute, denen man den Kopf verdreht hat. Ihr seid Bauern, Bäcker und Kaufleute, Ehemänner und Väter. Warum geht ihr nicht einfach nach Hause?«

»Weil wir kein Zuhause mehr haben«, sagte einer. »Die Magie hat es uns genommen.«

»Dann baut die Häuser wieder auf«, sagte Hirad. »Warum verschwendet ihr hier eure Zeit?«

Er drehte sich zum Raben um. Ein Pfeil kam geflogen und prallte vom Schild ab. Der Pfeil, der von Auum zurückgeschossen wurde, traf die Brust des Bogenschützen. Die Menge murrte.

»Ich bin enttäuscht«, sagte Hirad, indem er sich wieder zur Menge umdrehte und laut genug sprach, um alle zu erreichen. »Wir wollen nicht gegen euch kämpfen, wir haben es nur auf die Schwarzen Schwingen abgesehen. Ihr könntet uns natürlich überwältigen, aber wie viele von euch sind bereit, als Erste zu sterben?« Er deutete auf einige Leute in der Menge. »Dich wird es mit Sicherheit treffen. Dich auch.« Er zuckte mit den Achseln und tippte sich an die Schläfe. »Denkt drüber nach. Und denkt an die Gegner, die auf den Mauern von Xetesk auf euch warten.«

Langsam zogen sich die Rabenkrieger zu den Pferden zurück. Denser ließ den Schild stehen, die TaiGethen und Ren hatten die Bogen im Anschlag. Hirad sollte Recht behalten. Keiner dieser Leute hatte es besonders eilig zu sterben. Doch als sie wieder unterwegs waren und die Pferde antrieben, um nach Understone zu eilen, fragte er sich, wie viele von ihnen ihr Leben vor den Mauern von Xetesk wegwerfen würden, dem Sperrfeuer der Magie hilflos ausgeliefert.

Sie ritten, bis sie völlig erschöpft waren. Schließlich ließ der Unbekannte sie anhalten und ausruhen. Ilkar hatte sich während des Ritts ein wenig erholt; er war geschwächt, hatte aber keine Schmerzen mehr und aß mit ihnen am Lagerfeuer. Denser hatte Alarmsprüche rings um das Lager gesetzt. Aeb hatte auf Essen und Ruhe verzichtet und patrouillierte in der Umgebung.

Hirad konnte den Blick nicht von Ilkar wenden. Der Barbar war hundemüde, konnte aber kaum ruhig sitzen, und tausend Gedanken schossen ihm durch den Kopf. Er würde lange keinen Schlaf finden, und den anderen ging es ähnlich.

»Wie fühlst du dich, Ilks?«, fragte er schließlich.

»Unverändert, seit du mich vor ein paar Minuten das letzte Mal gefragt hast. Ich fühle mich nicht schlecht. Ich habe Schmerzen und sterbe, aber davon abgesehen, geht es mir hervorragend.«

Ren rückte an ihn heran, und er legte ihr den Kopf auf die Schulter.

»Vielleicht stirbst du, aber das lässt sich vermeiden, wenn wir den Daumen zum Tempel zurückbringen«, sagte Hirad. »Oder?«

»Hirad, selbst wenn wir den Daumen jetzt schon hätten, brauchten wir noch acht Tage bis Blackthorne, weitere sieben für die Seereise und noch einmal drei für die Fahrt flussaufwärts. Soweit wir wissen, ist die Seuche binnen vier Tagen tödlich.« Ilkars Augen schimmerten im Feuerschein. »Rechne es dir selbst aus.«

»Das lass mal meine Sorge sein. Du kämpfst gegen die Krankheit an. Gib dich nur nicht auf.«

Erienne nahm Hirad in den Arm und drückte ihn. Es tat gut.

»Mein lieber alter Freund, es gibt einige Dinge, die nicht einmal du ändern kannst«, sagte Ilkar.

»Aber das hier gehört nicht dazu«, sagte Hirad. »Wenn du nicht den Glauben verlierst, können wir dich retten.«

»Hirad …«

»Ich will nichts davon hören. Du wirst mir nicht sterben, basta.«

Seine Hände zitterten. Erienne küsste ihn sanft auf die Wange.

»Sag's ihm immer wieder«, flüsterte sie ihm ins Ohr.

Er nickte.

»Also«, sagte der Unbekannte, »bevor wir uns schlafen legen, wüsste ich gern, wie dein Plan für Understone aussieht. Stellst du dir vor, wir sollten wie die Wilden in die Stadt reiten, mit den Schwertern um uns schlagen und Sprüche loslassen, bis wir haben, was wir suchen?«

Hirad musste kichern, auch wenn die Götter wussten, dass ihm überhaupt nicht nach Lachen zumute war. »Du hast den Teil vergessen, wo ich Selik niedermache, aber davon abgesehen, liegst du gar nicht so falsch. Oder hast du eine bessere Idee?«

»Ich hätte tatsächlich einen Vorschlag«, sagte Darrick. »Ich kenne Understone recht gut. Von einer kleinen Änderung abgesehen und nach einem kleinen Umweg könnte dein Plan sogar funktionieren.«

Darrick stellte ihnen rasch und präzise seine Idee vor. Später, kurz vor dem Einschlafen, hatte Hirad das Gefühl, dass sie es mit etwas Glück schaffen konnten. Natürlich hatten sie keine Ahnung, auf wie viele Gegner sie in

Understone stoßen würden und wo die Gegner sich aufhielten, aber das war auch nicht unbedingt nötig. Schließlich wollten sie keinen Menschen retten, sondern nur einen Gegenstand bergen, und den würden sie früher oder später finden, ganz egal, wie viele Feinde sie vorher töten mussten.

Hirad drehte sich um. Sein Sattel diente als Kopfkissen, er lag auf weichem Boden und hatte sich gegen die nächtliche Kälte in den Mantel gehüllt. Nur die Sorge um Ilkar, der gelegentlich hustete und schmerzhaft keuchte, hielt ihn davon ab, tief und ruhig zu schlafen.

Auum und seine Tai saßen noch lange am Feuer, nachdem der Rabe sich zur Ruhe gelegt hatte. Sie schwiegen und lauschten auf den Atem der Schläfer und die Geräusche der Nacht. Aeb, der Protektor, patrouillierte unruhig in der Umgebung. Manchmal blieb er eine Weile völlig regungslos irgendwo stehen und bewegte lautlos die Lippen. Irgendwann nach Mitternacht kam das Krallenjägerpaar auf leisen Sohlen. Der Elf lehnte sich an einen Baumstumpf, der Panter rollte sich vor seinen Füßen zusammen.

»Die Al-Arynaar und TaiGethen sollten bleiben«, sagte Auum. »Wir können das Bruchstück zurückbringen, und die Rabenmagierin wird die Bindung bestimmt unterstützen. Allerdings müssen wir noch die heiligen Texte zurückholen.«

Duele zog die Augenbrauen hoch. »Du setzt anscheinend großes Vertrauen in ihre Fähigkeiten.« Die Skepsis war unüberhörbar.

»Sie sind auf jeden Fall … voller Entschlossenheit«, räumte Auum ein. »Und es liegt ihnen am Herzen, wie heute deutlich geworden ist.«

Evunn nickte. »Sie bewegen sich schnell und gehen entschlossen vor. Ohne sie wären wir noch viel weiter zurück.«

»Ich bin zuversichtlich, dass wir mit ihnen zusammen Erfolg haben können. Würden wir die übrigen Elfen heranholen, dann gäbe es Schwierigkeiten. Ilkar hat Recht. Wir sollten den Abzug der Krieger unterbrechen.« Er wandte sich an den Krallenjäger. »Bist du in Reichweite, um Kontakt aufzunehmen?«

Ein Nicken.

»Die Elfen müssen den Kampf fortsetzen. Darum bitte ich sie. Es ist mir lieber, der Elfenfluch holt sie im Kampf als tatenlos auf einem Schiff. Wir werden den Daumen zurückholen. Kannst du diese Botschaften übermitteln?«

Wieder ein Nicken.

»Yniss wird uns schützen. Er hat uns diese Fremden gegeben, die uns helfen«, fuhr Auum fort. »Wir sollten nicht undankbar sein.«

Am nächsten Morgen war das Licht noch schwach, als der Panter zu knurren und fauchen begann. Zum ersten Mal ertönten in Balaia die fremden Geräusche der Krallenjäger, die ihre Mitteilungen austauschten.

Ilkar spürte jeden Schritt seines Pferds in allen Knochen, als trampelten die Hufe über ihn hinweg. Er wollte nicht als Invalide gelten und hatte darauf bestanden, allein zu reiten. Wider Erwarten hatte er eine recht ruhige Nacht verbracht, und erst als der Panter seine weit hallenden, gespenstischen Rufe angestimmt hatte, war er wieder von den Schmerzen überwältigt worden, bis er kaum noch atmen konnte.

Er konnte sich an Rens Umarmung und an ihre Tränen erinnern, als sie eingeschlafen waren, und empfand Dankbarkeit, dass sie bisher verschont geblieben war. Doch seine eigene Erkrankung war natürlich eine ständige Erinnerung daran, dass es beim nächsten Atemzug auch sie treffen konnte.

Der Rabe ritt scharf und ließ die Pferde den ganzen Tag laufen. Nur einmal hielten sie an, um eine kurze Mahlzeit zu sich zu nehmen. Sie wollten sich von Osten her möglichst unbemerkt der Stadt nähern. Darrick hatte ihnen erklärt, wo sie gute Deckung finden und eine Meile vom Ort entfernt an einem günstigen Ausgangspunkt ihren Angriff vorbereiten konnten.

Ilkar hoffte und betete, dass Darrick Recht behielt. Tagsüber wurden die Schmerzen manchmal unerträglich, doch er verzichtete darauf, sie mit einem Spruch zu dämpfen oder die Freunde zu bitten, seinetwegen langsamer zu reiten. Feuer strömte durch seine Adern, Gift breitete sich in seinen Muskeln aus. Sein Magen fühlte sich an, als würde er von innen aufgefressen, und jedes Mal, wenn er einatmete, lief eine Erschütterung durch seinen Körper. Sein Herz schlug nicht mehr regelmäßig, es wurde manchmal langsamer und pochte dann wieder so heftig, dass er fürchtete, es werde gleich seine Rippen sprengen. Die Augen spielten ihm Streiche, und er hörte Geräusche, die es nicht gab – die beruhigende Stimme seiner Mutter, seinen Lehrer in Julatsa, der ihn wegen seiner Faulheit schalt, den Wind im Segel.

Die ganze Zeit hielt er sich aufrecht im Sattel und antwortete bejahend, wenn sie fragten, ob es ihm gut ginge. Sie fragten so oft, dass er beinahe lachten musste. Eine dumme Frage, und alle wussten es.

Die Dämmerung hatte schon begonnen, als sie in einem Flusstal anhielten, in das vor Urzeiten Felsen gestürzt waren, bis ein Gewirr von Wasserläufen und grünen und grauen Flecken entstanden war. Darrick hatte Recht, dieses Gelände bot ihnen eine ideale Deckung. Die Krallenjäger trafen etwa eine Stunde nach ihnen ein. Ilkar konnte nicht hören, was Hirad und der Unbekannte mit dem Paar besprachen, bevor sie sich niederließen und rasteten, doch als sie gegessen hatten, dröhnten die Schmerzen in seinen Ohren wie Donner, und er zitterte am ganzen Körper, obwohl es ein milder, bewölkter Abend war.

»Jetzt sind wir auf uns allein gestellt«, sagte Hirad eher zu Ren und Darrick als zu den erfahrenen Mitgliedern des Raben. »Wir müssen eng zusammenarbeiten, uns bewegen wie ein Mann und in Bewegung bleiben, was auch immer geschieht. Gestern haben wir eine Armee übertölpelt. Morgen müssen wir kämpfen. Reden wird nicht ausreichen, und wir wissen, warum.«

»Wir werden kurz vor der Morgendämmerung zuschlagen«, fuhr der Unbekannte fort. »Wir verwickeln sie in einen Kampf, solange sie noch schlaftrunken sind. Auf Ilkars Verteidigung können wir nicht bauen, weil wir nie wissen, wie sich sein Zustand von einem zum anderen Augenblick verändert, aber wir kommen trotzdem zurecht, weil sie nicht mit magischen Mitteln angreifen können. Wir kämpfen ohne die TaiGethen und die Krallenjäger. Sie werden selbstständig angreifen, wie sie es für richtig halten; wir haben uns nur auf die Ausgangspunkte geeinigt. Achtet nicht auf sie. Wir sind der Rabe, wir brauchen niemanden sonst. Nicht zur Verteidigung und nicht als Unterstützung.« Er sah sie an und wartete auf Reaktionen. »Aeb, du hast etwas zu sagen.«

Der Protektor stand am Rand des Feuerscheins.

»Es war nicht richtig, mich mitzunehmen«, sagte er. »Die Macht des Gebietens wird bald widerrufen werden. Es ist nur eine Frage der Zeit.«

»Dieses Risiko sind wir gern eingegangen«, erwiderte Denser.

»Xetesk weiß, dass wir hier sind und was wir suchen«, fuhr Aeb fort.

»Wann werden sie hier eintreffen?«, fragte Hirad.

»Morgen früh.«

Nicht zum ersten Mal versetzte Thraun sie in Erstaunen, als er nach langem Schweigen wieder das Wort ergriff. »Dann müssen wir uns beeilen«, sagte er.

Zweiundzwanzigstes Kapitel

Als der Rabe am Morgen erwachte, fiel Nieselregen. Ilkar hatte kaum geschlafen und sah aus, als wäre er dem Tode nahe. Es war ein schrecklicher Anblick. Schaudernd gab Erienne Denser einen Kuss, stand auf und atmete tief durch. Die kühle Luft strömte in ihre Lungen, vertrieb den dumpfen Kopfschmerz und den Nebel, den sie durch den Einfluss des Einen immer wahrnahm, wenn sie gerade erwacht war.

Die Al-Drechar hatten seit jener Nacht in der Burg von Blackthorne nicht mehr mit ihr gesprochen, und sie war froh darüber. Sie hatten die Tür ein wenig weiter geöffnet, damit etwas mehr Kraft vom Einen hereinströmen konnte, und es Erienne überlassen, so gut wie möglich damit zurechtzukommen. Erienne hatte die Herausforderung angenommen und einen Teil ihres Bewusstseins darauf trainiert, diese neue Kraft, die sie als Einzige auf ganz Balaia besaß, in Schach zu halten. Fragen oder Ratschläge hatte Erienne nicht zu hören bekommen. Zusammen mit dem Raben entschied sie selbst, was das Beste war. Heute sollte ihr Glaube auf eine schwere Probe gestellt werden. Sie fragte sich, ob sie anzuwenden wagte, was sie gelernt hatte.

Sie ließ die Arme kreisen, um die verkrampfte Muskulatur zu lockern, und sah den anderen bei ihren Vorbereitungen zu. In vielerlei Hinsicht sah es aus wie ein ganz normaler Tagesanbruch. Der Unbekannte, Hirad, Aeb und Darrick unterhielten sich, während sie die Schwertschneiden schärften, leise über Taktik und Angriffsformationen. Thraun stand in der Nähe und hörte aufmerksam zu. Neben Erienne saß Denser im Schneidersitz und meditierte, um sein Mana zu bündeln und zu erforschen, wie viel Kraft er hatte. Nachdem er Dawnthief gewirkt hatte, hatte er ein neues Verständnis des Mana gewonnen und war zu einem außerordentlich effizient arbeitenden Magier geworden.

Auch Ilkar ließ es sich nicht nehmen, den Tag auf gewohnte Weise zu beginnen. Er wanderte in kleinen Kreisen umher, probierte Mana-Formen aus und vergewisserte sich, dass er sie wenn nötig schnell zur Hand hatte. Erienne glaubte nicht, dass er wirklich Sprüche wirken konnte, aber so dachte er wenigstens nicht über das schreckliche Schicksal nach, das ihm bevorstand.

Nur Ren hatte sich abgesondert. Die Ringe unter ihren Augen und das verquollene Gesicht verrieten, wie es ihr ging. Sie saß, an einen Stein gelehnt, allein im Gras und starrte ins Leere. Hin und wieder, wenn ihr Blick den eines Gefährten traf, schüttelte sie den Kopf.

Erienne hockte sich neben sie. Sie empfand große Achtung für die stille Elfenfrau, die ihr in den Tagen vor Lyannas Tod so viel Kraft gegeben hatte – damals, als ihre Verzweiflung so tief gewesen war wie später ihre Trauer. Jetzt waren die Rollen umgekehrt.

»He, Kopf hoch.«

Ren'erei sah sie an, eine Träne rollte aus ihrem Auge. »Das ist nicht so einfach.«

»Wir brechen bald auf«, sagte Erienne. »Hast du deinen Bogen und dein Schwert überprüft?«

»Was?« Ren runzelte die Stirn. »Oh, ja. Sicher.«

Sie machte eine unbestimmte Geste zu ihrem Bogen hin, der neben ihr am Stein lehnte.

»Ich verstehe ja nicht viel davon, Ren, aber ich dachte immer, ein Bogen braucht eine Sehne.«

Die Elfenfrau sackte in sich zusammen, legte die Arme um Eriennes Hals, presste ihr Gesicht an Eriennes Schulter und begann haltlos zu weinen. Erienne nahm sie in die Arme, sah sich zu den Rabenkriegern um und bedeutete ihnen, sich fern zu halten. Ilkar starrte herüber und schnitt eine Grimasse, weil er Schuldgefühle bekam, die er nicht haben sollte.

»Es tut mir Leid, entschuldige«, sagte Ren schließlich und löste sich von Erienne, um sich die Augen zu trocknen.

»Schon gut, das war mal nötig.«

»Es kommt mir so vor, als wäre das seit einiger Zeit ständig nötig.«

»Ich weiß, Ren, aber jetzt musst du es zur Seite schieben. Bespanne deinen Bogen und mach dich bereit, mit uns zu kämpfen.«

Die Elfenfrau nickte und nahm die Waffe. »Ich weiß nicht, wie ihr das schafft, ihr alle«, sagte sie, während sie im Lederbeutel nach der Bogensehne suchte. »Er stirbt, und wir können nichts tun, aber ihr macht weiter, als wäre nichts geschehen.«

»Sag das nie wieder«, wies Erienne sie scharf zurecht. »Du darfst die Hoffnung nicht verlieren. Ilkar ist noch nicht tot, und wenn Hirad glaubt, dass wir ihn retten können, dann glauben wir es alle. Auch du musst es glauben. Es ist nicht das erste Mal, dass wir so etwas erleben. Wir haben immer wieder Freunde sterben sehen, und wenn wir ihnen wirklich nicht helfen können, besteht die beste Art, sie zu ehren, darin, das Richtige zu tun. Jetzt geht es darum, das Bruchstück der Statue von Yniss zu holen und so viele andere Elfen zu retten, wie wir nur können, ohne noch mehr Angehörige unseres eigenen Volks zu verlieren. Deshalb wirken wir so ruhig. Denn wenn wir auch nur einen Augenblick daran denken, dass wir scheitern könnten und dass Ilkar stirbt, dann haben wir schon verloren. Der Rabe verliert nicht gern.«

»Aber …«

»Kein Aber, Ren. Es ist einfach so, wie ich sage.« Erienne richtete sich wieder auf. »Das ist die einzig richtige Art, es zu sehen. Komm schon.«

Sie streckte die Hand aus, Ren schlug ein und ließ sich hochziehen. Die Frauen kehrten zu den Gefährten zurück.

»Alle bereit?«, fragte Hirad.

»Ja«, sagte Ren energisch.

»Gut, dann lasst uns aufbrechen.«

Die Rabenkrieger verließen zu Fuß das Lager, Hirad nahm Ren in den Arm.

»Es ist ganz in Ordnung, traurig zu sein. Das sind wir alle. Aber die Trauer muss jetzt warten. Im Augenblick haben wir etwas zu erledigen, und dazu brauchen wir dich.«

»Wirklich?«

Hirad zuckte mit den Achseln. »Aber klar. Du gehörst zum Raben.«

Hinter ihm lächelte Erienne. Denser lief neben ihr, und sie konnten beobachten, wie Ilkar so leichtfüßig, wie es ihm eben möglich war, zu Rens anderer Seite lief und sie ebenfalls in den Arm nahm. Sie legte ihrerseits den beiden Männern den Arm um die Hüften.

»So sieht es aus, wenn Berufssöldner in die Schlacht ziehen«, meinte Denser.

Erienne knuffte ihn. »Lass sie in Ruhe.«

»Wie geht es heute Morgen, Ilkar?«, fragte Hirad.

»Ich habe Schmerzen«, sagte Ilkar, »aber ich kann noch laufen.«

»Gut. Ich kann auch niemanden erübrigen, der dich trägt.«

»Dein Mitgefühl überwältigt mich.«

»Man tut, was man kann.« Hirad sah an Ren vorbei zu Ilkar, und Erienne konnte im Zwielicht der Dämmerung sein Profil erkennen. Er schien immer noch ebenso verzweifelt wie ungläubig zu sein. »Du musst die Schmerzen nicht ewig ertragen. Es sind nur etwa zwanzig Tage, bis wir den Tempel erreichen.«

Ren zuckte zusammen, aber Ilkar lachte. »Ich werde mich bemühen, innerlich nicht zu sehr zu verwesen, bis wir da sind.«

»Ganz genau«, sagte Hirad. »Wenn du nämlich stinkst, kannst du dir jemand anders suchen, der die Kabine mit dir teilt.«

Ihr Kichern war ein wenig zu laut.

»Still«, warnte der Unbekannte.

Understone war nur noch eine Meile entfernt.

Auum sah den Rabenkriegern nach, die den Hang hinabschlenderten, als wollten sie einen Morgenspaziergang unternehmen. Er hörte sie reden und lachen und schüttelte den Kopf.

»Vielleicht war meine Einschätzung voreilig«, sagte er.

»Das ist ihre Art«, erklärte Rebraal. »Wir beten, um die

Spannung und Furcht zu lindern, und sie reden, um sich abzulenken, bis der Augenblick kommt.«

»Ich werde diese Fremden wohl nie verstehen«, sagte Auum.

Die TaiGethen neigten die Köpfe und beteten zu Yniss, er möge ihnen Kraft für den kommenden Kampf schenken. Auum murmelte Dankgebete an Tual, während er Dueles Gesicht bemalte, und als sie bereit waren, stellten sie sich neben den Krallenjäger.

»Kämpfe mit uns, Rebraal. Du bist die einzige Verbindung zum Raben, also bleibe in der Nähe. Heute wollen wir beginnen, die Verbrechen zu rächen, die man an uns verübt hat. Heute werde ich den Daumen des Yniss in der Hand halten, oder ich werde mich auf die Reise begeben, vor ihn treten und für mein Versagen in diesem Leben Rechenschaft ablegen. Das schwöre ich.«

Die TaiGethen verließen im Laufschritt das Lager und bewegten sich zum Ostrand von Understone. Rebraal begleitete sie, die schnellen und gewandten Krallenjäger waren ihnen ein Stück voraus. Auum spürte keinen Kitzel, sondern dachte nur daran, dass Yniss hoffentlich bald wieder bereit war, wohlgefällig auf sie herabzuschauen.

Ja, der Gott würde gewiss gnädig auf sie herabschauen, wenn die Frevler und Diebe und alle, die sein Volk töten wollten, mit dem Leben bezahlten.

Der Rabe blickte auf Understone hinab. Alles war ruhig.

An der Straße die alten baufälligen Häuser – der Gasthof, der Getreidespeicher, die vernagelten Kontore der Kaufleute, die Bordelle, ein paar Wohnhäuser. Ringsum war das Gelände mit Zelten übersät, alle waren dunkel und still. Es mussten mehr als einhundert sein. Nur hinter dem Palisadenzaun am westlichen Stadtrand tat sich etwas. Dort brannten Feuer vor dem Wall, und die Fenster der Unterkünfte waren von Laternen erhellt. Gestalten bewegten sich auf dem erhöhten Wehrgang. Nach Ende des zweiten Krieges gegen die Wesmen war die Stadt nach den alten Plänen wieder aufgebaut worden, weil man hoffte, der Handel mit dem Westen werde wieder in Gang kommen, doch die Bemühungen waren genauso schnell wieder eingestellt worden. Nur die Garnison war ständig bemannt geblieben.

»Dort dürfte Selik sein«, sagte Hirad.

»Alles zu seiner Zeit«, warnte Darrick. »Wir tun es in der richtigen Reihenfolge, das ist sicherer.«

Leise schlichen sie zu den ersten Zelten. Sie mussten eine Panik auslösen, hatte Darrick gesagt. Der größte Teil der Schwarzen Schwingen hatte sich hinter den Palisaden verschanzt, und die Unschuldigen – falls man überhaupt jemanden so nennen konnte, der hierher gekommen war, um für die Schwarzen Schwingen zu kämpfen – schliefen ungeschützt in den Zelten. Sie verstanden nichts vom Kriegshandwerk, sie wussten nicht, wie verletzlich eine solche Menschenansammlung für einen gezielten magischen Angriff war. Woher sollten sie es auch wissen? Sie waren Kaufleute.

»Er hat vermutlich auch bezahlte Söldner«, sagte der Unbekannte. »Wir werden sie erkennen, sobald wir sie sehen.«

»Bezahlung«, überlegte Hirad. »Ein ungewöhnlicher Gedanke für uns in diesen Zeiten.«

»Erienne, Denser – seid ihr bereit?«

Die beiden nickten, bereiten ihre Sprüche vor und vereinigten die Mana-Formen, um eine größere Wirkung zu erzielen.

»Ein kurzer, harter Schauer. Sobald er niedergegangen ist, laufen wir los und halten nicht mehr an. Alles klar?«

»Ilks?«, fragte Hirad.

»Meine Ohren sind seitlich am Kopf und nicht in meinem Bauch, Hirad. Ja, ich habe gehört und verstanden.«

»Wollte nur sichergehen.«

Hirad spürte eine Berührung im Rücken. »Danke.«

Der Barbar machte sich bereit, betrachtete das Heft seiner Waffe, ob sich etwa die Umwicklung gelöst hatte, und hielt die Klinge schräg, um die Schneide zu begutachten. Der Nieselregen hatte aufgehört, die Wolken trieben über sie hinweg. Es versprach ein freundlicher Morgen zu werden. Einige Vögel sangen. Irgendwo blökte ein Schaf. Sonst war es still. Noch.

»Wir wirken die Sprüche«, sagte Denser leise.

Heißer Regen erschien im Süden über den Zelten. Die Rabenkrieger sahen zu, wie er fiel. Flammende Tränen, so groß wie Daumen. Tausende waren es. Verängstigt stürzten die Leute aus den Zelten. Gut so. Vom Palisadenzaun her waren die ersten Alarmrufe zu hören. Heißer Regen prasselte auf Leinwände, und die Leinwände brannten. Menschen kreischten.

»Der Rabe!«, brüllte Hirad. »Der Rabe, mir nach!«

Er rannte zu den vorderen Zelten, in denen sich Menschen bewegten. Der Heiße Regen war fast vorbei, und er hatte wie erhofft gewirkt. Die Zeltstadt stand in Flammen. Überall stieg Rauch auf, die Feuer fraßen gierig Seile und Zeltplanen, und mit jedem Herzschlag wurden die Stimmen lauter.

Er schlug die Seile des vordersten Zelts durch, knallte einer Gestalt, die sich drinnen bewegte, den Schwertgriff auf den Kopf und schaltete seinen ersten Gegner aus.

»Lauft!«, rief er. »Lauft!«

Ein Kopf schob sich nach draußen. Hirad schlug mit der Faust zu und zerrte einen Mann heraus, dessen Kleider versengt waren. Er zog ihn dicht an sich heran.

»Lauf weg. Sieh dich nicht um. Nimm deine Freunde mit.«

Der Mann plapperte dummes Zeug, als Hirad ihn losließ, dann wischte er sich den Mund ab und machte, dass er aus Understone herauskam.

Brüllend stürmten die Rabenkrieger durch das brennende Lager. Aeb schlug mit der Axt um sich und zerstörte Zeltpfosten, spaltete Schädel und legte Zelte flach. Thraun heulte wie der Wolf, der er einst gewesen war, und schrie wie Hirad die Männer an, wegzulaufen und nicht mehr zurückzukommen. Der Unbekannte und Darrick folgten ihnen, dann kamen die Magier, die schon wieder Sprüche vorbereiteten.

Chaos breitete sich im Lager aus. Schwerter klirrten, brennende Menschen schlugen hilflos um sich, die Schreie wurden schriller, und der erstickende Rauch wurde dichter. Hirad ging auf zwei Männer los, die mit gezogenen Schwertern bereitstanden. Keiner war völlig angezogen, keiner ein Soldat. Er sprang los, hackte mit dem Schwert noch während der Landung zu und schlug dem Ersten die Klinge aus der Hand.

»Worauf wartest du? Kämpfe oder lauf weg. Mir ist es egal.«

Dreimal wechselte er blitzschnell den Griff. Die Männer drehten sich um, rannten weg und schlossen sich denen an, die schon die Hauptstraße hinunterflohen. Die meisten verließen auf kürzestem Wege die Stadt, einige wenige liefen in Richtung der Palisaden, wo der Kampf ernstlich beginnen sollte.

»Der Rabe!«, rief der Unbekannte. »Weiter!«

Das Zeltlager befand sich in der Nähe des Kornspeichers. Dort sammelte sich der Rabe an der Hintertür und außer Sicht der Palisaden, zog die Türen auf und rannte hinein.

Auum sah das Signal – den Feuerregen, der vom Himmel fiel. Er huschte auf der Nordseite der Hauptstraße in die Stadt und hielt aufs zweite Zeltlager zu. Die Elfen würden dort auf ihre eigene Art Angst und Schrecken verbreiten. Der Panter des Krallenjägerpaars brüllte und sprang aufs nächste Zelt, der Elf folgte auf dem Fuße und schlitzte die Plane auf.

Auum und seine Tai verteilten sich. Er öffnete eine Zeltbahn mit dem Schwert und sah fünf Menschen, die gerade erst erwachten. Viel zu langsam. Auum stieß einem, der hochkommen wollte, das Schwert ins Gesicht, trampelte dem Zweiten über den Kopf, stürmte mit blitzender Klinge weiter durch das zerstörte Zelt und trat hier und dort zu. Einem weiteren Mann stach er die Klinge ins Auge, dann beugte er sich zum letzten Überlebenden hinunter und sprach die Worte, die er gelernt hatte: »Lauf weg.«

Dann rannte er weiter, während rings um ihn Menschen schrien. Der Panter hatte einem Fremden die Kehle zerfetzt, gleich daneben erledigte der Krallenjäger einen Mann mit einem Schwert, der keine Ahnung hatte, wie er seine Waffe einsetzen musste. Er schwang die Klinge, doch der Elf unterlief den Schlag und stieß mit gestreckten Fingern nach dem ungeschützten Hals. Der Mann ging zu Boden, der Krallenjäger lief weiter.

Auum verfolgte die Bewegungen seiner Gefährten. Rechts tauchte Duele aus einem Zelt auf, ein Überlebender rannte in die entgegengesetzte Richtung. Evunn hatte einem Fremden, der dumm genug gewesen war, gegen ihn kämpfen zu wollen, den Bauch aufgeschlitzt und lief nun in Richtung Hauptstraße weiter. Der Panter verbreitete Schrecken im Zeltlager, fauchte und knurrte bei jedem Sprung, biss und kratzte und zerfetzte Zeltbahnen.

Die Stimmen der Gegner waren ein ängstliches Geplapper. Auum lächelte humorlos und sah den fliehenden Fremden hinterher. Viele waren nur halb bekleidet. Auf der anderen Straßenseite stand das zweite Zeltlager lichterloh in Flammen, und durch den Tumult hörte er den Raben. Es war, als hätten sie eine Rinderherde in Panik versetzt. Die Nacht, das Feuer, der Geruch von Blut und drohender Stahl. Es ging zu leicht. Doch die Straße hinunter am Ende der Stadt erhob sich der Palisadenzaun, und dort würde es schwieriger. Dort sammelten sich Kämpfer.

Es war Zeit, sie anzugreifen.

Im Kornspeicher, der drei Dutzend oder mehr Männern als Schlafsaal diente, waren Laternen angezündet worden. Der Rabe zog die Türen auf und sah Kämpfer, die sich gerade aufrappelten und Kleidung und Waffengürtel anlegten. Sie waren schlaftrunken, und der Sturm, der über sie kam, verstärkte ihre Verwirrung noch.

»Lauft um euer Leben!«

Hirad rannte hinein, der Rabe formierte sich um ihn, der Unbekannte links und Darrick rechts.

»Harter Schild steht«, meldete Denser.

Einige ihrer Gegner rannten bereits zur gegenüberliegenden Tür, doch andere stellten sich dem Kampf. Einer trug die Tätowierung der Schwarzen Schwingen. Hirad zog das Schwert von rechts nach links, traf die Klinge eines Feindes und trieb ihn zurück. Er sammelte sich, stieß zu – der Hieb wurde abgelenkt –, blockte mühelos die Riposte ab und führte das Schwert schräg von links nach rechts. Die Schneide traf den Unterleib des Mannes, der zurückkippte, während die Eingeweide aus seinem Bauch quollen.

Neben Hirad machte auch der Unbekannte mit den Gegnern kurzen Prozess. Sein erster Schlag zerquetschte seinem Gegner die Rippen, dann stieg er über den fallenden Feind hinweg, wehrte mit dem Dolch einen Hieb ab und trieb dem nächsten Mann das Schwert in den ungeschützten Bauch. Gleichzeitig konnte Aeb einen mächtigen Axthieb mit flacher Klinge anbringen, der seinen Gegner von den Füßen fegte und gegen den nächsten Mann hinter ihm taumeln ließ.

Die Überlebenden zauderten, doch der Kämpfer der Schwarzen Schwingen trieb sie an. Er bellte einen Befehl und ging auf Hirad los, versuchte es mit einem raschen Stoß, den Hirad abblockte, worauf hohe Schläge von beiden Seiten auf Hirads Kopf folgten, unter denen der Barbar wegtauchen oder die er abwehren konnte. Dann bekam er einen Schnitt am Schwertarm ab. Er fluchte laut.

Der Mann der Schwarzen Schwingen lächelte und griff wieder an, doch Hirad hatte das Schwert in die linke Hand genommen. Der erwartete Block kam aus der falschen Richtung und zwang den Mann, sich zu drehen. Er verlor das Gleichgewicht, Hirad stieß in die Lücke und knallte dem Gegner das Schwert mit der Rückhand ins Kreuz. Grunzend ging er zu Boden.

»Da vergeht dir das Grinsen, was?«, fauchte Hirad und wandte sich seinem nächsten Opfer zu. Der Mann war nervös. Hirad tat so, als wollte er angreifen, und der Mann sprang zurück wie ein erschrockener Hund. »Du hast deine Gelegenheit bekommen.«

Hirad schlug zu, fegte das zur Abwehr gehobene Schwert zur Seite und schlitzte mit seiner Klinge Wange, Nase und Stirn des Gegners auf. Der Mann heulte und taumelte zurück. Mit einem Stoß durch die Brust machte Hirad ihm den Garaus. Alle anderen waren inzwischen fortgelaufen.

»Gute Arbeit«, sagte Darrick.

Er eilte zum Vordereingang des Kornspeichers und schaute hinaus, der Rabe sammelte sich hinter ihm. Rechts herrschte Chaos – immer noch brannte es lichterloh, Dutzende Männer rannten in alle Richtungen davon. Auf der Hauptstraße kamen die TaiGethen gerade an einigen vernagelten Schuppen vorbei.

Links bot sich ein etwas anderes Bild. Mehrere Schwertkämpfer hatten die Palisaden verlassen und kamen die Straße herauf.

»Da haben wir's«, sagte Darrick. »Ich sagte doch, dass sie sich irgendwann blicken lassen.«

»Wir gehen hinten herum und schnappen sie von der Seite«, sagte der Unbekannte.

In der Nähe knurrte der Panter und tappte vorbei; sein Partner folgte ihm. Verängstigte Menschen stoben davon. Die TaiGethen waren auf der Straße angelangt und hatten die organisierte Gruppe bereits bemerkt.

»Ausgezeichnet«, sagte Hirad. »Ein erstklassiger Köder.«

Der Rabe rannte durch den Kornspeicher und verließ ihn durch den Hinterausgang. In der Morgendämmerung eilten sie hinter dem Lager entlang, dann an einem recht großen Wohnhaus und an den Trümmern eines Bordells vorbei, bis sie sich wieder zur Straße wandten.

»Feuerkugeln sind bereit«, meldete Erienne.

»Sobald wir im Freien sind«, sagte der Unbekannte.

Befehlsgewohnte Stimmen übertönten inzwischen die chaotischen Rufe der unzulänglich vorbereiteten Balaianer. Viele rannten in Richtung der Palisaden. Es wurde Zeit, die Stimmen zum Verstummen zu bringen. Zeit, den Schwarzen Schwingen ihren Anführer zu nehmen.

Dreiundzwanzigstes Kapitel

Auum und seine Tai rannten die Hauptstraße hinunter, ohne auf die Menschen zu achten, die sie mit kreidebleichen Gesichtern beobachteten. Unbeirrt hielten sie aufs Herz der Armee zu. Rebraal war bei ihnen, sein Schwert war blutig, und er hatte einen Schnitt am rechten Schenkel abbekommen, doch sein Gesicht zeugte von Entschlossenheit. Dreißig Schritte vor der Palisade hatten sich die Gegner versammelt. Zwölf Männer sperrten die Straße ab, weitere waren hinter ihnen. An den Flanken standen Armbrustschützen bereit.

Die Tai nahmen die Bogen vom Rücken, legten im Laufen Pfeile an und schossen Pfeil auf Pfeil auf die Armbrustschützen ab. Auums erster Pfeil ging daneben, der zweite traf den Arm eines Feindes. Duele, ihr bester Bogenschütze, setzte den ersten Schuss in den Mund seines Ziels und den zweiten einem anderen in den Bauch. Nur wenige, ungenau gezielte Bolzen kamen zurückgeflogen.

Dann warf Auum den Bogen weg, zog eins seiner Schwerter und öffnete den Beutel mit Jaqrui. Die Feinde kamen ihnen jetzt entgegen, waren aber immer noch etwa vierzig Schritt entfernt. Das Krallenjägerpaar stürmte auf der linken Seite vor und verbreitete Panik in den Reihen der Gegner.

»Feuer frei«, sagte Auum.

Die Jaqrui pfiffen und heulten übers offene Gelände – ein weiteres Geräusch, das den Tumult verstärkte, und eine weitere tödliche Waffe, die auf die durcheinander laufenden Schwarzen Schwingen losgelassen wurde. Auum warf drei Jaqrui, es waren seine letzten. Einer traf einen rennenden Mann im Nacken und ließ ihn vorwärts in den Schlamm stürzen. Der zweite prallte von einem Kettenhemd ab, der dritte streifte eine Schwerthand und trennte zwei Finger ab.

Sie waren den Schwertkämpfern schon sehr nahe, doch die Rabenkrieger waren schneller. Sie stürmten zwischen zwei Gebäuden hervor und fielen von der linken Seite über die Gegner her. Der Barbar zerhackte den Hals des ersten Mannes, versetzte dem zweiten einen Tritt in den Bauch und stach sein Schwert in den Rücken des dritten.

Aufgeschreckt drehten sich die Verteidiger zu den neuen Gegnern um. Der Maskierte ging auf eine Gruppe von vier Männern los, seine beiden Waffen zischten durch die Luft und trafen Fleisch. Der stille, starke Mann mit den Tieraugen trennte einem Gegner einen Arm ab und schlug dem zweiten die Faust aufs Kinn. Beide gingen zu Boden.

Die Tai schalteten sich in den Kampf ein. Auum schlug mit der Rückhand seine Klinge einem Mann vor die Brust und setzte mit der Handkante nach, um den Mann umzuwerfen, dann folgte der tödliche Stoß in die Brust. Er rollte sich nach rechts ab, neben ihm fuhr eine Klinge in den Schlamm. Viel zu schnell für seinen Gegner sprang er wieder auf und stach das Schwert in den Schritt des Mannes, der kreischend zu Boden ging. Blut spritzte über seine Beine.

Das Krallenjägerpaar brüllte gleichzeitig, der Panter erwischte einen hilflosen Mann der Schwarzen Schwingen mit der Tatze am Kinn, landete auf dem Opfer und biss ihm den Hals durch. Waffenlos, aber niemals hilflos, stach der Krallenjäger-Elf seinem Gegner die gestreckten Finger in den Bauch, fing den Schwertarm mit der anderen Hand ab und biss zu, riss dem Mann die Nase ab, spuckte das Fleisch aus und sprang weiter.

Auum knallte seinem nächsten Gegner die Faust unters Kinn, wirbelte herum und ließ einen geraden Tritt folgen, der noch einmal das Kinn des Mannes traf. Der Gegner taumelte zurück und hob zur Abwehr das Schwert, doch Auum war schon in die Hocke gegangen, um dem Mann der Schwarzen Schwinge die Beine wegzufegen und ihm das Genick zu brechen, indem er den Kopf packte und zur Seite riss. Dann zog er sich ein wenig zurück und sah sich nach den anderen Gefährten um. Eine große Zahl der Fremden war panisch und desorganisiert geflohen, die mutigeren kehrten jedoch bereits zurück. Im frühen Morgenlicht sah er Waffen schimmern und hörte Befehle, die in ihrem Rücken weitere Männer zur Verstärkung herbeiriefen. Nicht mehr lange, und sie wären eingekreist.

Glücklicherweise hatte auch der Rabe diese Gefahr bemerkt. Feuerkugeln flogen über seinen Kopf hinweg.

»Nachsetzen!«, rief Darrick, schlug nach dem Arm einer Schwarzen Schwinge und fügte dem Mann eine tiefe Wunde zu. »Wir müssen durchbrechen. Kommt schon. Erienne, Feuerkugeln nach hinten. Sie sammeln sich.«

Hirad hatte es nicht bemerkt. Inzwischen hatte er an beiden Armen Schnittwunden, und eine Klinge, deren Besitzer bereits tot zu Boden gegangen war, hatte auch sein linkes Fußgelenk verletzt, doch er kümmerte sich nicht darum. Dies war es, wofür er lebte. Der Unbekannte ließ Schlag auf Schlag los, seine mächtigen Muskeln entwickelten eine Kraft, mit der sich höchstens noch Aeb messen konnte. Die Schwarzen Schwingen wichen zurück, und da sie wegen der TaiGethen auch nicht nach rechts ausweichen konnten, brachen sie in Richtung der Palisaden aus.

Der Barbar erledigte einen zähen alten Kämpfer, dessen Tätowierung mit den Jahren verblasst war. Vielleicht ein Mann, der noch unter Travers gedient hatte. Über den Köpfen trafen sich ihre Schwerter, und Hirad drückte kräftig, doch der Mann blieb stehen und suchte mit den Füßen Halt im schlammigen Boden. Dann schlug er mit der Faust zu. Hirad sah den Schlag kommen und drehte den Kopf weg, der Hieb ging links an ihm vorbei. Gewandt wich er zurück, zog das Schwert vor sich herunter und schlug noch einmal zu. Der Mann der Schwarzen Schwingen taumelte ein wenig und konnte nur abblocken. Wieder schlug Hirad zu, dieses Mal von links nach rechts. Abermals blockte der Gegner ab, stach zu und blockte wieder ab. Der Mann war gut, aber nicht gut genug.

Hirad musste seine Taktik ändern und sprang nach links, während er das Schwert in die rechte Hand nahm und quer vor dem Gegner entlangführte, was diesen zwang, abermals abzublocken. Er sah das Verhängnis zu spät kommen und wollte sich umdrehen, doch Hirads kräftiger linker Schwinger traf sein Ohr und warf ihn direkt vor Aebs Füße. Der Protektor spaltete ihm mit der Axt den Schädel. Blut und Gehirnmasse spritzten auf den Boden und seine Maske.

Eriennes Feuerkugeln erhellten unterdessen den Himmel, flogen nach rechts und gingen auf wehrlose Männer nieder. Das bisschen Ordnung, das in der Truppe von etwa vierzig Gegnern geherrscht hatte, löste sich im Nu auf, und wieder ertönten die Schreie der brennenden, sterbenden Opfer.

»Der Rabe!«, rief der Unbekannte. »Nach links vorstoßen, los!«

Auf der Straße ließ der Widerstand der Schwarzen Schwingen bereits nach. Einige waren schon hinter die Palisaden zurückgerannt, und die restlichen fünf sahen dem Tod ins Auge. Thraun und Darrick gingen auf sie los und arbeiteten zusammen, als hätten sie ihr ganzes Leben nichts anderes getan. Die mächtigen Schläge des Gestaltwandlers prasselten auf die Schwarzen Schwingen herab; er schwenkte das Schwert mit einer Hand wie einen kleinen Zweig. Darricks Fechtkunst ließ den Gegnern keine Chance, und dank seiner behänden Beinarbeit bot er ihnen kein Ziel. Sie erledigten drei Gegner, dann drehten sich die letzten beiden um und flohen.

»Der Rabe, los jetzt. Wir dürfen nicht zulassen, dass sie die Tore schließen.«

Hirad führte den Raben die Straße hinunter und warf einen Blick zum Palisadenzaun. Kein Mann bewegte sich hinter der Brustwehr. Sie waren nahe, er konnte es fühlen. Er rannte, so schnell er konnte, doch als er noch zehn Schritte vor dem Wall war, überholten ihn die TaiGethen, direkt dahinter kamen die Krallenjäger und Rebraal. Sie bewegten sich mühelos, und Hirad fragte sich, wie schnell sie eigentlich laufen konnten.

»Bleibt innerhalb des Schildes«, rief Hirad. »Die haben da drin Bogenschützen.«

Rebraal hörte es und gab die Botschaft weiter. Die Elfen wurden langsamer. Gemeinsam jagten sie die beiden Überlebenden auf das Gelände hinter dem Palisadenzaun.

Nun standen die Gegner vor ihnen. Es waren Dutzende. Auch Hirad wurde langsamer. Hinter ihm wurde das Tor mit einem lauten Knall geschlossen, und die Riegel wurden vorgeschoben. Er sah sich rasch um. Auf einmal standen Bogenschützen und Armbrustschützen auf den Wehrgängen. Schwertkämpfer tauchten links aus den Gebäuden und rechts aus dem Schatten auf.

Der Rabe, eine TaiGethen-Zelle, ein einsamer Al-Arynaar und ein Krallenjägerpaar, sie alle waren von siebzig Gegnern umstellt. Es waren zu viele.

»Hat jemand Vorschläge?«

Das Panterweibchen knurrte, wurde aber vom Krallenjäger-Partner zurückgehalten. Die Feinde warteten.

»Wir können nicht auf allen Seiten gleichzeitig angreifen«, sagte Darrick. »Haben wir einen Spruch, um eine Seite auszuschalten? Damit wir irgendetwas im Rücken haben?«

»Denser muss den harten Schild halten«, sagte Erienne. »Mit einem so großen Bereich komme ich nicht allein zurecht.«

»Denk nach«, drängte sie der Unbekannte.

Eine Tür wurde geöffnet, und ein Mann kam heraus. Das Gesicht war verzerrt, ein Auge war milchig. Selik.

»Willkommen in Understone«, sagte Selik.

»Ich könnte ihn von hier aus erledigen«, bot Ren leise an.

»Noch nicht«, wandte Darrick ein. »Wir brauchen Zeit zum Nachdenken.«

»Wie Ihr seht, finden Eure tapferen, aber vergeblichen Versuche, mir wegzunehmen, was ich besitze, ein tragisches Ende. Ich finde es übrigens sogar beleidigend, wenn Ihr glaubt, ich wäre nicht bereit, das Bruchstück der Statue persönlich zurückzubringen.«

»Alles, was Euch beleidigt, soll mir recht sein.« Hirad wäre am liebsten sofort auf Selik losgegangen, doch ihm war klar, dass er den freien Raum zwischen ihnen nicht hätte lebend überwinden können. »Aber wir müssen nicht hier kämpfen. Gebt uns einfach den Daumen, dann muss keiner Eurer Männer mehr sterben.«

»Ihr seid nicht unbedingt in einer Position, Forderungen zu stellen, Hirad Coldheart«, sagte Selik. »Irgendwie scheint Euch zu entgehen, dass Ihr Magier in Euren Reihen habt, und dass ich Krieg gegen die Magier führe.«

Er winkte, und ein Dutzend Pfeile und Armbrustbolzen kamen geflogen, prallten aber wirkungslos vom harten Schild ab. Rens Vergeltungsschuss fällte einen der Bogenschützen.

»Wie wir sehen, seid Ihr abgeschirmt«, sagte Selik.

»Und Ihr seid es nicht«, sagte Hirad. »Der nächste Pfeil trifft Euch.«

»Das wäre unklug«, sagte Selik, »denn dann würdet Ihr alle getötet. Mir ist bewusst, über welche Fähigkeiten Ihr verfügt, aber selbst Ihr müsst einsehen, dass Ihr in einer hoffnungslosen Lage seid. Streckt die Waffen, dann verschone ich vielleicht Euer Leben. Erienne, es wäre mir ein Vergnügen, unsere Bekanntschaft aufzufrischen.«

Erienne reagierte nicht, obschon es ihr kalt den Rücken hinunterlief.

»Wir haben keine Zeit für solche Spielchen«, sagte Hirad. »Wir haben hier einen kranken Elf, und Ihr habt das Heilmittel.«

»Oh, das tut mir aber Leid«, höhnte Selik. »Ihr meint sicher den blassen Ilkar, oder?«

»Das führt doch zu nichts«, flüsterte Darrick. »Unbekannter, hast du eine Idee?«

Der große Krieger schüttelte den Kopf.
»Ich habe eine«, schaltete sich Ilkar ein.
»Störe ich Euch irgendwie?«, fragte Selik. »Ich denke doch, ich habe mich klar ausgedrückt, oder?«
»Was meinst du?«, fragte Darrick.
»Ein Magier kann den Energiestrom eines Spruchs oder einer Konstruktion umkehren und dabei Mana aus einem größeren Bereich anziehen.«
»Ich sagte, legt die Waffen nieder. Es gibt keinen Verhandlungsspielraum.«
Hirad hob eine Hand. »Ren, ziele auf ihn. Schieße noch nicht.« Dann wandte er sich wieder an Selik. »Wir überlegen gerade, ob wir aufgeben oder in einem großen Knall untergehen. Ihr könnt angreifen, wenn Ihr wollt, aber dann seid Ihr der Erste, der stirbt, Selik, und wir werden weitere fünfzig Eurer Männer mitnehmen. Andererseits könnt Ihr warten, und dann überleben wir vielleicht alle.«
Damit kehrte er Selik den Rücken, der die fragenden Blicke der Schwarzen Schwingen mit einem Kopfschütteln beantwortete. »Macht schnell. Ich erwarte Eure Kapitulation.«
Erienne sah Selik an und legte einen Finger auf die Lippen, als sie die Stimmen der Alten im Kopf hörte. Irgendetwas strömte von ihr über den Platz zum Hauptmann der Schwarzen Schwingen hinüber. Sie wusste nicht einmal, ob sie es kontrollieren konnte, sie wusste nur, dass es gewirkt hatte.
»Warte«, flüsterte sie. »Warte.«
»Erienne?«, sagte Denser.
»Ich habe uns etwas Zeit verschafft, aber es wird nicht lange halten.«
Keiner der Schwarzen Schwingen bewegte sich. Die

Geräusche der Welt ringsum waren verstummt. Es war, als wären sie reglose Figuren auf einem Gemälde.

Hirad hatte die Veränderung nicht bemerkt. »Wie willst du uns denn helfen, Ilkar?«

»Hör zu«, antwortete der Elfenmagier, »ich muss sowieso sterben. Aber wir müssen nicht alle sterben, und ich kann euch den Vorteil verschaffen, den ihr braucht.«

»Du bleibst bei uns, und wir schaffen dich hier heraus«, sagte Hirad. »Wir holen den Daumen und halten die Seuche auf.«

»Hirad, du verstehst es nicht. Es gibt keine Heilung. Ich habe den Elfenfluch und werde daran sterben. Ihr könnt aber verhindern, dass noch mehr daran erkranken, und wenn schon, dann möchte ich lieber bei dem Versuch sterben, meinen Freunden zu helfen.«

Hirad war wie betäubt. Er hatte angenommen, es gäbe doch noch eine Hoffnung. Er war hier hereingestürmt, weil er glaubte, er könne Ilkar noch retten. Jetzt musste er feststellen, dass er sich geirrt hatte.

»Das hast du mir bisher nicht gesagt.«

»Hätte sich dadurch etwas geändert?«

»Wahrscheinlich nicht.«

»Also werde ich es tun.«

»Was denn?«, fragte Hirad.

»Ilkar denkt an eine konzentrierte Explosion«, sagte Erienne. »Er kann die Form des Spruchs, beispielsweise Feuerkugeln, in sich selbst bündeln und explodieren lassen. Da die Form in seinem Körper ist, hält sie länger und zieht mehr Energie an, als sie eigentlich sollte.«

»Aber wie …«, begann Hirad.

»Ich muss hoch oben sein.«

»Kommt nicht infrage«, sagte Hirad. »Auf keinen Fall. Es muss einen anderen Weg geben.«

»Hirad, es gibt keinen anderen Weg.« Ilkar packte seinen Arm. »Bitte, lass es mich tun. Das ist alles, was ich noch habe.«

Die Wahrheit traf Hirad wie ein Hammerschlag. Seine Hand, die das Schwert hielt, erschlaffte, und es fiel zu Boden. Es hallte unnatürlich laut auf dem festgestampften Boden.

»Das ist schon besser«, sagte Selik hinter ihm.

Erienne erschrak, als die Dinge auf einmal wieder in Bewegung kamen. Sie hätte den Spruch gern wiederholt, sah aber sofort ein, dass sie nicht wusste, wie sie es anfangen sollte. Es gab so viel, was sie noch lernen musste.

»Halt die Klappe, Schwarze Schwinge«, knirschte Hirad, ohne sich umzudrehen. »Ilkar, du darfst nicht sterben. Du warst von Anfang an dabei. Ohne dich sind wir aufgeschmissen.«

»Euch bleibt nichts anderes übrig«, sagte Ilkar. »Ich sterbe, und du kannst mich nicht retten.«

Hirad hatte Mühe, nicht die Beherrschung zu verlieren. Sie befanden sich ohnehin schon in einer verzweifelten Situation, und Ilkar hatte es gerade noch schlimmer gemacht. Er konnte es sich nicht erlauben, jetzt die Fassung zu verlieren. Er biss die Zähne zusammen.

»Bitte, Ilkar, tu's nicht.«

»Ich muss«, erwidert Ilkar. »Mach's gut, Hirad.«

»Nein.« Es schnürte Hirad die Kehle zusammen.

»Du warst immer mein bester Freund«, sagte der Elf. »Vergiss mich nicht.«

Hirads Blick wanderte von einem zum anderen, und er sah nichts als verzweifelte Gesichter. Ren versuchte, ihr Ziel nicht aus den Augen zu verlieren, während ihr die Tränen über die Wangen liefen. Sie wagte es nicht, sich umzudrehen. Er spürte einen leichten Kuss auf der Wange, er sah, wie Ilkar Rens Kopf streichelte und hörte eine kurze Beschwörung. Dann schoss Ilkar gerade in die Luft hinauf.

»Komm sofort wieder runter!«, rief Hirad. »Ilkar, nein!«

Pfeile wurden auf Ilkar abgefeuert, doch keiner von ihnen kam auch nur in seine Nähe.

»Was ist das denn?« Seliks Stimme troff vor Sarkasmus. »Die Rabenkrieger fliegen weg, Hirad? Jedenfalls diejenigen, die es können. Das ist aber eine seltsame Art von Disziplin.« Er lachte.

Hirad hätte sich auf ihn gestürzt, doch der Unbekannte legte ihm eine Hand auf die Schulter.

»Warte«, sagte er. »Bald.«

Hirad schaute nach oben, wie es inzwischen alle im Hof taten. Er sah zu, wie der Elf über eine Brustwehr und zehn Bogenschützen flog, hinter denen sich fünfzehn Soldaten bereithielten.

»Ilkar!«, rief Hirad. »Fliege weg. Bitte, fliege weg!«

Doch ihm blieben die Worte im Hals stecken. Er lehnte sich an den Unbekannten, dessen Hand ihn fester packte. Er wartete.

Ilkar schwebte unterdessen über dem Gelände, hatte unerträgliche Magenschmerzen und fürchtete, die Konzentration zu verlieren.

»Nur einmal noch«, sagte er sich selbst. »Nur noch ein einziges Mal.«

Er hielt die Schattenschwingen fest, schwebte hundert Fuß über dem Wehrgang und machte sich bereit, auf einen Schlag die Bedrohung durch die Bogenschützen zu beseitigen. Es war die Seite des Palisadenzauns, die dem Raben am nächsten war und die am leichtesten verteidigt werden konnte. Einen Teil seines Bewusstseins verwandte er darauf, die Gestalt für Feuerkugeln zu formen. Er sah, wie sich die Gitterstruktur bildete, und spürte die Energie fließen, wie sie sollte, wie sie um und über die Mana-Gestalt hinausströmte, wobei sich der Überschuss einfach auflöste.

Er war bereit. Er begann zu sinken und wurde immer schneller. Er versiegelte die Gestalt und hinderte den Mana-Überschuss daran, sich aufzulösen. Der Spruch reagierte, pulsierte, wuchs und zog immer mehr Mana an; stärker und stärker wurde der Strom. Dreißig Fuß über dem Wehrgang, als ihm wieder die Pfeile um die Ohren flogen, verlor er die Schwingen und stürzte ab. Er ließ den Spruch los, kehrte den Strom aber sofort wieder um, spürte, wie sich der Druck weiter aufbaute, während die Form zerfiel. Jetzt geschah, wovor man ihn seit Beginn seiner Ausbildung immer wieder gewarnt hatte. Die Kugel flachte sich ab, verwandelte sich in einen Zylinder, der abrollte, und nahm immer mehr Mana-Energie auf, je stärker er zerfiel. Diese Kraft konnte er keinesfalls halten, dazu war sein Bewusstsein nicht stark genug. Niemand war so stark.

Er hörte noch, wie Selik das Lachen im Hals stecken blieb, und wie Hirad rief, dass er Ilkar ins Jenseits folgen wollte. Er musste lächeln.

Dann öffnete er wieder die Augen, sah die Palisaden auf sich zurasen und die Männer erschrocken fliehen. Viel zu spät.

Er schlug auf.

Vierundzwanzigstes Kapitel

»Runter!«, brüllte der Unbekannte, und die Rabenkrieger tauchten ab.

Hirad sah Ilkar links vom Zentrum auf den Wehrgang fallen. Kurz vor dem Aufschlag explodierte der Spruch, den er in sich festgehalten hatte. Mit ungeheurer Kraft breitete sich die Druckwelle seitlich und nach unten aus. Mana-Feuer verschlang die Bogenschützen auf dem Wehrgang, eine Flammenzunge spülte über den ganzen Palisadenzaun, fegte die Balken weg, zerfetzte Männer und schleuderte die Toten hoch in die Luft.

Unter Ilkar gab die Brustwehr nach, und die Balken und Bretter fielen inmitten einer Feuerwalze krachend auf den Boden. Als die Flammenzungen auf die Erde trafen, breiteten sie sich seitlich weiter aus, erfassten die Schwertkämpfer und ließen sie verdampfen. Mit einem gewaltigen Rauschen fegte die heiße Luft über die liegenden Rabenkrieger hinweg. Balken flogen in alle Richtungen und überschlugen sich, die Explosionen und die qualvollen Schreie der Sterbenden hallten noch lange in Hirads Ohren nach.

»Schild ist unten«, sagte Denser.

Hirad hörte, wie sich die anderen Rabenkrieger bewegten, doch er konnte nicht den Blick vom Feuer abwenden. Inmitten der Glut lag Ilkar, verzehrt von den Flammen, die er selbst heraufbeschworen hatte. Er war tot. Nach allem, was sie zusammen erlebt hatten.

Viele Stimmen brüllten, und viele Füße rannten. Dicht neben Hirad summte es, ein Pfeil prallte eine Handbreit entfernt von einem Stein ab. Die Schwarzen Schwingen griffen an, doch er fühlte sich schwach und konnte kaum reagieren.

»Los doch, Hirad!«

Der Unbekannte bückte sich und packte ihn am Kragen, um ihn auf die Beine zu stellen. Sein Gesicht war zu dicht vor Hirads Augen, um es scharf zu sehen.

»Hirad, wir müssen uns in Bewegung setzen. Stell dich in die Reihe.«

Hirads Blick klärte sich. Ilkar sollte sich nicht umsonst geopfert haben.

»Bin dabei.«

Er packte sein Schwert und lief los. Der Rabe hatte sich zurückgezogen, doch in der Reihe klafften Lücken, wo er und der Unbekannte stehen sollten.

Er lief los und hörte direkt neben sich das Schwert des Unbekannten klirren, während Denser die Arme ausbreitete.

»Runter!«, rief Erienne. »Runter!«

Hirad warf sich auf den Boden und spürte die Erschütterung, als der Unbekannte direkt neben ihm seinem Beispiel folgte. Ein schneidend kalter Eiswind fegte über sie hinweg, den anrückenden Schwarzen Schwingen entgegen. Sie kreischten vor Schmerzen, doch Hirad hielt nicht inne, sondern rappelte sich gleich wieder auf und rannte zur Linie des Raben, hart verfolgt vom Feind.

Der Unbekannte war wieder rechts neben ihm, sie hielten im gleichen Augenblick an und drehten sich um. Der Angriff der Schwarzen Schwingen war buchstäblich zerschmettert worden. Mehr als zehn waren vom Eiswind erfasst worden, ihr Fleisch war erstarrt, das Blut in den Adern gefroren und das Herz mitten im Schlag angehalten, als das Eis ihre Oberkörper erfasst hatte. Einige stürzten, und ihre Körper zersprangen in tausend Stücke. Wo der Spruch einen ausgestreckten Arm oder ein vorgestelltes Bein getroffen hatte, wanden sich die Opfer vor Schmerzen, pressten ungläubig die Hände auf die Stümpfe und gaben entsetzte Laute von sich.

Der Unbekannte tippte mit der Klinge auf die gestampfte Erde und wartete. Eine Mordswut stieg in Hirad auf, der er mit einem Schrei Luft machte, als die Schwarzen Schwingen erneut angriffen.

Sie kamen von rechts gerannt. Hirad riss seine Klinge hoch, blockte oben ab, schlug etwas tiefer zurück und schlitzte Rippen und Bauch mit seiner scharfen Schneide auf. Er zog das Schwert zurück und wandte sich dem nächsten Gegner zu.

»Ren, kümmere dich um die Bogenschützen«, sagte der Unbekannte. »Denser, Erienne, Angriff. Einen Schild können wir uns nicht leisten. Wirkt die Sprüche, wann immer ihr bereit seid.«

Hinter ihnen krachten weitere zerstörte Balken zu Boden, und jetzt kamen die Schwarzen Schwingen von drei Seiten gleichzeitig.

Links vom Raben griffen die TaiGethen und Rebraal entschlossen an. Alle vier hatten jeweils zwei kurze Klingen gezogen, die sie mit grässlicher Effizienz einzusetzen verstanden. Sie trieben die Schwarzen Schwingen zurück. Aeb ließ neben dem Unbekannten Krieger seine Axt und das

Langschwert kreisen, schlug dem ersten Gegner den Kopf ab und knallte das Schwert immer wieder auf die erlahmende Verteidigung des Nächsten, brach schließlich durch und trieb dem Mann die Klinge durch die Schulter bis tief in die Brust.

Der Unbekannte kämpfte schweigend und kraftvoll, sein zuckender Dolch war überall zugleich, zur Verteidigung wie zum Angriff. Er zog ihn einem Mann quer durchs Gesicht, der instinktiv die Klinge hob, um den nächsten Hieb abzuwehren, und unvermutet das Schwert des Rabenkriegers in den Bauch bekam. Der Unbekannte drehte es herum, zog es heraus und stieß den Toten mit einem Tritt fort.

Hirad dagegen war alles andere als schweigsam. Er wollte sich zu Selik durchkämpfen, brüllte jeden an, der ihm in die Quere kam, schwang das Schwert mit beiden Händen und hob es immer und immer wieder, bis ihm die Arme wehtaten. Er ignorierte die Schmerzen, beugte sich vor und versetzte dem nächsten Feind einen Kopfstoß, ehe er das Schwert dicht vor dem eigenen Körper hochzog und dem Mann durch die Rippen stieß. Sofort riss er die Klinge wieder heraus und hob sie, um den Schlag des nächsten Kämpfers der Schwarzen Schwingen abzuwehren, senkte das Schwert gleich wieder und hackte ihm die Klinge ins Bein. Der Mann stürzte auf seinen toten Gefährten, und Hirad ließ das Schwert auf seinen Nacken herabsausen, um ihn endgültig zu erledigen.

Rens Bogen summte regelmäßig wie ein Uhrwerk, ihre Pfeile holten die beiden letzten Bogenschützen von den Plattformen über dem Tor, dann nahm sie sich die Gegner auf dem Platz vor.

Doch trotz des Gemetzels, das der Rabe anrichtete, wurden sie durch die schiere Anzahl der Gegner zurückgedrängt. Hirad fing sich eine Schnittwunde auf der Brust ein, als er einem klug geführten Abwehrstreich ausweichen musste. Die Klinge des Feindes drang durch seine Lederrüstung und brachte ihm eine klaffende Wunde bei. Den nächsten Schlag blockte er ab, und dann war Darrick bei ihm und schaltete den Gegner mit einem von oben nach unten geführten Stich durchs Schlüsselbein bis ins Herz aus.

»Wir müssen uns mehr anstrengen!«, rief Hirad. »Wo bleiben die Sprüche?«

»Kommt sofort«, rief Denser. »Auf mein Zeichen.«

Hirad führte das Schwert wieder mit einer Hand, versetzte dem Mann vor ihm einen Faustschlag und beförderte ihn mit einem Tritt aus dem Weg.

»Jetzt.«

Hirad duckte sich. Der Todeshagel raste los und richtete unter den Gegnern einen entsetzlichen Schaden an. Nadelspitze und rasiermesserscharfe Eiskörnchen schlugen den Schwarzen Schwingen ins Gesicht, rissen die Haut vom Knochen, drangen tief in die Augen ein und schlugen Löcher in Hände und Kleidungsstücke. Direkt vor Hirad brach der Angriff der Schwarzen Schwingen vorübergehend zusammen. Im gleichen Augenblick schoss Erienne noch einmal Feuerkugeln in den Rücken der dicht gedrängten Gegner, während sich die Krallenjäger auf der linken Seite aus dem Gewühl befreien und Angst und Schrecken verbreiten konnten.

»Der Rabe, vorstoßen!«

Hirad stürzte sich wieder in den Kampf und wusste, dass der Unbekannte und Darrik links und rechts neben ihm kämpften. Er brachte einem Mann, dessen Gesicht schon von Blut verschmiert war, eine riesige Wunde in der Seite bei, rang ihn nieder und rannte weiter, hackte auf einen Schädel ein, trat nach rechts und traf einen Mann im Schritt, riss das Schwert heraus und bohrte es dem Nächsten in die Brust.

Er blickte nach links. Eine Klinge kam auf ihn zu, er wollte sie abblocken, doch es war nicht nötig. Der Unbekannte lenkte den Schlag mühelos ab und stieß dem Kämpfer der Schwarzen Schwingen den Dolch ins Auge, wo er hängen blieb, als der Mann stürzte. Aeb stürmte herbei, an der Hüfte und am Schenkel blutend. Sein Schwert zerstörte das des Gegners, seine Axt die Wirbelsäule.

»Weiter!«, rief Hirad.

Fast zu spät sah er das Blitzen eines Schwerts, das gegen ihn geschwungen wurde. Instinktiv wich er nach links aus, doch es traf seine Seite. Er spürte, wie die Klinge in das Leder und dann in seine Seite schnitt – tief, aber nicht lebensgefährlich. Er schrie, um die rasenden Schmerzen abzuschütteln, packte mit der rechten Hand das Schwert seines Gegners am Handschutz, stieß es zur Seite und brachte sein eigenes herunter. Es fuhr tief, sehr tief in die Hüfte des Mannes der Schwarzen Schwingen.

Darrick wehrte direkt neben ihm zwei unbeholfene Hiebe mit geradezu beleidigender Leichtigkeit ab und schlug dem Gegner seine eigene Klinge in den Nacken. Die Schwarzen Schwingen hatten ihre letzten Reserven aufgeboten und waren so gut wie am Ende, die Schlacht wendete sich eindeutig zugunsten der Rabenkrieger.

An der linken Flanke trieben die Krallenjäger Reißzähne, Krallen und Finger in ungeschütztes Fleisch. Die Tai-Gethen bewegten sich schneller, als man mit dem Auge folgen konnte; sie stachen und hackten, jagten die Gegner vor sich her. Hirad griff einen unsicheren Rekruten an, sah die Angst in seinen Augen und fegte die Axt des Burschen weg, ehe er ihm die rechte Lunge durchbohrte. Der Bursche hustete, spuckte Blut und kippte schräg nach hinten. Hirads Weg war frei.

»Selik!«, rief er.

Der Anführer der Schwarzen Schwingen drehte sich um und rannte zum Mannschaftsquartier.

»Der Rabe, ich verlasse die Linie!«, rief Hirad.

»Alles klar«, erwiderte der Unbekannte.

Mehr wollte Hirad nicht hören. Er setzte Selik hinterher, ohne auf die Schnitte auf den Armen, am Bein und in der Seite zu achten. Zwar keuchte er vor Schmerzen, doch er ließ nicht locker, sprang die Treppe hinauf und trat die Tür der Unterkunft ein.

»Jetzt kannst du nicht mehr entkommen, Selik!«

Vor ihm pendelte eine Tür im Scharnier. Hirad drängte sich hindurch und fand Selik auf der anderen Seite des kleinen Zimmers an einer Tür, wo er sich mit einem Schloss und einem kräftigen Riegel beschäftigte.

»Umdrehen, Selik«, befahl Hirad.

Selik gehorchte und zog sein Schwert. Bei dem Raum handelte es sich offenbar um eine Schreibstube. Ein Schreibtisch und ein Stuhl standen auf einer Seite, in einem Regal lagen Papiere. Ein Fenster blickte zum Gelände hinaus, wo der Rabe und die TaiGethen die Reste der Schwarzen Schwingen erledigten.

»Das war aber mal ein tapferer Rückzug«, sagte Hirad.

»Ich konnte euch alle ja nicht allein bekämpfen«, antwortete Selik.

»Tja, jetzt hast du es nur noch mit mir zu tun.«

Hirad winkte ihn zu sich heran und behielt die Klinge in der linken Hand. Selik ging auf ihn los und holte zu weit aus. Hirad wich geschickt auf. Selik wurde durch seinen eigenen Schwung nach vorn gerissen, sein Schwert hieb durch leere Luft, und Hirad half etwas nach, indem er ihm einen harten Stoß in den Rücken versetzte. Selik prallte gegen das Bücherregal und drehte sich sofort wieder um.

»Hoppla«, sagte Hirad. »Wollen wir es noch einmal versuchen?«

Selik war schnell, das musste Hirad ihm lassen. Dieses Mal kam er nahe heran und schlug von links nach rechts in Hüfthöhe zu. Hirad wich einen Schritt zurück, blockte Seliks Schlag mit dem eigenen Schwert ab und lenkte es mit einem Knall auf den Boden. Der Barbar nutzte die Lücke in der Deckung und riss das Schwert sofort wieder hoch, doch Selik hatte die Gefahr erkannt und zog sich eilig zurück. Das vorbeistreichende Schwert zerzauste seine Haare. Hirad setzte sofort nach, stach gerade nach vorn und wich nach rechts aus, um dem Gegenschlag zu entgehen und sich auf den nächsten Hieb vorzubereiten. Selik folgte den Bewegungen und holte zu einem weiten Schwinger aus, den Hirad jedoch abfing und mit einem harten Block ablenkte.

Selik verlor einen Moment das Gleichgewicht und zog sich abermals einen halben Schritt zurück. Er hielt das Schwert ungeschickt und war einen Moment ohne Deckung, dann nahm er es wieder vor den Körper. Seine Bewegung war jedoch zu hastig. Hirad, der auf diesen Moment gewartet hatte, schlug mit beiden Händen zu und trennte Seliks Schwerthand knapp über dem Handgelenk ab. Selik heulte vor Schmerzen, taumelte noch einmal gegen das Bücherregal und ging in einem Papierregen zu Boden. Ungläubig starrte er den blutigen Stumpf an, dann sah er Hirad in die Augen.

Hirads Herz schlug so schnell, dass er glaubte, Selik müsse es hören. Er beugte sich über den verhassten Mann und verharrte eine Spanne, die ihm wie eine halbe Ewigkeit vorkam.

»Darauf warte ich schon sehr lange«, sagte er.

»Dennoch werden wir siegen«, quetschte Selik heraus. »Ihr könnt uns nicht schlagen. Niemand kann die Gerechten aufhalten.«

»Du wirst leider nicht mehr dabei sein.«

Mit letzter Kraft schwang Hirad sein Schwert und schnitt Selik den Hals durch. Der Kopf rollte davon, hüpfte über den Boden und blieb an der Tür liegen, durch die der Anführer der Schwarzen Schwingen hatte fliehen wollen.

»Das war's dann wohl«, sagte Hirad.

Er drehte sich um, rannte durch die Unterkunft zurück und erschien mit einem bösen Lächeln auf den Lippen wieder im Sonnenlicht. Der Anführer war tot, die Schwarzen Schwingen waren aufgerieben, und der Rabe und die TaiGethen machten mit den kümmerlichen Resten kurzen Prozess.

Nicht weit entfernt schaltete Auum mit unglaublich schnellen Bewegungen zwei verschreckte junge Burschen aus. Sein linker Ellenbogen zerquetschte einem die Kehle, der Dolch in seiner rechten Hand drang in die Schläfe des zweiten ein. Ohne auch nur eine Sekunde innezuhalten, führte er seine Tai die Treppe hinauf und an Hirad vorbei, um den Daumen zu suchen.

Draußen auf dem Platz führte Aeb unterdessen den letzten Schlag, trieb die Axt in ungeschütztes Fleisch und zerquetschte mit einem Schwerthieb den Helm und den Schädel des Gegners. Der Mann ging zu Boden, Blut quoll unter dem Helm hervor.

Es war vorbei.

Hirad stützte sich schwer auf seine Klinge. Es war ein anstrengender Morgen gewesen. Er schwitzte am ganzen Körper, er schnappte krampfhaft nach Luft, die Schnittwunden auf dem Schwertarm und in seiner Seite stachen schrecklich, und alle Muskeln taten weh.

Er sah sich nach dem Raben um und stellte fest, dass er nicht die Begeisterung empfand, die sich sonst nach einem siegreichen Kampf einstellte. Keiner von ihnen empfand so. Erienne tröstete Ren, die vor Ilkars verkohltem Leichnam hockte. Rebraal sah sich bedrückt um. Denser und Darrick schüttelten sich die Hände, als hätten sie Schach gespielt.

Thraun stand allein, Blut tropfte von seinem Schwert, und er sah abwesend in die Runde. Hier und dort war der Boden dunkelrot und braun gefärbt, abgetrennte Arme lagen herum, deren Hände noch Schwerter und Äxte umklammert hielten. Die Aasvögel kreisten schon am Himmel.

Nur Aeb und der Unbekannte bewegten sich zwischen den Gefallenen und überprüften die toten Feinde. Sie erlösten die Sterbenden von ihren Schmerzen und suchten nach Kämpfern ohne Tätowierungen, die vielleicht noch gerettet werden konnten. Hirad richtete sich auf, ließ die Schultern kreisen und ging zu ihnen.

»Ich hab ihn erwischt«, verkündete er zufrieden. »Ich habe den Schweinehund erwischt.«

Der Unbekannte rieb sich über das blutige Gesicht. Unter dem Blut kam auf der Stirn eine Schnittwunde zum Vorschein. Er nickte.

»Er hat von Anfang an dir gehört«, sagte er. Als er fortfahren wollte, riss er den Mund auf, als sei er über etwas erschrocken.

Er und Aeb fuhren erschrocken zum Tor herum und wichen zurück.

»Bei den guten Göttern«, sagte der Unbekannte. Er hob das Schwert. »Der Rabe! Formiert euch! Wir bekommen Gesellschaft.«

»Oh, nein«, sagte Hirad. Er war nicht sicher, ob er überhaupt noch einmal das Schwert heben konnte. »Wer ist es?«

Sie wichen bis zu den Unterkünften zurück. Aeb, der Unbekannte und Hirad hatten ihre Plätze im Fünfstern schon eingenommen, Darrick humpelte herüber, um sich Hirad anzuschließen, und Thraun trottete zur anderen Seite. Der Unbekannte wandte sich wieder an Hirad.

»Protektoren, Magier, Schwertkämpfer«, sagte er mit belegter Stimme. Er hatte offensichtlich Angst. »Viel zu viele. Und das da oben am Himmel, das sind keine Vögel.«

Hirad schaute nach oben. Jetzt hörte er auch das Schnattern und erkannte die Umrisse, und schon stießen sie herab. Gleichzeitig klapperte das Tor im Palisadenzaun, von dem sich er Rabe inzwischen zwanzig Schritte zurückgezogen hatte.

»Da kommen Sprüche«, sagte Denser von hinten. »Macht euch bereit.«

Wieder wackelten die Tore, gaben nach und sprangen auf. Ein Schauer von Holzsplittern und zerfetzten Riegeln ging in der Umgebung nieder. Hirad legte die Hände vors Gesicht und spürte, wie die Druckwelle an ihm vorbeizog. Staub wallte hoch, und ein recht großes Stück Holz prallte gegen eine seiner Hände. Als er es wagte, die Augen wieder zu öffnen, sah er eine Staubwolke, die sich langsam setzte, und die Xeteskianer, die gemächlich hereinspaziert kamen.

»Der Rabe, ruhig bleiben«, sagte er.

»Magischer Schild steht«, meldete Erienne.

Hirad sah sich nach links und rechts um. Ren und Rebraal hatten Bogen, das musste reichen.

Zehn Protektoren, fünf auf jeder Seite, flankierten ebenso viele Magier, hinter denen ein Dutzend Soldaten ausschwärmte. Drei zielten mit gespannten Armbrüsten auf den Raben. Die Hausgeister flogen niedrig über das Gelände hinweg, lachten und spuckten, versprachen Rache und umkreisten die Rabenkrieger.

»Schau mal an, wen haben wir denn da?« Einer der Magier trat vor. »Das dürfte wohl Balaias bekannteste Söldnertruppe sein.«

»Hier ist alles vorbei, Whytharn«, sagte Denser. »Lasst uns in Ruhe.«

»Seid nicht dumm, Denser«, fauchte Whytharn. Der Magier war Mitte dreißig, groß und kräftig, und trug eine dunkelpurpurne Kappe und eine Lederrüstung, die Hals und Brust schützte. »Ihr wisst, warum wir hier sind.« Er sah sich um. »Ihr habt ein schönes Gemetzel angerichtet.«

»Es wird noch eins geben, wenn Ihr nicht verschwindet«, knirschte Hirad. »Wir sind nicht in Stimmung, Besuch zu empfangen.«

»Macht Euch nicht lächerlich«, erwiderte Whytharn. »Ihr könnt nicht gegen uns kämpfen. Ich habe nicht den Befehl, Euch zu töten, aber ich werde das Bruchstück der Statue zurückbringen. Gebt es mir.«

»Ich fürchte, das können wir nicht tun«, erwiderte der Unbekannte ruhig. »Ihr kennt den Grund.«

Whytharn starrte den Boden an. »Und wie wollt Ihr mich davon abhalten, Sol? Mir ist bewusst, dass die Protektoren nicht gegen Euch kämpfen werden, aber sie werden uns beschützen. Und über Euren Köpfen fliegt genug herum, um Euch alle zu töten. Macht es nicht so schwer.« Er schnippte mit den Fingern. »Oh, beinahe hätte ich es vergessen.« Er deutete auf Aeb, sprach einige Worte in einer Sprache, die Hirad nicht verstehen konnte, und ließ die Arme sinken.

Denser fluchte und schlug sich die Hände vors Gesicht.

»Komm her, Aeb«, sagte Whytharn. »Dein Platz ist bei mir. Bewege dich.«

Aeb machte einen Schritt und löste sich aus der Linie des Raben. Es lief Hirad kalt den Rücken hinunter. Der Unbekannte kochte und packte sein Schwert fester, er knirschte mit den Zähnen und spannte alle Muskeln an.

»Untersteht Euch, ihm etwas anzutun«, sagte er.

»Ich bin sein Gebieter. Mein Wort ist sein Gesetz.«

Der ganze Rabe machte gleichzeitig einen Schritt, bis Aeb wieder in ihrer Mitte stand.

»Vergesst es«, sagte der Unbekannte.

Aeb machte einen weiteren Schritt, und bevor jemand sie aufhalten konnte, verließ Ren ihren Posten am Rand der Gruppe, ging hinter Aebs riesigem Körper in Deckung und spannte ihren Bogen.

»Wenn er noch einen Schritt macht, Xeteskianer, dann seid Ihr tot.«

Alle riefen durcheinander.

Fünfundzwanzigstes Kapitel

»Sagt ihr, sie soll den Bogen herunternehmen!«

»Komm zurück, Ren!«

»Kommt nicht infrage. Hört Ihr das, Xeteskianer?«

»Meine Männer werden schießen. Zieht Euch zurück.«

»Ruhig, Ren, halte dich zurück.«

»Letzte Warnung.«

»Das gilt auch für Euch, Magier. Er gehört zum Raben. Lasst ihn und uns in Ruhe.«

»Aeb, komm her.«

Sogar das Schnattern über ihnen hörte auf. Eine drückende Stille legte sich über den Platz. Hirad beobachtete gespannt wie alle anderen die weitere Entwicklung. Whytharn winkte mit einem Finger, der Unbekannte beugte sich vor.

Aeb holte tief Luft. Er bewegte sich.

»Nein, Ren, nein!«, rief Thraun.

Pfeile und Bolzen flogen durch die Luft. Ren schoss, verfehlte Whytharn und traf die Brust des Magiers neben ihm, ein glatter Durchschuss. Ein Hausgeist stürzte klagend und sterbend ab. Einen Sekundenbruchteil später traf Rebraals Pfeil den Schädel eines Armbrustschützen und durchbohrte ihn. Sein Bolzen flog hoch in die Luft, ein weiterer traf hinter dem Raben das Holz, der dritte fand jedoch sein Ziel und warf Ren direkt vor Hirads Füßen zu Boden. Ihre Augen waren offen, doch sie rang verzweifelt um Atem. Der Bolzen steckte im Brustbein.

»Sie wirken Sprüche«, warnte Denser. »Halte den Schild.«

Der Barbar sah rot. Er knurrte, sein Blick wanderte kurz zu Aeb. Die Augen des Protektors wurden schmal hinter der Maske, dann sahen die beiden Ren an, wechselten noch einen Blick und nickten fast unmerklich. »Der Rabe!«, schrie er. »Macht sie fertig!«

Vor ihm hob Aeb eine Hand zum Kopf und riss sich die Maske ab.

»Ihr wollt mich haben, ihr Hunde? Dann holt mich!« Er hob die Axt und rannte los, überwand mit riesigen Schritten rasch die freie Fläche.

Chaos herrschte.

Der Rabe folgte ihm, Hirad als Erster, neben ihm der Unbekannte und Thraun, der mit einem wütenden Bellen angriff.

Aeb schlug zu und trieb die Axt tief in Whytharns vor Schreck erstarrten Körper. Der Magier war tot, ehe er auch nur einen Spruch wirken konnte. Hirad griff neben Aeb an, und erwischte einen Magier, der gerade einen Spruch loslassen wollte, an der Schulter. Der abgetrennte Arm des Magiers flog durch die Luft, und als dem Barbaren das Blut ins Gesicht spritzte, waren sein Schmerz und die Erschöpfung nur noch eine dunkle Erinnerung.

Die Soldaten bemühten sich unterdessen, eine Kampfformation aufzubauen, um die Magier zu verteidigen, während die Protektoren verwirrt herumstanden und auf Anweisungen warteten. Ein Magier, der hinten in der Gruppe stand, löste die Seelenstrafe für Aeb aus, der sofort stürzte, die Hände vor sein Gesicht presste, fremdartige Laute von sich gab und um Gnade flehte.

»Schnappt euch diesen Magier!«, rief der Unbekannte. Er versetzte einem Gegner einen Hieb, der Schwert und Gesicht des Soldaten gleichzeitig zerstörte. Mit der anderen Hand schlug er sofort wieder zu und bahnte sich einen Weg durchs Handgemenge. »Hebt die Strafe auf. Sofort!«

Ein Bogen summte, Rebraals Pfeil tötete abermals einen Gegner, und während Aeb noch vor Schmerzen zuckend am Boden lag, wandten sich die Protektoren gegen ihre Herren. Mit einer einzigen Bewegung drehten sie sich um und schlugen zu, Äxte spalteten Schädel, Blut und Gehirnmasse spritzten, und schon wurden die Waffen unerbittlich wieder gehoben. Die Xeteskianer wichen sofort zurück, doch es gab kein Entkommen.

Ein Hausgeist landete schwer auf Hirads Kopf und schlug ihm die Krallen in die Haut. Der Barbar griff nach hinten und packte das Wesen, während er mit der anderen einen Soldaten abwehrte, der die Ablenkung zu seinem Vorteil nutzen wollte. Der Barbar schlug die Klinge weg, knallte dem Soldaten das Heft auf die Nase und schlug ihn ohnmächtig. Dann konnte er den Nacken des Hausgeistes packen, riss ihn sich vom Kopf und hielt ihn vor sich. Das Wesen hatte Haarbüschel in den Klauen und schnappte mit dem sabbernden Maul nach Hirads Gesicht. Er packte fester zu, doch der Schwanz des Dämons zuckte wie eine Peitsche und stach ihn in den Arm. Er grunzte vor Schmerzen und suchte den Magier des Dämons.

»Ist das deiner, Xeteskianer?«

Der Unbekannte hatte sich einen Weg freigekämpft

und trieb einem Soldaten sein Schwert in den Rücken. Hirad folgte ihm, hielt den Hausgeist fest und knallte den Kopf des Dämons immer wieder ins Gesicht des Magiers. Der Mann ruderte hilflos mit den Armen, um Hirad abzuwehren, und der Dämon kreischte hasserfüllt.

»Ist das deiner?«, fragte er, als er noch einmal mit dem Dämon zuschlug. »Nun?«

Der Magier ging mit blutigem Gesicht zu Boden, nachdem Thraun ihm das Schwert durch die Rippen gestoßen hatte. Der Hausgeist erschlaffte und verfiel zusehends.

»Gut geraten«, sagte Hirad und warf den sterbenden Dämon auf den Boden.

Er blickte nach links, wo Thraun kämpfte wie ein Besessener. Er fing den Schwertarm eines Soldaten ab, drückte ihn zurück und setzte sofort nach, um dem Mann die Klinge in den Bauch zu treiben. Dann trampelte er über ihn hinweg, holte aus und hackte dem Magier das Schwert ins Schlüsselbein. Die Klinge drang tief in den Brustkorb ein. Sofort stieß er den Toten fort und suchte sich das nächste Opfer.

Ringsum kämpften die Protektoren schweigend, boten den Gegnern keine Lücke und zeigten keine Gnade mit ihren ehemaligen Gebietern. Äxte hoben und senkten sich, Masken waren mit Blut, Gehirnmasse und Staub verschmiert. Augen starrten zornig durch Schlitze, Münder bewegten sich lautlos.

Nur Aeb hörte nicht auf zu schreien. Der Unbekannte zog dem letzten noch lebenden Soldaten die Klinge quer über die Beine und griff den Magier an, der für die Bestrafung verantwortlich war.

»Gebt ihn frei«, knirschte er und hob drohend sein Schwert. »Sofort.«

»Zu spät, Unbekannter. Hat man es Euch nicht gesagt?

Wenn die Strafe einmal verhängt ist, kann sie nicht aufgehalten werden. Dann gibt es nur noch den Tod.«

»Auch gut«, sagte der Unbekannte. Er schlug dem Magier den Knauf seines Schwerts auf den Kopf und brach ihm den Schädel. Dann fuhr er herum und rannte zum schwer atmenden Aeb.

Der Protektor hatte Schaum vor dem Mund, seine Beine zuckten wild, er bog den Rücken durch und schlug sich mit den Händen seitlich vor die Brust. Seine Augen traten hervor und starrten wild, während die Dämonen seinen Geist zerfetzten und seine Seele im Seelenverband quälten. Trotz der Hölle, in der er nun steckte, schaffte er es noch, den Blick des Unbekannten zu erwidern und ein einziges Wort zu sagen.

»Bitte.«

Der Unbekannte nickte, zog einen Dolch aus dem Gürtel und stach ihn blitzschnell in Aebs Schläfe. Endlich blieb der Protektor still liegen.

Es wurde ruhig in der Garnison.

Hirad setzte sich zwischen die Leichen und legte erschöpft die Hände auf die Knie. Er spürte das Blut durch seine Haare rinnen, und von einer weiteren Wunde tropfte das Blut auf den Boden. Es war ihm egal.

Der Unbekannte ließ den Dolch auf Aebs Leichnam fallen, richtete sich auf, nahm sein Schwert und ging zu den Unterkünften hinüber.

Hirad beobachtete ihn und hörte ein leises Schluchzen. Denser hatte Ren, die krampfartig weinte und die Schultern hängen ließ, in die Arme genommen. Erienne ging zu ihnen und kniete nieder. In der Nähe stand Darrick, vor dessen Füßen ein toter Xeteskianer lag. Hirad hatte nicht einmal bemerkt, dass die Gegner so weit durchgebrochen waren. Er dankte den Göttern, dass der General aufgepasst hatte, sonst hätte der Rabe an einem einzigen Tag alle Magier verloren.

Seufzend schaute Hirad auf. Thraun bot ihm eine Hand, Hirad schlug ein und ließ sich hochziehen. Müde schleifte sein Schwert über den Boden, als er dem Unbekannten folgte, der langsam zu Ilkar ging.

»Ein schwarzer Tag für den Raben«, sagte Hirad.

»Aber wir haben den Daumen«, sagte Thraun. Er deutete zur Unterkunft. Auum kam gerade wieder heraus und hielt dankbar das Bruchstück hoch. Duele und Evunn folgten ihm und stießen einen Mann vor sich her.

Yron.

Hirad wollte sofort loslaufen, da er ein neues Ziel für seinen Hass gefunden hatte. Der Unbekannte trat ihm in den Weg.

»Lass sie«, sagte er bekümmert. Seiner Stimme fehlte die gewohnte Kraft.

»Er hat Ilkar getötet«, wandte Hirad ein.

Thraun stieß ein tiefes Grollen aus.

»Ja«, stimmte der Unbekannte zu. »Aber mit ihm wird sich Auum beschäftigen. Er kann Yron die Gerechtigkeit der Elfen zuteil werden lassen.«

Dennoch gingen die drei Rabenkrieger hinüber. Yron sah sie an, seine Augen hatten Mühe, sich an die Helligkeit zu gewöhnen.

»Tut mir Leid, dass die TaiGethen nicht an Eurer Seite gekämpft haben«, sagte er. »Aber was sie finden wollten, war wichtiger.«

Der Unbekannte nickte. »Warum habt Ihr es getan?«

»Ich wusste es nicht«, erwiderte Yron. »Wäre mir klar gewesen, dass … dass es wegen dieses Andenkens so viele Tote gibt, dann hätten ich es nie mitgenommen.«

»Ilkar ist Euretwegen gestorben«, sagte Hirad. »Ilkar.«

Yron seufzte. »Nichts, was ich sagen kann, wird Euch helfen. Aber glaubt mir, ich wusste nicht, dass dies geschehen würde. Deshalb wollte ich den Daumen zurückbringen.«

»Dafür sollt Ihr sterben.«

»Ich werde sterben, Hirad. Deshalb bin ich hier draußen.«

Die Elfen versammelten sich, um zu beten. Das Krallenjägerpaar tappte aus der Baracke, Auum öffnete die Augen und winkte dem Raben, Yron allein zu lassen. Der Xeteskianer entschuldigte sich ein letztes Mal und kniete nieder. Auum drückte ihn zu Boden.

Der TaiGethen sprach einige Worte, trat zur Seite und neigte den Kopf. Dann trabte der Panter zu Yron, setzte ihm die Pfote auf die Schulter und biss ihn in den Hals. Die Knochen brachen, er war sofort tot.

»Auch wir müssen unsere Rituale abhalten«, sagte der Unbekannte.

Er, Hirad und Thraun gesellten sich zu Rebraal, der bei Ilkars Leichnam kniete.

Vom Magier war nicht viel übrig. Seine Kleidung war verbrannt, sein Körper verkrümmt und verkohlt. Doch als Rebraal ihn herumdrehte, konnte man noch sein Gesicht erkennen, das erhalten geblieben war, weil er mit dem Gesicht nach unten im feuchten Erdreich unter dem Wehrgang gelandet war. Es schien friedlich – seine ovalen Augen waren geschlossen, die Wangen noch ein wenig gerötet. Nur die Lippen waren unnatürlich blass.

»Oh, Ilkar«, sagte Hirad. Er streichelte sein Gesicht. »Du hast uns gerettet, was? Ich wünschte nur, er hätte es noch erleben können. Was soll ich nur ohne dich machen?«

Hirad versuchte, sich Ilkar lebendig vorzustellen, und

ein erschreckend klares Bild des Elfenmagiers, der lächelnd mit ihm redete, entstand in seinem Kopf. Erschrocken atmete er tief durch.

»Wir müssen uns auf die Totenwache vorbereiten«, sagte er. »Es muss hier doch irgendwo eine Schaufel geben. Wir begraben ihn irgendwo draußen in der Natur. Ich will ihn nicht an einem Ort lassen, an dem Selik sich aufgehalten hat.« Wieder sah er seinen toten Freund an. »Mach's gut, Ilks. Oh, nein!«

Er musste weinen, er konnte nicht anders. Er schüttelte den Kopf, als die Tränen kamen, entfernte sich etwas, wich weiter zurück, stand auf und wandte sich an den Unbekannten.

»Was sollen wir jetzt tun, Unbekannter?«

»Alles, was wir versprochen haben. Das Herz von Julatsa bergen, die Protektoren befreien und die Kaan nach Hause schicken. Das wollte er so sehr wie jeder andere von uns.« Der Unbekannte legte Hirad die blutigen Hände auf die Schultern. »Komm schon, hör auf zu weinen. Du weißt doch, dass er dich nur ausgelacht hätte.«

Hirad stotterte irgendetwas und rieb sich mit den blutigen Händen die Augen. »Ja, er hätte mich ausgelacht. Ich sag dir was, Unbekannter, ich bin völlig im Eimer. Ich könnte auch einen Verband brauchen.«

»Das klingt schon besser.«

Avesh konnte sich nicht bewegen. Er atmete nur noch flach, roter Schaum stand vor seinem Mund. Er lag auf dem Rücken, und aus der Wunde in seiner Seite strömte das Blut, das unter ihm schon eine Lache gebildet hatte. Während ringsum der Kampf weitergegangen war, hatte er den Himmel angestarrt und die Rauchwolken beobachtet, die über den blauen Morgenhimmel gezogen waren. Es versprach ein sehr schöner Tag zu werden. Er hätte ihn so gern mit Ellin gemeinsam verbracht.

Zwei waren in der Nähe. Sehen konnte er sie nicht, aber er hörte sie reden.

»Das ist alles so verkehrt, Unbekannter«, sagte einer. Avesh erkannte ihn. Hirad Coldheart. Ein Kämpfer des Raben, den er sehr bewunderte. Allerdings war er enttäuscht gewesen, als er gesehen hatte, dass die Rabenkrieger gegen die Schwarzen Schwingen kämpften. Gerade sie hätten doch das Licht sehen müssen. Den Weg der Gerechten, wie Selik ihn genannt hatte. Andererseits hatte eine von ihnen das Kind zur Welt gebracht, das alles in Gang gesetzt hatte, also war es vielleicht doch nicht so überraschend. Vor allem war es verwirrend. Er konnte nicht mehr klar denken.

»Ich weiß«, erwiderte der andere. Es war der Unbekannte Krieger, ein Riese – in den Legenden wie im richtigen Leben.

»Schau sie dir an. All die toten Bauern. Warum mussten wir gegen sie kämpfen? Was ist nur mit ihnen allen geschehen?«

»Selik ist sehr überzeugend«, sagte der Unbekannte.

»Er war es«, erwiderte Hirad. »Sein Kopf, der auf dem Boden herumrollt – das ist die einzige gute Erinnerung, die ich an ihn habe.«

Avesh musste husten, und eine Woge von Schmerz fuhr durch seinen ganzen Körper. Er wand sich.

»Bei den Göttern, da lebt noch einer«, rief Hirad.

Avesh hörte rasche Schritte, dann beugte sich der Barbar über ihn. Eine Hand tastete seinen Hals ab.

»Das ist keiner von den Schwarzen Schwingen«, sagte Hirad. »Können wir ihn retten?«

Die Hoffnung ließ Aveshs Herz schneller schlagen, und sein geschundener Leib zitterte vor Schmerzen.

»Nein«, erwiderte der Unbekannte, der am Rande seines Gesichtsfeldes auftauchte. »Sieh dir nur die Wunde an. Ich staune, dass er überhaupt noch lebt.«

Hirad kniete neben Avesh nieder und strich ihm sanft über das Haar. Avesh wollte etwas sagen, spuckte aber doch wieder nur Blut auf die nasse Erde, auf der er lag.

»Still«, sagte Hirad. »Nicht reden. Bleib still liegen.«

»Komm, Hirad«, sagte der Unbekannte Krieger.

»Nein«, widersprach der Barbar. »Das Mindeste, was wir tun können, ist, bei ihm zu bleiben. Es wird nicht lange dauern.« Wieder tauchte der Barbar in seinem Gesichtsfeld auf und blickte stirnrunzelnd auf ihn hinab. In seinen Augen lag ein Kummer, den er kaum beherrschen konnte. »Warum hast du das getan?«, fragte er. »Du hast gegen die Leute gekämpft, die dir helfen wollten. Wenn die Magie stirbt, dann stirbt das Land. Verstehst du das nicht? Wir wollen nur, dass Balaia wieder in Frieden lebt und über eine Magie verfügt, die dem Wohl aller Menschen dient. Hat sich in so wenigen Jahren wirklich so viel geändert? Ist dein Gedächtnis wirklich so kurz?«

Avesh öffnete den Mund, doch die Worte wollten nicht herauskommen.

»Es tut mir Leid, dass du solche Schmerzen hast, aber ich konnte mich nicht von dir aufhalten lassen«, fuhr Hirad fort. »Du bist ein Narr, weißt du das? Getäuscht von einem Irren.«

Avesh hatte Tränen in den Augen. Er nickte. Endlich verstand er es. Es war alles so einfach. Wenn doch nur der Rabe ins Lager geritten wäre, und nicht die Schwarzen Schwingen, dann wäre er noch bei Ellin. Ellin. Es tut mir so Leid. Bitte verzeih mir.

»Du bist ein guter Mann«, sagte Hirad. »Ich sehe es in deinen Augen. Hoffentlich hast du jemanden, der auf dich wartet.«

Lächelnd nickte Avesh noch einmal. Atyo. Er würde Atyo wiedersehen. Er glaubte sogar schon, seinen Sohn rufen zu hören.

Hirad ließ sich vom Unbekannten hochziehen. Die beiden blieben noch einen Augenblick lang bei dem Toten stehen.

»Du warst freundlich zu ihm, Hirad.«

»Ich habe ihn getötet, Unbekannter. Er hatte keine Chance, er war nur ein Bauer.«

Hirads Blick wanderte über das Gelände. Die Elfen standen schweigend und andächtig beisammen. Denser, Erienne und Darrick teilten sich einen Wasserschlauch, die Protektoren hatten Aebs Maske aufgehoben und versammelten sich an der Tür.

»Was wird mit ihnen, Unbekannter?«

»Ich rede mit ihnen, bevor sie gehen, aber ich weiß nicht, was ihnen bevorsteht. Sie sind verletzlich, doch gerade das beispiellose Ausmaß ihrer Rebellion könnte sie wenigstens für den Augenblick retten. Dystran kann es sich nicht erlauben, sie alle zu töten. Er würde den Krieg verlieren.«

Der Krieg. Hirad zog die Augenbrauen hoch. Er hatte ganz vergessen, dass Krieg war. Allerdings war ihm egal, wer gewann. Wichtig war nur, dass der Rabe viel zu große Verluste erlitten hatte.

»Wir sehen uns im Lager«, sagte er zum Unbekannten. »Komm mit, Thraun. Wir müssen uns um die Totenwache kümmern.«

Es war Nacht, und die TaiGethen waren bereits auf dem Rückweg nach Blackthorne und zur *Calaianische Sonne*. Rebraal war beim Raben geblieben. Sie hatten in Understone Kerzen gefunden, und vier von ihnen, eine für jede Himmelsrichtung, standen an den frischen Gräbern. Es war Zeit für eine Totenwache, die Hirad nie hatte halten wollen.

Der Unbekannte stand vor Aebs Grab, Erienne bei Ren und Hirad bei Ilkar. Der Barbar nickte dem großen Mann zu und sprach für alle.

»Im Norden, im Osten, im Süden und im Westen. Auch wenn ihr fort seid, werdet ihr immer zum Raben gehören, und wir werden euch nie vergessen. Die Götter sollen lächelnd auf eure Seelen herunterschauen. Gut soll es euch ergehen bei allem, was euch jetzt und in der Ewigkeit noch begegnen mag. Eines Tages wird der Rabe wieder zusammen reiten.«

Als er die Himmelsrichtungen ansprach, wurden nacheinander die Kerzen gelöscht, bis völlige Dunkelheit herrschte.

Erst als die Morgendämmerung anbrach, verließen die Rabenkrieger die Gräber. Sie sprachen wieder, auch wenn Darrick und Thraun nur wenig beizutragen hatten. Sie erinnerten sich an Schlachten und Auseinandersetzungen, sie weinten und lachten zusammen und spekulierten, wer der Nächste sein mochte. Es machte ihnen das Herz und die Seele ein wenig leichter.

»Du bist mit Ren nicht gut zurechtgekommen, Hirad«, sagte Erienne.

»Ilkar hat sie geliebt, und damit war es für mich in Ordnung«, erwiderte Hirad. »Ehrlich gesagt, wir haben ihn noch nie so glücklich gesehen.«

»Du weichst aus«, warf Denser ihm vor. »Lass dir was Besseres einfallen.«

»Schon gut, schon gut.« Hirad hob die Hände. »Ich muss zugeben, dass sie ihre Fehler hatte, was die Zusammenarbeit mit dem Raben angeht. Sie war eine brillante Bogenschützin. Die beste, die wir je hatten. Aber sie war so impulsiv. Überlege nur, was sie am Tempel getan hat.« Er hielt inne. »Und was sie gestern getan hat.«

Der Unbekannte nickte. »Sie hätte es noch gelernt. Und was sie getan hat, war außerordentlich. Sie hat bewiesen, dass sie zum Raben gehörte. Sie war ohne Zögern bereit, für einen von uns ihr Leben zu geben. Deshalb halte ich sie in Ehren.«

»Darauf will ich trinken«, sagte Hirad. »Sobald wir wieder in Blackthorne sind.«

»Weißt du, ich werde eure Sticheleien vermissen«, warf Denser ein. »Es war ein Vergnügen, euch zuzuhören.«

»Du bist auch nicht so schlecht«, sagte Hirad. »Keine Sorge, ich werde es jetzt mit dir probieren. Ich brauche einfach jemanden, den ich piesacken kann.«

»Soll das heißen, du hast noch nicht angefangen?«, fragte Denser.

»Ach, mein lieber Denser«, schaltete sich der Unbekannte ein, »wir waren schon zehn Jahre unterwegs, ehe du dich uns angeschlossen hast. Du hast nicht die Hälfte mitbekommen. Er hat noch nicht einmal die Oberfläche angekratzt.«

Der Himmel wurde heller, der neue Tag begann. Es sollte ein Tag ohne Ilkar werden, ein schrecklicher Gedanke für Hirad. Doch mit seinem Tod hatte der Magier allen lebenden Elfen Hoffnung geschenkt, und dieses Licht brannte lebhaft in Hirads Herz und würde nie verlöschen.

Er stand auf, klopfte sich ab und wandte sich an den Raben.

»Kommt schon, es wird hell. Lasst unsere Freunde einstweilen ruhen.« Er kniete nieder und klopfte mit der flachen Hand auf Ilkars Grab. »Bis später, Ilks. Wir müssen gehen. Es ist ein weiter Weg bis Calaius, und wir haben noch viel zu tun.«

Epilog

Erienne kniete vor der Statue des Yniss und der zerstörten Hand. Die Al-Arynaar hatten die Bruchstücke wieder angebracht, besaßen jedoch nicht die Magie, um sie zu binden.

Seid ihr da?, fragte sie.

Ja, Erienne, antwortete Cleress. *Aber bevor wir beginnen, musst du uns sagen, wie du dich in der Garnison von Understone gefühlt hast. Du hast das Eine benutzt.*

Wart ihr bei mir?

Selbstverständlich, aber nur, um dir zu helfen, falls du scheitern solltest. Wir können es uns nicht erlauben, dich zu verlieren. Du hast jedoch das Wesentliche erfasst. Das Wirken von Sprüchen ist ein Widerhall des Wollens. Du wolltest dem Raben Zeit zum Beratschlagen geben, und du hast ihnen diese Zeit verschafft. Du wirst fähig sein, fast alles zu erreichen, aber diese Kraft ist auch ein Fluch. Wenn du weiter gehst, als es die Kraft deines Bewusstseins erlaubt, wir das Eine dich überfluten und dich töten. Dies ist die Begrenzung, die du verstehen musst, bevor wir uns aus dir zurückziehen können.

Ich hatte nicht das Gefühl, die Kontrolle zu haben.

Du hattest sie auch nicht, erklärte Myriell. *Nicht ganz und gar. Es wird besser gehen, je mehr du verstehen lernst, wie es sich anfühlt.*

Erienne schüttelte den Kopf. *Nicht jetzt. Während wir sprechen, sterben Elfen. Was muss ich tun?*

Wir werden dich führen, sagte Cleress. *Du musst dich dem Einen öffnen und uns fühlen lassen, was du fühlst.*

Dann bin ich nur ein Kanal?

Du bist weit mehr als das, sagte Myriell mit schwacher, ferner Stimme. *Aber für diese Bindung, ja, du kannst es so sehen.*

Was soll ich tun?

Lege beide Hände auf die Statue. Eine auf den Daumen, die andere auf den Bruch am Handgelenk. Dann tauche in die Einheit ein und fühle, wie wir dort bei dir sind.

Erienne legte die Hände auf die Statue und schloss die Augen, um sich auf das Mana-Spektrum einzustimmen. Sie versenkte sich tief, bis hinab zu der verhassten, pulsierenden Masse in ihrem Bewusstsein, zum Einen. Dort schwebte sie einen Moment, dann stürzte sie hinein.

Die Energie, die durch ihren Körper brandete, war überwältigend und schön zugleich. Es raubte ihr den Atem, ihr Herz blieb stehen, und ihre Glieder hatten keine Kraft mehr. Doch sie lebte noch, das Blut strömte durch ihre Adern, und ihre Hände ruhten fest auf der Statue.

Sie hatte das Gefühl, nach oben zu schweben. Alles war klar und rein. Das Wasser im Becken, Auum und Rebraal, die neben ihr standen, gespannt vor Erwartung. Komplizierte Geister waren sie, dunkel und voller Güte. Sie tastete sich wieder hinaus, und alles war, wie es sein sollte. Sie spürte den Schlag eines Vogelherzens in den Zweigen eines Baums, sie spürte die Wurzeln des Baums, die abwärts wuchsen und Nahrung suchten. Sie spürte einen Panter und seinen Gefährten vor dem Tempel und sah, dass die Verbindung zwischen ihnen enger war als die zwischen einer Mutter und ihrem ungeborenen Kind. Sie spürte die Rabenkrieger, stark und vor Kummer gebeugt, die auf sie warteten. Sie warteten und hofften, dass Erienne tun konnte, worum man sie gebeten hatte.

Es könnte schmerzhaft für dich werden, warnte Myriell. *Es täte mir Leid, falls es dazu kommen sollte.*

Tut, was ihr tun müsst. Ich bin bereit.

Nun gut.

Die Stimmen in ihrem Kopf wurden lauter, und auf einmal zogen sich die Fasern des Einen zusammen. Es war eine alte Elfensprache, und jede Silbe besaß große Kraft. Sie formten eine Gestalt wie für einen Spruch. Es war eine riesige Form, die sich um sich selbst drehte und das Wesen des Einen aus ihr herauszog, bis es mit dem Stein verschmelzen konnte, der gebunden werden sollte.

Dann setzten die Schmerzen ein. Von den Zehenspitzen bis zum Schädeldach erwachte jeder Nerv zum Leben und schien zu kreischen. Der rohe Geist des Einen toste durch sie, allein von der Bewusstseinskraft der Al-Drechar in Schach gehalten. Die Fasern schwollen zu dicken, miteinander verflochtenen Seilen an und stärkten die Struktur, die weiter wuchs und aufblühte.

Erienne zitterte unter der Kraftentfaltung, sie riss Augen und Mund auf, Speichel lief über ihre Wange, sie hörte ein gedehntes Wehklagen und brauchte eine Weile, um zu erkennen, dass es aus ihrem eigenen Mund kam. Die Stimmen in ihrem Kopf wurden so laut, dass sie fürchten musste, das Bewusstsein zu verlieren, doch das Eine hielt sie aufrecht, es ließ sie nicht los.

Das marmorne Handgelenk, die Hand und der Daumen bewegten sich, verformten sich und flossen ineinander.

Verbindungen wurden geknüpft, die Bewegung breitete sich nach oben hin aus, der Stein schien unter ihren Fingern zum Leben zu erwachen. Er pulsierte und bebte, alle Bruchstücke rückten von selbst an die richtige Stelle, alle Scharten wurden geglättet und alle Risse versiegelt.

Als die Stimmen der Al-Drechar tiefer und dunkler wurden, verblasste Eriennes Augenlicht. Der Boden schien unter ihr zu schwanken, das Wasser schwappte im Becken, Staub rieselte von oben herab auf ihre Arme und den Kopf. Sie sah die Mana-Ballung über die Hand hinweg, den Arm hinauf und über Yniss' Körper gleiten. Währenddessen zitterte auch sie am ganzen Körper, jeder einzelne Muskel verkrampfte sich, und ihre Nervenbahnen blieben wach und offen und ließen sie nie gekannte Schmerzen spüren.

Doch hinter den Qualen spürte sie die Reinheit der Kraft und die Ganzheit des Einen. Sie erhaschte einen Blick auf eine Welt, deren Hüter das Eine war. Es war die Harmonie. Es war Yniss auf der Erde. Es war wundervoll.

Draußen wartete nervös der Rabe. Die Al-Arynaar hatten die Tempeltür geschlossen und wollten sie auch nicht öffnen, als Erienne zu klagen begann. Denser konnte nur ohnmächtig hin und her laufen.

Hirad stand beim Unbekannten, als sich die Zeit dahinschleppte, immer noch voller Kummer über den Verlust.

»All diese Toten, und wir haben noch nichts von dem erreicht, was wir tun wollten, als wir Herendeneth verließen.«

»Wärst du lieber an irgendeinem anderen Ort als hier?«

»Nein, wohl nicht.« Hirad scharrte mit den Füßen. »Weißt du, so langsam glaube ich an das Schicksal. Jedenfalls, soweit der Rabe betroffen ist.«

»Wie kommst du darauf?«

Hirad zuckte mit den Achseln. »Sieh dir doch an, was

geschehen ist. Alle wichtigen Ereignisse hingen mit uns zusammen. Es war, als sollten wir dabei sein, als Denser Dawnthief gefunden hat. Wir mussten dabei sein, als der Himmelsriss geöffnet wurde. Dann die Wiedergeburt der Einen Magie. Theoretisch hätte das auch zwei anderen Magiern passieren können, aber so war es nicht. Es ist mit Erienne und Denser geschehen. Und jetzt dies. Wären wir zehn Tage früher gekommen, dann hätten wir nichts vom Elfenfluch gewusst, bis er Ilkar getroffen hätte. Aber wir waren zur Stelle, und wir konnten helfen.«

»Bis zu einem gewissen Punkt«, erwiderte der Unbekannte grimmig. »Aber was wird jetzt? Es sieht nicht nach einem beschaulichen Rentnerdasein aus.«

»Nein«, stimmte Hirad zu. »Abgesehen davon, dass wir vollenden müssen, was Ilkar mit seiner Reise hierher bezweckt hat, gibt es auch noch einen kleinen Krieg zwischen den Kollegien. Bist du bereit, dir das aufzubürden? Wenn da etwas schief geht, bevor wir so weit sind, können wir nicht mehr tun, was wir tun wollen.«

»Nun ja, für die eine oder andere gute Sache könnte ich mich schon aufraffen«, erklärte der Unbekannte.

Die Tür des Tempels wurde geöffnet, und Erienne kam heraus. Auum und Rebraal stützten sie auf beiden Seiten und führten sie zu Denser, küssten sie auf die Wangen und überließen sie ihm. Überall auf dem Vorplatz sprachen Elfen mit nach oben gewandten Gesichtern und verzückten Augen Dankgebete. Die schreckliche Angst vor dem unmittelbar bevorstehenden Tod war vergangen.

»Dann können wir wohl annehmen, dass es erfolgreich verlaufen ist.«

Rebraal nickte. »Yniss ist geheilt und wird uns wieder seinen Segen schenken. Spürt ihr es nicht? Die Harmonie wächst bereits wieder und umfängt uns alle.«

»Wie fühlst du dich, Erienne?« Denser drückte seine Frau an sich und streichelte ihr mit beiden Händen den Rücken. »Wie fühlt es sich an, das ganze Elfenvolk gerettet zu haben?«

»Ich bin müde«, sagte Erienne. »Ich muss mich hinlegen.«

Auum trat zu Hirad und neigte den Kopf. Er hatte einige Worte zu sagen.

»Er dankt euch für alles, was ihr getan habt«, übersetzte Rebraal. »Er erweist euch die Ehre und ist bekümmert über euren Verlust. Bei den TaiGethen und den Al-Arynaar werdet ihr immer willkommen sein.«

»Wir haben getan, was wir tun mussten«, entgegnete Hirad.

»Ich bedaure, dass wir euch misstraut haben«, sagte Rebraal. »Es ist unser Wunsch, mit euch nach Balaia zurückzureisen, um den Kampf fortzusetzen.«

»Das hatte ich gehofft.«

Rebraal lächelte.

»Ich würde alles geben, um Ilkar hier zu haben«, sagte Hirad.

»Hilft es dir, wenn ich sage, dass er im Tod seine ganze Herrlichkeit jedem Elfenkind vermacht hat, das von nun an geboren wird?«

Es war nicht der Blickwinkel, den Hirad von sich aus gewählt hätte, doch es war eine gute Art, es zu sehen. Ilkar, der Vater der Elfen.

Hirad lächelte. Ja, das gefiel ihm.

Lesen Sie weiter in:
JAMES BARCLAY: Schattenherz